戲非戲264

雪中悍刀行

第三部

（七）

江湖酒一觴

烽火戲諸侯 作

高寶書版集團

道門真人飛天入地，千里取人首級；佛家菩薩低眉怒目，抬手可撼崑崙。
誰又言書生無意氣，一怒敢叫天子露戚容。
踏江踏湖踏歌，我有一劍仙人跪；提刀提劍提酒，三十萬鐵騎征天。

目錄

第一章　涼莽軍鏖戰流州　老嫗山戰事膠著

如果細看離陽版圖，就會發現北涼道如同一柄狹刀，而北莽南朝姑塞州以南、涼州以北的關外，如同一塊磨盤。

這一處廣袤戰場，恰似磨刀石，最終打磨出了北涼鐵騎甲天下。

慕容寶鼎部先鋒騎軍兵分兩路，三萬冬雷精騎長驅直入，主動尋覓左騎軍，三萬柔然鐵騎直撲右騎軍。這位身兼橘子州持節令的北莽皇親國戚則親自坐鎮中路步軍，並未以身犯險。

寶瓶州持節令王勇和河西州持節令赫連武威，在各自兵圍茯苓、柳芽兩座軍鎮後，同樣分出兩、三萬騎軍南下馳援冬雷精騎和柔然鐵騎。慕容寶鼎負責北涼邊騎野戰主力的意圖毫不掩飾，但這無疑是堂堂正正的陽謀，北莽皇帝和太平令就是要用慕容寶鼎兩部精銳精騎去牽扯北涼關外左右騎軍，既要引蛇出洞，讓兩支騎軍與那座拒北城拉開距離，又要阻止左右騎軍對懷陽關防線的支援。總而言之，北莽就是要這兩支北涼野戰主力，消耗在拒北城和懷陽關兩線之間。

雖然北莽的意圖很明顯，但拒北城議事堂在年輕藩王和諸位武將大佬商議過後，對此沒有任何退縮，從頭到尾都沒有人詢問這兩場仗到底打不打，而是在商量怎麼打。

右騎軍主帥錦鷓鴣周康最後留在了議事堂，大概還有一些事情要與年輕藩王交代。左騎軍副帥陸大遠和右騎軍二把手李彥超，年齡相仿的兩人恰好並肩跨出門檻。

李彥超與橫空出世的陸大遠並不熟悉，什麼滿甲營歷史上最年輕的副將，什麼李陌藩、王靈寶的老伍長，什麼當年能夠與徐璞、吳起還有劉寄奴平起平坐的徐家老卒，只認軍功的李彥超都不上心。

而且很有意思，作為陳芝豹擔任北涼第一任都護時期在邊軍崛起的那一代青壯將領，李彥超和那些一起轉投右騎軍的這些校尉，與老一輩興起於春秋微末的徐家將領，無論是性格還是治軍，可謂差異鮮明，涇渭分明。

就像陸大遠重返邊軍後，哪怕執掌整支左騎軍的實際兵權，也從無新官上任三把火的官場習俗，對麾下武將都和和氣氣，平時檢閱騎軍也不會板著臉，對於陳芝豹那套規矩森嚴的北涼軍律也是置若罔聞，能不計較就不計較，或是在議事堂商討軍機事務，也不像李彥超這般不苟言笑，就算是越發積威深重的年輕藩王親自問話，陸大遠都是那副天下萬事都不是個事兒的憊懶模樣，這自然讓性情嚴謹治軍嚴苛的李彥超看不順眼，絕無結交之心。

陸大遠和李彥超並肩走向兵房，有些事宜還需要向楊慎杏那邊打招呼，這種大規模的用兵調度，不僅是楊慎杏這位副節度使，白煜領銜的戶房也要摻和其中。

李彥超突然停下身形，主動與陸大遠說道：「能不能借一步說幾句話？」

陸大遠自然沒有拒絕，兩人沒有急於步入兵房，而是走下臺階。

議事堂與東西兩廂六科房正對面有一座木制牌坊，正反兩面皆有字，面南書有「西北」四個紅底金字，是年輕藩王親筆，北邊是李義山書寫的一條北涼官場箴規：「天地可欺，不欺百姓」，藩邸成員處理軍政事務，抬頭便能見到此箴。

陸大遠領著李彥超來到木牌坊下，微笑著開門見山：「我知道，我這個位置本該是你李彥超的，如果你要是為此有什麼想法，我就算想攔，也攔不住。」

李彥超皺緊眉頭，沒有說話。

披掛甲冑的陸大遠抬臂使勁搓了搓手，甲片牽引，一陣嘩啦啦作響，這位一步登天的新任左騎軍副帥輕輕吐出一口濁氣：「關外左右騎軍一向關係不錯，要不然也沒本事能夠處處與大雪龍騎軍掰手腕，連纖離牧場和天井牧場也成了咱們的後院。

據說早年龍象軍還沒挪窩去流州的時候，為了兩百匹甲等戰馬的事情，跟左騎軍起了衝突，當時李陌藩、王靈寶兩位龍象軍副將鬧得很凶，原騎軍統帥鍾洪武都壓不住，上任都護陳芝豹則是不樂意管，鬧到最後還是右騎軍出動了兩千頭等精騎，連夜一路趕到左騎軍大營，明擺著要為已經打算息事寧人退讓一步的何老帥撐腰，這才搶回了那兩匹好馬。

這麼多年，左右騎軍都很抱團，所以跟龍象軍、白羽輕騎還有鐵浮屠，或多或少都有矛盾。我聽過一個說法，在左右騎軍管輜重雜務的小都尉，都比北涼境內的實權校尉說話更管用，以至於關外柳芽、茯苓、重塚、清源這四大軍鎮的頭頭，都很怵左右騎軍。」

李彥超語氣淡漠道：「陸大遠，別忘了你如今便是左騎軍副帥。這番掏心窩子的話，你與王爺去說，可能有用，和我李彥超說，就沒意思了。」

陸大遠撇了撇嘴，回頭望向那座議事堂和六科廂房，盡是腳步匆匆的忙碌身影，他隨手拍了拍自己身上的沉重甲冑，笑道：「我認識的徐家，以前不是這樣的，全他娘的都是一群大老粗，人人佩刀負弓、披掛鐵甲，就連大將軍身邊僅有的兩位讀書人，李先生和趙先生當年也一樣懸佩徐刀參與議事。

今兒這棟大將軍府邸裡頭，李功德、白煜這些人穿文官公服，那些軍機參贊郎穿襦衫，放眼望去，讀書人真多，像咱們這樣掛個烏龜殼的，真少。」

手頭還有大量事務需要親自處理的李彥超沉聲道：「大戰在即，軍務繁重，陸大遠你有話直說，別跟我繞彎子、兜圈子，我不奉陪！」

陸大遠點了點頭，並未因為李彥超的倨傲姿態而生氣，笑咪咪道：「我陸大遠是驢子、是騾子，已經將近二十年沒拉出來遛遛了，既然王爺信得過我，讓我坐上左騎軍實際上的第一把交椅，那我總不能讓王爺失望。

話說回來，我陸大遠大大小小打了六十幾場仗，還真沒輸過，這次更不會開這個葷。今兒拉你出來聊天，就是跟你透個底，左騎軍交到我手上，王爺放心，何老帥放心，也請你李彥超放心，總歸要讓關內關外都曉得一個道理——左右騎軍，一貫驕橫跋扈，可咱們有跋扈的資格，不信，就讓所有人瞪大眼睛瞧著。什麼大楚雙壁寇江淮、謝西陲，什麼曹奔雷、郁得意，在咱們這些徐家鐵騎的前輩跟前，以後等到論功行賞的那天，只要在路上遇上了，就老老實實讓一讓！」

陸大遠轉頭直視李彥超：「老李，咋樣？」

李彥超冷笑道：「話，還算中聽，人有沒有真本事，我拭目以待。接下來左騎軍斬首殺敵能有我右騎軍一半，回頭我就請你在拒北城喝酒；沒有，到時候遇上我，就滾一邊涼快去。」

陸大遠伸手一拍李彥超腦袋：「你這崽子，脾氣比大將軍當年還臭！」

這輩子幾乎都沒給人拍過腦袋的李彥超有些懵，等到回神的時候，陸大遠已經屁顛屁顛跑路了。

議事堂大門口，看到這驚世駭俗一幕的錦鶻鴣周康也是瞪大眼睛，無奈道：「這陸大遠夠可以的，連李太歲的腦袋也敢碰。」

徐鳳年一笑置之，輕聲道：「如此一來，左右騎軍的擔子有些重了。」

周康冷哼一聲：「既然王爺相信寇江淮那撥年輕人能在流州打開局面，清源軍鎮那筆糊塗帳，我也懶得多說什麼，但是即便沒有石符、寧峨眉、袁南亭三人支援，老何的左騎軍和我的右騎軍，對上慕容寶鼎和後邊的王勇、赫連武威，王爺你大可以把心放回肚子裡。」

徐鳳年猶豫了一下，還是說道：「三萬冬雷精騎和三萬柔然鐵騎，可以算是北莽南朝第一等精銳的大規模野戰主力，北莽捨得用這麼大的誘餌，你們切莫掉以輕心。」

周康「嗯」了一聲。

徐鳳年突然朝這位曾經為自己送行入京城的老帥抱拳道：「走好。」

錦鶻鴣周康還以抱拳，沉聲道：「唯死……死戰而已！」

兩人心知肚明。

事實上——

唯死而已。

◆

流州之戰一觸即發。

當時涼莽雙方都沒有意識到，這將會是一場意義深遠的定鼎之戰，直追那場結束春秋亂局的西壘壁戰役。

北莽主帥黃宋濮在大勝後，裹挾氣勢長驅直下，撲向流州中樞青蒼城。與此同時，心存一錘定音企圖的北莽皇帝不惜掏空姑塞州軍鎮實力，調遣四萬南朝邊關精兵增援黃宋濮部主力。兩條串聯起三十餘座大小軍鎮關隘的主幹驛路上，人滿為患，馬不停蹄，火速南下。

雙方大軍在老嫗山左側一帶的廣袤平原集結，此地距離城牆低矮的青蒼城不過七十里，流州將軍寇江淮前不久在北方戰場雙手奉送北莽一場大勝，令北莽南北兩京士氣大受鼓舞。但無論是北涼都護府還是拒北城藩邸，始終不曾因此貶謫寇江淮，故而寇江淮依然是此次會戰的主將，統率一萬嫡系流州青壯騎軍、兩萬就邊軍規格而言要超出流州騎軍一籌的龍象軍以及一萬六千餘謝西陲麾下的爛陀山僧兵。

大概是清楚這場戰事走勢將會決定整個流州版圖的歸屬，青蒼城也竭盡全力派遣出了原本直轄於刺史府邸的三千騎軍。兵力懸殊的四股流州勢力，流州境內總計接近五萬兵馬，可謂孤注一擲，交由寇江淮全權處置。

雖然涼莽雙方相較最初兵力對比，黃宋濮部主力其實優勢漸小，但人數依舊穩居上風的草原騎軍士氣不低，這主要歸功於寇江淮先前的那場昏庸調兵，馳援流州的爛陀山僧兵與流州邊騎脫節嚴重，導致龍象軍出現建制以來第一次慘重死傷，所以這支兵馬軍心大振。

經歷過三場阻截戰後，黃宋濮嫡系精騎還剩下一萬兩千騎軍，若是算上幾乎傷亡殆盡的青草欄子，折損堪堪過半。以此可見，流州破關之戰，是當之無愧的苦戰，這一萬多戰力出眾的精騎無疑是下一場大戰的定海神針。

出身於隴關甲字豪閥的完顏銀江在第二場大戰裡丟盡顏面，正因為他的失誤，北莽無法形成嚴密的包圍圈，使得寇江淮部主力輕鬆突圍揚長而去。他的兄長，作為南朝權貴第一人的完顏金亮，密信斥責要先於北庭王帳皇帝陛下到達軍中，措辭極為嚴厲，言下之意，竟是告訴完顏銀江若是無法在流州挽回家族顏面，那麼家族就要對完顏銀江關上大門。

在流州第三場戰役展開之前，完顏銀江不但召集了所有軍中武將，連百夫長也一個不落喊到營帳外的空地上，讓所有人立下軍令狀——戰場之上，每什十人，若一什之內無一人得以殺敵立功，什長與領軍百夫長一併斬立決！千夫長降為百夫長！

所以在第三場戰役中，完顏銀江部騎軍人人悍不畏死，戰後統計，果然每什皆有斬獲，軍功之豐，竟要超過黃宋濮部主力，更是遠遠拋下幾大乙字高門聚攏起來的家底子騎軍。

當這封由老帥黃宋濮親筆書寫的捷報傳回草原兩京時，完顏騎軍轟動南朝，老婦人龍顏大悅，對完顏家族賜下足足十八條鮮卑扣腰帶，這意味著完顏子弟多出十八個怯薛衛名額，更重要的是此役保證了完顏姓氏坐穩南朝第一大姓的寶座。

但後遺症就是經歷過那場廝殺慘烈的戰事，完顏部私軍精騎人數銳減至一萬四千人，加上家主完顏金亮需要坐鎮涼州關外第二戰線，同樣大戰在即，完顏子弟已是傾巢而出，在南朝軍鎮邊軍馳援老嫗山戰場的隊伍之中，並無屬於完顏姓氏的騎軍。

如今北莽南方邊境上的姑塞州和龍腰州，除去參與南下叩關的兵馬，其餘駐守原地的大小軍頭，飽受洪嘉北奔遺民帶來的浸染，早已曉得奇貨可居的道理，尤其是姑塞州重要性略遜於北莽中軍所在的龍腰州，恰逢南下馳援的關鍵時刻，更是坐地起價，幾乎所有軍鎮關隘戍守騎軍私下都喊出了一個價格，畢竟往南奔赴老嫗山是大勢所趨，誰都無法拒絕皇帝陛下的旨意，可在這中間卻有很多桌面下的講究。

例如完顏家族唯恐完顏銀江在下一場戰役中因為兵力問題而出現紕漏，便偷偷向規模僅次於瓦築、君子館兩大重鎮的離谷、茂隆兩鎮分別開價，試圖說服兩支騎軍在老嫗山戰役中照顧完顏騎軍。

不料兩鎮主將都立場堅決地婉拒，原來同樣在流州前線的那幾位乙字高門，早已率先砸下重金與他們達成臨時盟約，而且開價遠比矜持的完顏家族要更有誠意！比如「買下」茂隆五千邊騎的某個乙字家族，不但許諾家族嫡女將與騎將的嫡長子聯姻，僅是一箱箱白銀，就往茂隆軍鎮砸下四十萬兩之巨！

照理說接連經過三場壯烈廝殺，戰力最弱兵馬最多的乙字騎軍本該戰損最重，但結果卻匪夷所思——南征前，浩浩蕩蕩四萬多雜牌騎軍，活下來跟隨主帥黃宋濮一起推進到老嫗山戰場的兵馬，依然有三萬四千騎之多！加上正在火速南下的姑塞州軍鎮勢力，從頭到尾都在大後方養精蓄銳的四萬南朝騎軍，都被這些乙字高門早早重金「包養」。

除去兩萬騎軍很早就屬於舊南院大王黃宋濮舊部兵馬，顯然會唯老帥馬首是瞻，可其餘兩萬騎軍，都被這些乙字家族八仙過海各顯神通地瓜分殆盡。對此，已經失去南院大王交椅的黃宋濮是無可奈何，坐在龍椅之上心繫中原的老婦人則是睜一隻眼、閉一隻眼。

擁有大量援兵的黃宋濮並未貪功冒進，否則這場馬上拉開帷幕的恢弘戰事，主戰場將是青蒼城下，而不是如同一座小島孤懸海外的老嫗山。

老嫗山以右地帶數十里，風高沙大，有著大片大片的崎嶇地貌，騎軍自然極難馳騁。第一場涼莽大戰柳珪部騎軍便是從老嫗山左翼的平原順利南下，只不過當時流州邊軍只是據城死守，兵力也相對孱弱，流民青壯尚未大規模投軍，龍象軍獨木難支，野戰主力不足以支撐起一場遠離青蒼城的大型騎戰，所以並未選擇主動出擊阻截。

不過顯然今時不同往日，寇江淮獲得一州完整兵權後，加上北涼都護府和年輕藩王對流州的格外重視，寇江淮不但打了三場蕩氣迴腸的阻截戰，更毅然決然選擇地勢平坦廣闊的老嫗山作為最終戰場。

勝，北莽騎軍從始至終都將看不到一眼青蒼城的城牆；敗，那麼別說一座青蒼城註定成為北莽騎軍的囊中之物，連流州恐怕都要淪為北莽南朝的一座新州。

老嫗山並不高大險峻，反而只像個山勢平緩的大土墩子，南北坡面甚至足夠讓小隊騎軍策馬登頂。哪怕是昏聵至極的庸將，也會覺得占據老嫗山俯瞰戰場利於審時度勢調兵遣將。

寇江淮是聲名鵲起的大楚雙璧之一，黃宋濮更是曾經憑藉赫赫戰功成為南院大王的功勳武將，因此老嫗山這處制高點的爭奪，在兩支騎軍正式大戰之前，就已經激烈展開。

黃宋濮沒有消耗別部精銳的私心，果斷派出僅剩的四百青草欄子下馬登山，提盾持刀。青草欄子在南朝邊關，一直與董卓麾下烏鴉欄子和大將軍柳珪的黑狐欄子齊名，一起位列前三，雖然下馬作戰，但人人體魄雄壯、膂力驚人，擅長接觸戰的捉對廝殺。

果不其然，流州方面針鋒相對地派遣出了六百白馬遊弩手，同樣僅持刀盾，幾乎同時悍然登山。

雙方幾乎同時進入老嫗山地帶戰場，又幾乎同時開始爭奪老嫗山，這大概就是所謂的天意巧合。

黃宋濮自然不會覺得四百青草欄子就能拿下老嫗山山頂，在這撥精銳馬欄子之後，是從各部抽調出來的六百死士。有青草欄子板上釘釘死在老嫗山，完顏銀江和其餘幾位乙字高門的權貴武將都沒有任何猶豫。

老帥黃宋濮在三場大戰中，表現得與第一場涼莽大戰裡的董卓截然相反，根本就沒有任何削弱別部兵馬勢力的舉措，次次死戰在先，死人在前。先後三場艱苦戰役，老帥向皇帝陛下稟報軍情，也是多有呵護，兩次全力攬下罪名，第三次大方送出軍功，若是這種前提下還要得寸進尺，一味保存實力，就連性情陰沉的完顏銀江都過意不去，所有六百死士裡，完顏銀江派出了三百完顏子弟。

果不其然，小規模接觸戰，沒有了戰馬帶來的迴旋餘地，死人更快，四百青草欄子迅速死絕。從山腳抬頭遙遙望去，老嫗山山頂皆是剩餘白馬遊弩手的身影。

六百南朝死士氣勢洶洶地投入戰場，流州那邊似乎僅是把白馬遊弩手作為占據先機之用，絕沒有讓所有遊弩手性命交待在老嫗山的意思。

這也在情理之中。老嫗山的歸屬，當然重要，卻不算至關重要，稱不上左右戰場勝負的形勢，若是涼莽雙方是中原版圖上節奏相對騎戰更為緩慢的步軍大戰，老嫗山的得失，意義更大。

但是在騎戰之中，尤其是達到這種雙方兵力累計破十萬的大規模騎戰，而且雙方皆是熟諳馬背作戰的精銳，戰機往往稍縱即逝，加上老嫗山並非位於戰場正中心，只是在偏離戰場的一側，到時候失去老嫗山的一方，大可以主動把主戰場撤離那座老嫗山，那麼老嫗山便於觀察戰場形勢的地利，便會隨之減弱。所以雙方心知肚明，老嫗山的爭奪戰，血腥慘烈，大抵上可以說是用作提升山腳將士的軍心士氣。

流州增援很快到達老嫗山之頂，是將近一千人的爛陀山僧兵，從涼州關外一直廝殺到流州邊關的白馬遊弩手，相比全軍覆滅的沙場死敵青草欄子，損失同樣不小，接近三百人當場戰死山頂。

偏離主戰場的老嫗山南坡山腳，作為領軍大將的寇江淮竟赫然在列。一萬流州青壯騎軍的兵權，這位流州將軍已經澈底交給乞伏龍冠，至於兩萬龍象軍，與北莽主力對峙的那處沙場之上，自然是徐龍象和李陌藩各領一萬騎。

寇江淮只說了如何打贏這場仗，如何詳細部署如何大致調度，卻絕對不會干涉龍象軍投入戰場後的廝殺。直轄於流州刺史府邸的三千騎也沒有出現在此地，而是跟隨在乞伏龍冠一萬騎之後，共成一路中軍，左右兩翼是戰力更強的龍象萬騎。

黃宋濮沒有像寇江淮這般閒情逸致地前往老嫗山北坡山腳，而是坐鎮己方中軍。當老將依稀望見爛陀山僧兵出現在山頂時，臉色凝重的老人終於輕輕鬆了口氣。

之前第三場大戰，謝西陲的僧兵連雞肋都不如，簡直就是拖後腿的累贅，讓這位南朝大將軍贏得一場連太平令都沒有想到的大勝，戰功之大，震動草原。但是黃宋濮內心深處，反而對這支北涼靠打贏密雲山口一役才收入麾下的爛陀山僧兵，更加忌憚。

不像很多南朝邊軍將領那麼樂觀認為那場流州邊軍失利的根源，是寇江淮有意壓制密雲一役名動天下的同齡人謝西陲，黃宋濮堅信這是寇江淮聯手謝西陲給自己下的一個套，一不小心，被勒緊脖子之人，就會是數萬草原兒郎。

手持鐵槍披掛重甲的完顏銀江策馬而來，大聲問道：「大將軍，何時衝鋒？」

黃宋濮瞥了眼老嫗山方向，平靜道：「再等等。」

知曉軍機內幕的完顏銀江有些納悶。除了四百青草欄子和六百南朝死士，老帥還有後手，整整一千五百邊軍健卒，用這些最頭等精銳去爭奪老嫗山，重視程度可見一斑，但是連用兵才華不如身世顯赫的完顏銀江都知道，兵力恐怕還是少了些，以北涼邊軍一貫死人可以、輸陣不行的死要面子尿性，最不濟得再加上一千人，才能稍稍保證吃下老嫗山制高點。一座老嫗山，只值這個價，投入更多兵力，在山上死更多人，對涼莽雙方主將來說，就都是一筆虧本買賣了。

老帥黃宋濮顯然一開始就沒打算非要拿下老嫗山，反而更多像是一種試探。完顏銀江經過三場大戰後，自知斤兩，桀驁性格早已抹平稜角，對老將軍的用兵本事心悅誠服，既然黃宋濮說再等等，與老帥一榮俱榮、一損俱損的完顏銀江也就沒有廢話什麼。

僧兵身影絡繹不絕地浮出水面，這些戰力卓絕的爛陀山和尚，在老嫗山之頂格外的引人注目，一千五百北莽南朝邊軍士卒紛紛慷慨赴死。

最終老嫗山之巔，仍站立有兩百袈裟越發猩紅刺眼的爛陀山僧人，而且流州兵馬還有不斷疊加遞增的趨勢，擺出一副老子吃定了老嫗山這位「老婆娘」的凶悍架勢。

完顏銀江安安靜靜停馬在老帥身側，眉頭緊皺，隨著最後的後手全部戰死，這也意味著老嫗山算是流州騎軍的禁臠了。

黃宋濮猶豫了一下，轉頭問道：「完顏將軍，你覺得爛陀山僧兵為了那座老嫗山，大概出動了多少人？」

完顏銀江下意識就回答道：「瞅著怎麼都戰死一千人了。」

黃宋濮一笑置之，沒有計較這位北莽豪閥俊彥的答非所問，抬頭看了眼晴朗天色，點了點頭，自言自語道：「不管如何，可以開打了。」

◆

沿著並不陡峭的老嫗山南坡，三位年輕人牽馬緩緩而行，分別是流州將軍寇江淮，北涼僅剩的白馬遊弩手校尉李翰林，親自為寇江淮帶來三千援兵的流州別駕陳亮錫。

除去在山頂嚴陣以待的數百僧兵，三人身後山腳，除去就地休整的白馬遊弩手，根本沒有任何兵馬。

李翰林率先離開隊伍，與袍澤一起將戰死之人的屍體搬下山。

距離李翰林不遠處，始終有一名身穿普通邊軍裝束卻不曾佩刀的高大男子，更奇怪的是所有人都對此人視而不見。

臨近山頂，陳亮錫輕聲問道：「寇將軍，你是如何猜出黃宋濮只會用不到三千人來爭奪老嫗山？」

寇江淮笑了笑：「跟他打了三場仗，大致清楚黃宋濮的脾性了，是個老成持重且精打細算的領軍主將。他知道老嫗山決定不了戰場走勢，如果不是沒有確定爛陀山僧兵的蹤跡，他連最後那撥一千五百人都不會派出來送死。現在總算讓他看出我要用爛陀山僧兵拿下老嫗山的決心，估計老傢伙差不多可以如釋重負了。

因為我一開始就下了死命令，決不許任何一名北莽死士出現在這座山頂上，看到南面山腳的底細後，能夠活著傳遞出軍情，以至於不得不麻煩李翰林身邊的那位跟屁蟲宗師暗中出手相助，為的就是讓黃宋濮猜不出南坡到底屯紮了多少僧兵。」

終於走上山頂，陳亮錫遙望北方，苦澀道：「就算知道了老嫗山南邊其實只有一千五百名僧兵，我相信黃宋濮也絕對猜不到僧兵主力的去向。因為就算是我陳亮錫，到現在還是覺得不可思議。」

這位流州將軍面無表情道：「生死有命，富貴在天，他出現在那處戰場，既是謝西陲自己選擇的，並且我寇江淮……也不想攔著他。」

心情複雜的陳亮錫唯有一聲嘆息。

密雲山口一役，謝西陲死守山口。

接下來，謝西陲便要親自率領一萬多僧兵，獨力抗拒六萬南朝邊關援兵。為的就是讓流州騎軍聯手清源軍鎮兵馬，一口吞下黃宋濮部主力。

饒是陳亮錫這種兵事門外漢，也心知肚明。

有些戰場，能夠置之死地而後生；有些戰場，沒有。

陳亮錫想不明白，明明寇江淮沒有親自開口下令，謝西陲就已經主動提出此事，當時連同徐龍象、李陌藩和流州刺史楊光斗在內，所有人都猶豫不決。

因為誰都知道一件事：哪怕是完完整整的兩萬爛陀山僧兵加在一起，在拒北城內那位年輕藩王的心目中，都不如一個被他親手帶離西楚的謝西陲重要。

也只有寇江淮膽敢公然點頭答應，任由謝西陲赴死。

◆

荒無人煙的老嫗山以西崎嶇地帶，謝西陲停馬不前，身後是一萬多僧兵，人人棄刀負大盾，手持拒馬長矛。

等到擔任斥候的中年武僧飛掠而返，告知前方十里並無北莽斥候後，在主將謝西陲的振臂向前之後，這支兵馬才繼續快速前行。

嘴唇乾澀的謝西陲咧嘴一笑，輕輕呼出一口氣，沒來由想到年少時分蹲在臺階上曬太陽，那位經常低頭從自家門口快步走過的秀氣小娘。

北涼以南，有她。

理由足矣！

◆

老嫗山以北廣袤平原，號角嗚咽，聲勢震天。

黃宋濮部嫡系一萬兩千騎、完顏精騎一萬四千、三萬四千騎乙字騎，其中還夾雜有五、六百人馬俱甲的罕見重騎。

蓄勢待發的北莽騎軍列陣拖曳出五、六里縱深，連綿不絕，相較北涼流州邊軍出現在正面戰場上僅三萬出頭的騎軍，北莽高漲士氣毫不遜色，兵力更是遠勝。

主帥黃宋濮沒有刻意追求出奇制勝的排兵布陣，雖然此處戰場極為遼闊，但這位穩坐南朝第一人十多年的功勳大將沒有竭力鋪展鋒線，顯然不打算去打一場盛況空前的大型亂戰，也不像流州邊軍那般分出左中右三軍陣形，而是以自己嫡系作為先鋒，完顏精騎緊隨其後，人數最多的乙字騎軍殿後，層層遞進。

如此一來，就最大限度削弱了北涼邊騎擁有天然兵甲之利造成的鑿陣力量，保證己方陣形的同時，便能迫使流州騎軍身陷泥濘，減少反復衝鋒的次數。

反過來說，能夠讓春秋史書上那個「西陲北疆多驍騎鐵蹄，衝突馳騁，來去如風，聚散不定，中原非高城雄關絕不可擋」的草原鐵騎，不得不選擇這種穩固陣形來進行騎戰，本身就襯托出北涼騎軍的卓絕戰力。

◆

寇江淮和陳亮錫兩人所站的老嫗山之巔視野極佳，俯瞰戰場，可以看到涼莽雙方的騎軍在同時展開衝鋒之後，如兩股洪水迅猛決堤，相撞而去。

陳亮錫從不以擅長兵事的兵家自居，對待戰場也從無武將那種發自肺腑生出的熱血激盪，甚至可以說這位驚才絕豔的聽潮閣第二代徐家謀士，對於沙場廝殺抱有一種讀書人本能的反感。儒家推崇修身、齊家、治國、平天下，精髓或者根底便在於那「治平」二字，故而天下大治，世道太平，才是讀書人真正的安心之鄉。

陳亮錫下意識轉頭望去，只見一手牽馬、一手按刀的寇江淮臉色平靜。陳亮錫經常被拿來與同為清涼山謀士的徐北枳作對比，這就像西楚廟堂總喜歡各憑喜好去點評大楚雙璧的寇江淮、謝西陲到底誰用兵更為出神入化，是一個道理。

在北涼關內官場和關外邊軍，流州別駕陳亮錫與品秩更高的一道轉運使徐北枳，高低優劣，截然相反。北涼邊軍更認可親歷過第一場涼莽大戰的陳亮錫，認為陳亮錫真正接過了聽潮閣李義山的衣缽，未來不是沒機會達到能夠與之比肩的超然高度。

但是三州官場，尤其是徐北枳待過的涼州、陵州，對徐北枳更為高看，視為北涼道真正能夠媲美離陽首輔張巨鹿的砥柱之材，具有一朝一代僅一人的宰相器格，而陳亮錫大概不過是邊疆一道經略使或是中樞一部尚書的才識。

陳亮錫對於這些在北涼高層暗流湧動的風評，並不以為意，這是性情根骨使然。雖然出身江南道寒庶，曾經連參加名士清談同席而坐的資格都沒有，但是比起離陽朝堂許多通過科舉及第彷彿一夜之間驟然黃紫的官員，陳亮錫要更為豁達。

倒是經常有人半開玩笑地對他說，徐北枳心存高低之爭，就連刺史楊光斗也直言不諱，君子爭與不爭，要看時機，告誡他陳亮錫決不能當真萬事不爭，一味退讓。對於如今同在流州領軍打仗的大楚雙璧，陳亮錫自認對後至流州的謝西陲觀感稍好。

自己與此人一文一武，可身世相當，都是市井底層，而且謝西陲相比性情倨傲的廣陵道大族子弟寇江淮，更符合讀書人的君子如玉印象，與之交往，如沐春風，寇江淮則始終如同夏日正午的當空驕陽，耀眼，也刺眼。

但是即便如此，與之交往越深，陳亮錫對寇江淮也逐漸由衷欽佩起來。記得年少讀史，讀至「勝不妄喜，敗不惶餒，胸有激雷而面如平湖者，可拜上將軍」，頗為神往。老嫗山此時此地，陳亮錫望著寇江淮神色堅毅的側臉，心中生出「兵法大家，正該如此」的感慨。

寇江淮沒有轉頭，突然開口道：「如果我打贏了這場大仗，但是謝西陲戰死，那麼對我來說，就是北涼贏了，我輸了。」

已經在官場浸淫多年的陳亮錫自然知曉其中玄機，疑惑道：「既然如此，寇將軍為何還答應謝將軍慷慨赴北？」

寇江淮笑了笑，一臉天經地義的表情，緩緩道：「春秋定鼎之戰西壘壁，知道雙方真正投入戰場的騎軍是多少人嗎？其實陸陸續續累加才不到十四萬，遠不如戰場中後期雙方仍是動輒一次增援四、五萬步軍。這既是因為那場收官戰之前兩國兵力都消耗極大，騎軍更是早早就大量傷亡，也因為廣陵道疆域本就不適合大規模騎軍聚集作戰。

所以別說是我和謝西陲，就連曹長卿，或者說所有中原用兵之人，都會有一個心結，那就是與號稱大奉之後天下無敵的草原騎軍，來一場堂堂正正的騎戰。沒有依託險隘，沒有死守雄城，就在地勢平坦的戰場之上，戰馬對戰馬，戰刀對戰刀……」

說到這裡，寇江淮略作停頓，雙手分別鬆開馬韁和刀柄，猛然握拳重重砸在一起：「硬碰硬，來一場堂堂正正的撞陣！」

寇江淮眼神炙熱：「且！我中原騎軍大勝之！」

饒是陳亮錫這種排斥沙場死傷的文人文官，聽聞此語，也難免湧起一股壯懷激烈的情緒。

寇江淮伸出一隻手臂，遙遙指向山腳兩軍即將撞在一起的戰場：「恰好，千載難逢的機會就擺在我和謝西陲的眼前，我想贏，他也想贏，所以不管為什麼、為誰，都不能輸！只不過謝西陲更狠，他為了這場大戰，肯付出性命的代價。

我不如他，只願意承擔以後在北涼仕途前程黯淡的代價而已。梟雄重成敗，英雄不惜死，也許以後青史之上，對謝西陲的讚譽會比我更多一些吧。」

陳亮錫無言以對。

◆

老嫗山右側的戰場之上，雙方兵力達到十萬騎軍的戰事，壯觀而慘烈。

為了加大鑿陣力度，流州三支騎軍居中的流民青壯騎軍，又以六千直撞營率先加速衝鋒，躍出原本鋒線。

在第一撥衝鋒中，黃宋濮沒有動用那支名副其實的鐵甲重騎軍，而是將其雪藏在戰場之外，依舊是老帥自己率領嫡系精騎，依舊是這位曾經官至南院大王的老將一馬當先。

摒棄誘敵和游弋戰術的騎戰，騎軍撞陣，便是換命。

六千直撞營作為錐陣尖頭，在加速途中，漸次減少鋒線寬度，與列陣井然有序的黃宋濮麾下一萬兩千嫡騎，轟然撞在一起。

流州鐵蹄鑿陣，如大錐開山。

連同直撞營在內，總計流州一萬騎拚死衝鋒。

他們鑿陣更深，便能夠讓位於錐陣兩翼的兩支龍象軍更輕鬆撕開北莽騎軍。

黃宋濮部署的前中後三軍疊陣，在這種沒有任何花哨的撞陣之中，發揮出驚人的效果。

老帥所率一萬兩千騎戰力，是久經戰陣的頭等邊關精銳，本就勝過流民青壯打造而成的流州邊騎。

雙方相互開陣前突五百步，不斷有流州騎軍被捅落馬背，直撞營錐頭最前兩千騎，當場戰死者十有五六。

墜馬者在這種騎陣厚度的持續衝撞下，往往連對北莽敵騎造成奔速凝滯都成了奢望，北莽騎軍甚至不用刻意割取頭顱，戰馬筆直一撞而過便是。

一萬四千完顏精騎並未緊隨黃宋濮部嫡系騎軍，而是在兩軍之間有意逐漸拉開了六、七百步的鮮明空隙，如此一來，完顏銀江麾下人馬體力俱佳的家族私軍便能夠展開二次衝鋒。

當剩餘七千上下的流州騎軍鑿穿黃宋濮部騎軍陣形後，便正好直面對上了奔速恰好提升到極致的完顏精騎。

一方速度與勢頭都在下降，一方氣勢正值巔峰，撞陣結果，顯而易見。

一萬四千完顏精騎手持槍矛策馬狂奔，憑藉戰馬衝鋒帶來的衝擊，無比勢大力沉。

五百騎流州邊騎竟是被一個照面、一次擦肩而過就戰死馬背。

以至於位於後方的完顏騎軍，甚至有閒情逸致去抓住機會稍稍彎腰，一槍捅死那些不幸落地的流州騎軍。

當這支兩度突陣而出的流州騎軍，終於遇上人數最多的乙字騎軍時，已經戰損極重。

所幸他們的犧牲，為左右兩翼的龍象軍減少了很大壓力。

大雁無論北飛南渡，從來是頭雁最為吃力，沙場錐陣如雁飛，更是如此。

南朝乙字高門拉攏起來的騎軍，雖然陣形最厚、縱深最長，反倒沒有對流州騎軍造成太大威脅，面對戰損不大的龍象軍衝殺，顯然吃虧不小。

不過是一次交換戰場位置，涼莽雙方，屍橫遍野，人馬皆是。

雙方騎陣依舊各自保持相對穩定的陣形，這意味著下一場衝鋒，死人會更多、更容易。

陳亮錫站在山頂，親眼目睹這場慘烈撞陣後，默然無聲。

若是只以老嫗山戰場來判斷，按照這種態勢繼續下去，最終獲勝一方只會是北莽。

寇江淮從頭到尾都神情淡漠。

這裡死人不夠多，北莽不覺得戰功唾手可得，或是讓黃宋濮察覺到形勢不對，那麼老嫗山最終的包圍圈就根本堵不住北莽主力，畢竟這裡不是地理形勢得天獨厚的幽州葫蘆口，更沒有大雪龍騎軍和兩支北涼重騎軍那樣的恐怖兵馬負責堵截退路。

寇江淮轉頭望向東南方向。

北涼道於流州境內新修的兩條驛路皆是橫向，分別通往涼陵兩州，遠不如關內三州體系縝密。這也是無奈之舉，疆域廣闊的流州僅有三座軍鎮作為依靠，卻與北莽兵力強盛的大半座姑塞州接壤，故而在流州境內修建縱向驛路，只能方便草原騎軍的長驅南下，這是自毀邊防的舉措。退一萬步說，就算那位年輕藩王莫名其妙地衝昏頭腦，不自量力地窮兵黷武，在流州大建驛路，相信青蒼城刺史府、懷陽關都護府和清涼山都要同時造反。

◆

老嫗山右側的平原地帶，是青蒼城城下之外，最適合騎軍作戰的地形，寇江淮在兩場大捷後第三場堵截戰選擇的地點，正在老嫗山以北兩百多里的一處黃沙平地。

那處與老嫗山的平原地形之間，有一條南北走向的巨大廊道，大體上呈現女子纖腰的收束之勢，草原騎軍若是由北向南推進，此地雖然稱不上前往老嫗山戰場的必經之路，但比起繞路，可以縮短六十餘里路程。

而且這條走廊並不狹窄險峻，絕算不上羊腸小徑，無法設伏兩側，相反，廊道兩側山勢平緩，整條廊道寬窄始終大致相當，都在一里半左右，大隊騎軍馳騁，可以說是毫無阻滯。所謂廊道形如女子蠻腰，不過是相較於整個流州版圖而言，故而從第一場涼莽大戰的柳珪騎軍南下，到第二場大戰的寇江淮三場阻截戰，雙方都沒有看上這條曾被流民取名「螞蚱腿」

的地方。

但是在浩浩蕩蕩馳援老嫗山戰場的五萬南朝邊騎，當所有人幾乎都可以看到這條廊道北口的時候，偏偏已經有一支流州兵馬在廊道中段位置，橫空出世，等候多時！

當馬欄子急匆匆回稟軍情之後，五萬騎軍的幾位北莽將領都陷入尷尬的兩難境地。清一色流州步軍擺出死守廊道的架勢，人數在一萬四千左右，主力是西域爛陀山僧兵，還夾雜兩、三千流州本土兵馬。壞消息是以這條廊道作為戰場，騎軍無法左右游弋薄其陣，好消息則是那支結陣以待的步軍，並無攜帶任何大型拒馬器械，兵力本就絕對占優的騎軍一旦撞開步陣，迫其倉皇後撤，別說是一萬七、八千步卒，就是兵力再翻上一番，也不夠這支騎軍揮刀砍殺。

北莽南朝騎軍對於北涼騎軍的戰力，或是燕文鸞麾下幽州步卒的實力，二十年邊境死磕，已經不敢存有小覷之心，可要說換成其他兵馬，還真不當回事。

這不是盲目自負，而是自大奉末期以降四百年，草原鐵騎靠著無數次叩關邊境、遊掠中原，不斷積攢出來的巨大自信。除此之外，真正讓數位南朝騎軍萬夫長感到為難的原因，是他們從離開駐地越過邊線到進入老嫗山戰場，不管是北庭王帳還是近在咫尺的西京廟堂，或是南邊大戰正酣的主帥黃宋濮，都嚴令務必準時參戰，在關鍵時刻對整個戰役一錘定音，徹底消滅流州所有野戰主力，因此，五萬騎軍絕不可貽誤絲毫時機！

如今擺在這些南朝手握兵權的武將面前的難題，不單單是否繞路遠行，因為位於廊道中段布陣拒馬的僧兵，一樣可以火速南撤。也許更換戰場，北莽騎軍可以更快破陣，但是快馬狂奔六十里額外路程的消耗，絕不是這些南朝軍鎮關隘大小將領可以承受的代價。再者，一萬多西域僧兵的軍功，尤其是領軍主將極有可能是一顆腦袋就能換取封侯戰功的謝西陲，太誘人了！

打不打？

當然打！

於公於私，北莽南朝騎軍都覺得要在這條廊道裡大戰一場，好大撈一筆戰功。皇帝陛下新近欽賜給完顏家族的那十八條鮮卑扣玉腰帶，就是最好的例子！

大功在前，體力與精氣神都處於頂點的五萬騎軍，還衝不破一萬多步軍的陣形？

◆

廊道步陣那邊，披掛鐵甲腰佩戰刀的謝西陲坐在馬背上，舉目眺望北方。

大風拂面，好像已經能夠聞到血腥氣。

這名被譽為大楚雙璧之一的流州副將，此時眼神堅定，臉色沉穩。

曹長卿曾經與西楚女帝姜姒私下評點一朝武將名臣，大多平平，唯獨說到謝西陲這位得意弟子的時候，破天荒地毫不吝美言，尤其以「沙場用兵，點石成金」八字分量最重，但是最後又補充了一句彷彿只是題外話的評價：「謝西陲之堅韌不拔，猶勝寇江淮」。

謝西陲緩緩閉上眼睛，這位連離陽年輕皇帝都恨不得招徠進入太安城的年輕人，如今是大楚亡國人，卻為北涼將。

大楚昔年無敵於春秋兩百年，破敵所恃者有三：堅甲強弓、長槊大戟、軍令制度。在大楚姜室國力最為鼎盛之時，曾經打得國境之北的離陽、東越毫無脾氣，如同壯漢拳打稚童。

哪怕大楚軍力由盛轉衰，位於春秋九國北方一隅的離陽開始重視培養騎軍，但是在景河一役十二萬大戟士全軍覆滅之前，整個中原仍然堅信以形成一定規模的離陽騎軍戰力，對陣這支被譽為歷史上最強大的重甲步卒，絕對占不到絲毫便宜。

但先後三場大戰的景河一戰，事實證明只要是在合適的戰場上，沒有足夠騎軍在旁策應支援的重甲步卒，哪怕數量再多，也只能束手待斃。雖然未必會輸，但絕對不會獲得大勝。

那場遠遜西壘壁的騎步經典戰役，一直被離陽史家兵家有意無意低估輕視。一來三場戰役，雙方真正戰死兵力並不多，僅有三萬而已；二來騎步結合大獲全勝的徐家軍，為了防止在之後的關鍵大戰中出現紕漏，選擇慘絕人寰地坑殺八萬餘降卒；加上當時離陽老皇帝趙禮曾派出一位功勳老將與兩位趙室宗親參與協同作戰，所以趙惇登基稱帝后為尊者諱，也不便大肆渲染。

但是那場景河之戰，對勝利一方的徐家產生了極大影響，徐驍便在與部下參觀戰場的時候，蹲下身凝視一名大楚戟士的優良鐵甲。長刀劈砍，槍矛捅刺，竟依舊大致完好無損，他不由感嘆了一句：「人已死，甲尚全，如果我有這樣的鐵甲，能死多少人？我們不能再這麼窮下去了。」

從那以後，無論如何慘烈的死戰硬仗事後都只要軍功不要銀子的徐家，每逢破營破城，開始大舉私自扣下器械金銀，離陽無數言官抨擊的中飽私囊，絕非冤枉。當然人屠徐驍也從不否認，尤其是西壘壁戰役尾聲，徐驍做出一個大逆不道的舉動，也正是此事，讓徐趙兩家的香火情用去大半。

徐驍給麾下騎將徐璞和兩名義子陳芝豹和袁左宗下了一道密令，三人聯手，成功使得徐家祕密聚攏起一萬兵馬，比離陽既定的人選更早連夜率先大破西楚京城。之後更是大肆搜羅一切能夠成箱搬走的珍寶金銀，徐驍那句膾炙人口飽受詬病的「屎好拉不好吃」，這句名言出處，便在那場搜刮之後。

離陽軍方派遣使者帶兵前去問罪，徐瘸子便開門見山地說了：「東西已經到了老子肚子裡，想要就只能拉屎給你們了，你們要不要吃。」據說老皇帝趙禮聽聞奏報後給氣得哭笑不得，最後徐驍只是象徵性摳摳索索給朝廷大軍吐出一些戰利品，不了了之。

封王就藩西北邊陲之後，徐驍對器械之利的執念可謂變本加厲，與其說是北涼鐵騎甲天下，不如說是兵馬之優甲天下。

這二十年裡，私販鐵器給北莽草原，離陽漫長的邊關線上屢禁不絕，享受半國賦稅傾斜的兩遼邊軍小動作不斷，極難阻絕，直到陳芝豹短暫就任兵部尚書和顧劍棠離開京城親自坐鎮北邊，兩位兵權最重的軍方大佬在此事緊密配合，這才成功。就算是軍法森嚴的北涼邊軍，依舊有數位實權校尉因此被就地斬首，牽連之廣，從關內將種門戶到關外實權將領再到關隘都尉最後到大小烽燧，往往是一次事發就要掉落近百顆腦袋。

草原騎軍素來不缺戰馬而缺甲器，北莽在老婦人登基後已經大為改觀，藉著洪嘉北奔的東風，舉國上下，從冶鐵技藝到軍伍配發，皆是如此。但是遊牧民族某些根深蒂固的東西，哪怕二十年耳濡目染，依舊難以更改。

就像先前那支覆滅在流州西北的南襲輕騎，名動北莽南朝的羌騎，與洪敬岩入主的柔然鐵騎並稱「邊關騎軍輕重之最」，以老婦人的遠見和南朝西京廟堂的重視，豈會連給萬人羌騎配備優良器械的底蘊和魄力都沒有？可是那支羌騎始終保持皮甲快馬、短刀短矛的輕騎路線，雷打不動，這不能簡單視為北莽騎軍的門戶之見，更多是時勢造英雄使然。

北莽騎軍的馬蹄聲響越來越重，加上廊道天然回音，再加上北莽自認穩操勝券後的呼嘯聲，如同平地炸雷，聲勢雄壯至極。

謝西陲猛然睜開眼睛，抽出腰間涼刀，怒喝道：「結陣！拒馬！」

這次以步陣阻擊五萬北莽騎軍，謝西陲除了流州刺史府邸便有資格分配下來的五千張硬弓勁弩，還跟涼州邊軍方面討要了八百馬槊、一千陌刀！

陌刀興起於春秋南唐，重達五十餘斤，精鐵鑄就，非軍伍頭等銳士健卒不得手持。當年南唐邊境十六鎮，七萬餘兵馬，陌刀卒不過兩千餘人，戰力之強，曾被南唐舉國上下皆譽為白刃之王，認為若能聚集一萬陌刀結陣鎮守國門，可擋十萬南侵鐵騎。舊南唐第一名將顧大祖跟隨當時的北涼世子徐鳳年進入北涼後，除了破格擔任步軍副帥，在年輕藩王的極力支持下，懇請顧大祖幫忙墨家鉅子打造新式陌刀，以便將來配給北涼邊軍。

相比歷史上南唐健卒的五十斤陌刀，由於北涼男子體型更為雄健，膂力更大，北涼這種當之無愧的斬馬刀更為沉重，被墨家鉅子宋長穗諧趣取名為「刀六十」。只可惜從第一場涼莽大戰未起之時開始打造，至今才盡力鑄造出千餘把而已，而且在涼州關外戰場也很難有用武之地，然後謝西陲便全部討要過去。除此之外，還有那八百長槊。這些步槊比陌刀造價更為昂貴，稀罕程度，足以令人咋舌。

非戎馬世家子無以用馬槊，這是馬槊自從誕生起就有的一條鐵律。一是因為無論馬槊步槊皆極長，使用極難，尋常騎軍使用起來只會是畫蛇添足。二是耗時極久，造工之精良，匪夷所思，號稱至少三年造一槊，一向是歷代中原騎將苦求不得的第一等心頭好，比起一匹價值千金的良駒還要難以尋覓。

八百杆步槊，是年輕藩王親自下令，幾乎等於掏光了徐家家底才聚攏起來的一個數目。如果不是北涼軍律不准騎將自恃身分用槊，加上過慣了苦日子也是窮怕了的徐驍在春秋戰事後期，有意在兵庫民間大肆收集長槊，否則根本就是癡心妄想。

廊道之中，這支爛陀山僧兵組成的流州步軍，嚴陣拒馬。

最前是攢槊外向，寒光如雪！

三百人為橫隊，排出三列。

第一隊持槊跪坐，長槊斜舉向前，第二隊平端長槊前指，第三隊架槊於前隊士卒肩頭，同樣向前傾斜。

三列槊尖成林遮蔽之下的前方，還有雙手和肩頭死死抵住巨大盾牌的兩排健壯僧兵。

馬槊拒馬之後，便是每排兩百人分出四列的高大僧兵，手持八百斬馬陌刀。

大戰在即，八百人坐地休憩，甚至連北莽騎軍吹響衝鋒號角，在沒有得到主將命令前，八百陌刀手依舊不得持刀起身，務必最大限度蓄留體力。

一旦長槊拒馬僧兵皆亡，便要這八百陌刀僧兵列牆向前。

顧大祖曾經豪言，我南唐陌刀之前，人馬俱碎！

在這之後，便是兩千與僧兵隨行的流州邊軍，加上三千爛陀山僧人，配有五千張硬弓勁弩。

步陣對敵騎軍，真正首先阻滯騎軍衝鋒的，其實還是這五千名儘管陣形靠後的弓弩手。

謝西陲在下令拒馬結陣之後，沒有繼續停馬於步陣最後方，而是下馬走到弓弩手之後，摘下懸在馬鞍側的那面盾牌，然後他一手持刀、一手持盾，站在剩餘僧兵集結而成的步陣最前方。

呼嘯如雷的北莽騎軍，沉默如山的流州步陣，就在這條不知名的廊道中分生死。

後世史書，無論是濃墨重彩渲染，還是輕描淡寫而過，無一例外，都會以「六戰六卻」為此戰蓋棺論定。

戰事之慘烈，寥寥四字，已是無以復加！

◆

北莽在太平令擔任本朝帝師之後，對於如何攻打戰馬難越的巨城雄鎮，已經今非昔比。第一場涼莽大戰中，董卓攻破離陽邊陲第一鎮的虎頭城，種檀連破幽州葫蘆口臥弓、鸞鶴兩城，都是明證。不但如此，志在吞併中原的草原騎軍，對於如何破開密集步陣，這些年亦是鑽研頗深。春捺缽拓跋氣韻對此更是極有心得，此人在正式投軍之前一場畫灰議事中的君臣奏對，專門就騎步之戰洋洋灑灑萬言，細緻入微，讓熟諳兵事的北莽女帝大為讚嘆。

南朝邊軍在太平令力排眾議的推廣下，幾乎每名萬夫長身邊都會多出一、兩位來自西京樞機堂的軍機幕僚。這些人物大多年紀不大，屬於那種洪嘉北奔帶給南朝的春秋遺少，算是家族紮根草原後耕讀傳家至第三代的讀書人，出身草原北庭的青壯怯薛衛也有，卻不多。絕大多數邊軍大將對此都嗤之以鼻，視為繡花枕頭的監軍角色。真正願意重視這撥年輕人的南朝廟堂頂尖權貴，其實有，譬如大將軍楊元贊，可惜已經戰死於幽州葫蘆口。

當時楊元贊身邊攜帶了大批西京樞機堂初次培養出來的年輕俊彥，多達百人，卻一併淪為被築起京觀的累累白骨。老婦人雖然最後用虎頭城劉寄奴的屍體換回包括楊元贊在內的數顆頭顱，但就楊元贊沙場殉國後的諡號一事，表現出罕見的吝嗇刻薄，連象徵性下旨安撫楊氏子弟的舉手之勞都沒有去做。

傳言這位皇帝陛下甚至還曾指著石灰匣中那顆死不瞑目的老帥頭顱，與站在身旁的太平令坦言，楊老兒的確該死，毀朕十年基業！

在五位南朝萬夫長碰頭商定是否打這一仗的時候，一名品秩不高的樞機郎憑藉馬欄子的描述，便極力建言分兵兩路，其中三萬騎強攻廊道，兩萬騎繞路南下馳援老嫗山。

五名來自不同軍鎮關隘的北莽武將只有一人答應，其餘四人都拒絕這項過於保守的提議。那位來自茂隆軍鎮的中年騎將本就以性格暴戾著稱南朝，直接俯身用馬鞭指著那名年輕人的鼻子，罵他是個卵毛都沒長齊的玩意兒，哪裡曉得兵貴神速的道理。還言語陰陽怪氣地詢問年輕人，你小子該不會是北涼邊軍安插在咱們南朝境內的諜子吧。

那名唯一認可年輕人謹慎提議的年邁萬夫長於心不忍，剛要開口說話打圓場，就聽到其餘三名官職相當實權更勝的萬夫長哄然大笑。草原兒郎，尤其是軍中健兒，向來信奉可殺不可辱，那名父輩便戰死於北涼關外的年輕人氣得眼眶通紅，幾乎要咬碎牙齒，最後竟是主動要求作為騎軍先鋒。

他上馬離去之前冷笑著撂下一句：「我死後，會在陰間看著諸位將軍如何死。」

四名野心勃勃的萬夫長根本不以為意，讀過幾本破爛書就不知天高地厚的年輕人自己一心求死，他們這些與他無親無故的沙場武將，懶得阻攔。

但是僅在兩千先鋒騎軍撞陣碰壁之後，所有萬夫長就開始意識到事態不妙。

他們不是不清楚捨棄戰馬帶來的天然機動性，以騎軍正面破開步陣，絕不討巧，開路騎卒必然要死於撞陣途中，但是連同那名年歲最高的萬夫長在內，都沒有想到那座步陣的防禦，能夠如此驚人。

若說躲在拒馬陣之後的那五千張步戰強弓和涼州勁弩，齊射之後箭矢如一場瓢潑大雨，還在情理之中，那麼兩千騎中仍有一千多騎衝至那堵牆壁之後，那幅人馬皆是瞬間斃命的血腥畫面，讓見多了戰場血腥的萬夫長們仍是無比觸目驚心。

那兩千精騎，無疑是兩千死士，幾乎人人心知衝鋒必死，在弓弩射程邊緣地帶便開始加速前衝，躲過箭雨攢射的一千多騎在撞陣之時，其實氣勢最盛、衝速最足，一騎撞陣，憑藉戰馬狂奔帶來的慣性，那股巨大衝力的恐怖，不言而喻。

結果一千多騎死士，人與馬，全部戰死在長槊之下！

不下六百騎戰馬直接被長槊洞穿身軀。

最可怕之處在於第二撥騎軍幾乎肉眼可見，那些樣式奇怪的極長「槍矛」，展露出不可思議的恐怖韌性，洞穿無異於自殺的一匹匹戰馬屍體之後，絕大多數在抽離屍體之前都僅是彎曲而不崩斷。

像南朝邊軍尋常騎軍大多配給一根騎矛，往往一兩次衝鋒刺殺即裂，只有董卓、柳珪、楊元贊這些大將軍的嫡系精銳，用以鑿陣的鐵槍騎矛材質極優，才能多次反復撞陣而不折。但作為弓馬嫻熟的草原騎軍，都清楚哪怕是橘子州持節令慕容寶鼎麾下的那支冬雷精騎，槍矛也絕對沒有這支流州僧人步軍手中那杆來得……不講道理！

這兩千騎雖然有些心生怯意，但是在身後沒有響起撤兵號角之前，無人膽敢擅自撥轉馬頭回撤。

並非這撥騎軍人人不惜命，也並非全然不怕死，而是南朝邊軍雖然不如北涼徐家那般軍法如山，但是戰場上臨陣退縮，不但連累直轄上級，還會殃及全家，委實是容不得他們膽小惜命。

在兩千騎衝鋒途中，視野中那座流州步陣緩緩向後整齊移動十數步，盾陣如牆依舊，步槊成林依舊，攢射如雨依舊。

那名弱冠之年便戰死沙場的年輕西京幕僚，在步陣後退之前，人與馬俱是恰好掛屍於一根傾斜向上的步槊之上，如同一根猩紅的糖葫蘆，既滑稽可笑，又悲壯淒涼。胸口連同坐騎頭顱一起被長槊穿透胸膛的他死前，竭盡全力伸手握住那杆步槊，嘴角抽搐，似有言語，卻無法開口。

如果能夠活著回去，他一定更加堅持繞路南下，會告訴那五名誤以為天大戰功唾手可得的邊軍萬夫長，這玩意名叫長槊，槊杆極韌，槊纂極堅，槊鋒極銳！尖刀、重斧砍擊鏗鏘有金石之聲，絕不開裂折斷，一直是中原無數騎軍將領夢寐以求的白刃最利之器。

與他們草原騎軍較勁了將近四百年的薊州韓家，素來有「父死子接槊」的傳統，這即是說明一杆極難損壞的好槊，遠比一柄吹毛斷發削鐵如泥的好刀，更適合作為將種門庭的傳家之寶。

馬背殺敵，手持長槊，無往不利，執槊騎將幾乎不用擔心刺敵之力震傷手臂。用以步陣拒馬，又能差到哪裡？

第二撥兩千騎依然無一生還，但終究讓那座步槊拒馬陣產生鬆動。有百騎撞死了流州位於第一排的立盾僧兵，鮮血迸濺而死。兩次拒馬，八百步槊也總計崩斷三百多杆。

大奉王朝的詩聖，曾有一首邊塞詩流轉至今，形容邊陲名將的赫赫戰功：「陣前卻敵談笑中。」此句淺顯直白，但頗為傳神，「卻」字，更是畫龍點睛。

一名坐在馬背上的萬夫長不由自主地抬起屁股，望向遠處戰場，瞠目結舌，說不出一個字。

死人不怕，可死得這麼快，仗還怎麼打？

哪怕換成兩支騎軍交戰，短短三百步的衝鋒鑿陣，才需要多久？

那名先前曾經出言譏諷西京樞機堂幕僚的茂隆軍鎮主將，偷偷咽了口唾沫，僵硬轉頭對那名年邁萬夫長說道：「咱們要不要撤出此地，繞路六十里趕赴老嫗山？」

手底下其實只有六千騎的老將搖頭沉聲道：「騎軍破步陣，最難在開頭，這支流州僧兵的當頭拒馬威力最大，讓我方折損嚴重，在情理之中，相信只要破開那幾排槍矛，之後自然就會順暢許多。」

其餘幾名萬夫長都臉色陰晴不定，老將灑然道：「雖說不是不可以分兵繞道去往老嫗山戰場，甚至可以全軍撤出此地，一併繞路南下，但是憑藉這支流州步軍不惜身陷死地也要阻滯我們南下的速度，要麼是北涼邊軍在老嫗山戰場有陰謀，要麼是害怕我們形成包圍圈，總之我們能夠最快通過這條廊道，才是上上之選。打仗哪有不死人的道理，接下來的衝鋒，換由我來便是。」

這名老將曾是黃宋濮麾下一名才智中庸的百夫長，黃宋濮離開軍伍躋身西京廟堂後，步步高升，直至成為南院大王，老將這才水漲船高，堪堪擔任姑塞州中部腹地一座不大不小軍鎮的頭目。與其餘四名上陣之前就祕密收下一箱箱黃金白銀的萬夫長不同，老將拒絕了三位乙字高門使者的盛情邀請，卻又主動請纓趕赴老嫗山。既然不求財，在外人看來，大概就是人老心不老地求一求軍功了。

當四名萬夫長看到老將策馬前行之際，茂隆軍鎮的騎軍滿臉錯愕道：「老將軍要親自破陣？」

白髮蒼蒼的老將轉身淡然笑道：「麾下兒郎，好些年齡與我的孫子相當，身為一鎮主將當然要……」

一名青壯萬夫長皺眉打斷老人的話語，勸說道：「老將軍，按照邊關軍律，主將戰死在前，一旦戰敗，事後所有千夫長、百夫長一律斬首。」

老將一笑置之，瞥了眼南方廊道中的那座步陣：「要開此陣，六千騎肯定不夠。我鎮八千兒郎，不怕死的，都已經跟隨我這個老傢伙來到這裡了。」

也許這便是老人的最後遺言。

六千騎分作三撥，先後展開衝鋒。

兩次壯烈衝鋒過後，終於破開流州盾槊兩陣。老將一馬當先，渾身浴血，撞至八百陌刀之前！

手持北涼特製陌刀之僧兵，皆是爛陀山僧兵中體魄最為雄壯之輩，且身披袈裟之外再披鐵甲，列陣向前，揮刀劈馬，迅猛無雙！

連同老將在內，一千二百騎盡死於初次在涼莽戰場露面的陌刀之下。

北莽騎軍，一戰而卻，再戰再卻！

◆

老嫗山戰場，已經經歷兩次相互鑿陣。

流州一萬騎只剩下四千騎，其中新建直撞營六千騎，更是不足一千五百人。就戰損比例而言，兩翼龍象軍傷亡較小，仍有一萬三千騎尚有戰力。主帥黃宋濮領銜的北莽南征大軍，最初六萬騎，此時馬背之上，依然多達四萬八千騎。這種看似流州邊騎更勝一籌的互換，便是那位北莽帝師最期待的「流州戰場，南征主力小輸即大勝」。

如果沒有意外，再有兩次這樣的互換，鼎盛時達到三萬兵力的龍象軍，和那支剛剛得以樹營旗而戰的直撞營，就要一起成為過眼雲煙。

始終站在老嫗山山頂的流州主將寇江淮，在這種事態嚴峻至極的時刻，沒有任何化腐朽為神奇的變陣，只是派人傳令下去，讓原本待在戰場以外的刺史府邸統轄的三千騎軍，跟隨兩次鑿陣後返回原先位置的野戰主力，列陣於乞伏龍冠身後，參與第三輪衝鋒。

黃宋濮也下令那支人數僅有五、六百的重騎軍準備投入戰場。

老帥唯一的隱憂在於這場仗打到目前這個地步，北涼方面是流州騎軍死傷慘重，而己方則是他麾下嫡系和完顏精騎遠比乙字騎軍傷亡更高。若非如此，他甚至不會動用那支原本用來割取寇江淮或是徐龍象其中某顆腦袋的重騎軍。

陳亮錫忍不住問道：「再來一次衝鋒，流州騎軍就名存實亡了。寇將軍，是不是緩一緩？」

寇江淮搖頭道：「緩不得，打到這個份上，就是一口氣的事情。別說袁南亭的白羽輕騎和寧峨眉的鐵浮屠暫時無法趕至老嫗山，就算馬上能夠投入戰場，我也要再讓流州騎軍和龍象軍再衝兩次，否則即便謝西陲的僧兵能夠擋住五萬南朝援軍，以黃宋濮的用兵本事，最少能夠逃掉兩萬騎，一旦與北方那條廊道的剩餘騎軍會合，我們之前的三場仗，連同這一場，就白打了，甚至等於我寇江淮還把清源軍鎮的三支兵馬都拖進了流州戰場這片泥潭裡。」

陳亮錫嘆息一聲，沒有繼續說話。

寇江淮突然轉頭，輕聲道：「鳳翔軍鎮那場攻守戰，守將透過流州刺史府公開彈劾謝西陲，你寫了一條『不違軍律，有違情理』，我要跟你道聲謝。」

寇江淮說得很直接明白，是自己想跟這位流州別駕致謝，而不是為謝西陲。事實上，對謝西陲中正平和的點評，雖說遠遠不如刺史楊光斗那般措辭嚴厲，卻仍然不利於當時正處於風口浪尖之上的謝西陲。

但事實恰恰相反，在北涼邊軍中已經有一定說話分量的陳亮錫，是在有意保護那名犯了眾怒的流州副將。一旦他言辭偏袒謝西陲，只會更加激起涼州邊騎和整個幽州步軍的劇烈反彈，到時候可能連年輕藩王想要親自出馬保住謝西陲，都極為不易。

歸根結底，一旦謝西陲淪為北涼邊軍眼中的過街老鼠，那麼不只是同為年輕人和外鄉人的寇江淮，甚至是已經贏得認可卻根腳相似的郁鸞刀，都要被殃及。

陳亮錫苦笑著搖頭，感慨道：「這些都是王爺辛辛苦苦造就的局面，不用謝我，你真要謝，有機會下次去拒北城感謝王爺。」

寇江淮撇了撇嘴：「謝他姓徐的作甚，既然當了北涼王，這些就該是他勞心勞力的本分事。我下回去拒北城藩邸，不跟他討要個北涼騎軍主帥就算厚道了。」

寇江淮突然自嘲道：「不過估計我也打不過袁白熊。在北涼這邊就數這點不好，帶兵打仗的一個比一個生猛，一大堆武道宗師，之前在廣陵道那邊，我的劍術還湊合，在廟堂吵架打架都有底氣，如今啊，不行嘍。」

心情沉重的陳亮錫終於稍稍有了些笑意。

兩人放眼望去，那座老嫗山戰場，龍象軍主將徐龍象已經親手殺敵三百人，這還是他在確保騎軍衝鋒陣形的前提之下，若是不管不顧地徹底放手廝殺，恐怕北莽騎軍的那些主將就要崩潰了。

寇江淮的視線偏移向那座數目最多的乙字騎陣，笑意陰冷，喃喃自語道：「養肥了再殺。」

◆

三支騎軍進入流州戰場，其中涼州將軍石符親領清源軍鎮八千騎，沒有去往老嫗山，而是直奔那條廊道，不為救人，只為阻截通過廊道繼續南下的北莽南朝騎軍，也許是三萬，可能是兩萬。

在石符看來，謝西陲和那些爛陀山僧兵必死無疑。

寧峨眉麾下的鐵浮屠之前在龍眼兒平原損失慘重，元氣大傷，但是年輕藩王將八百白馬義從全部撥給鐵浮屠，甚至下令所有涼州關外四品以上武將，一律抽調出親衛扈騎，這才讓鐵浮屠在短短一月之間恢復到四千騎規模！

寧峨眉手持一杆大戟，率領四千鐵騎策馬狂奔。他要抄後路，直插老嫗山和北方那條廊道之間的地帶。若說石符是阻斷南朝邊騎南下之路，那他就需要斷絕黃宋濮南征主力的北撤退路。

最後一支騎軍，屬於絕對意義上的輕騎，充滿飄逸之風，人人負馬弓輕弩，馬鞍兩側皆掛箭囊，然後便只有腰間懸佩一柄北涼刀。

透出箭囊的箭羽雪白，如同兩團白雪，戰馬飛馳之時，極富美感。

主將袁南亭，領兩萬白羽輕騎，直撲老嫗山！

試想一下，風起之時，兩萬騎的一輪密集齊射，便像是一場滂沱大雨，兩萬雨落在敵軍頭頂。

◆

原本已經滲入姑塞州境內的一支八千精騎，突然掉頭向南，穿過邊境線，畫出一個斜弧，拚命疾馳向那條廊道戰場。

一位身材矮小滿臉疲憊的年輕騎將，不斷在心中默念，別死別死。

都說事不過三，你這傢伙就算加上密雲山口一役，也才兩次，閻王爺肯定不樂意收你。

別人自己找死，我管不著，但唯獨你謝西陲想不開，我得當面揍你一頓。

此人正是曹嵬。

綽號「曹奔雷」！

◆

拒北城藩邸籠罩在一股沉悶凝重的氛圍之中。

董卓除去麾下原有十四萬私軍包圍懷陽關，更說服北莽皇帝調動了兩萬在草原失去身分的流徙罪民，參與攻打懷陽關外城戰役，喪心病狂的董卓揚言他要用屍體堆出一座登上城頭的緩坡。

陸大遠和李彥超分別領銜的左右騎軍，在與冬雷精騎和柔然鐵騎的先頭騎軍進行了一系列小規模接觸戰後，終於先後迎來一場大戰。

兩處戰場，涼莽四支騎軍，總計投入將近四萬兵力，顯然敵我雙方都不曾傾巢出動。北莽冬雷精騎戰力之強，出人意料，達到萬人規模的柔然鐵騎也不容小覷，比起拒北城之前的預估形勢，左右騎軍傷亡稍大，這就意味著一旦被兩位北莽持節令的兵馬糾纏住，就很難輕易脫身。

一旦這支北涼關外野戰主力失去大範圍戰場轉移的靈活性，除了一萬大雪龍騎依舊可戰可退外，兩支註定無法單獨參與大型戰事的重騎軍，極有可能陷入尷尬境地。反觀北莽中路大軍，在王勇、赫連武威連袂打造的第二條戰線之後，還有一位太子殿下「御駕親征」。

這位北莽一人之下、萬人之上的天潢貴胄身邊，除了極少出現在戰場上的王庭鐵騎怯薛軍，還有以耶律、慕容兩大國姓命名的兩支重騎軍虎視眈眈。重騎軍確實戰力恐怖，但十分依賴大規模主力騎軍，這就像是劍神李淳罡的兩袖青蛇，需要滂沱氣機支撐，否則就是華而不實的屠龍之技。這便是北涼以一道之力抗拒北莽舉國之兵的艱難之處。

若是北涼邊軍能夠再多出十萬騎軍……那北莽肯定不選擇北涼作為南下中原的路徑，直接掉頭直奔離陽兩遼邊境去跟那位顧大柱國死磕了。甚至猶有餘力分兵叩關薊州，沿著那條草原騎軍最是熟門熟路的南侵通道，直插中原腹地。或者東轉離陽京畿，兵臨太安城下，都不難。

只不過如此一來，天下形勢，就不單純是北涼鐵騎在北莽騎軍身後作臥榻之側恆意鼾睡之姿了，而是優哉游哉隔岸觀火，耐著性子就能坐收漁翁之利。到時候中原和草原是一起姓趙還是姓慕容，只看那位年輕藩王的心情來定，說不准乾脆改姓為徐，都有可能。

二堂簽押房隔壁的那間書房內，正午時分，日頭高照，酷熱難當，結果小小一座書房聚集了包括王祭酒、楊慎杏和白煜在內六、七位官場大佬，除了副節度使楊慎杏來此商議軍務，其餘人等都是光明正大「逃暑」來了。

這座書房雖小，可畢竟只有年輕藩王一人處理公務，六科廂房雖大，卻紮堆了十幾、二十號人物，最關鍵是經略使李大人獨具匠心地親自出馬，幫著在書房外頭的院子裡移植過來一株枇杷樹，高矮適中，既有樹蔭，又不會太過遮擋光線，故而小小書房無形中就成了絕佳的避暑勝地。

楊慎杏在與年輕藩王隔桌議事的時候，這位被離陽貶謫到西北邊陲的春秋老將身後，白蓮先生坐在靠窗位置的椅子上輕搖蒲扇，清風徐徐，王祭酒死皮賴臉拉著李功德擺開陣仗，一局楸枰對手敲，還能夠蹭著白煜搖扇帶來的陣陣涼風，真是快哉快哉。

左右騎軍在關外的作戰經歷，年輕藩王早已流覽過詳細兵文諜報，楊慎杏今日來此並非老調重彈一遍，而是目前擺在拒北城或者說所有北涼邊軍面前，有一個天大難題。

清源軍鎮石符部騎軍、鐵浮屠、白羽輕騎這三支騎軍，作為涼州關外除去第一野戰主力之外的重要機動兵力，如今已經轉戰流州老嫗山，那麼一旦左右騎軍未能成功吃掉慕容寶鼎部主力六萬精騎，被王勇和赫連武威兩位北莽持節令的兵馬死死咬住，拒北城該怎麼辦？甚至可以說，此次涉險調兵，極有可能導致涼莽雙方出現一種玉石俱焚的慘烈結局——黃宋濮部南征主力在老嫗山地帶覆滅，但是北涼同樣要失去懷陽關一線。

楊慎杏憂心忡忡道：「當初我們沒有想到在郁鸞刀率軍奔襲西京的情況下，曹嵬部萬騎也做出了策應郁鸞刀部幽騎的北突姿態，可北莽竟然只是從與兩遼對峙的東線，抽調出冬捺鉢王京崇的騎軍，就沒了動靜，好像根本就不在意南朝京畿之地的安危，最後反而下令沿途軍鎮南下馳援老嫗山。

難不成那位老婦人失心瘋，當真半點不在意整座姑塞州硝煙四起？要知道姑塞州以北接壤兩州，向來兵力空虛，卻又驛路發達，一旦我方獲得老嫗山大捷，聯手郁鸞刀、曹嵬兩部騎軍，裡應外合，北莽這是要將南朝半壁江山雙手奉送？」

徐鳳年不敢妄下斷論，只是苦笑道：「換成是愛惜羽毛的離陽皇帝，絕不敢這麼做，換成是那位老婦人的話，還真不好說。」

楊慎杏皺了皺眉頭：「這麼換，誰虧誰賺？北莽就不怕被我們鐵騎搗爛南朝，十年之內都別想恢復元氣，南下中原？」

徐鳳年搖頭道：「若是以往，離陽朝廷對中原版圖還有掌控，自是如此，可是如今三王起兵，所有都成了變數，北莽當然也可孤注一擲，豪賭一把。」

徐鳳年輕輕握住一塊雞蛋大小的白玉籽料，握在手心，緩緩摩挲。

這塊籽料略帶棗皮紅，肌理細膩，模樣拙憨，向為徐鳳年愛不釋手。其實物件本身算不得多珍稀，比起那些雕琢成形的羊脂美玉，價格更是相差天壤。

此物來歷十分有趣，是姜泥和徐嬰、賈家嘉三人，前不久不知從哪裡偷偷扛了一只沉甸甸的布囊回到拒北城，每人衣衫都沾著塵土泥屑，大搖大擺好似邀功一般來到這座書房，打開布袋繩結嘩啦啦倒在地上，大多是些俏皮討喜的普通鵝卵石，夾雜一些勉強能賣些銅錢的青玉，但還真給三人撿到了寶，便是這塊最終被徐鳳年留在書案把玩的上等白玉籽料。

徐鳳年何等奸詐油滑，蹲下身裝模作樣大肆貶低了一通，說這塊石頭根本一文不值、那塊石頭就是裝點路面都嫌不好看，最後唉聲嘆氣撿起那塊皮色俏麗尤為可人的籽料，隨手拋了拋，然後從錢囊裡摸出五、六枚銅錢丟給風塵僕僕的小泥人，說這可是友情價了。

小泥人雖然狐疑不決，覺得吃了虧，可到底是生意場上的雛兒，便給年輕藩王厚顏無恥撿了漏去。照理說這麼一塊品相質地俱佳的籽料，輾轉至江南道的書香門第，怎麼都該有小二十兩銀子，若是由名家玉匠雕琢一番，就更不好說了。

最後三女離開書房的時候，姜泥腰間那只到了拒北城之後一直乾癟的新錢囊總算有了些生氣，賈家嘉扛起重新裝回石子的沉重布囊，打算去院子裡堆出個小窩玩玩，徐嬰則拿著那顆姜泥送給她的銅錢，皆大歡喜。

欲言又止的楊慎杏在天人交戰之後，終於放低聲音問道：「敢問王爺為何執意要打贏流州戰事，甚至不惜調動清源軍鎮兵力離開涼州？」

徐鳳年猛然握緊手心那塊漸漸被焐熱的籽料，凝望著這位在北涼道枯木逢春的副節度使，冷不丁玩笑道：「你猜？」

楊慎杏措手不及，不知如何作答。真正融入北涼官場之後，這位春秋老將也知道了些不曾流入中原和京城的北涼趣聞，比如老涼王徐驍就喜歡說「你猜」二字，是口頭禪之一。

看著老人無法掩飾的拘謹和無奈，徐鳳年笑了笑，開門見山說道：「這中間涉及很多內幕，比如北莽太子曾派人給我捎話，耶律東床在離開中原去往草原之前私下與我會晤，還有一場與洪嘉北奔有關的長遠謀劃，甚至還牽連到北莽西線主帥王遂，和那位坐鎮兩遼的顧大柱國，真要往細了說，恐怕我得說到晚上。

相信楊將軍確定一件事，在拒北城以北的涼州關外戰場，以涼莽雙方的兵力，我們北涼鐵騎根本無法在正面戰場上大獲全勝，至多慘勝，甚至一著不慎滿盤皆輸也不是沒有可能，對不對？」

楊慎杏毫不猶豫點頭。

徐鳳年將那塊白玉籽料輕輕放在書案上，如同棋盤落子：「我師父在世時，一直不厭其煩告訴我一個道理：『國手功力之深淺，從來都在棋盤外』。小時候我覺得是師父下棋總輸給我二姐，是在給他自己找棋筋氣力不濟的藉口，但是久而久之，我才覺得天下事只要如圍棋般要爭出勝負，道理皆是如此。」

徐鳳年緩緩起身，伸出手指按住那塊籽料：「徐驍早年在離陽處境最艱辛的時候，由於打多了別人不樂意去碰的硬仗、死仗，手底下兵馬一直不多，為何離陽兵部那些大佬依舊次次願意押注在徐驍身上？

很簡單，徐驍總能在幾乎所有人都不看好他的時候，偏偏打出一場勝仗，以此吸引廟堂目光，讓手握兵符大權的老狐狸們覺得值得再押一注。我先前所說那些內幕，那些躲在重重帷幕之後的國手，其實都很虛，與我北涼雙方心知肚明，只會不見兔子不撒鷹。

沒辦法，北涼只能劍走偏鋒，讓站在賭桌前的那些人覺得是時候坐下來，是時候賭一把大的了，否則出手慢了，就只能撈到些塞牙縫的殘羹冷炙。」

徐鳳年微笑道：「這些傢伙，沒誰的胃口是小的，所以我得讓他們看到誠意，比如……」

楊慎杏下意識追問道：「比如？」

徐鳳年輕聲道：「比如涼州關外鐵騎力保拒北城不失的同時，流州騎軍老嫗山大勝，然後一路北上，拿下北莽南朝的西京。」

楊慎杏於官場沙場修行皆是宗師人物，一點就透。

只是這位經歷過春秋戰火的老將，沒有絲毫輕鬆，反而越發心情沉重。

年輕藩王只說是守住拒北城，那麼位於拒北城以北，又該如何？

不知何時，書房內除了隔桌而立的兩人，其餘人等都已離去。

在楊慎杏也走出書房後，年輕藩王握住那塊籽料，走到窗口，抬頭望向那株枇杷樹，雖至中秋時分，綠意猶然鬱鬱。

春夏秋冬，葉可長綠。生老病死，人不長生。

第二章　左騎軍幾近覆沒　三宗師連袂赴邊

秋分一過，涼州關外戰事驟然吃緊。

先前涼莽雙方斥候在關外地帶的潑灑游弋，勢力大致持平。北莽馬欄子雖然人數占優，但由於龍眼兒平原一役，最為熟悉邊軍地形且同時戰力最出眾的兩支精銳斥候——董卓的烏鴉欄子和大將軍柳珪的黑狐欄子，幾乎損失殆盡，後續跟隨大軍推進到虎頭城以南的馬欄子，不好說是無頭蒼蠅亂撞，但比起對地理形勢無比熟稔的涼州二等斥候，依舊占不到便宜。雙方一旦遭遇突兀接觸戰，涼州關外斥候都得到軍令絕不可擅自纏鬥，可北莽馬欄子卻被責令務必不計傷亡主動攻擊。

許多次狹路相逢，哪怕北莽馬欄子在局部戰場上的兵力處於劣勢，也依然悍不畏死地發起衝鋒，即便以三換一也在所不惜。財大氣粗的慕容寶鼎親口允諾，只要是推進到前線的馬欄子，不論麾下嫡系還是別部兵馬，皆可不僅以斬獲首級多寡論軍功，更可憑藉己方戰損換取戰功！

在北莽這種不可理喻的激烈進攻態勢之中，北涼斥候在單次戰役不曾出現重大傷亡，但是一次次損失不斷累加之後，短短兩旬，拒北城藩邸從左右騎軍那邊傳來的諜報獲悉，已經戰死七百餘人！

涼州邊軍不得不開始聚攏小股斥候，同時收縮偵察防線的寬度和深度，果斷放棄了那種寥寥一伍斥候便敢大範圍游弋大縱深出入的冒險舉措。

當初北涼選擇重視流州戰場，不惜向西傾斜兵力的後遺症，例如李翰林率領白馬遊弩手全部轉移進入流州，就逐漸凸顯出來。不說拒北城對包括懷陽關、柳芽、茯苓、重塚在內一關三鎮那條邊境防線的掌控力，在北莽馬欄子大規模瘋狂向南滲透的形勢下，與左右騎軍的聯繫也越發稀薄，這絕對不是什麼好兆頭。

左右騎軍作為北涼邊軍第一大野戰主力，主要作用本身就不在於殺敵，而是作為拒北城和懷陽關防線的銜接，防止北莽騎軍徹底分割涼州關外戰場。但是目前來看，除非慕容寶鼎擁兵自重，不願折損冬雷精騎和柔然鐵騎，放緩南下的馬蹄速度，涼州斥候趁機重新奪回主動權，否則就棋盤來看，雙方中腹的兵力對峙，大局已定。

在這期間，拒北城內那位北涼道唯一官居正二品的封疆大吏李功德提議讓李翰林率領流州剩餘白馬遊弩手全部返回涼州關外戰場，卻被年輕藩王和副節度使楊慎杏同時拒絕。

流州老嫗山那場註定名垂青史的壯闊騎戰，結局如何，涼州關外拒北城尚未獲得準確諜報。上一封出自涼州將軍石符麾下斥候的六百里加急兵文，如今還端端正正擺放在簽押房隔壁那座小書房的案頭。

哪怕明知這位積威深重的新涼王對大楚雙璧格外器重，不亞於兩員出身北涼本土的心腹愛將郁鸞刀、曹嵬，但是石符親筆的那封兵文，依然措辭直白，透著沙場廝殺的獨有殘酷：「謝西陲部僧兵於無險可依、無路可退的廊道，以一萬五步卒阻滯的五萬騎軍，恕我無法救援。末將只會按照既定方略阻滯南朝殘餘邊騎的南下之路，聯手寧峨眉部四千鐵浮屠，定然隔斷黃宋濮部主力北退之路，謝西陲與爛陀山僧兵是死是生，我清源軍鎮騎軍愛莫能助。」

其實真正的沙場無情，更在於石符兵文的言下之意，即我石符部騎軍哪怕能夠及時趕至廊道戰場，只要謝西陲部步軍若仍有餘力阻滯南朝邊騎主力，那麼清源軍鎮騎軍便會遙遙停馬遠處，選擇見死不救！以防南朝騎軍主力放棄馳援老嫗山，而是果斷向北逃竄，返回南朝重新散入大小軍鎮關隘。

年輕藩王沒有召集將領大佬去往議事堂商量此事，甚至沒有將這封石符事先叮囑「直達書房」的兵文，下發送往兵房流覽傳閱。

那個黃昏，徐鳳年在書房靜坐片刻，便提筆寫了一封信交還涼州將軍石符，內容同樣言簡意賅，大致是說那條廊道戰場的後續處置，石符你既為一州將軍，自然便宜行事，不必事事稟報拒北城。

當年輕藩王最終在信上大片空白處蓋下那方「北涼王」公印後，那名青衫參贊郎拿著公文轉身匆匆離去，年輕藩王獨坐書房，沉默良久。

夜涼如水，拒北城藩邸依然燈火輝煌，一陣陣腳步如密集更鼓聲，不絕於耳，早已習以為常。

徐鳳年正在書房低頭凝視桌上兩幅以老嫗山和懷陽關為主的形勢圖，猛然抬頭，看到楊慎杏、顧大祖和白煜三人連袂走來，臉色凝重至極。

顧大祖嗓音沙啞，開口沉聲道：「剛剛得到消息，慕容寶鼎親自率領兵力各為兩萬的冬雷精騎和柔然騎軍，加上寶瓶州持節令王勇的三萬援軍，先後攻打陸大遠部左騎軍主力兩萬四千人，周康和李彥超救援不及！」

楊慎杏苦澀道：「如此看來，先前與右騎軍李彥超交戰的一萬柔然鐵騎，只是誘餌，剩餘兩萬柔然騎軍早已與慕容寶鼎嫡系兵馬會合，從一開始就是直奔左騎軍而來。所謂分兵兩路以三萬柔然騎軍直撲我涼州右騎軍，慕容寶鼎坐鎮兩萬步軍大營按兵不動，都是幌子，事實上是以那兩萬步軍假扮柔然鐵騎，最終與王勇合力圍剿左騎軍。」

徐鳳年臉色微白，呢喃道：「兩萬冬雷私騎，兩萬柔然鐵騎，還要加上三萬寶瓶州精銳騎軍，整整七萬北莽頭等騎軍啊。」

楊慎杏剛要開口，便見白煜扯了扯這位春秋老將的袖口，眼神示意老人暫時不要說話。正襟危坐在書案後的年輕藩王緩緩抬起頭，問道：「北莽蠻子傷亡如何？」

楊慎杏盡量平緩心中激烈情緒，答道：「慕容寶鼎並未一次投入全部兵力，在冬雷私軍戰損九千餘人後，依舊不曾撤離戰場，然後一口氣投入兩萬柔然鐵騎。陸大遠……左騎軍戰至王勇部騎軍殺入戰場，當時剩餘冬雷騎軍已經不得不袖手旁觀。

戰場之上，幾乎已無柔然鐵騎的身影，寶瓶州騎軍依然損失六千餘人。左騎軍僅有八百騎殺出重圍，返回拒北城。左騎軍第一副帥陸大遠，連同其餘兩名副帥，皆先後戰死。」

初秋時分曾有左騎軍健卒，在拒北城外百騎振臂放鷹，至今仍然歷歷在目。

顧大祖突然直言不諱道：「左騎軍既沒，右騎軍獨木難支，已經無法牽制拒北城以北、重塚以南的涼州關外形勢。王爺絕對不能答應周康和李彥超的主動求戰！」

徐鳳年點頭道：「立即傳令給周康、李彥超，右騎軍竭力避開北莽接下來的南下主力！」

白煜有些無奈道：「那位錦鷓鴣的軍令狀其實也到了楊節度使的兵房，從主帥到三名副帥和所有校尉都簽押了血手印，請求死戰，保證至少全殲慕容寶鼎部冬雷騎軍和王勇部主力。」

徐鳳年站起身，厲色道：「那就再加上一句，明確告訴周康和李彥超，想要死很容易，膽敢違抗拒北城軍令，我徐鳳年親自去關外擰下他們的腦袋！」

從未見過年輕藩王當面震怒的楊慎杏悚然而驚，顧大祖輕輕嘆息。白煜泰然自若，微笑道：「拒北城如此回覆右騎軍，楊老將軍和我這位涼州刺史就輕鬆多了。」

三位拒北城大佬各懷心思迅速離去。在禮房當值的王祭酒拎了兩壺綠蟻酒走入書房，看到那位年輕藩王尚未落座，此時正站在書案後，俯視桌上兩方大印。

一方自然是那名動天下的涼王印，被整個離陽永徽年間視為天下權柄最重的一塊小物件，二十年間，西北邊陲，只要涉及五千人以上的調兵遣將，都需要蓋上此印。

此印形制與如今趙室朝廷如出一轍，仿製春秋中原正統大楚的樣式，屬於玉箸篆玉印，篆文筆劃肥瘦均勻，未不挑鋒，深諳儒家中正平和之意，一向被譽為書法正宗。但是這方涼王印旁邊，還擱置有一方早已退出北涼官場的大印，徐家鐵騎跟隨封王就藩北涼的人屠徐驍進入北涼後，這方被習慣稱為「大將軍印」的古樸銅印，偶爾還會見於一些重要的關外兵文，但隨著世子徐鳳年正式世襲罔替北涼王，就徹底離開邊軍視野。

將軍印用柳葉文，銅印虎紐，方三寸三分，厚九分，形如虎踞龍盤。如今離陽軍伍征、鎮、平三字打頭的常設實權大將，早已轉用螭鼎文的銀印，將字體如刀的柳葉文棄而不用。

清涼山其實還有一方大印，主要用以北涼道官員升遷調度，徐鳳年破格留給了副經略使宋洞明，准其在公文批紅後自行加蓋此印，以彰其「獨掌權柄」的超然地位。

王祭酒落座後，打開兩壺酒，身體前傾遞給年輕藩王一壺。獨樂樂不如眾樂樂。

老儒士自顧自仰頭灌了一口烈酒，大呼痛快，然後斜眼望向徐鳳年道：「我已經聽說左騎軍的事情。有些話，在肚子裡積攢了小二十年，不吐不快，你也不用說什麼，喝酒聽我說便是。」

徐鳳年輕輕坐回椅子，點了點頭。

這位享譽朝野的文壇宗師士林領袖緩緩道：「我對沙場兵事，一向是七竅通六竅，一竅不通。所以除去帶了些讀書人來你們北涼，還算小有功勞外，也就沒啥拿得出手的功績了，就只能安心待在窮鄉僻壤的書院做學問。

這麼多年，我多次偷偷遊歷北涼，與徐驍見過幾次，就與聽潮閣裡的李義山見過幾次。徐驍是出了名的臭棋簍子，下棋本事是當世末流，悔棋功夫卻是世上第一流，所以我不愛跟他打交道……」

察覺到年輕藩王的古怪臉色，老夫子繼續厚顏無恥道：「李義山是超拔流俗的罕見人物，理所當然會眼高於頂，唯獨將我視為知己。」

徐鳳年終於忍不住開口道：「差不多就夠了啊。」

這位老夫子約莫是喝酒嗆到了，咳嗽了幾聲，那壺綠蟻的酒水灑滿衣襟，老人隨意拍了拍袍子：「在聽潮閣頂樓閉關的李義山站得太高，看得太遠，所以難免寂寞。古來聖賢皆如此，逃不過的。我每次去那邊登門拜訪，別看李義山沒給好臉色，但其實我曉得，這傢伙心底肯定是有些欣喜的，有幾次喝高了，李義山還會跟我說一些肺腑之言，從不說離陽朝廷那邊如何，說謀主徐驍少些，說西北邊事多些……」

說到這裡，極有倚老賣老嫌疑的老夫子略作停頓，喝了大口綠蟻酒，先悶在嘴裡，然後猛然仰起脖子，瞬間倒進肚子裡，年邁身軀情不自禁地打了個戰，滄桑臉頰紅潤了幾分，這才繼續說道：「對於文人的運籌帷幄，讀書人的用兵韜略，我不服離陽元本溪，更不服南疆納蘭右慈，甚至連黃龍士也不服，至於連死後也壓著李義山一頭的趙長陵，嘿，那就更別提了。至於為何趙長陵能夠生前死後都比李義山的名氣更大，李義山自己也好，肚子裡其實門兒清的徐驍也罷，都有苦衷。

李義山是寒士出身，大楚豪閥王孫趙長陵，差不多是如今西楚宋茂林那棵『宋家玉樹』的身分，趙長陵當初選擇輔佐落魄之際的徐驍，是什麼陣仗？浩浩蕩蕩八百家僕啊，你能想像？反正老頭我是不願意去想的，越想越豔羨嫉妒嘛。

徐驍想要贏得大江南北的士族支持，趙長陵就是一杆醒目的旗幟，要不然徐驍會說『全軍可戰死，趙先生必須活』這種混帳話？」

老先生笑了笑：「當然了，趙長陵的本事也很大。徐驍在春秋滅六國的中後期戰事裡，趙長陵出力頗多，名聲大噪，口碑之好，以至於連離陽老皇帝趙禮都想要請入廟堂中樞封侯拜相。而李義山呢？老皇帝趙禮從沒有提及，事實上徐驍每次上報軍功，對趙長陵推崇得無以復加，奏章捷報寫得那叫一個花團錦簇，但只要是有關李義山的謀劃，卻隻字不提。王爺，你可知為何？」

徐鳳年平淡道：「我只知道那些措辭華麗的錦繡文章，都是徐驍授意，然後由我師父親筆寫就。」

老人點點頭：「所以嘛，老皇帝和徐驍其實心有靈犀。趙先生，離陽朝廷能夠揮動鋤頭、挖走牆腳，那徐驍認栽，可是朝野上下相對籍籍無名的李義山，別想，否則就過界了，徐驍是真有可能起兵造反的。」

徐鳳年笑道：「起兵造反，言過其實了，我師父第一個反對。」

老人打了個酒嗝，沒好氣瞪眼道：「舉個例子，不懂？」

徐鳳年終於拿起那壺酒香四溢的綠蟻酒，輕輕喝了一口：「老先生請繼續指點江山。」

老人突然問道：「最前頭我是想說啥來著？」

徐鳳年放下酒壺：「說到了你們二人常聊西北邊事。」

老人恍然：「對對對，李義山一次醉後曾經對我洩露天機，說北涼要想在最壞的情況下打贏北莽，必須先打造出一種局面！」

故弄玄虛的話說一半，老人止住話頭，瞇眼而笑，眼角餘光打量著書案上擱放著的諸多物件，當老人目光停留在那方涼王大印之上時，徐鳳年笑問道：「就算我願意送給先生，先生敢收？」

老人視線稍稍偏移，轉移到那塊如今只有象徵意義的大將軍銅印。

徐鳳年怒目相視，毫不客氣道：「甭想！」

原本打算趁火打劫的老人滿臉戀戀不捨，很是遺憾地嘀咕道：「那般蘊含大奉邊塞風骨的柳葉文，不常見嘍。」

然後老人挑了挑下巴，瞅見年輕藩王那壺綠蟻酒旁邊的白玉籽料，眼前一亮——這位窮光蛋新涼王，竟然還留下件值點碎銀子的玩意兒？

徐鳳年收起那塊籽料，冷笑道：「王先生有本事搶走，否則就別癡人說夢。」

老人撇了撇嘴，跟一位武評大宗師搶東西，以王祭酒的習武資質，恐怕再給老人一千年武道修行也白搭，沒這麼年輕人欺負老頭子的。

徐鳳年輕輕握住白玉籽料，直截了當說道：「我其實猜得出師父所說。我們北涼鐵騎打贏北莽的唯一機會，只有先把北莽南朝頭等邊軍和草原精銳私軍都消耗殆盡，那麼北莽哪怕窮其國力還能支撐起第三場涼莽大戰，但是那時候看似同樣聲勢浩大的北莽數十萬騎軍，比起劉寄奴當初鎮守虎頭城，比起我當下死守拒北城，所面對的北莽騎軍，其實已是中看不中用的繡花枕頭。

從第一場涼莽大戰裡的董卓私騎，葫蘆口內的楊元贊嫡系騎軍，柳珪的心腹騎軍，再到如今第二場大戰的羌騎，昔日洪敬岩的柔然鐵騎和慕容寶鼎的冬雷精騎，流州黃宋濮中軍的兩萬騎，隴關豪閥完顏家族的騎軍等等，皆在此列！」

徐鳳年語氣平靜道：「比如現在只要我們流州拿下老嫗山一役，其實不光是姑塞州邊軍精銳皆無，實則大半座南朝都給我們打沒了，這便是第一場涼莽大戰為北涼帶來的潛在優勢。」

老人疑惑問道：「你的意思是說北莽太平令的謀劃，有致命紕漏？」

徐鳳年搖頭道：「只能說對了一半。」

老人一頭霧水，差點就要抓耳撓腮。

徐鳳年想了想，拿起那只酒壺，緩緩傾斜，似乎想要橫放眼前：「至今為止，仍是北莽勝算更大，但是北涼死了那麼多人，為的就是將這只酒壺一點點扳斜。到時候北莽越是國力鼎盛，崩塌得就越是劇烈。」

在酒壺傾斜幅度越來越大，酒水即將瀉出壺口之時，徐鳳年輕輕收起，放回書案。

徐鳳年突然沒來由說了一句：「現在我就怕老婦人和太平令捨得破罐子破摔，不僅是一座西京，而是連南朝這半壁江山也不要了，鐵了心要攻破拒北城。」

老人臉色蒼白，試探性問道：「北莽不至於如此癲狂決絕吧？」

徐鳳年望向窗外的夜色：「天曉得。」

老人只以為是年輕藩王隨口一說的言語，卻不知「天曉得」這三字，恰如字面意思。

拓跋菩薩莫名其妙地獲得天人體魄，武道修為直追巔峰時的王仙芝，關鍵時刻，更是猶有過之。

既然連拓跋菩薩尚且如此幸運，那麼占據天下半數氣運的那位北莽老婦人，難道就不會恩澤更多？

雷霆雨露皆是君恩，更是上天授意！

王祭酒拎著空酒壺告辭離去。

年輕藩王重新凝視鋪在書案上的那幅涼州關外形勢圖。

與此同時，北莽一座戒備森嚴的大帳內，粗如嬰兒手臂的燭火輕輕搖晃，太平令獨立於桌前，同樣在俯瞰一幅版圖更為遼闊的北涼四州形勢圖，輕笑道：「中原棋手皆言金角銀邊草肚皮，當真如此？」

◆

拒北城一帶的關外駐軍開始疏散集市小鎮的閒雜人等，負笈遊學、吟詩作賦的士子，與攜帶仙子策馬嘯西風的豪俠，漸漸與頭頂天空的鴻雁一起南歸。

拂曉時分，在隊伍之中，一行四十餘人格外引人注目，人人高冠襦衫，都是上陰學宮的稷下學士，氣度翩翩，天下第一等的讀書種子。

馬隊南渡那條河流之後，一輛馬車停下在河岸，走下一大一小兩名女子。女孩紮著兩根羊角辮，懷裡抱著一隻臃腫不堪的大白貓。

女子身段婀娜，容貌驚人，如同一朵奪走舉國顏色的豐腴牡丹，韶華絕佳，正值怒放之時。她向北望去，視野盡頭，恰好是拒北城的南城城頭，依稀只見鐵甲錚錚，而無藩王蟒袍。

曾在上陰學宮被某人親口譽為「拳法無雙，腿功無敵」的羊角辮小女孩噘起嘴，替身旁姐姐打抱不平道：「魚姐姐，薄情寡義負心漢，有啥好惦念的，哼哼哼！當初肯定是我瞎了眼才誤認為他人模狗樣，其實還不如齊神策那個大草包呢！」

身姿妖嬈卻氣質冷冽的女子無動於衷。

小女孩用力扯了扯懷中大白貓的脖子，抬頭小心翼翼問道：「要不然咱們去那座藩邸大門口罵街去？放心，只要我親自出馬，保管罵得那傢伙狗血淋頭！什麼狗屁武評大宗師、什麼天下第一人，都不是我的對手！」

年長女子正是上陰學宮稷上先生魚幼薇，她揉了揉小女孩的腦袋，柔聲笑道：「有些事，爭不如不爭。心猿意馬，徒惹煩惱。」

小女孩雙手叉腰，很不仗義地「啪啦」一下摔落那隻白貓，仰起小腦袋老氣橫秋道：「魚姐姐！天底下哪有氣量大度的女子啊，咱們就是女人哎，妳不去親自見一見、問一問，就這麼當了臨陣退縮的逃兵，算怎麼回事啊！

史書上不都說，奸佞小人最喜歡蒙蔽天聽嗎，說不定那個姓徐的根本就不知道妳來過拒北城，結果妳不打招呼賭氣就回中原，還不是被那些鳩占鵲巢的狐狸精，白白占了天大便宜？不行，絕對不行，我一定要為妳伸張道義！」

氣咻咻的小女孩剛邁開步伐，就被魚幼薇握住一根沖天羊角辮輕輕拽回原位，小女孩皺著小臉可憐兮兮道：「真不去？」

魚幼薇笑道：「不用去，我知道他知道我來過這裡。」

小女孩猶然惱火：「我不管什麼妳知道、他知道，我就是氣不過，什麼相濡以沫不如相忘於江湖，都是騙人話，哪裡比得上才子佳人的舉案齊眉、神仙眷侶的卿卿我我？」

小女孩望著臉色平靜的魚姐姐，年幼不知情愛為何物的孩子開始泫然欲泣，輕輕一腳踹開腳邊那隻肥蠢肥蠢的大白貓，抬起纖細手臂擦了擦她那張稚嫩臉龐，抽泣道：「難怪我娘最不喜歡那部《頭場雪》，總說裡頭的許多話，太過一語成讖，簡直要讓世間女子生不出半點相思之心，尤其『多情總被無情誤』這句最可恨！」

不愧祖輩父輩皆是上陰學宮的飽學碩儒，小女孩的談吐，算不得如何文雅，卻也絕非尋常的中原蒙學孩子能夠媲美。

突然，一個冷漠嗓音在小女孩頭頂響起：「《頭場雪》廢話連篇，『願天下良人終成美眷』，這句話才最可恨，唯獨小丫頭妳所說的『多情總被無情誤』，才稱得上金玉良言。」

兩根羊角辮向後傾斜，小丫頭淚眼朦朧，眨巴眨巴充滿水汽的靈氣眼眸，抬頭癡癡望向眼前這位彷彿從天而降的不速之客。

那名女子身材高挑，就像文人遊記裡不遺餘力描繪的那座峨眉山，奇秀絕倫。

在小女孩眼中，這位神仙姐姐一襲紫衣，漂亮至極，尤其是她有著尖尖的下巴，就像是大雪時分掛在屋簷下的冰錐子。小女孩不知為何第一眼就喜歡上了這位紫衣姐姐，卻又打心眼裡十分畏懼，十分糾結。

魚幼薇既不熱絡也不疏遠地客氣問道：「不知軒轅盟主突然造訪，有何指教？」

聽到「軒轅盟主」這個稱呼，羊角辮丫頭頓時眼睛一亮，當真半點不輸給文臣武將聽到「皇帝陛下」四字，鼓起勇氣向前踏出一步後，鬼鬼祟祟伸出兩根手指，偷偷捏了捏那位大雪坪一夜證長生的女子神仙的衣角，然後轉頭滿臉雀躍道：「魚姐姐、魚姐姐，她身上這襲紫衣，肯定是江湖傳言那般，用龍脈之祖崑崙山巔那種冰蠶吐出的蠶絲編織而成，滑膩柔順，摸上去舒服極了！

據說刀槍不入、水火不侵，這一件衣服，就價值連城，咱們軒轅盟主耗費大雪坪一半財力才請不出世的某位墨家鉅子勉強打造出四件，春夏秋冬各穿一件，出門在外，從來飛來飛去，過名山大川，雙腳絕不著地，都是『嗖』一下就飛渡而過，紫衣飄蕩，霸氣得很！」

遠處那些對大雪坪軒轅紫衣久聞其名卻不見其面的年輕俊彥，一方面為其卓然風采傾倒，暗中將這位武林盟主與魚大家作高下比較，一方面由衷佩服那位羊角辮小先生的膽大包天。

朝野皆知這位軒轅家主脾氣古怪至極，那真是比史書上那些位留下千古罵名的昏君還來得喜怒無常，他們都擔心小丫頭被軒轅青鋒一巴掌拍得稀巴爛。這些稷下學士一路西行遊歷至北涼邊陲，與小女孩朝夕相處，加上之前在學宮本就對孩子寵溺有加，哪怕極為忌憚徽山紫衣的赫赫凶名，仍是有七、八人齊齊向前走出，頗有慷慨赴死的悲壯意味。

只不過軒轅青鋒僅是斜眼一瞥，那些渾身浩然正氣的學宮士子就身不由己地整齊後退，竟是一瞬間便全都汗流浹背。

難怪之前有位成名已久的江湖大佬笑言，世間動人的石榴裙不計其數，卻要數徽山紫衣那一襲最難跪拜，想拜或是敢拜，也得有本事才行。

不知天高地厚的小丫頭冷不丁火上澆油地拍了一下那襲紫衣，然後一路小跑到眾人跟前，哈哈大笑，得意揚揚道：「你們都看見了，我與徽山紫衣交過手了！如何，當初我在學宮裡說我與徐鳳年切磋過，你們不信，這回總該相信了吧？」

所有人都呆若木雞，有些心生膽怯的年輕士子已經開始擦拭冷汗，生怕下一刻就要親眼目睹血肉模糊的殘忍場景。

魚幼薇柔聲道：「童真童趣，童言無忌，還望軒轅盟主見諒。」

軒轅青鋒瞥了眼那個背對自己的小丫頭，嘴角微微翹起，迅速收斂後，轉頭對魚幼薇輕聲道：「放心，我還不至於跟個孩子一般見識。」

魚幼薇如釋重負，僵硬身軀漸漸柔和，顯然內心遠不如臉色那麼沉穩。距離陸地神仙僅有一紙之隔的軒轅青鋒，對此自然洞若觀火，只不過也懶得計較，更不屑計較。

這名女子自出道以來，從來不缺江湖消息，而且次次驚世駭俗。最近一次，與新近崛起為離陽十大宗門之一的太白劍宗有關。

那位謫仙人陳天元，到了武當山腳卻沒有參與武當論武，在他向中原行去的遊歷途中，不幸遇上了這一襲早已名動天下的紫衣，坊間傳聞那場不期而遇的遭遇戰，聲勢可謂驚天地、泣鬼神，打得半座河州地動山搖。

相傳陳天元十七次換氣，連出三千劍，夜幕之中劍光照耀得半州版圖如同白晝，竟仍是無法傷及紫衣絲毫。此戰過後，謫仙人陳天元名聲不降，反而扶搖直上，軒轅青鋒更是直追新涼王。

對徽山大肆吹捧之人，堅信天下第一的名號歸屬，恐怕要打過才知了。立場中立的好事者也覺得最不濟這位女子盟主能夠躋身武評大宗師行列，成為那高高在上的第五人，位於北莽一人即宗門的呼延大觀之後。

軒轅青鋒雙手負後，與魚幼薇一起北望那座依然尚未竣工的邊陲雄城。

西北天高風勁，大風撲面，吹拂得兩名女子衣袖搖動獵獵作響。

軒轅青鋒目視前方，突然冷笑道：「如此壯觀景象，姓徐的也捨得與其失之交臂？」

魚幼薇只覺得雲遮霧繞，不知道徽山紫衣打的什麼機鋒。

軒轅青鋒最後撂下一句：「爭或不爭，看心情而定。可得把話說透，藏藏掖掖，拖泥帶水，只覺得是對方辜負了一番深情美意，其實又何嘗不是咎由自取。」

魚幼薇一笑置之，等到軒轅青鋒身形一閃而逝，這位上陰學宮的稷上先生自言自語了一句：「妳不是我，我不是妳。」

一抹紫色長虹墜入拒北城。

重新抱起那隻大白貓的羊角辮小女孩望向天空，目眩神搖，嘖嘖稱奇道：「霸氣啊，厲害啊，我長大以後也要這麼雲裡來、霧裡去！」

魚幼薇上車俯身的時候，終於後知後覺意識到軒轅青鋒所謂的壯觀景象是為何物，無奈一笑。

記得當年曾有個浪蕩子戲言，低頭望去，瞧不見腳尖，即是天賦異稟，人間奇觀！

魚幼薇如今記起，沒覺得荒唐好笑，反而有些辛酸。

這些話，當年就算攔著他，他也會說，如今讓他說，恐怕他已無心情去說。

◆

藩王府邸不知從何時開始，連同許多位高權重的官場大佬在內，以軍機參贊郎為主，每日清晨時分都會先繞藩邸圍牆外慢跑三圈，然後在議事堂和六科廂房前的那片空地上，一同練拳。

拳法據說創自武當上任掌教洪洗象，在年輕藩王刪減整合之後，從武當山正統的大架一百零八式，簡約變為拒北城藩邸眾人所練的小架三十六式，精華猶在，減少了許多山下凡夫俗子不易打出的煩瑣架勢，動作急緩相間，如行雲流水，最適合舒展筋骨固本養氣。

久而久之，以禮房王祭酒、工房宋長穗為首，主動參與其中，與藩邸官員一同晨跑打拳，戶房白煜因為視力孱弱的關係，卻也會每日站在廂房屋簷下，含笑瞇眼相望。經略使李大人親自領銜的吏房由於群龍無首，李功德養成了每日天不亮就去城頭走一圈的習慣。

李功德作為北涼道老一輩的文臣榜樣，雖然能夠與建城的泥腿子匠人一起坐在沙堆上聊天，卻不願意跟一幫官場上的後進晚輩廝混一起，故而自然不會混淆其中，吏房官員當然也就作罷，而兵刑兩房當值官員都無須以此強身健體，也未湊熱鬧。但即便如此，藩邸的早晨已是給人一種生機勃勃的鮮活氣象。

今日年輕藩王陪同白蓮先生一起站在臺階頂部，看著兩百多號人物一起打拳，其中便有陸丞頌、陸丞清這對陸氏子弟。

陸丞清並未跟隨家主陸東疆一起返回關內陵州，而是留在了拒北城，成為一名暫時沒有品秩的青衫參贊郎，而領拳之人正是昨夜剛剛入城的武當真人俞興瑞。此外，俞興瑞身後，還有當時連袂造訪藩邸的龍虎山小天師齊仙俠、東越劍池柴青山。

南北兩座道教祖庭的真人、一座劍池的劍道魁首，三位宗師，在藩邸空地上一起悠然打拳，也許用「盛況空前」四字形容，毫不為過。

與年輕藩王坦然並肩而立的白煜目不斜視，微笑道：「王爺，除了眼前三位，根據刑房諜報，南疆毛舒朗、程白霜和嵇六安三位宗師也在趕來拒北城的路上，好像南詔第一高手韋淼在下山後，也不曾跟隨他妻子一同返回家鄉，十有八九也是奔著咱們拒北城而來。

西蜀目盲女琴師薛宋官雖然不知蹤跡，但陵州邊境朧子口那邊，韓嶗山派人也傳來了密報，說這位女子同樣沒有與舊西蜀太子蘇酥隨行南下。至於如金錯刀莊主童山泉、雪廬槍聖李厚重之流，亦有不下一手之數，陸陸續續朝這裡趕來湊熱鬧。王爺，難道你打算替大雪坪徽山家主召開新一屆武林大會？」

徐鳳年搖頭道：「湊完熱鬧，各回各家，還能如何？難道我還能說服這些武道宗師去沙場殺蠻子？你的師弟齊仙俠不就明言馬上要動身去往地肺山嗎？再者，沙場殺敵，素來與江湖無關。」

白蓮先生很不講情面地拆臺反駁道：「如果我沒有記錯，當年襄陽城十年攻守戰，無數江湖義士幫助王明陽抵禦你們徐家兵馬。」

徐鳳年無奈道：「對對對，白蓮先生說得都對。」

白煜打趣道：「別，我可不是那位一言不合就敢對王爺飽以老拳的轉運使大人，故而王爺完全無須如此戰戰兢兢小心討好。」

徐鳳年呵呵一笑，皮笑肉不笑，顯然跟賈家嘉學到了七、八分精髓：「白煜啊，你幸虧不是江湖中人，否則我就要跟你切磋切磋了。」

白煜突然岔開話題，輕聲問道：「我能否問一問于新郎和樓荒兩位王仙芝高徒的動向？」

徐鳳年沒有隱藏，說道：「樓荒待在李翰林身邊，于新郎嘛，你猜？」

白煜心有靈犀一點通：「那就是跟藏在懷陽關的徐偃兵一樣，我明白了。王爺，有句話不知當講不當講？」

一報還一報，徐鳳年不留餘地道：「勸你別說。」

白煜轉過頭，故作驚訝道：「怎麼，難道有人敢在大庭廣眾之下，公然毆打堂堂一州刺史？何況還是涼州刺史，遍觀離陽南北三十州，獨一份的從二品高配刺史！」

徐鳳年還是呵呵一笑：「白蓮先生不練劍術，真是可惜了。」

白煜會心一笑，果真沒有繼續詢問。

他原本想問，若是謝西陲，哪怕身邊有于新郎保駕護航，卻仍然戰死於那條廊道的阻截戰中，那麼徐鳳年這位北涼王，會不會因此對流州將軍寇江淮心生芥蒂。

畢竟他白煜如今與楊慎杏還有寇江淮，三人算是一座山頭上的人物了。

就像副經略使宋洞明與綽號「北涼武財神」的王林泉關係緊密，一般無二。

又像陳亮錫與楊光斗和流州軍伍關係莫逆，徐北枳卻與陵州韓嶗山、幽州皇甫枰頗為友善是一樣的道理。

過程不同，結果相同。

君子朋而不黨，士子抱團成林，那無非是讀書人更講究一些的文雅說法罷了。

張巨鹿為官如何？幾無瑕疵，幾近聖人，可身邊不一樣有坦坦翁桓溫，身後則有包括趙右齡、王雄貴、殷茂春、元虢、韓林在內這撥出自永徽之春的當朝重臣？

三十年山上潛心修道，歸根結底，無非只修一個「心」字，白煜下山為官後，遠比許多混跡官場攀爬數十載的老油子，看得更加透澈。

那套小架武當拳法，即便是外行人來耍，依舊會讓人感到賞心悅目。

白煜感慨道：「如果能夠換上道門的吐納之術，無論是龍虎山天師府的入門口訣〈抱樸歸真歌〉，還是武當山的玉柱峰心法，都能夠讓人形神相親，表裡俱濟。不去說如何延年益壽，總能祛病健體。」

徐鳳年點頭道：「如果以後你我還有機會，你這個涼州刺史就率先在轄境內推廣下去，武當山那邊，我會幫你打聲招呼。」

白煜突然感到一陣無緣無故生起的清風從側面拂來，未見其面先聞其聲，嗓音清冷，如一場隆冬大雪：「武當山的玉柱心法不好說，龍虎山的〈抱樸歌〉也拿得出手？徽山末流客卿都不屑一顧。」

白煜使勁望去，看到一張略顯模糊的臉龐，但是那抹刺眼的鮮豔紫色，確認無誤。

白煜頓時苦笑，噤若寒蟬。

白蓮先生很少害怕誰，比如徐鳳年他就全然不懼，因為這位年輕藩王看似驕橫無比，其實面對願意講道理的人，最講道理。但是白煜也清楚，大千世界無奇不有，的確會有那麼一小撮人，完完全全，不喜歡講道理。

恰好，白煜身邊這位女子，就屬於這一小撮人裡頭，最不講理的那個。

每次書信往來，在道家第一洞天福地地肺山結茅隱居的龍虎山當代掌教趙凝神，必定會在信上訴苦，說徽山那位姓軒轅的年輕女子是何等驕縱跋扈，何其無理無禮。能夠讓趙凝神這麼一個好說話的道士如此點評，徽山紫衣也算是天字號不講理的人物了。

徽山大雪坪聲勢大漲之後，一不准龍虎山香客在初一、十五兩天上山燒香，二不准一切龍虎山姓趙的道士靠近徽山方圓十里，三不准任何天師府黃紫道士進入她的視野！除了這三不准，她還讓人大搖大擺從龍虎山移植走十數株最少也有三百年樹齡的古樹，其中桂樹有四，古柏有三，事後不忘讓人丟下一袋子碎銀，撐死了不到十兩銀子！

若是她心情不順或是百無聊賴之時，甚至還會莫名其妙地就往龍虎山丟擲一些大物件，雖說未曾傷人，可是隔三岔五就會有龐然大物從頭頂掠過，然後砸出一個大坑，修道之人，在山上求個清淨，誰吃得消？

可是，白煜更心知肚明，趙凝神這位至交好友的訴苦，真正最苦處，卻是龍虎山年輕掌教自己內心深處的那份拖泥帶水。

相思早已起，卻無落腳處。

修道之人，手有慧劍，情絲易斬。可惜有人不願斬。

龍虎山天師府距離徽山大雪坪，太近。

唯有地肺山，不遠不近，可望不可即，正好。

福運深厚且公認自幼即有古風氣象的趙凝神，為何偏偏對新涼王處處針尖麥芒，難道僅僅因為上一輩的恩怨，僅僅是當年人屠徐驍率軍馬踏龍虎？當然不是。

此時白煜一想到地肺山那名年輕掌教的悲苦無依，難免有些戚戚然，猶豫片刻，望向這名女子，終於忍不住直白說道：「軒轅盟主，妳可知趙凝神……」

軒轅青鋒神情漠然，打斷白蓮先生的話語，冷笑道：「你是想說他喜歡我？我很早就知道了，勞煩白蓮先生捎句話給這個躲在地肺山的傢伙，讓他有本事當面來跟我說，然後我會讓他知道『後悔』二字怎麼寫。」

跟那位龍虎山掌教過節很大的年輕藩王，毫不掩飾自己的一臉老神在在，估計要是面前擺了張書案的話，他就要當場拍案叫絕了。

白煜扶額無言。

今天這一茬，白蓮先生是打死都不敢在信上對趙凝神坦言了。

軒轅青鋒皺眉問道：「你一個小刺史大大咧咧與一位藩王並肩而立，當真合適？」

興許是一物降一物，白煜深呼吸一口氣，轉身離去，唉聲嘆氣，約莫是感慨著世風日下，人心不古，女子猛如虎吧。

徐鳳年轉過身，望向那位正坐在屋脊邊緣雙腿一蹺一蹺的少女，朝她擠眉弄眼打啞語。

呵呵姑娘只是呵呵一笑，比起徐鳳年之前對趙凝神的幸災樂禍，顯然更加幸災樂禍。

徐鳳年知道那個心眼不大的小泥人，有三座說高不高、說矮也不矮的門檻，她這輩子都甭想越過。一座與公主為難公主有關，只是先前徐鳳年在武當山辛辛苦苦幫她賺了那麼多銅錢，已經稍稍放下。一座是與某個「扶牆而出」的典故有關，洩露天機的王祭酒已經吃過了苦頭，年輕藩王那段時日只要手頭無事，就拉著管不住嘴的老傢伙下棋，殺得對方丟盔棄甲，殺得老先生差點看到棋墩、棋盒就要吐血。第三座門檻則與搬書和送書有關，這些年小泥人一直覺得世上最難熬的事情，就是如同搬山一般的搬書！但是某人竟然給徽山大雪坪送去了一大箱、一大箱的祕笈！

方才軒轅青鋒以長虹貫日之姿闖入拒北城藩邸，其實徐鳳年已經認命，想必姜泥早已被驚動，當下沒有見到飛劍殺人已算不幸中的萬幸，徐鳳年試圖收買賈家嘉，不過是垂死掙扎而已。

軒轅青鋒對此視而不見，始終傲立於石階頂部，她當然知道這座藩邸之內，有個名叫姜泥的西楚女子。

她輕聲問道：「你說姓溫的如今如何了？」

徐鳳年愣了一下，沉默片刻：「偶爾會想，不敢多想。」

她又說道：「以後有機會，我們三人一起聚聚？當年我親手揍他揍得不夠狠，還挺遺憾的。」

徐鳳年咧嘴笑道：「行，不過事先說好，到時候我肯定攔著妳。」

她微微瞇起眼眸，輕輕揚起下巴，柔聲笑道：「打輸、打贏且不管，都要姓溫的小氣鬼請我們喝酒，狠狠宰他一頓。」

徐鳳年點頭道：「這件事，我絕不攔著！」

軒轅青鋒環顧四周：「我隨便找個地兒住下，什麼時候想回中原了，也不用送行，估計到時候你也顧不上。等我回去，先幫你找姓溫的，江湖再大，但畢竟都是我的嘛。」

徐鳳年輕聲道：「謝了。」

軒轅青鋒一笑置之，消逝不見，來去無蹤，如鴻雁踏雪泥。

她的身形出現在拒北城北牆之下，緩緩而行。

願天下有情人終成眷屬。

她對另一名女子說過，此言最可恨。

可她不曾說，此言亦是最可期。

◆

徐鳳年默然站在原地，回神之後，發現廣場上那些人都望向自己，神情各異，就連劍道宗師柴青山都在跟武當真人俞興瑞竊竊私語，眼神尤為隱晦玩味。

徐鳳年對此自然無可奈何，更不想多做解釋，那無異於此地無銀三百兩。

當徐鳳年來到二堂前院，就看到副節度使楊慎杏站在一名白眉白髮白衣的獨臂老人身旁，頗為苦惱。

徐鳳年瞥了眼那位比掛像上道教神仙還要仙風道骨的老傢伙，也很苦惱：「隋斜谷，上次在清涼山，已經讓你一口氣吃掉包括『萬壑雷』在內的三柄名劍，這座拒北城就算掀個底朝天，也肯定沒有合你老人家胃口的好劍，當我求你，別整么蛾子了。」

兩縷雪白長眉幾乎垂膝的吃劍老祖宗扯了扯嘴角，冷笑道：「你小子豈會不知老夫垂涎聽潮閣內『扶乩』、『蜀道』二劍已久？老夫此次北行，打算跟你做筆買賣。老夫在關外幫你殺兩千騎北莽蠻子，至少兩千騎，你將扶乩、蜀道兩劍送給老夫，如何？」

徐鳳年斷然拒絕道：「我早就說過，那兩柄劍，我二姐很小就鍾情，甚至不捨得帶出聽潮閣懸佩，這才會帶著那柄紅螭去往上陰學宮遊歷求學，退一萬步說，就算我願意拿出雙劍交換，可我敢嗎？」

隋斜谷譏諷道：「確實，再借你徐鳳年一百個膽子，也不敢。」

徐鳳年走近後低聲道：「扶乩、蜀道兩劍雖說都在天下十大名劍行列，可中原那邊不是還有其餘那八柄嘛，回頭我給你弄來不遜色於這兩把劍的，如何？」

隋斜谷嗤笑道：「你小子活不活得過今年秋末還兩說，哪來的底氣幫老夫從中原弄劍到北涼？」

徐鳳年自然而然勾肩搭背道：「這還不簡單，萬一弄不到與『蜀道』同個水準的兩把絕世名劍，我就用二十把稍遜一籌的好劍來換！聽潮閣還剩下七、八柄，加上讓北涼境內魚龍幫使使勁，到時候我再跟誰誰求個情，怎麼都能湊出二十把，咋樣？」

只要涉及生意買賣，年輕藩王那是相當不拿捏架子更不稀罕臉皮的。

隋斜谷肩頭輕抖，震掉年輕藩王的那條胳膊，然後伸出雙指擰轉一縷雪白長眉，瞇眼沉思，權衡利弊。

徐鳳年趁熱打鐵道：「隋老前輩，你看眼下就有這麼多中原宗師待在拒北城，稍後還有更多頂尖宗師來此，我找機會跟他們要幾把好劍不算難吧？總之，保證先讓老前輩有幾道下酒菜。咱倆啥交情啊，當年那可是並肩作戰與人貓韓生宣死戰一場的換命交情，實打實的傾蓋如故，這你都信不過我徐鳳年？」

隋斜谷停步站在那座書房門口，轉頭望向這位年輕藩王：「我信你？那還不如去信那個姓澹臺的老娘兒們！」

徐鳳年伸出大拇指：「隋老前輩不愧是與逐鹿山劉松濤一個輩分的風流人物，有膽識！好氣魄！連我都不敢稱呼澹臺平靜為老娘兒們！」

那位楊副節度使簡直不忍直視，更不忍心聽下去，直接大踏步離去。

隋斜谷低聲罵了一句：「老夫認栽，年紀輕輕的，臉皮就比我這裝了幾百把名劍的肚皮還要結實！」

年輕藩王坦然受之，笑咪咪道：「前輩過獎了，謬讚了、謬讚了。」

兩人進入書房後，隋斜谷實在受不了年輕藩王的故作殷勤，果斷自己搬了張椅子坐下，因為他知道，這會兒姓徐的王八蛋越是刻意殷勤，將來自己越是要吃大虧。

隋斜谷收斂神色，問道：「左騎軍真沒了？」

徐鳳年坐在書案後，點了點頭。

隋斜谷皺眉道：「右騎軍是聯手大雪龍騎軍再擋上一擋，還是任由北莽大軍直奔這座拒北城？」

徐鳳年沒有遮遮掩掩，直言不諱道：「不擋了，也擋不住，與其我方無意義地消耗野戰主力，還不如乾脆讓北莽蠻子在拒北城外頭堆積屍體，只要熬過今年秋冬，到了明年開春，尤其是春轉夏，北莽騎軍的日子，就會一天比一天難熬。」

隋斜谷笑道：「你其實也是想讓懷陽關褚胖子的壓力更小一些吧？」

徐鳳年沒有立即回答，眼神中的訝異一閃而過。

江湖百年，歲數直追春秋九國中國祚最短的後隋，老人漫長歲月積攢下來的厚重閱歷，不容小覷。

隋斜谷環視一遍這座書案上沒有擺設哪怕一件文房清玩的簡陋書房，略帶唏噓道：「當實權藩王當到你這種寒磣份上，也不容易。」

徐鳳年哈哈大笑，揮了揮衣袖：「一肩明月、兩袖清風、家徒四壁，板上釘釘的名垂青史嘛。」

隋斜谷譏諷道：「虧你還笑得出來，也不嫌丟了你爹的臉。」

徐鳳年雙手攏袖，背靠椅背，笑意淺淡道：「做兒子的再沒出息，徐驍再失望，可也沒辦法當面罵我不是。」

隋斜谷扯了扯嘴角，不置可否。這位曾與劍神李淳罡互換一臂的吃劍老祖宗陷入沉思，良久過後，緩緩說道：「我活了這麼多年，對於北莽蠻子的印象，其實不深，只不過比起很多只經歷過春秋戰火的中原人，還算親眼見識過草原騎軍大舉遊掠的場景。

當時我才二十出頭，正好負劍遊歷薊州，在一處南北要衝之地，舊北漢史書上應該稱為『軹關陘』，如今離陽朝廷如何命名，就不得而知了。」

老人語氣平緩，並無沉重或是激烈情緒：「我看到數千騎疾馳入關，我隋斜谷本就並非北漢人氏，何況對於家國也從來觀念淡薄，志只在劍道登頂，根本不問世事，對於王朝爭霸國姓更迭更是興趣寥寥，所以當時並未滿腔熱血地一人仗劍，去做那一夫當關的壯舉。然後北上至薊州邊塞，一路上都是慘死的屍體，有眾多北漢邊軍，也有來不及撤退的百姓，青壯婦孺皆有，死狀各異，大抵上這些死法，你們北涼鐵騎從春秋到如今，也不會陌生。

但是有一件小事，你未必見識過。我當時看到路旁豺狼飽腹，恰似太平盛世裡那種大腹便便的富家翁，那些畜生見人竟然不退反吠，當年感觸不深，只覺得弱肉強食，天經地義，反而更讓我堅定了問鼎武道之心。我如今再回想起那幅場景，卻有些不舒服。」

這其實便是年輕藩王不奢望中原宗師留在拒北城的根源所在。就如隋斜谷親口所說，數千人數萬人慘死於草原鐵蹄蹂躪之下，被戰刀割顱剖腹，被槍矛挑屍空中，被騎弓勁射穿透身軀，無論如何死，死了多少人，在希望且有希望武道奪魁最終獨占鰲頭的那撥江湖高手眼中，同樣的場景，在邊軍將士眼中，和在許多江湖宗師眼中，有著天壤之別。

甚至或許有人與當初的年輕劍客隋斜谷不太一樣，會選擇挺身而出，主動截殺草原騎軍，但是最後，也一定知難而退，且在盡力斬殺草原騎軍數十數百人之後，已是問心無愧。

當年隋斜谷看過便看過了，雖有三尺劍傍身，卻選擇了冷眼旁觀、藏劍在鞘，哪怕至今，也僅是「不舒服」三字而已。

徐鳳年做不到。

未必就是徐鳳年遠比隋斜谷更加菩薩心腸的緣故，只因為他出身徐家，自幼便跟隨那個瘸子姓徐。

也許不在北涼邊關，換成別處，例如薊州，例如兩遼，遇上北莽騎軍南下入侵，徐鳳年如果只是置身事外的武評大宗師，一樣會與某些江湖宗師如出一轍，只是痛痛快快廝殺一番，然後一樣知難而退，不會有那種當仁不讓的誓死不退。

柴青山、薛宋官、韋淼、毛舒朗、程白霜、嵇六安，這些已經身在拒北城或即將進入拒北城的中原宗師，徐鳳年憑什麼要他們死戰涼州關外，以血肉之軀抗拒北莽數十萬鐵騎？

閉目養神的隋斜谷睜眼後打破沉默，低聲道：「天能發生萬物，也可肅殺萬物。徐鳳年，你當真不怕？」

徐鳳年笑問道：「這是澹臺平靜說的吧？」

隋斜谷沒有承認也沒有否認。

隋斜谷起身走到視窗，魁梧背影顯得有些寂寞，老人自嘲道：「劍術、劍意兩事，我曾經自認不輸任何人，但很奇怪，我向來不喜歡佩劍，倒是喜歡暴殄天物地以名劍為食。也許當年李淳罡說得對，我隋斜谷根本算不得一名劍士，那我到底算什麼？都活到了這把歲數，再來跟自己問這個問題，也真是可笑。」

徐鳳年在隋斜谷離開書房之前，又提出了一筆新買賣。

吃劍老祖宗在錯愕之後，沒有拒絕也沒有答應，大步離去。

◆

老人走出書房後，緩慢走在廊道中，突然轉頭望向庭院中那棵鬱鬱蔥蔥的臨窗枇杷樹。而年輕藩王沒過多久也離開書房，將一封剛剛寫好的密信交給刑房一位拂水房頭目，兩人一起走出那座廂房。

年輕藩王最後臉色淡然地叮囑道：「你把信交到他手上後，就跟他說，如果真的有那麼一天，就當我徐鳳年求他做這件事。」

那名年邁諜子咬緊牙關，一言不發，只是使勁地點頭，然後領命快馬離開藩邸，離開拒北城。

徐鳳年站在臺階上，安安靜靜眺望遠方。

秋風陣陣，無聲而過。

北莽大軍即將兵臨拒北城，有人生前做身後事。

這位年輕藩王輕輕轉過身，仰頭看到肩並肩坐在屋頂的呵呵姑娘和朱袍徐嬰。

他對她們做了個鬼臉。

◆

夜幕深沉，書房左上角燃有一盞瓷質油燈，仿製舊西蜀的疊瓷盞樣式，燈藏唇竅可注水，最宜省油。

年輕人獨坐桌後，流覽一封早已熟悉內容的密信。

他去過富饒的江南道，那裡的富貴門庭，家家戶戶，長檠高張照珠翠，悄然彰顯盛世太平氣象。他也去過天下首善的太安城，每逢佳節，京城坊間每一瓦壟皆置蓮燈，燈火綿延，燭光熒熒煌煌，彷彿大軍夜行，最是壯觀。他一樣見過小鎮入夜後的星星點點，燈火依稀，一次次途經大小村莊，偶見一盞極微燈火，便是意外之喜。

他放下那封信，起身繞過書案，來到視窗，輕輕推開窗戶。

那封信，並非什麼重要的軍務兵文，而是李彥超向拒北城遞交了一封私人性質的密信，卻沒有經手拒北城兵房，而是直接送至他這位年輕藩王的書房案頭。

這位右騎軍第一副帥用筆極重，墨漬直透紙背。

李彥超並無瑣碎言語付諸筆端，只有簡簡單單兩句話：「陸大遠不該死！北涼任何人都絕對不可將左騎軍的全軍覆滅，視為邊軍恥辱！」

其實李彥超根本不用寫這封信，陸大遠用兵如何，為人如何，他徐鳳年遠比李彥超更為熟悉，一個能夠讓徐驍年老後仍在清涼山議事堂多次提起的武將，豈會是尋常人？徐驍從八百老卒出遼東，四十年戎馬生涯，到最後手握三十萬北涼鐵騎，曾經效命於他的麾下武將何其眾多？

死在了一座座戰場上的人很多，最終活下來的人也不少，陸大遠這位根正苗紅的滿甲營騎將，老一輩徐家嫡系武將幾乎無人不知，從燕文鸞、陳雲垂到周康、袁南亭再到劉寄奴、李陌藩，都曾對突然離開北涼邊軍的陸大遠頗為惋惜，那份遺憾，絲毫不比當年吳起、徐璞兩位功勳大將的離去遜色。

在陸大遠離開藩邸趕赴戰場之前，陸大遠私下拜訪書房找到了徐鳳年，有過一番掏心窩子的對話。畢竟重新出任一軍主帥，陸大遠並非表面上那般輕鬆隨意，恰恰相反，跟隨徐家鐵騎一起成長起來的陸大遠，比起李彥超、寧峨眉這些崛起於涼州關外的新一代青壯武將，比起這些習慣了「北涼鐵騎甲天下」這個說法的年青一輩武將，要更為熟悉苦仗、硬仗，甚至可以說當年的那種苦痛煎熬，刻在了骨子裡。

所以陸大遠必須當著年輕藩王的面，把所有話都挑明，陸大遠要讓徐鳳年放心，也讓自己安心。

那場面對面的促膝長談，陸大遠認為兩支騎軍六萬多騎，絕對無法安然游弋在越發逼仄的關外夾縫地帶，除非左騎軍一方退至清源軍鎮北部，右騎軍則直奔重塚軍鎮東部，在東北和西南兩地，徹底拉伸出戰線，才有真正的喘息餘地。

「但是如此一來，六萬騎軍雖然苟且偷生，可拒北城怎麼辦？左右騎軍雖然依舊可以牽制一定數量的北莽騎軍，但說句難聽的，人家北莽蠻子都不用出動主力，隨便丟給咱們兩支只要人數足夠的末流騎軍，到時候咱們就得趴在馬背上看熱鬧。

我陸大遠是個大老粗，如何帶兵打仗，當年都是一點一點跟大將軍學的，倒是也跟徐璞、吳起或是袁左宗、陳芝豹這些人請教過，但總覺得到最後不像驢子、不像馬的，都不如自己原先那套來得順手。

最後我只認定一個道理：騎軍一旦投入戰場，就要一口氣打掉敵方最精銳的野戰主力，絕對不能因小失大，為了所謂的顧全大局去保留實力，否則在一場兵力懸殊的艱苦戰事裡，仗越拖到後頭，就只會越難打，會輸得莫名其妙，更不甘心。難打的仗總歸得有人去打，要不然大夥兒都一退再退，那就只能等死了，跟早年離陽兵部衙門那窩老狐狸狼崽子有啥兩樣？」

徐鳳年站在視窗，秋氣滿堂孤燈冷，開窗之後，涼意更重。

徐鳳年轉過身，當初那個男人就坐在書案前的那張椅子上，相貌平平，如果不是出現在這間書房，而是站在關內田埂上，大概就會被當作一位面朝黃土背朝天的莊稼漢。

「王爺，當我和右騎軍同時出兵後，我會在兩軍錯開距離的一日之後，率先加速北突，吸引慕容寶鼎部聚攏主力，如果不出意外，慕容寶鼎必定會聞風而動，向寶瓶州持節令王勇請求增援，甚至極有可能臨時抽調柔然鐵騎，以便策應冬雷私騎。王爺請放心，我左騎軍哪怕身陷重圍，也依然會殺掉對方精銳最少四萬五千騎！

「王爺，勞煩你一件事，回頭幫我跟何老帥說句對不住了，數萬邊軍兒郎託付我手，卻只能帶著他們去死，我良心難安，但我不得不行此事，陸大遠在地底下等著老帥他老人家，到時候任打任罵！不過，最好讓我再等個十年、八年的，哈哈，到時候老帥估計揍人也沒啥氣力了，稍微意思幾下，我也就好投胎去了。」

這個男人起身後，望向當時同樣站起身的年輕藩王，沉聲道：「如果將來事實證明我陸大遠做錯了，以後誰都不用帶酒上墳，想來我也喝不下那虧心酒……當然，前提是我如果還有墳的話。」

兩人一起走向書房門口，陸大遠突然問道：「王爺，你說幾十年後，還會不會有人記得咱們，記得這裡發生過的戰事？」

徐鳳年當時搖頭道：「不一定。」

「真他娘的……哈哈，王爺見諒，我就是個粗人，狗嘴裡吐不出象牙。」

「沒事，徐驍也是，我早就習慣了。」

一切都歷歷在目，那些話語更像是依舊回蕩在耳畔，久久不散。

徐鳳年雙手按在視窗上，身體前傾。

懷揣著必死之心趕赴戰場的陸大遠，沒有交代遺言，若說有，未免太過熟悉了一些，年少時的世子殿下，能夠經常聽到，只不過換了一個名字而已。

徐鳳年緩緩轉過頭，望向書房門口。

那位名叫陸大遠的男人，那時候最後抱拳說道：「末將陸大遠！原滿甲營騎將，現任左騎軍副帥！向大將軍請戰！」

徐鳳年當時嘴唇微動，那兩個字，到了嘴邊，卻始終沒能說出口。

准戰！

徐鳳年雙手猛然重重下壓，十指之下的窗沿磚石砰然碎裂。

徐鳳年深呼吸一口氣，向窗外昏暗處擺了擺手，示意那邊的拂水房死士不用理會。

他走回書案，從一本泛黃兵書中抽出一張紙。

紙上所寫內容，是一位遠在關外參與拒北城建造的男子，對已經離開陵州家鄉的妻兒的一些碎言碎語。

這封家書說這兒入秋之後，天還不算冷，縫製的千層底布鞋夠用，磨損也不厲害，當時帶來拒北城的衣衫也足夠保暖，還碰上兩位陵州龍晴郡的老鄉，得空就會去城外小鎮上喝兩口小酒，價錢比關內便宜。

聽說流州那邊咱們打了勝仗，拒北城的城牆很高，北莽蠻子一年半載肯定打不過來，讓她和兩個兒子都放寬心，以後只要每個月還收到寄去的工錢，就意味著關外這邊太平得很，沒打仗。最後男人讓自己媳婦千萬別擔心錢的事情，也別心疼，孩子讀書最要緊。

家書寄往中原某地，是男人的祖籍地。

這張紙只是臨摹而成，真正的家書自然早已寄出。

男人到了關外後，自己不識字，也就寫不得家書，是找了集市上一位籍籍無名的窮酸書生幫忙代寫。

徐鳳年藉著昏黃燈光，低頭望著平鋪在書案上的那薄薄一張紙。

最後這封家書寄出之時，正好在陸大遠離開拒北城之後。

陸大遠重新進入邊軍的第一天，北涼拂水房就已經將這個男人那十多年時光，在陵州龍晴郡小鎮上的境況調查得一清二楚，陸續寄往拒北城藩邸，然後擺放在這間書房的案頭。

之後陸大遠在拒北城或是左騎軍的一舉一動，拂水房諜子都事無巨細地紀錄歸檔，徐鳳年對此沒有阻攔，正是靠這些看似不近人情的陰暗規矩，北涼在戰場上少死了很多很多人。但是在陸大遠請人代寫家書一事上，徐鳳年專程去了趟刑房，讓拂水房負責相關事宜的頭目不去插手。

唯獨這封信，徐鳳年反悔了，讓拂水房諜子截住了家書，只可惜那位做代寫家書生意的年邁書生，也已跟隨隊伍離開邊關。真要找，以關外拂水房的勢力，也找得到，但是徐鳳年想了想還是作罷，覺得既然手上有了家書字跡，以他的書法造詣和功力，每月偽造一封信，並不難。

但是徐鳳年此時此刻，又一次後悔。

因為他發現，自己就像是根本提不起筆，哪怕之後一次次提筆，又都落下，更不知道如何去寫一月之後的家書內容。

徐鳳年站起身，走出書房，來到院子。

仍是無法完全靜下心，徐鳳年身形拔地而起，長掠至拒北城南牆的走馬道上，輕輕一躍，盤腿坐在牆頭之上。

走馬道遠處很快就傳來一陣鐵甲震動聲響，當那些甲士發現竟是年輕藩王親臨城頭後，就迅速默然退去，雖然沒有任何交頭接耳，但是各自都發現對方眼中的炙熱。

徐鳳年雙拳緊握，撐在腿上，坐北朝南，眺望遠方的夜幕。

一夜枯坐。

◆

天未亮，他便悄然返回藩邸，才在書房落座沒多久，一位刑房諜子主事就來稟報，說是毛舒朗、程白霜、嵇六安三位南疆高手，即將連袂到達城南那座人煙驟然稀少的小鎮集市。

徐鳳年讓他準備一匹馬，在花了大半個時辰處理完昨夜逐漸堆積在案頭的軍政事務後，獨自出城。

倒不是專程迎接三位中原宗師，徐鳳年主要是想看一眼集市，沒有太多理由。

徐鳳年騎馬來到小鎮上，翻身下馬，牽馬緩緩前行。

酒肆茶館客棧，還有那些零零散散的各色鋪子，沒長腳的當然走不掉，只不過生意冷清至極，一些店鋪乾脆關門大吉了。這也在情理之中，短短半旬便撤走三、四千人，何況大量參與建城的民夫也開始在當地駐軍的護送下，分批返回關內家鄉。

徐鳳年一路行去，有睡眼惺忪蹲在屋簷下打著哈欠的店夥計，生意驟減，樂得忙裡偷閒；有大聲吆喝僕役搬動貨物動身南遷的商賈，神色憂心；有閒來無事便趴在欄杆上仰視大紅燈籠的青樓女子，難得如此早起；有押送陵州珍奇物件來此的精壯鏢客，只管走鏢安穩，才不理會店掌櫃的愁眉苦臉。

徐鳳年突然在街道盡頭看到一位推車往南的年邁道士，骨瘦如柴，臂力羸弱，三輪車上斜插有一杆招徠生意的麻布招子，從上到下，一絲不苟寫有兩行楷字，「紫微斗數，八卦六爻，尚可」、「面相手相，奇門遁甲，還行」。徐鳳年會心一笑，這位算命先生還真夠實誠，牽馬快步前行，彎腰幫忙推動車子。

老人身上那件洗得發白的道袍不倫不類，反正徐鳳年遊歷離陽北莽，都不曾見識過。這也不奇怪，能夠從朝廷官府獲得度牒的道觀宮廟，所制道袍樣式都頗為講究，坊間擅自偽造售賣，一經郡縣衙門發現，罪名絕對不小。

當年徐鳳年初次遊歷江湖跟人租借的道袍，同樣是一件來路不正且絕對找不到根腳的袍子，就算官府盯上，刨根問底，也難以定罪。眼前這位，顯然與當年落魄至極的世子殿下，屬於同道中人。

勉強稱為道士的算命先生瞇眼道：「這位公子，定然是出身富貴人家啊，貧道所料不錯的話，還是父輩在關外極有實權的將種子弟。」

徐鳳年一語道破天機，笑道：「先生是瞧見我那匹坐騎在鬆開馬韁之後，能夠自己跟隨主人，應當是北涼戰馬無誤，加上大戰在即，我竟然膽敢在此帶馬閒逛，所以推斷出我是將種子弟吧？」

算命先生頓時笑意牽強，好不容易擠出來的那點神仙風範也煙消雲散，被打回原形。

徐鳳年感慨道：「實不相瞞，早年我也和先生差不多，為了生計，裝神弄鬼，擺攤當起了算命先生，先生比我那會兒稍強一些，好歹還有輛三輪車。」他接著又打趣道：「不過說實話，先生這旗號打得可真夠鶴立雞群的，能有生意？」

老人哈哈大笑：「其實無所謂，在這邊掙錢主要靠給人代寫家書，或是兜售一些黃紙折疊的小巧平安符，三文錢一枚，生意還湊合，那些北涼外鄉人沒走的時候，都夠我一日兩頓吃上肉、喝上酒的。像我這般的老百姓，也就是凡夫俗子，咱們求佛拜神菩薩跪遍，必然是先求平安、求安穩，然後求姻緣、求天時，最後才會求功名、求富貴。公子，你說是不是這個糙理兒？」

徐鳳年點頭輕聲道：「老百姓其實就是用三文錢討個安心，先生是在做好事。」

似乎記起那些喝酒吃肉的痛快時光，老人笑顏逐開，但是很快就情不自禁地憤憤然道：「若是咱們王爺更厲害一些，小老兒我的生意總歸還能好上個把月的，哪裡想到這麼早就給北莽蠻子打到了拒北城，白瞎我砸鍋賣鐵弄來這身行當，虧大發嘍。這次回到關內，日子難熬嘍。」

徐鳳年笑道：「那位藩王確實該罵，什麼武評大宗師，不頂屁用。」

大概是意識到身邊這位公子哥兒好歹也是將種子弟，與北涼徐家的興衰休戚相關，行走江湖，言多必失是至理，交淺言深也是大忌諱，所以老人很快轉變口風，自己打圓場道：「話也不能這麼說，咱們王爺也不容易，撐起這麼大一副家當，運道也不算太好，很快北莽蠻子就打過來，連個放屁的機會都不給，王爺和邊軍，還是……還是相當不容易的。」

老人興許委實是編不下去了，越發尷尬，顯得束手束腳，推車的勁道也乏力幾分。

徐鳳年輕輕加重力道，微笑道：「先生這話說得就有些違心了，放心，我雖然是北涼將種子弟，卻也算聽得進別人言語，好話壞話，都不在意。當然了，聽到好話，更開心些。」

老人和徐鳳年一起推車南行，很快就要過橋渡河，老人回頭深深望了一眼巍峨城牆，突然跺腳道：「有些話，實在憋得難受，便是公子你拿我去拒北城問罪，小老兒也得一吐為快！」

徐鳳年苦笑道：「得嘞，保准不是啥好話。先生儘管說，我就當啥也沒聽見。」

老人嘿嘿一笑，挺直腰杆，轉身向北，伸手指了指那座拒北城：「公子，最近我也聽說了不少傳聞，都說咱們王爺膽子太大，放著那麼多老將不用，偏偏要用那些毛都沒長齊的小娃娃，這場仗，怎麼打？

第一場涼莽大戰，靠誰打贏的？還不是涼州虎頭城的劉寄奴劉大將軍？不是流州龍象軍的王靈寶王將軍？不是靠幽州葫蘆口臥弓、鶴鸞、霞光三座城池的那麼多戰死校尉？不是靠咱們北涼最了不起的大雪龍騎軍和打造多年的兩支重騎軍？年紀輕輕的外鄉人，有幾個？也就郁鸞刀勉強算一個。要我說啊，別看流州先前打了幾場勝仗，可是真到了危急關頭，年輕人，靠不住的！」

老人轉頭望向那名年輕人的側臉，問道：「公子，你覺得呢？」

徐鳳年望向遠方：「老先生說得有些道理，只不過世事奇妙，有一些道理的事情，並不一定就是有道理的事情。」

老人瞪大眼睛：「公子，你到底是讀書人還是將種子弟啊？怎麼你說的話，小老兒就聽不懂呢？」

徐鳳年嘆了口氣：「讀書人的稱呼，我當不起。說我是將種子弟，應該沒錯，我就是喝著風沙、聞著馬糞、聽著擂鼓長大的。」

斗膽抒發胸臆之後，老人貌似心情輕鬆許多，難得打趣玩笑道：「公子除了不太講得清楚道理，其實還是挺好說話、挺講道理的。」

徐鳳年無奈道：「老先生，這到底是誇獎還是貶低啊？」

老人哈哈笑道：「公子只管揀好聽的話聽，一准沒錯。」

徐鳳年也跟著心情輕快幾分，眉宇間的陰霾漸漸淡去，會心笑道：「受教了。」

老人沒有讓徐鳳年幫忙把車子推上渡橋，獨自推車向南，壓低嗓音自言自語道：「如果大將軍還在世，就好了，北莽蠻子哪裡敢往咱們這邊湊，北涼都根本不會打仗，如今打了勝仗又如何，還不是要死那麼多人。聽說清涼山後頭有三十萬塊石碑，盡是些虛頭巴腦的玩意兒，能活著，怎麼也比死後留下個名字強吧？」

徐鳳年站在原地，默不作聲。

老人肯定不會猜到那名年輕人的身分，不會認為一名武評大宗師會幫自己推車，所以繼續絮絮叨叨埋怨道：「要我看啊，既然中原朝廷就不是個好東西，與其咱們北涼邊軍兒郎戰死關外，還不落個好名聲，不如直接打開大門，放任北莽蠻子入關，只要事先說好雙方別在北涼道關內外磕磕碰碰，鐵定萬事大吉，讓他們中原那群白眼狼吃苦頭去，咱們北涼老百姓過咱們的安穩日子，多省心省力。我也就是見不著那位年輕藩王，要不然一定要勸他別意氣用事，聽一聽老人的勸，別瞎搗鼓逞英雄了。」

徐鳳年眯眼仰起頭，秋風吹亂這位年輕人的鬢角髮絲。

也許是苦不堪言，也許是問心有愧，也許是兩者皆有，所以從頭到尾，年輕藩王都不曾開口說話。

橋南那邊，推車老人的背影越行越遠。

徐鳳年似乎記起一事，扯開嗓子喊道：「老先生，南行莫急，還有別忘了兩旬之內，拒北城通往涼州關內的三條驛路，百姓皆可借道，不用繞遠路！」

那位年歲已高的算命先生，竟像是果真聽到了這番喊話，略作停頓，約莫是向年輕人示意自己知曉了，然後繼續南下。

藩邸建成之後，那座書房每日都會收到來自關內外的機密諜報，拂水房、養鷹房皆有。

北涼諜報向來按照輕重緩急分為三等，原本有資格送往書房案頭的諜報僅有甲字諜報，但是年輕藩王多要了一等，不是次等乙字，而是末等的丙字諜報。

其實軍政意義不大，只是這位新涼王用以舒緩緊張情緒，雖然兩房必然做過某種程度的篩選，不可能當真全部送往書房，但數量依舊較大，多涉及關內書院情況或士子輿論。內容五花八門，其中不乏某些年輕讀書人的過激言論，年輕藩王從來只是流覽而不批紅。

其中有句評論，年輕藩王親筆抄錄下來，作為每日開卷自省。

德薄而位尊，智小而謀大，力小而任重。

此等昏庸藩王坐鎮邊陲，北涼邊軍必敗無疑！

大軍壓境、父輩遺願、苦寒家鄉、朝廷掣肘、錦繡中原、無辜百姓、天道壓頂。皆是重擔，層層疊加。

橋北這邊，那個其實及冠取字還不足四年的年輕人，緩緩蹲下身，蹲在河邊，將一根甘草撣去塵土後，放在嘴裡輕輕咀嚼。

滿嘴甘甜。

徐鳳年猛然起身，輕吹一聲口哨，在河畔飲水的戰馬飛奔而至。

翻身上馬後，徐鳳年一手拽住轠繩，一手握緊拳頭，在肩頭重重一敲，咧嘴一笑。

南邊極遠處，老人腳步不停，老淚縱橫，低聲呢喃，悄不可聞。

「此時作何感想？」

老人終於停下腳步，環顧四周，視野中最多是那大漠黃沙。

聽潮閣謀士李義山，死後並無葬身之地，骨灰盡撒關外。

老人灑然笑道：「義山！生前身後，我皆不如你。」

拒北城南城門口，徐鳳年猛然停馬轉頭，那種憑藉天人體魄敏銳察覺到的些許異樣，稍縱即逝，剎那間便恢復平靜，無跡可尋。

如一片秋葉落於池塘，幾無漣漪，靜謐安詳。

第三章　北涼軍兩戰皆捷　謝西陲身負重傷

先前流州那條不知名的廊道，流州步陣對峙阻滯北莽五萬南朝邊騎！

涼州將軍石符確如先前遞交拒北城藩王的那道兵文所說，並未率領六千清源軍鎮精騎火速馳援廊道戰場，而是在廊道以南的平原地帶站穩腳跟，耐心等待黃宋濮部主力倉皇北撤，與此同時，需要攔阻南朝邊騎援軍南下與黃宋濮殘部聚攏會合，這位涼州將軍僅是象徵性派遣一標斥候前往廊道偵察軍情。

石符停馬南望，始終背向那座註定屍體堆積如山的血腥戰場，臉色平靜，可謂鐵石心腸。

最南方的老嫗山主戰場，涼莽雙方以第三次衝鋒鑿陣最為死傷慘重。寇江淮投入了那支隸屬於流州刺史府邸的騎軍，黃宋濮也動用了六百餘貨真價實的重騎軍，人馬俱甲，每一匹尤為高大健壯的北莽戰馬都裝備有面簾、雞頸、當胸、身甲和搭後以及寄生，統稱鐵騎俱裝六甲，槍矛難破，弓弩難透。

從主將寇江淮手中暫領流州騎軍兵權的年輕將領乞伏龍冠，又一次率領僅剩的直撞營騎卒直奔六百重騎兵。只是在乞伏龍冠一馬當先的拚命衝鋒途中，徐龍象親率三百龍象精騎，在戰場上逐漸跟上直撞營的鐵蹄，最終與直撞營並駕齊驅，一同開陣！

當三次衝鋒過後，流州騎軍幾乎死傷殆盡，龍象軍亦是元氣大傷。

反觀黃宋濮部精銳騎軍雖然同樣折損慘重，但是數量最多的乙字騎依舊奇蹟一般保持極高的完整建制，多達三萬騎。按照老嫗山戰場形勢，甚至不需要五萬軍鎮援軍趕赴此地，主帥黃宋濮就有十足把握全殲流州野戰主力。

但就在此時，一支聲勢雄壯的騎軍，在老嫗山東方平原地帶闖入視野！

那一幕，如日升東海！

這支毫無徵兆馳援老嫗山的精銳騎軍一字排開，如廣陵江一線大潮，由東往西迅猛推進。

這支橫空出世的騎軍，必然是北涼邊軍除大雪龍騎之外，最容易被辨認身分的一支邊騎，因為每一騎頭盔都插有一根雪白雕翎，隨風飄搖！每一騎馬鞍兩側皆有箭羽透囊而出，如兩團勝雪蘆花！

鐵騎突進，恰如大雪翻湧天地間。

不僅鐵甲染血，已更換兩根鐵槍，更是滿臉鮮血的北莽主帥黃宋濮轉頭東望，目皆盡裂。

老嫗山戰場，經過雙方皆是不遺餘力的三次凶狠鑿陣，北莽騎軍如今剛好位於最初流州騎軍的位置，這原本是這位北莽昔年南朝第一人的算計：在流州野戰主力兵力大損，且精氣神墜入谷底之際，只要北莽騎軍位於南方戰場，就能夠形成一道阻止流州騎軍掉頭向南撤回青蒼城的天然防線。

但事實證明，老帥的算計成功了，可是寇江淮的算計一樣達成了，那位年紀輕輕的流州主將根本就沒打算撤出老嫗山，擺明瞭是要反過來包夾北莽大軍！

黃宋濮沒有絲毫猶豫，下令全軍竭力向北突圍，哪怕北撤途中再遭伏兵阻截，也絕不可戀戰糾纏，只管向北！只要與那支應該即將趕至老嫗山北方戰場的援軍碰頭，那麼勝勢仍然在北莽這邊！

乞伏龍冠和徐龍象、李陌藩，這三位在老嫗山並肩作戰廝殺至此的戰場將領，根本不用相互招呼，就已經默契地快速變陣，由左中右三軍雁字錐陣，變為橫向的一字長蛇陣，盡量伸長拉出一條漫長鋒線。

風水輪流轉，開始輪到流州邊軍以前中後三軍衝鋒。李陌藩部龍象騎軍位於前兩排，徐龍象率軍居中，乞伏龍冠的殘餘流州騎軍位於最後。他們要做的不再是鑿陣殺敵，只需要盡量阻滯黃宋濮部主力騎軍突圍的馬蹄即可！

袁南亭的白羽輕騎，在北莽主力大軍的側翼潑灑出三撥鋪天蓋地的箭雨後，又有氣勢如虹的六千騎找準機會，整齊抽刀出鞘，快速衝陣！

如同從北莽騎陣的腰膂處一刀切去，恰好將黃宋濮的嫡系騎軍、完顏私騎和三萬乙字騎攔腰斬斷！

其餘主力白羽輕騎開始繞弧向北，並不與北莽大軍混戰一團，而是憑藉負載極輕的輕騎優勢，原本由東向西衝鋒的騎陣，迅速繞出一個箭頭向北的弧線。

若是有人剛剛登頂老嫗山俯瞰戰場，恐怕都要誤認為這支衣甲鮮明的輕騎，是草原騎軍的盟友，是在一左一右共同向北而去。

不斷有北莽千夫長、百夫長在紛紛絕望之下，率領殘部悍不畏死地向右翼白羽輕騎撞殺過去。

只可惜那幅壯烈場景，結局只如石子砸擊江水，完全無法打亂白羽輕騎的馬蹄步伐。騎術精湛且體力充沛的白羽輕騎，在遭受一股股北莽騎軍的斜向衝鋒之後，輕而易舉便向右稍稍靠攏，原本大致筆直向前的最左騎陣，出現一處處凹陷，彷彿一只只口袋，任由北莽死士騎卒撞入其中，等待這些草原蠻子的，絕不是近戰肉搏的北涼刀，而是嫻熟至極的一撥撥騎射。

兩百騎、三百騎的南朝騎軍，就這麼被割稻穀一般一茬一茬射落馬背，沒有絲毫撞陣的慘烈，沒有死於馬背上那種死也死得血肉模糊的死得其所，面對白羽輕騎的精準箭矢，一支支透顱過脖穿胸膛，甚至能夠繼續策馬前衝十數步才跌落馬背的北莽騎卒，只有一種死不瞑目的無奈。

老嫗山戰場最北方地帶，只能依稀可見塵土飛揚。

正是寧峨眉麾下四千鐵浮屠橫插於兩座戰場之間！

老嫗山之巔，寇江淮平淡道：「大局已定，黃宋濮完了。」

陳亮錫同樣將戰場走勢盡收眼底，蒼白的臉上浮現一抹笑意，轉頭嗓音沙啞道：「寇將軍當得起『用兵如神』四字。」

寇江淮望向東方：「怕就怕因小失大。」

陳亮錫疑惑地問道：「老嫗山戰事結束後，揮師東進增援拒北城，有何不妥？」

寇江淮搖頭道：「誰說我們要去拒北城？」

陳亮錫目瞪口呆。

老嫗山山腳，李翰林集合白馬遊弩手，準備再度進入戰場。

那名被年輕藩王派遣到此保護這位白馬校尉的祕密扈從武帝城樓荒正要上馬跟隨，就聽李翰林神情堅毅道：「樓荒，你直接去拒北城！堂堂武道大宗師，跟在我屁股後頭吃沙子，無趣至極！」

樓荒彷彿一點都不奇怪，坐在馬背上，望向那一張張大多年輕的臉龐，最後對李翰林笑著點頭，打趣道：「小子，可別貪功冒進而死啊，要不然你們那位北涼王可饒不了我。」

李翰林咧嘴一笑：「幫我跟年哥兒說一句，小時候約定的事情，要一起在北莽西京廟堂上撒尿的，他那份，我包了！」

樓荒翻白眼提醒道：「那記得事前多喝水。」

李翰林大笑道：「喝馬尿都成！」

樓荒策馬離去之前伸出一根大拇指：「我服了！」

◆

廊道之戰，六戰六卻！

北莽南朝邊鎮騎軍整整五萬人，已經被逼得澈底陷入瘋狂，先後六次衝鋒，打得只剩下兩萬多人！

哪怕明知已經多半無力馳援老嫗山戰場，哪怕註定要被龍顏震怒的皇帝陛下嚴厲問罪，這些殺紅了眼的草原騎軍仍是毫不猶豫地展開第七次攻勢。

只要曹嵬率領九千精騎從廊道北口進入戰場，再晚上哪怕只有一炷香工夫，爛陀山僧兵和三千流州士卒就要全軍覆滅，真正意義上一人不剩！

當曹嵬親自率領八百死士鑿開北莽陣形，一路殺到那座僅剩兩百人集結而成的圓形步陣之前後，所見除了屍體還是屍體。

一路而去，碎裂的鐵盾、折損的步槊、崩斷的陌刀、毀棄的硬弓強弩，四處散亂。

那座所謂的簡陋圓陣，不過是人人受傷慘重的爛陀山僧兵和流州青壯，束手待斃而已。

真正抵擋住北莽蠻子騎軍衝鋒的存在，是一名身披甲冑渾身浴血的修長男子。

武帝城王仙芝大徒弟——中原宗師于新郎！

此人手持一柄斬馬陌刀，左右腰間各自懸佩有一柄涼刀，死於他刀下的北莽騎軍，已經不下九百騎！

于新郎之前曾經親口答應過那位年輕藩王，務必保證謝西陲不死！

他不是不可以強行帶著謝西陲離開廊道，撤出這座血流成河的戰場，但是當謝西陲在親自浴血奮戰、第五次結陣打退北莽騎軍之後，對于新郎堅定地搖了搖頭。

于新郎一笑置之，並未強人所難，而是從戰場上撿回一根長槊和一柄陌刀。

兩人並肩作戰。

直至謝西陲身受重創，當時這位倒地不起的流州副將被一名負責謝西陲安危的中年僧人從北莽騎卒的馬蹄下拽住肩頭，然後重重拋向後方，本就精疲力竭處於強弩之末的僧人自己卻被數十騎一擁而上，死在當場。

曹嵬部騎軍從後方的迅猛殺出，成了壓死駱駝的最後一根稻草，北莽邊騎在勉強抵抗住曹嵬先頭騎軍的衝殺後，很快就潰不成軍。

這些南朝軍鎮騎卒不可謂不敢戰、不敢死，否則也不會有七次衝鋒赴死，但是曹嵬騎軍不合常理地出現，太過突兀，太過凶狠，尤其是在並不寬闊的廊道之中，整整九千騎展開綿延不絕的衝擊，好似視野之中，只有北涼鐵騎無窮無盡的身影。

北莽騎軍兵敗如山倒，在一名萬夫長率領麾下嫡系七百騎對于新郎和那座明明已經搖搖欲墜偏偏不願倒下的破敗圓陣進行最後一輪衝鋒後，所有南朝邊騎都自主繞過那名一夫當關萬夫莫開的陌生武道宗師，快速繞過那座圓陣，果斷從兩側向南逃竄。

曹嵬躍下馬背，一個踉蹌差點摔倒，跌跌撞撞衝入圓陣之內，終於看到那個以刀拄地盤腿而坐的年輕將領，頭盔早已不見，鐵甲破碎不堪，鮮血模糊了那張原本儒雅的臉龐。

一名只剩獨臂的流州青壯，不得不用手肘輕輕抵住這名將領的後背。

曹嵬單膝跪地，顫顫巍巍伸出手掌，輕輕抹去年輕將領臉龐上的鮮血。

年輕將領其實早已失去意識，強撐一口氣不願倒下而已。

于新郎狠狠丟擲出那柄陌刀，將一名縱馬南奔的北莽騎軍萬夫長連人帶馬劈成兩半。

他來到曹嵬和謝西陲身邊，蹲下身後，伸手握住謝西陲的手腕：「外傷且不去說，已經傷及內腑，運氣足夠好，才能有一線生機。」

曹嵬二話不說，轉身一拳捶在于新郎胸口，眼眶通紅，怒斥道：「徐鳳年要你待在謝西陲身邊，就只是為了這狗屁『一線生機』？」

于新郎沒有說話，只是繼續低頭為謝西陲渡入一股溫和氣機。

謝西陲不願走，從未上過戰場的于新郎不知為何，也覺得不該走，兩人便都不走了。

謝西陲覺得自己應當戰死此地，于新郎覺得死在這流州關外黃沙，倒也不算太壞。

只是在多次救下命懸一線的流州副將後，後者怒道：「于新郎！每救我一次，你便會少殺三、四人，要我教你這筆帳怎麼算？」

曹嵬在打了于新郎一拳後，沒有直接收回手臂，而是鬆開拳頭，在這位中原宗師的肩頭上重重一拍，哽咽道：「謝了！」

于新郎依舊沒有抬頭，只是問道：「在謝西陲傷勢穩定下來之後，我能不能把他託付給你，代為送往流州青蒼？我想去拒北城那邊。」

曹嵬點了點頭，沒有說話。

許久之後，于新郎鬆開五指，緩緩站起身，雙手按在腰間涼刀刀柄之上，又問道：「暫且借我兩柄刀，算不算違反你們北涼軍律？」

曹嵬深呼吸一口氣，搖頭笑道：「從現在起，你于新郎就是我曹大將軍麾下的一名騎軍都尉了，咋樣？廊道一役，是你靠著實打實的軍功掙來的！別說兩柄涼刀，身上掛滿都不成問題！」

于新郎一笑置之，加入北涼邊軍成為曹嵬麾下騎將，對於一心武道登頂的王仙芝徒弟而言自然絕無可能，只不過于新郎也不便當場拒絕這番好意，他低頭凝望了被自己從鬼門關拉回來的謝西陲一眼，然後稍稍走遠幾步，腳尖一點，身形瞬間拔地而起。

直奔拒北城！

◆

在拒北城年輕藩王和三位南疆武道大宗師前後腳入城那一天，流州老嫗山大捷，捷報火速傳入拒北城！

滿城喧鬧沸騰。

但幾乎只是在一個時辰後，便有另外一道緊急諜報傳入藩邸——北莽大軍四十萬騎，最遲將在三日之後兵臨拒北城！

刀法巨匠毛舒朗進入拒北城後，請求登上城牆，在經過藩邸方面點頭許可後，這位魁梧老者開始沿著走馬道獨自散步，走走停停，沉默寡言。

青衫老儒程白霜在武當山小蓮花峰迅猛破境，直接躋身大天象境界，陪同好友嵇六安進入藩邸後，便逗留禮房，與享譽朝野的文壇宗師王祭酒切磋學問。

唯獨南疆龍宮首席客卿嵇六安來到二堂書房，拜訪那位中原盡聞其名的年輕藩王。

徐鳳年沒有刻意下階相迎，擺出那副禮賢下士的姿態，就只是站在書房門口，笑臉相迎。

把嵇六安領入書房後，徐鳳年親自遞去一杯北涼邊軍「貢茶」，嵇六安接過茶水落座後，開門見山道：「王爺，如果說我願意出城上陣，有沒有一席之地？」

徐鳳年同樣直截了當問道：「是走個過場，以便在中原沽名釣譽，還是果真放開手腳廝殺到底？」

嵇六安輕拈茶蓋摩挲杯沿，抬頭反問道：「有何不同？」

徐鳳年笑道：「前者的話，簡單，甚至不需要嵇先生真正投身沙場，本王自會讓拂水、養鷹兩房放出消息，為嵇先生鼓吹造勢。」

嵇六安笑了笑：「若是選擇後者的話呢？」

徐鳳年淡然道：「那麼嵇先生恐怕就要先向兩位南疆老友交代好遺言，因為北莽四十萬大軍在三天內就會壓境拒北城，先生並無機會跟隨北涼騎軍在關外作戰了，只有一場艱苦至極的攻守戰可打。實不相瞞，連本王也沒有把握敢說一定能守住拒北城。」

坐在那張書案對面椅子上的嵇六安沉默不語，手中那杯茶，尚未喝過一口。

嵇六安突然一口喝光杯中茶，將茶碗輕輕放在書案之上，然後橫劍在膝，坦然笑道：「如果這趟不曾跟隨程白霜來到北涼，我才不管涼莽戰事結局如何，可我既然來了，那就不妨藉此機會，匹夫一怒！」

徐鳳年輕聲道：「數十年辛苦砥礪武道，一身宗師修為，何其不易。」

嵇六安突然氣笑道：「說到武道境界，王爺這是罵我嵇六安幾十年都活到狗身上去了？」

徐鳳年愣了一下，隨即連忙擺手，笑咪咪道：「嵇先生看破不要說破嘛。」

嵇六安瞪眼怒視。

就在此時，嵇六安迅轉頭望去，驚駭地發現窗外倒掛著一位少女。

她朝徐鳳年向院門口方向指了指。

徐鳳年柔聲道：「我知道了，不用擔心。」

沒過多久，腰間懸佩兩劍的桃花劍神鄧太阿緩緩走入書房。

嵇六安站起身，與鄧太阿點頭致意。

天下劍林，歷來秀木良材層出不窮，可是在上一輩劍神李淳罡去世後，便只有眼前這一位可以當之無愧被譽為最秀於林。

嵇六安既然用劍，無論性情是否自負倨傲，無論江湖身分高低，都應當對這位相貌平平的中年劍客報以尊重。

鄧太阿淡然還禮之後，直接轉頭望向年輕藩王，問道：「茶就不喝了，你就說跟北莽什麼時候開打，需要我出現在何處？」

徐鳳年語不驚人死不休：「可能要勞煩你兩次出手。第一次很快，就這幾天。第二次，也許只有你我二人，戰場會更遠一些。」

鄧太阿語氣古井無波道：「帶來兩柄劍，足夠了。」

說完這句話，鄧太阿就轉身離去。

嵇六安也向徐鳳年告辭，跟上桃花劍神的腳步，詢問一些劍道困惑。

聞道有先後，術業有專攻。

鄧太阿如今無論劍道還是劍術，皆可謂是天下劍士的頂點。

最重要的是嵇六安雖然僅是指玄境修為，卻有從未現世的壓箱底三劍，自認威勢可殺天象境高手，而鄧太阿一直被公認為天下指玄造詣第一，猶勝人貓韓生宣！嵇六安如何能夠不心癢，不想討教一二？

◆

同樣是這一天，還有雪廬槍聖李厚重等諸多江湖頂尖大佬進入拒北城，徐鳳年卻沒有露面，連客套寒暄都省了。唯獨聽說某位目盲女琴師入城後，徐鳳年親自走到藩邸大門口，昔年曾經生死相向的兩人，一起走向議事堂。

徐鳳年好奇地問道：「薛姑娘可是有話要幫蘇酥或是陸老夫子轉告？」

背負琴囊的目盲女子搖頭道：「蘇酥對北涼的愧疚，我來償還。」

徐鳳年停下腳步：「那妳有沒有想過，一旦妳死在涼州關外，蘇酥一輩子都抹不平的遺憾要誰來彌補？」

薛宋官一如既往地語氣清冷道：「我只知道，蘇酥活得不開心，我能做到的事情卻沒有做，我這輩子也不會開心。」

徐鳳年搖頭沉聲道：「薛宋官，我勸妳回西蜀，回到蘇酥身邊！」

薛宋官同樣搖頭道：「我絕不能讓他繼續覺得『百無一用是蘇酥』！」

徐鳳年脫口道：「妳有沒有想過蘇酥到底想要什麼，又是最想要什麼？」

薛宋官轉頭，目盲的她輕輕「望向」這位年輕藩王。

徐鳳年頓時無言以對。

自己所做的那些不為人知之事，與這位看似不可理喻的執拗女子，有什麼兩樣？

徐鳳年重重吐出一口濁氣，苦笑道：「那就留下來吧。」

薛宋官點了點頭。

兩人繼續前行，徐鳳年突然說道：「這會兒，酥餅肯定在胡亂吃醋。」

薛宋官會心一笑，嘴角翹起，滿臉溫柔。

徐鳳年哼哼道：「薛姑娘，妳竟然能看上酥餅這種傢伙，真是……」

年輕藩王沒有繼續說下去，薛宋官卻笑道：「王爺是想說瞎了眼吧，可我本來就是個瞎子啊。」

徐鳳年有些尷尬，驀然如遭雷擊，停下腳步，身體僵硬。

薛宋官皺了皺眉頭，沒有轉身，就已經感受到身後出現三股充沛氣機，其中一股滂沱氣勢更是令人窒息。

一對年輕男女，身上都有觸目驚心的血跡。

一名手持鐵槍的中年男子，向徐鳳年和薛宋官大步走去。

徐鳳年緩緩轉身，望向本該在懷陽關的那三人——徐偃兵、吳家劍塚當代劍冠吳六鼎、劍侍翠花。

徐偃兵微笑道：「別擔心，懷陽關連外城都還在。」

徐鳳年如釋重負，但是臉色依舊凝重。

徐偃兵解釋道：「是褚祿山要我們三人回拒北城的，他說留下其餘吳家劍士八十騎就足夠用，我們三個在那邊成天乾瞪眼，意義不大，還不如回到拒北城。」

徐鳳年正要說話，吳六鼎已經不耐煩道：「褚胖子什麼性子，你姓徐的又不是不清楚，他要是下定決心趕我們走，我們恐怕在懷陽關連一口飯都吃不上。褚祿山其實說得也沒錯，關鍵時刻傳遞諜報，有我們劍塚八十騎就差不多了。」

徐偃兵瞪了眼口無遮攔的年輕劍冠，後者悻悻然閉嘴。

徐偃兵低聲道：「褚祿山說，老嫗山必然是我北涼大勝，接下來流州邊軍就該一路向北直取西京，北莽中路大軍只能加快速度進攻拒北城，來一場比拚看誰更快攻破老巢的賭博。褚祿山還說，拒北城只要能夠堅守到冬雪消融，那他的懷陽關就能支撐到明年春夏之交。」

徐鳳年鬆了口氣：「既然他這麼說，那我就沒有後顧之憂了。」

徐鳳年讓人領著吳六鼎和劍侍翠花以及薛宋官三人去三堂廂房住下，自己則與徐偃兵去往書房。

徐偃兵在進入書房後，沉聲道：「褚祿山最後說了句話，讓王爺切記一點：『如果還想讓我們北涼邊軍笑到最後，那麼大雪龍騎軍與兩支重騎軍，就絕不可用於此次戰事！』」

徐鳳年黯然無言。

說一千、道一萬，褚祿山無非是不希望北涼鐵騎的最後底子都死在了救援懷陽關的路途上。

◆

白煜親自為齊仙俠送行出城，白蓮先生不擅長騎馬，便坐上一輛馬車，齊仙俠騎馬隨行。

馬車在那條河的渡橋以北停下，白煜走下馬車，齊仙俠牽馬而行，兩人一起走到這座木橋的中段。

齊仙俠忍不住問道：「為什麼要來拒北城擔任涼州刺史，不留在涼州？」

白煜雙肘撐在橋欄上，托住下巴，望向緩緩流淌的河水，平靜道：「一方面是留在涼州刺史府邸，就要仰人鼻息，被坐鎮清涼山的副經略使宋洞明死死壓住一頭，與其在一盤必輸的棋局上近身廝殺，打得兩人都滿身泥濘、醜態畢露，還不如換一副棋盤。

當然，這個理由很牽強，只是用來說服自己的，連你這種官場門外漢都未必願意相信。事實上，我之所以選擇跟隨新涼王來到拒北城，除了希冀著成為比宋洞明更被視為一位心腹從龍之臣外，亦有私心。」

齊仙俠皺眉道：「私心？」

白煜稍稍轉頭，滿臉笑意，笑問道：「知道什麼叫書生意氣嗎？」

心情本就不佳的齊仙俠冷哼一聲，沒好氣地道：「我這種莽夫，可不懂你們讀書人的抱負！」

白煜眨了眨眼睛：「是真不懂，還是裝不懂？」

齊仙俠板著臉不說話。

白煜不再繼續刨根問底，重新望向那條河流，只不過向後撤一步，雙腕抖袖，正衣襟而肅立。

「一個時代，一個國家，大概終究需要某些人在某些時刻，毅然決然站出來，站在某個位置，就站在那裡！一步不退！

只要站在了那裡，便是責無旁貸，便是當仁不讓！

戰場上，虎頭城的劉寄奴，薊州橫水城的衛敬塘，是如此。

廟堂上，張巨鹿更是如此！

如今就輪到了新涼王徐鳳年！」

白煜瞇起眼，望向遠方：「我不管徐鳳年出於什麼目的、出於何種初衷，最終選擇站在那個地方，反正我白煜只看結果，不問原因！所以，我也選擇站在這裡。是非功過，容我死了，再由你們後人評說。」

白煜大笑道：「我可不喜歡後世描繪這場蕩氣迴腸的戰爭，不喜歡後世讀書人將那部書翻來覆去，竟發現到頭來無一位讀書人死在此地！」

齊仙俠輕輕嘆息。

白煜突然傷感道：「以前並無太多感覺，如今我越來越發現，那些中原朝堂之上、官衙之內、清談之中，流露出對北涼的譏諷，那些居高臨下的指指點點，是何其可憎。」

齊仙俠突然翻身上馬，沉聲道：「走了！再聽下去，我怕自己也走不了！」

白煜哈哈大笑：「走吧、走吧，滾回你的中原去！」

齊仙俠果然一夾馬腹，策馬離去。

白煜沒有一直目送齊仙俠離去，反正本就看不真切，就不徒勞費神了。

白煜猛然伸手一拍橋欄，高歌道：「大風起兮！壯哉我北涼！」

◆

被笑稱為北涼武財神的王林泉在見過女兒王初冬後，笑著離開清涼山梧桐院。

只是四下無人時，王林泉笑意淡去，這位在青州便富甲青州、在北涼便富甲北涼的老人，只剩下滿臉疲憊。

徐渭熊私下向他說了一件事情，他作為王初冬的父親，無法拒絕，但是作為徐家老卒，良心難安。

曾是王妃吳素身邊劍侍的趙玉台輕輕推動輪椅，與徐渭熊一起來到聽潮湖畔，這位面部覆甲遮掩容顏的女子欲言又止。

徐渭熊輕聲道：「姑姑，我不會去拒北城，妳也別去。」

趙玉台顫聲道：「為什麼？」

徐渭熊雙手疊放在膝蓋上，望著那座名動天下的聽潮湖，平靜道：「我們去了，只會讓他分心。既要背著我們偷偷幫我們安排退路，還要每天在我們面前強顏歡笑，多累啊。」

趙玉台雙手顫抖。

徐渭熊歪過腦袋，輕輕枕在趙玉台的手背上：「姑姑，如果真有那麼一天，就幫他照顧好王初冬，去中原找個山清水秀遠離戰火的世外桃源，好不好？」

趙玉台艱難點頭。

◆

梧桐院，以一部《頭場雪》天下奪魁的年輕女文豪正在絞盡腦汁，因為她剛剛答應要為某人寫一部不輸《頭場雪》的傳世佳作，寫西北狼煙，寫邊陲戰事，寫那些慷慨赴死，寫那些壯闊畫面。

為他正名，為北涼發聲，一起流芳百世，不可以任由後世史官肆意潑髒水。

略顯消瘦憔悴的陸丞燕坐在她旁邊，忙裡偷閒，幫這位大名鼎鼎的王大家磨墨。

王初冬突然抬頭苦著臉道：「陸姐姐，太久沒寫文章了，都不知道如何下筆了。」

陸丞燕柔聲笑道：「文章本天成，妙手偶得之，別急呀。」

王初冬「哦」了一聲，繼續愁眉苦臉推敲開篇。

陸丞燕緩緩起身後，揉了揉王初冬的腦袋：「慢慢來。」

王初冬驀然展顏一笑，握緊拳頭使勁揮了揮：「放心，我一定會文思如泉湧的，到時候攔都攔不住哦！」

陸丞燕微微一笑：「到時候我一定要第一個翻閱。」

等到陸丞燕走出屋子後，一直給所有人天真爛漫印象的王初冬，突然流淚不止，如斷線珠簾。

◆

一輛馬車途經血腥氣始終沒有散去的老嫗山戰場，一位臉色雪白的年輕將領艱難起身，掀起簾子望去，久久不願放下。

那位爛陀山女菩薩此時坐在車廂內，負責防止他傷勢加重，需要不斷向他渡入一股平和氣機。

謝西陲望著那座北莽屍體全部棄之不顧的戰場，輕聲道：「兩萬僧兵，雖說大多屬於爛陀山其他勢力，可是妳的三千嫡系也在其中，更是妳這位六珠上師的全部家底，想必妳也猜到為何我要去那條廊道了吧？」

一頭青絲幾乎及腰的女菩薩漠然點頭。

謝西陲苦笑道：「這是一箭三雕之舉，我不得不做。既能盡量阻截北莽援軍，還能讓原本雞肋的僧兵步卒在流州成為一支奇兵，最後當然是能夠以此消耗西域底蘊，無論北涼是贏是輸，都只有好處。

勝了，傷筋動骨的爛陀山為了追求利益，多半只能繼續派遣僧兵趕赴北涼；北涼徐家若輸了，以後北莽要想順勢南下攻打中原，北莽便最少失去了兩萬僧兵。說來說去，都是北涼占便宜，你們爛陀山只能被牽著鼻子走。」

她冷笑道：「你謝西陲這位罪魁禍首，要是當時死在那條廊道裡，如果流州邊軍也跟著大敗，我會毫不猶豫摘下你的腦袋拿去北莽請功。」

謝西陲笑道：「讓妳失望了。」

謝西陲說完這句話，就不得不放下簾子，重新躺回去，很快沉沉睡去。

她繼續閉目養神，無悲無喜。

她默念一段經文，超渡亡魂。

◆

懷陽關內外，南褚北董，兩個天底下最著名的胖子正在對峙。

董卓策馬來到前線，抬頭望向懷陽關外城城頭，兩萬多喪失身分從草原裹挾至此地的罪民正蟻附攻城。手握十四萬私軍的董卓根本不奢望這兩萬人馬能夠攻破懷陽關，甚至連拿下外城都不去想。

董卓在耐心等待入冬，等待一場鵝毛大雪的到來。

在此之前，用兩萬不得不送死的士卒去消耗懷陽關守城兵力，很划算。

兩萬人馬，僅是董卓跟那位老婦人不花一兩銀子討要來的，他一旦動用老丈人那支耶律家族的家底，還能夠從草原大悉剔手上再借來兩萬青壯。

除此之外，董卓已經傳話給河西州持節令赫連武威：「你要是在入冬之前打不下茯苓、柳芽兩鎮，我就借兵幫你打，別客氣，我董卓破天荒大方一回！」

以能征善戰聞名草原的老將赫連武威聽聞此話後，連回覆都懶得做，大舉攻城，晝夜不停，力度遠勝懷陽關攻勢。

董卓習慣性牙齒敲擊，如同世間最小聲的擂鼓。

褚祿山站在內城城牆上，同樣遠眺攻城大軍，身披鐵甲，氣勢凜然。

這位北涼都護面無表情地十指交錯，輕輕互叩。

北莽太子殿下耶律洪才沒有乘坐輦車，而是身披金黃鎧甲，騎馬位於大軍正中，舉目四顧，草原鐵騎綿延而去，沒有盡頭。

據說歷史上那些中原君主御駕親征，都要乘坐八駿牽動的巨輦，只是草原從不興這一套，不過這位太子殿下覺得以後入主中原，可以適當改一改祖宗規矩。

他其實沒有想到那位自己發自肺腑畏懼的皇帝陛下，竟然當真願意讓自己手握實權，而不是當一個擺設傀儡，四周那些只聽命於自己一人的怯薛軍，就是明證！

雖說耶律東床和春捺鉢拓跋氣韻這兩人的出現稍稍有些礙眼，但終究無關大局，只要自己步步為營，那兩人就掀不起任何風浪。一個爺爺是三朝顧命元老，一個父親是北莽軍神，背後的靠山確實嚇人，可比得過自己嗎？

他眼角餘光無意間瞥見身旁一同高坐馬背的女子，正是他的妻子，名義上的太子妃。

如果說他對她一開始還相當敬重，還算坦誠相待，甚至很多時候她都是自己的主心骨，是需要他仰視的存在，那麼等到那位體己人悄然出現後，夫妻之間便越發生疏起來，幾乎從相敬如賓到了相敬如冰的地步。

想到那位註定無法公之於眾的情人，北莽太子殿下有些小小的遺憾和愧疚。

但是比起江山社稷，比起一座從未有過草原雄主澈底收入囊中的中原，如何抉擇，顯而易見。

誰讓北涼那個姓徐的年輕人和所謂的三十萬鐵騎如此不濟事，即將成為自己的階下囚？

北莽太子，第一次如此滿腔豪氣，恨不得放聲長嘯。

我麾下有四十萬騎軍！

一座孤零零的拒北城，如何阻擋？

◆

夜幕中，藩邸議事堂燃起一根根粗如嬰兒手臂的火燭，映得一座寬闊大堂亮如白晝。

堂內將領薈萃，擁有一種無形的熠熠生輝，與那種燈火輝煌亮滿堂，交相輝映。

北涼騎軍主帥袁左宗，顧大祖、陳雲垂兩位大軍駐地便在涼州的步軍副帥，還有楊慎杏這位真正融入北涼邊軍的一道副節度使，之前曾以幽州副將身分轉任大雪龍騎軍副將的樂典，此人如今兼領一支重騎軍，還有特意從幽州趕來的曹小蛟、洪新甲等人，以及一大撥臨時被召集趕赴拒北城的境內實權將領校尉，例如陵州副將汪植與黃小快、鎮守涼州東大門的兩位潼關校尉辛飲馬韋殺青、陵州風裘校尉朱伯瑜、北國校尉任春雲、頂替黃小快成為珍珠校尉的焦武夷，諸多武將聚集一堂，共同商議如何戍守拒北城。

其中一手打造出葫蘆口戍堡烽燧體系的洪新甲，其實品秩並不算高，但是此時連同年輕藩王和兩位邊軍副帥在內，都在聚精會神聆聽此人娓娓道來的守城細節。

一大批青衫參贊郎到會旁聽。

瘋子洪書文無疑是白馬義從中升官最快、當官最大的傳奇人物，年紀輕輕，卻已經在陵州將軍韓嶗山麾下擔任一州騎軍主將，此次跟隨兩位副將一起來到關外拒北城。

這位早年跟隨世子殿下一起闖蕩過中原江湖、一起趕赴西域鐵門關截殺離陽皇子趙楷的彪悍武人，卻沒有置身於大堂，而是在大門口抱刀而立，獨自閉目養神，氣勢冷冽，就像一尊不講情面的門神，一言不合便要對人拔刀相向。

涼州刺史白煜、禮房王祭酒、南疆宗師程白霜三人連袂走來。三人碰頭後意氣相投，相談甚歡，王祭酒便偷偷摸摸拎出幾壺珍藏已久的綠蟻酒，拉了兩位讀書人一起小酌一番。

在半個時辰前，參贊郎通知今夜大堂會有一場議事後，酒興正酣的王祭酒便有些尷尬。若是一身酒氣搖搖晃晃去往那座戒備森嚴的大堂，既不合時宜，再說王祭酒也沒那份膽識，那幫大老粗武將的刀子眼神，他一大把年紀了，臉皮再厚，委實吃不消。

王祭酒很清楚這座拒北城藩邸誰才是軟柿子，不是李功德、楊慎杏這種老狐狸，也不是君子如玉恭謹謙讓的白煜，甚至不是那幫滿腔熱血意氣的軍機參贊郎，分明是年輕藩王嘛！哪怕老先生嘴沒把門兒，洩露了那樁扶牆而出的典故，不一樣雷聲大、雨點小，只是在棋盤上被惱羞成怒的年輕藩王殺得丟盔棄甲而已？

除此之外，王祭酒不太敢流露出絲毫清流名士的怪誕放任之風，原因很簡單，老先生知道北涼文武大佬都從不吃這套，而且老人自己也不擅長。所以在使勁搖扇驅散大半酒氣後，王祭酒這才敢拉著兩人來到議事堂門口。

結果門口那尊門神沒有阻攔風流倜儻的白蓮先生，卻把王祭酒和程白霜都攔阻下來。白煜作為昔年道教祖庭龍虎山的天師府小天師，也淋漓盡致地發揚死道友不死貧道的作風，對身後老先生的求援置若罔聞，大步跨過門檻後，只是轉頭投來一個愛莫能助的眼神。

王祭酒原本還信誓旦旦答應程白霜能夠攜手進入議事堂，一張老臉頓時滄桑淒苦，先對程白霜打腫臉充胖子地豪邁一笑，示意「儘管放心，一切有我」，然後轉頭與那位年輕武將竊竊私語，好說歹說，說王爺對這位南疆宗師頗為信任，程白霜此人風骨錚錚，絕不會橫生枝節，更不會洩露軍機。洪書文雙手抱刀，板著臉根本不搭理，無論老先生如何低頭諂媚，只是攔在門外，不肯點頭放行。

磨破嘴皮子的王祭酒只得撒潑耍賴，不要什麼讀書人的斯文了，瞪眼道：「洪書文！信不信我就在這裡扯開嗓子喊冤，你覺得王爺會不會讓我進入議事堂？」

油鹽不進、水火不侵的洪瘋子仍是無動於衷，冷笑道：「老爺子，你喊便是，到時候只要王爺親口答應下來，我就讓路。否則就憑你這一身不像話的酒氣，我今天還真就跟你較上勁了！」

老先生瞪眼如牛眼銅鈴，洪書文懶洋洋道：「咋的，不服氣？王祭酒要仗著年紀大欺負我練武時間短？」

老人差點一口老血噴在這個不要臉皮的年輕猛將身上，老人不愧是讀書讀出真學識的人物，放低聲音，伸出一根手指。

洪書文斜眼打量，滿臉不屑。

老人忍痛割愛一般，顫巍巍伸出兩根手指。

洪書文自言自語道：「讀書人，就是不爽利。」

老人深呼吸一口氣，伸出一隻手掌，一巴掌重重拍在這個年輕人的手臂上，滿臉悲苦道：「我只有這個數了，殺人不過頭點地！洪書文，給句痛快話！」

洪書文挑了挑眉頭，挪了挪腳步讓開路，笑咪咪道：「會議結束，我會親自去你那邊取酒。五壺綠蟻，敢少一壺，我就拆了你們那座禮科廂房，反正也沒幾步路。還有記住了，別湊得太近，與參贊郎站在邊緣位置就差不多了。」

痛心疾首的老人根本不去討價還價，趕忙跨過門檻，不忘轉頭對程白霜低聲道：「老程啊，屋外清風明月，風景怡人，我就不陪你了。」

王祭酒遠離議事堂大門口七、八步後，突然轉身對洪書文指指點點，滿臉小人得志的表情，夾雜有翻白眼晃腦袋的動作。

洪書文頓時醒悟，事先說好的五壺綠蟻酒肯定是打了水漂了，抬腳做了個踹人的動作。王祭酒勾了勾手指，一副「有本事你來打我、來打我啊」的欠揍模樣，只是當老人看到洪書文冷笑著要闖入議事堂後，立馬身形矯健地溜之大吉。

洪書文見怪不怪，轉身後繼續閉眼抱刀。

程白霜大開眼界。

一位談吐儒雅風流得意的白蓮先生，一位早年差一點就要稱霸文壇的上陰學宮右祭酒，怎麼到了北涼這地兒，就這般厚顏無恥了？

文武兼修且皆造詣深厚、境界深遠的程白霜有些哭笑不得，倒也沒怎麼惱火，更沒羞憤離去，反而站在議事堂門外望向門內，輕聲問道：「敢問這位將軍，我能否站在此地，聽一聽屋內議事？」

洪書文沒有睜眼，沒好氣道：「既然王爺之前准你程白霜在藩邸隨意行走，那麼今夜只要不得寸進尺跨過門檻，那麼你在門外站著聽、躺著聽都無所謂，就算你頭朝地、腳朝天，我也不攔著。」

幾乎身負儒聖氣象的程白霜一笑置之。

之前與白煜、王祭酒喝酒閒聊，程白霜聽到了許多用作下酒菜的趣聞逸事，言者無意、聽者有心。

白煜說那位年輕藩王偶爾會離開位於二堂簽押房右首邊的書房，去往簽押房左側被拒北城笑稱為「菜園子」的屋子，那裡是軍機參贊郎的「總舵」所在。因為這些擁有不同根腳背景的年輕人並無品秩官身，只穿儒士青衫，一眼望去如青綠之色尤為茂盛，眾人聚集，彷彿一塊綠意正濃的菜圃。

那些人本就是北涼的讀書種子，不管是北涼道本地出身，還是赴涼的外鄉士子，最終都在拒北城紮根生長。徐鳳年時不時會去那邊坐一坐，不分晝夜，也無規律，從無長篇大論，只是與那些大多是同齡人的青衫讀書人閒聊，多是瑣碎小事，至多是寫文章、做學問的修齊之事，泱泱軍國大事反而極少，治國平天下的「治平」二字，那些邊陲戰事，涉及不多。

白蓮先生有一次閒來無事，恰好參與其中，那一夜，一位北涼王、一位涼州刺史，被數十位青衫士子簇擁其中，言笑晏晏，笑聲不斷。

當一位軍機參贊郎說自己願上陣殺敵，絕對不惜戰死時，年輕藩王沒有拒絕也沒有認可，只是環顧四周後，看遍那一張張書生意氣的年輕臉龐後，才告訴那位慷慨激昂的外鄉讀書人：「讀書人在幕後運籌帷幄，願意為邊事出謀劃策，願意為國事放聲，願意為死戰邊軍鳴不平，這就已經盡了天大的本分，更是誰都不可忘卻的功勞。在此之外，你們讀書人若是願意赴死，肯定是好事，但我徐鳳年絕不推崇此事。

從徐驍到我，都一直認為，北涼鐵騎鎮守邊關，既然身在關外，腰佩涼刀、騎乘戰馬，那麼退無可退戰死沙場，便是天經地義之事。至於不擅弓馬廝殺的讀書人，有那份心即可，北涼不願意，也不應該要求你們讀書人捐軀赴死。甚至說，不曾經歷過沙場硝煙的讀書人怕死惜命，也無可厚非。

書房士子，沙場武人，各司其職。前者以筆端文字書寫正氣，抒發胸臆，後者披堅執銳，守關拒敵，你做好你的，我做好我的，便是問心無愧。至於生活在市井巷弄的普通老百姓，更不該奢望他們來到邊關殺敵，他們就該好好活著，一輩子太太平平。」

程白霜雙手負後，背對議事堂，望向那座牌坊，陷入沉思。

隨著正式敲定一項項緊急方略，議事堂不斷有武將分批匆忙離去，當最後連顧大祖和陳雲垂兩位駐守拒北城的邊軍大佬也跨出門檻，年輕藩王與王祭酒終於並肩走出，來到枯站門口將近兩個時辰的程白霜身邊。白煜早已先行一步去往戶房議事，註定是要挑燈至天明了，也顧不得與程白霜打招呼。

年輕藩王見到這位在武當山憑藉那位儒家至聖恩澤世間的契機，順勢成就大天象境的南疆宗師，輕聲笑道：「人間在曹長卿和軒轅敬城之後，總算又要出現一位儒家聖人坐鎮氣運了。」

三人一起走下臺階，程白霜搖頭道：「限於格局，我無法躋身儒聖境界。」

徐鳳年疑惑道：「此話怎講？」

程白霜笑道：「哪怕是現在，我仍然沒有那種為天地立心、為往聖繼絕學、為萬世開太平之心境。」

徐鳳年點了點頭，並未因此便輕視這位早已亡國的年邁儒士。

程白霜突然問道：「王爺，你覺得何謂讀書人？」

徐鳳年想了想，答道：「書生治國，太平盛世。」

程白霜又問道：「那亂世之中，國難當頭，書生又當如何？」

徐鳳年不假思索道：「不當過多苛求他們。」

程白霜笑問道：「難道不應該是毅然奮起，書生救國嗎？」

徐鳳年一笑置之：「那我管不著。讀書人的擔當，讀書人自己挑，願不願、敢不敢、能不能，都是讀書人自己的事情。」

程白霜似乎有些訝異這個話，沉默良久，笑道：「也是。」

◆

天亮時分，拒北城外，一騎從流州老嫗山迅疾向東馳至拒北城外，在臨近城門之前，樓荒驟然勒韁停馬。

轉頭望去，看到一個遠離戰場卻依舊身披鐵甲、腰佩雙刀的傢伙，正在抬頭向自己微笑。

樓荒翻身下馬，感受到這位大師兄身上那股極為陌生的濃烈殺氣，不得不問道：「那個姓謝的如何？」

于新郎輕聲感慨道：「只能說還沒死，謝西陲受傷極重。」

樓荒沒有再多說什麼。

于新郎猶豫了一下：「樓師弟，託付你一件事情。」

樓荒毫不猶豫道：「你說便是。」

于新郎傷感道：「可能要麻煩你帶著小綠袍回中原。我帶著她走了很多路，原本以為她可以一直無憂無慮地待在清涼山聽潮湖，與她身邊那些同齡人成天爬樹抓魚，慢慢長大……現在看來，很難了。」

樓荒搖頭道：「這件事，你讓徐鳳年找別人去，我幫不了。」

于新郎皺眉道：「你也要留下？」

樓荒冷哼道：「難道只准你于新郎英雄氣概，不許我樓荒豪邁一回？」

于新郎啞口無言。

樓荒遺憾道：「只可惜，你我暫時都沒有稱手的好劍。」

于新郎拍了拍腰間涼刀，微笑道：「用過之後，才發現很好使，手起刀落，屍體都不用抬走，挺暢快的。」

樓荒打趣道：「要不然分我一把？」

于新郎果斷拒絕：「休想。」

樓荒嘖嘖道：「我也要你答應一件事。」

于新郎笑咪咪道：「得先說來聽聽，答應不答應，再看。」

樓荒咧嘴道：「如果在接下來的關外戰場，我殺人比你多，以後你喊我師兄如何？」

于新郎拍了拍這位師弟的肩膀，語重心長道：「雖說不想當師兄的師弟不是好師弟，作為師兄，我能夠理解這份心情，可惜還是不會答應你的啊。」

樓荒並不覺得意外，牽馬前行，嘴角有些笑意。

在東海武帝城那麼多年裡，師兄弟二人幾乎沒有交集，更不會如此隨意聊天。

看似極好說話實則最不好說話的于新郎，天賦太高、根骨太好、修為太高、悟劍太深，所以哪怕在王仙芝所有弟子中脾氣最好，卻反而會給人一種其實他在居高臨下看你的感覺。

那樣的于新郎，樓荒真的喜歡不起來。

現在的于新郎，勝負心極重的師弟樓荒，反而有些討厭不起來。

于新郎突然說道：「如果還能活著離開北涼邊關，我就去找個婉約動人的女子，找個安詳寧靜的小村莊，共度餘生。」

樓荒點了點頭：「不錯啊。」

于新郎感慨道：「是很好。不過我現在也挺憂心的，以我于新郎的模樣皮囊，找個北涼胭脂郡的漂亮小娘子，那也是信手拈來，可師弟你的相貌，咋辦？萬一我瞧見很好恰好自己又不喜歡的女子，想要介紹給你，可她們偏偏只喜歡我，到時候我很為難啊。」

樓荒深呼吸一口氣，又深呼吸一口，這才忍住出手打人的衝動。

◆

晌午時分，藩邸一棟幽靜院落，白髮白衣的獨臂老人舉杯飲酒，意態閒適。

這位癖好吞食天下名劍的老人，不但與劉松濤一個輩分，不但與李淳罡劍道爭鋒，更是西蜀劍皇和清涼山劍九黃的共同師父。

石桌對面正是東越劍池當代宗主柴青山，雖說就武林地位和中原聲望而言，柴青山遠比那位隱世不出的吃劍老祖宗高出太多，但就江湖輩分來說，年近古稀的柴青山仍是要比隋斜谷低上一輩，甚至是兩輩才對。

隋斜谷曾經在而立之年親臨劍池，勝過了一位姓宋的劍池本家長老，後者當時已是花甲之年，雖然落敗，佩劍淪為隋斜谷的入腹美食，但是那位長老臨終之前，仍是對後起之秀的隋斜谷推崇有加，視為劍道一途的同道中人。

少年柴青山當初以外姓人進入東越劍池後，與上任宗主宋念卿成為師兄弟，都受到那位師伯祖堪稱傾囊相授的指點，所以今日終於見到隋斜谷真人真容，柴青山發自肺腑地恭敬執晚輩禮。

隋斜谷記起那些陳年往事，緩緩道：「那會兒，李淳罡每打敗一名江湖成名已久的劍道宗師，我都要去緊隨其後湊個熱鬧，不過有些劍客敗在李淳罡手上後，劍心蒙塵，劍意隨之支離破碎，我自然勝之不武。」

說到這裡，隋斜谷瞥了眼柴青山，嗤笑道：「宋念卿的父親，也就是你的師父，便是此類人，根本輸不起，受辱之後便抑鬱而終。反觀你的那位師伯祖，雖說劍術造詣不如擔任宗主的侄子，但心性顯然更為堅韌，輸給我之後，二十年砥礪，之後與我再戰，仍是再輸，可你知道當時那位百歲老人，在親眼看著佩劍被我折斷的時候，笑著說了一句什麼話嗎？」

柴青山搖頭。

隋斜谷眯眼嘆息道：「那老傢伙大笑說道，他娘的人生竟然只有百年，三尺青鋒如何握得夠？不過癮不過癮，下輩子、下一個人生百年，老夫還要練劍！」

柴青山默不作聲，卻心嚮往之。

隋斜谷平淡道：「話說回來，你師父劍道毀棄，倒也不能全怨他心性不堅，畢竟身為一宗之主，尤其還是置身於東越劍池此等源遠流長的練劍世家，大概打從娘胎起，就需要背負著家族興衰榮辱，自然更難放下。」

至今仍是一宗之主的柴青山由衷感慨道：「確實如此，殊為不易。」

隋斜谷莫名其妙道：「更為不易。」

柴青山微微錯愕，隨即恍然。

就在此時，並未跟隨汪植、黃小快兩位陵州副將離開拒北城的洪書文，大步走入小院，捧著一只巨大木匣，臉色跟有人欠了他一百萬兩銀子差不多。

他將木匣重重摔在石桌上，直愣愣地盯著隋斜谷撂下一句：「王爺讓我給你老人家捎來的，一匣六劍，除了蜀道、扶乩二劍，還有聽潮閣內珍藏多年的包括京師、龍鱗在內四劍，一併送來。」

隋斜谷隨手打開木匣，劍氣森森，小院如正值風雪隆冬時節，果真擱置有包括扶乩在內諸多絕世名劍，如一位位明明傾國傾城卻養在深閨人未識的絕代佳人。

隋斜谷自言自語道：「那小子難得做一筆虧本買賣。」

隋斜谷一揮衣袖，劍匣重新併攏，他抬頭笑問道：「這肯定不是你們王爺的初衷，如果沒有猜錯，是徐渭熊那閨女的意思？」

洪書文可不敬畏什麼吃劍老祖宗，沒好氣道：「我只管送劍至此！」

隋斜谷在年輕人正要轉身離去的時候，突然開口道：「四柄劍差不多就能讓我出手，你隨便取回兩劍，老夫從不是趁火打劫之輩。」

洪書文以迅雷不及掩耳之勢彎腰打開劍匣，忙不迭問道：「隋老前輩，敢問蜀道、扶乩兩劍是哪兩柄？」

隋斜谷冷笑一聲，懶得搭理。

名劍蜀道，十分好認，劍身極為狹長，劍鞘之上刻有銘文，洪書文沒有特別花費力氣去辨識，可是哪一柄才是與蜀道在重器譜上齊名的扶乩，洪書文就有些吃不准了。

好不容易確認其餘三劍，最終在兩柄劍之間艱難取捨，舉棋不定，生怕這一拿錯就害得王爺虧本虧到姥姥家。

隋斜谷伸出兩根手指撚動一縷雪白長眉，笑意玩味。

洪書文一咬牙，就要拿起一柄看上去像是扶乩的古劍，剛握住劍鞘，就聽到東越劍池那位柴宗主輕輕咳嗽一聲，洪書文立即放下手中長劍，抓起另外一柄烏黑劍鞘的長劍，一手握住一柄，歡暢大笑，快步離去。

柴青山猶豫了一下，說道：「希望前輩不要介懷。」

隋斜谷一臉漠然神色：「無所謂了。」

第四章　趙長陵洩露天機　謫仙人如雨落涼

黃昏時分，一位脫去道袍的糯衫老者緩緩走向渡橋，向北而行。

橋上有位高大白衣女子攔住去路。

老者不以為意，一直走上渡橋，笑問道：「天人何苦為難仙人？」

雙眸如雪的女子淡然道：「大逆行事，天道難容。」

老者笑了笑，故作訝異：「哦？」

高大女子正是鍊氣士宗師澹臺平靜，她眼神越發冷厲：「趙長陵！當初你不曾被鎮壓於月井天鏡之中，已是天道為你網開一面，奉勸你不要得寸進尺！」

老人不輕不重「哦」了一聲：「那又如何？」

她站在渡橋中間：「你敢上前，我就算拚了與徐鳳年兩敗俱傷，也要讓你神魂俱滅！」

老人哈哈大笑：「嚇死我了！」

老人突然收斂笑意：「可惜啊，我是天上仙人趙長陵！」

面對自稱仙人的趙長陵，澹臺平靜流露出一絲譏諷笑意：「謫仙人、謫仙人，便在於一個『謫』字，你以為自己是俗世的道教真人，無論身處山上、山下，都被百姓視為高不可攀的陸地神仙？」

澹臺平靜無疑是人間鍊氣士碩果僅存的大宗師，一針見血揭穿了趙長陵的老底。仙人一落人間，便不再是長生仙人了，如同一位權柄赫赫的中樞重臣被貶謫出京城，流徙千里，雖說不至於淪為喪家犬，卻也權勢遠遜往昔，需要入鄉隨俗，得老老實實按照當地規矩行事。

當初京城欽天監門外一戰，徐鳳年以一己之力斬落無數從掛像中走出的龍虎山祖師爺，便是占了人間地利，如果徐鳳年亦是離開人間的飛升之人，與那麼多早已證道長生的龍虎山祖師爺在天上相逢，自然是必輸無疑。

相比趙長陵此時此刻的虛張聲勢，澹臺平靜更好奇此人為何能夠逃過疏而不漏的恢恢天道，死後以讀書人之身逃過一劫，沒有淪為天鏡之中的殘缺魂魄。

趙長陵沒有繼續上前，而是站在橋欄附近，望向那條靜靜流淌的河水，川流不息，不舍晝夜。一襲古舊春秋儒衫的老人雙手負後，追憶往事，眉頭皺起，似乎想起了很多不堪提起的沉重心事。

春秋三大魔頭之一的人屠徐驍，這位功高震主的離陽大將，人生其實可以分為兩段，封王就藩西北邊陲，可以作為一道分水嶺。在這之前，為離陽趙室老皇帝趙禮賣命效死；在那之後，徐趙兩家積攢多年的香火情所剩無幾，趙惇在奪嫡大戰中勝出，新君在登基之前便與前朝第一功臣早有心結芥蒂，徐趙兩家開始形同陌路。

張巨鹿的廟堂登頂，拉開了朝廷對北涼邊軍進行隱祕圍剿的高峰，科舉上對北涼士子進入中原官場設置門檻，任用顧劍棠嫡系蔡楠和淮南王趙英雙管齊下，攜手掣肘北涼，最終讓連同徐家在內的北涼道百姓，一起成為非我族類的存在，在中原西北偏居一隅，幾乎不被中原士族視為吾國吾民。

李義山之所以被視為那幾位春秋頂尖謀士中最不出彩之人，大抵緣於在趙長陵病死後，並未力挽狂瀾，成功幫助徐家和北涼融入中原，導致趙室朝廷從始至終都將北涼視為心頭大患，為此徐趙兩家都沒有勝利可言，徐家鐵騎作為戰力猶勝兩遼邊軍的邊關砥柱，竟然從未獲得過中原的財力支持。

反觀趙室也埋下了兩次廣陵江叛亂的禍根，雖說暗中推動西楚復國，勉強達到了削弱藩王和武將兩大勢力的目的，但是戰事進展之不順，離陽國力折損之大，顯然遠遠超出了老首輔張巨鹿生前布局時的預期，更導致野心勃勃卻被苦苦彈壓在南疆二十年的燕剌王趙炳，澈底生出中原逐鹿之心。

同樣，徐家也是苦戰不斷，大傷元氣，哪怕第一場涼莽大戰獲得大勝，北莽騎軍依舊不願去捏更為軟柿子的兩遼邊軍和薊州邊線，打定主意要先下北涼再吞中原。

所以說，從目前來看，北涼徐家、離陽趙室、北莽女帝，三者皆輸，倒是燕剌王趙炳和那位即將稱帝的傀儡靖安王趙珣，獲利最豐。至於迄今為止始終按兵不動的大柱國顧劍棠，這位春秋四大名將之一的武人如何抉擇，依然充滿懸念。

有趙長陵輔佐，徐驍即便功高震主，依然不曾被狡兔死、走狗烹，得以封王在外，在西北邊關安度晚年。

趙長陵死在西蜀戰場上後，換成李義山獨力支撐起徐家大宅，卻是如今北莽四十萬騎軍壓境拒北城這般田地，年輕藩王極有可能成為早夭之人。兩位徐家謀士，徐驍的左膀右臂，成就似乎高下立判。

趙長陵當下沒有執意向北入城，澹臺平靜也就沒有悍然出手。

一座渡橋，自成一方天地，以澹臺平靜出神入化的天人修為，關鍵是她身具莫大氣運，也許要她開闢出一塊洞天福地，有些牽強，但要說只是隔絕其他天人感應，在某時某地畫地為牢，則十分輕鬆。

趙長陵自言自語道：「春秋之中，我既是謀士，骨子裡更是一位縱橫家，且不同於大秦時期那些縱橫家先賢，並非以布衣之身庭說王侯，我趙長陵出身頭等豪閥，所以當時同時代的各國君主、將相公卿，哪怕身處敵對陣營，依舊願意將我奉為座上賓。

一次次奉大將軍之命出行，總能無往不利，也贏得了『辯才無礙，機變無雙』的美譽，甚至大將軍麾下有些讀書人，都覺得謀略、決斷兩事，我趙長陵都可一肩當之，完全不用寒士出身的李義山費心。」

趙長陵緩緩搖頭，感慨道：「世人豈會知曉根本不是這麼回事。義山外儒內法，以霸王道雜之，這才是徐家建制成軍的根腳所在，使得大將軍能夠在春秋戰事裡屢敗屢戰。

歸根結底，我趙長陵，不過是徐家鐵騎的面子，錦上添花而已，義山才是不可或缺的裡子，是在為大將軍雪中送炭。二十年前，義山未必能夠做得比我更好，也未必更差，可春秋定鼎二十年之中，我卻要遠遠不如義山，恐怕所謂的三十萬北涼鐵騎甲天下，早已分崩離析，或是早已為他人作嫁衣裳。」

趙長陵突然轉頭笑道：「天理昭昭，報應不爽。澹臺宗主，是不是很好奇為何天道為我開一線？」

澹臺平靜冷漠寂然，並不說話。

趙長陵也不以為意，抬頭望向天空：「因為我的弟子之中，陳芝豹、姚簡和葉熙真這三人還有大將軍的小舅子吳起，這四人，都被天上仙人視為重要棋子，尤其是陳芝豹，更是重中之重。

春秋九國，離陽趙室滅八國收為一國，與北莽南北對峙，這仍是仙人認可的格局，可若有一方休養生息短短二十年，便一統天下，王朝版圖還要遠遠超過大秦鼎盛時期，然後天下蒼生最少獲得百年承平，可就有悖於初衷了。」

趙長陵收回視線，望向拒北城，伸手指了指：「所以徐鳳年哪怕能夠成功世襲罔替，也應當死於涼州關外，死在草原戰馬鐵蹄之下，然後北涼鐵騎交由陳芝豹，他坐鎮西北，與離陽北莽三足鼎立，三方逐鹿天下，戰火不休。

最終離陽趙室國祚能夠綿延一百多年，在這期間，北莽草原將會陷入內訌，在那位女子死後，皇室宗親耶律東床加上外戚慕容寶鼎和軍方大佬董卓，亦是三足鼎立，內戰不止，大傷元氣。

陳芝豹將會兩次主動出擊，第一次北征草原，一路打到北莽王庭腹地，卻受困於天寒地凍的天時，無法一錘定音，在遲暮之年選擇攻打離陽，後者卻派遣使者前往草原，以割讓薊州的巨大代價請求草原出兵襲擾陳芝豹的涼州後方，陳芝豹最終仍是兵臨太安城卻無法攻破，遺憾退兵，再無奪取天下的可能。

離陽皇帝趙篆也在壯年和晚年分別率先對北涼進行兩次大戰，無果，離陽輸而不至於覆國，北涼贏卻輸掉大局，最終陳芝豹一手打造的北涼王朝三世而終，退出爭霸陣營。」

趙長陵哈哈大笑：「這興許便是黃龍士那位怪人眼中最早的天下大勢，只可惜驚才絕豔的黃三甲自尋死路，臨時起意，竟然改變了既定格局，導致徐鳳年的崛起勢不可當，迫使以退求進的陳芝豹至今仍是無法順利接手三十萬鐵騎，一切都亂套了。

如果說趙凝神當時請下龍虎山初代祖師爺，在春神湖與徐鳳年一戰，不過是幕後布局者的一種巧妙試探，試探天上……某尊大佬的底線，那麼之後離陽趙室破格請下那些供奉香火無數的龍虎山祖師，天上仙人的睜一隻眼、閉一隻眼，其實也壞了自己訂立的規矩。至於最近那些近乎明目張膽為北莽助長聲勢的謀劃，就更是屬於撕破臉皮了。

趙長陵指了指天上，然後指了指腳下，笑意略帶譏諷：「其實哪裡都一樣，何處無黨爭，總要折騰出一些事情來才甘休。一方唱罷，一方登場，你來我往。其實很多出自人間的古話老話，早就把天上天下的道理都給說透了、講完了。

實不相瞞，選中妳澹臺平靜的那尊大人物，正是當年用了仙人手段，才讓天道為我網開一面。這倒不是他犒賞功臣之舉，而是有些事情的首尾，得弄乾淨了，否則留下把柄，不好收場。何況他也需要我幫忙盯著陳芝豹，要不然妳以為陳芝豹在封王就藩西蜀道之後，如何能夠那麼迅速便躋身偽儒聖境界？

世間水到渠成一事，不是沒有，可需要日積月累才能讓長流細水，慢慢沖出一條水渠來。陳芝豹的半步儒聖，屬於揠苗助長，是強加於他的氣運。沒辦法，黃龍士作祟，先手胡攪蠻纏，無禮無理至極，然後交由徐鳳年接手中盤幫著繼續下棋，原本憑藉陳芝豹的心性和底蘊，未來能夠自然而然成為儒家聖人。」

澹臺平靜終於開口問道：「曹長卿死後，三分氣數，最大一份散入廣陵道，最小一份被我截取，第三份是一樁交易，是第一份氣數能夠成功融入舊西楚版圖的前提，這最後一道氣數本該去往西蜀，可陳芝豹為何不願接納？」

趙長陵頗為自得：「在莫名其妙地躋身半吊子的儒聖之後，我這位得意弟子豈能沒有察覺？之後他與野心勃勃的謝飛魚合作，兩人貌合神離，陳芝豹不過是虛與委蛇罷了。何況以他的自負，又豈會願意接受唾手可得的恩惠？我趙長陵挑中的弟子，陳芝豹他本就屬於五百年不世出的大才！」

澹臺平靜冷笑道：「大奉王朝的開國皇帝，以謫仙人之身投胎轉世，確實當得起五百年不世出一說。」

趙長陵笑問道：「澹臺平靜，妳想不想知道妳又是哪一位謫仙人？老夫可以為妳解惑，說一說妳的前世今生。」

秉性一向接近天道無情的鍊氣士大宗師，好似被觸及逆鱗，破天荒勃然大怒，厲色道：「放肆！」

趙長陵笑了笑，悠悠然道：「若教眼底無離恨，不信人間有白頭，古人誠不欺我啊。」

心生殺機的澹臺平靜瞇起眼眸，那襲雪白袍子雖然大體上平靜，可細看之下，漣漪陣陣，如細細泉水流淌過青石。

兩人腳下的河流之中，突然有一尾體態纖細的不知名野魚，猛地躍出水面，然後重重墜回水中。

趙長陵會心一笑。

澹臺平靜也隨之一笑：「機關算盡，壞我心境，你是希望以此告知拒北城內的徐鳳年，你我二人身處何地？」

趙長陵擺手道：「從我北行之始，妳就開始遮蔽天機，我只有些許感應而已，徐鳳年卻無法知曉。這座渡橋的方寸世界，不過是妳的障眼法而已，我趙長陵還不至於天真到以為三言兩語，就能壞了妳南海觀音宗傳承數百年的古井無波。以橋下游魚躍水作為試探，試圖破去我最後的憑仗，即丟掉仙人體魄後留下的仙人心境，澹臺宗主，妳我皆是聰明人，此舉無疑落了下乘。」

澹臺平靜眼神憐憫地望向這位春秋謀士——在世之時穩穩壓住李義山一頭的徐家首席謀士——微笑道：「聰明反被聰明誤，趙長陵，你知道在我看來，你比李義山差在哪裡嗎？」

趙長陵沒有理睬女子鍊氣士宗師的問話，皺了皺眉頭，轉頭望向拒北城，眼神複雜，有疑惑、有驚訝，最終剩下恍然和失落。

澹臺平靜向前行去，向南而行，與趙長陵擦肩而過，輕聲道：「毒士李義山，實則最有情，不管境遇好壞，地位高低，命途福禍，在李義山內心深處，始終願意對這個世道，懷有善意，對人心，選擇信任。你不一樣，趙長陵，所以你選擇繼承你衣缽的人，只會是陳芝豹，李義山卻會選擇徐鳳年。」

趙長陵站在原地，與緩緩前行的澹臺平靜背對背：「我輸了，妳澹臺平靜也一樣。」

澹臺平靜腳步不停，走下渡橋，一路向南，沒有回頭。

她耳中隱約有無比威嚴的聲音響起：「凡夫俗子，愚不可及！」

她耳中頓時有鮮血湧出。

可她嘴角卻帶著一抹溫柔笑意，呢喃道：「我願意。」

她所過之處，這位身材高大的女子鍊氣士宗師，身上不斷有金光飄散，那雙詭譎的雪白眼眸趨於正常。

趙長陵站在原地，輕輕嘆息。

◆

一抹虹光墜在渡橋之上，正是從拒北城火速趕來的年輕藩王。

當時那尾游魚的躍出水面，動靜看似細微，身處方寸天地之中的趙長陵並不清楚，但對於拒北城裡的徐鳳年來說，無異於響徹在耳畔的一聲平地驚雷。

足可見當時澹臺平靜的心境，紊亂到何種地步。

徐鳳年來到渡橋，對這位之前喬裝假扮為算命先生的年邁儒士，竟然能夠瞞過自己的感知，不得不充滿戒心，程度之深不下於那位與國同齡的太安城宦官。

趙長陵沒有急於自報名號，笑咪咪問道：「書上說，天下無不散之筵席。書上也說，人生何處不相逢。但說到底，既然人有生死，人生到底還是一場離別。我是誰，你不妨猜猜看。」

徐鳳年無動於衷，望向南方，看向那位不知為何最終選擇自散氣運，一併還給世間的高大女子。

徐鳳年沒有挽留，也不知如何挽留。

沒有了澹臺平靜的牽制，謫仙人趙長陵環顧四周，優哉游哉道：「有些讀書人，貌似心繫天下，實則眼高於頂，到最後只看得到空蕩蕩的天下，獨獨不屑眼皮子底下的家國，比如我。又有些讀書人，家國天下兼顧，春秋之中，唯有黃龍士、李義山二人而已。」

徐鳳年皺眉道：「你到底是誰？」

趙長陵倚老賣老道：「不是讓你猜猜看嘛。」

徐鳳年似乎在權衡利弊要不要出手。

趙長陵好像渾然不覺：「你的心不定，怎麼，北莽大軍壓境，讓你心事重重，如雜草叢生？這可不是好兆頭，以你目前的心境去跟『得天獨厚』的拓跋菩薩交手，是沒有勝算的，至多玉石俱焚。」

趙長陵嘆了口氣，眺望遠方：「大楚昔年有豪閥趙氏，自大奉開國起便世代簪纓，與西蜀蘇室有三百載世仇，之後深刻結怨於那場大奉末年的甘露南渡。蘇氏吃了苦頭，沒有去往廣陵江，反而別開生面，得以僥倖入主西蜀。

在春秋之中，已經成為一國國姓的蘇氏試圖化解恩怨，化干戈為玉帛，主動與富甲廣陵的趙氏聯姻，趙氏亦想擁有西蜀這塊四塞之地作為戰亂時的世外桃源，便答應這樁婚事。

有位承擔家族重任的女子便遠嫁西蜀，最終在宮闈爭寵中落敗，輸給了一位同樣出身春秋豪閥的女子，被蒙在鼓裡的西蜀皇帝一氣之下，毒酒賜死，當時她已經懷胎六月。」

徐鳳年說道：「這位女子是趙長陵的同胞姐姐，姐弟二人自幼相依為命，長姐如母。」

趙長陵點頭道：「是啊，弟憑姐貴，在家族內平步青雲，一身才學、一生抱負終於得以施展，到頭來，除了等到姐姐慘死的噩耗，就只有家族長輩們一句『此女咎由自取，死不足惜，事已至此，絕不可問責於蜀國蘇氏，以免雪上加霜』。

最可恨之處在於西蜀皇帝知曉真相後，非但沒有悔意，反而在一場宴席之上，對前去修補關係的廣陵趙氏使者笑言，以後趙氏子弟入蜀遊歷，自當以貴賓待之，唯獨那位煩人至極的趙長陵，竟敢向朕討要說法，說法？朕的意思即天意，趙長陵若敢赴蜀，朕便以仇寇視之。」

時過境遷，那些苦難悲痛，就像一條蒼茫的老狗，趴在地面上，已經無力嗚咽。

徐鳳年笑道：「恐怕那位亡國之君怎麼都沒有想到，趙長陵還真去了蜀國，身邊僅是騎軍便有兩萬。西蜀版圖之上，從大奉立國時設置為郡，到春秋割據的自立為國，從沒有出現過一萬以上的外來騎軍。」

趙長陵扯了扯嘴角：「只可惜生前沒有看到徐家鐵騎撞入西蜀京城那一幕，要知道大將軍曾經答應過趙長陵，只要攻破了西蜀皇宮大門，趙長陵便能夠一馬當先，到時候親手殺人也好，坐一坐龍椅也罷，都沒問題。」

徐鳳年呼出一口氣，側過身，對這位年邁儒士彎腰作揖，慎重沉聲道：「徐鳳年拜見趙先生！」

趙長陵也隨之側身，搖頭道：「我當不起這一拜。」

徐鳳年低著頭道：「當得起！」

趙長陵無可奈何，畢恭畢敬回了一揖。

兩人重新站定後，趙長陵微笑道：「那天說的話，別當真。這些年害你白白吃了許多苦頭，我趙長陵，嗯，也就是陳芝豹的半個師父，算是罪魁禍首。這次下來，算是稍稍補償，不過礙於天道，或者說礙於某些大人物，無法直接幫你，只能為北涼增添一些額外氣數，但也只能勉強抵去北莽從天而降的那部分額外國運。天人自有天人的規矩，不可能有誰當真能夠一手遮天，畢竟不看好北涼的，更多。此次瞞天過海，已是那位……就是你知我知那位的極限。」

徐鳳年如釋重負：「這就已經很好了。」

趙長陵搖頭道：「可是拓跋菩薩此時此刻已經是身具大金剛境的天人體魄，且指玄、天象兩境的感悟之深，堪稱驚世駭俗。指玄是道教大長生的指玄，天象是儒家聖人的天象，這種陸地神仙，哪裡是什麼陸地神仙，跑到天上去都算罕逢敵手。」

徐鳳年「嗯」了一聲，不過說道：「拓跋菩薩未必全無破綻，我得看時機。」

趙長陵訝異道：「此話怎講，我還真好奇了。」

徐鳳年眨了眨眼睛：「天機不可洩露。」

趙長陵歡暢大笑：「理當如此。」

趙長陵收斂笑意：「今夜拭目以待。」

不等徐鳳年說話，趙長陵身形已經一閃而逝：「我四處走走看看，藉此機會，與義山說些不足為人道的話。」

◆

徐鳳年沒有回到書房，而是直接回了後堂庭院。賈家嘉正在逗弄那隻憨態可掬的大貓，所謂的大貓，也是與尋常市井巷弄裡的那種野貓相比，事實上這隻貓尚且年幼，喜好食竹，但並非全部吃素。

大戰在即，於公於私，徐鳳年都不可能專門為了這隻小玩意兒，動用拂水房諜子和境內士卒為牠搬運竹子送往拒北城。徐鳳年的意思很簡單，如果形勢到了最糟糕的境地，少女賈家嘉也不該死在這裡，他希望她能夠為了這隻大貓，到時候離開拒北城，離開關內，甚至離開北涼，去尚未被戰火殃及的西蜀，帶著大貓去一處竹密如海的地方。

徐嬰不見其蹤，應該出城去了。

姜泥坐在一條小板凳上發呆，哪怕徐鳳年走到她跟前，也沒回過神。

徐鳳年笑著在她眼前揮了揮手，她這才恍然醒悟，朝他狠狠瞪了一眼。

徐鳳年坐在她身邊道：「我知道妳不會離開，但我希望妳能夠做到一件事，妳只有答應了，我才讓妳留在拒北城。」

姜泥使勁點頭：「你說！」

徐鳳年咧嘴一笑：「我就當妳已經答應了。」

姜泥瞪大那雙秋水長眸，滿臉憤懣。

徐鳳年雙手抱住後腦勺，柔聲道：「活著真好。」

姜泥沒好氣道：「廢話！」

徐鳳年鄭重其事反駁道：「這話還真不是廢話。」

姜泥轉頭好奇地道：「出門一趟，飄來蕩去的，好不瀟灑，該不會是一不小心腦袋著地給磕傻了吧？」

徐鳳年向她身體前傾，笑咪咪道：「不然妳摸摸看？」

姜泥漲紅了臉，好不容易憋出兩個字：「下流！」

徐鳳年坐直身體，雙手托住下巴，望向院子，唉聲嘆氣。

◆

拒北城內，軒轅青鋒找到徐偃兵，說要打一架。

徐偃兵不肯，軒轅青鋒自然更不肯，徐偃兵熟悉這個瘋婆娘的性子，根本不給她出手的機會，直接就跑到藩邸書房修身養性去了。

拒北城外，一襲朱袍掠空而去，像一朵落在人間的絢爛紅雲。

在拒北城以東三十里，一位白衣人身邊站著一位頭頂帷帽的女子。

前者容顏英武，讓人忘卻雌雄之分。後者身形婀娜，帷帽遮掩之下，卻是一張疤痕縱橫的恐怖臉龐，眼神呆滯，生氣全無。

朱袍徐嬰在見到白衣人後，滿臉歡喜，紅衣繞著那襲白衣不停飛旋。

白衣人伸出手按住徐嬰的額頭，後者身軀便驟然懸停在空中。

白衣人收回手後，瞥了眼身邊的女子，淡然道：「三人之中，妳最淒涼，我與那個狐媚子甚至從未將妳視為對手，而妳卻自以為在那人心中也占據一席之地。等了這麼多年，好不容易算到他會來人間走一遭，依舊沒能來得及和他相見，再次天人永隔，妳是何苦來哉？」

白衣人突然笑出聲：「不見更好，見了妳只會更傷心，如此說來，妳這位公主墳小念頭總算沒慘到極點。我只希望妳在離開公主墳之前，沒有把老底透露給北莽，否則憑藉那些庫藏，等於讓北莽蠻子提早打下半座中原了。」

徐嬰飄落在地面，笑顏動人。

在北莽、離陽皆是魔道第一人的白衣人，揉了揉徐嬰的腦袋：「只有妳最幸福、最幸運，對吧？」

徐嬰只是咻咻笑。

白衣洛陽大聲笑道：「那座城，很快它就要改名叫作洛陽城了！」

◆

南詔第一人韋淼，就住在拒北城一棟僻靜小宅子，當他聽到一陣急促的敲門聲，走去開門後，見到一張意料之外卻在情理之中的臉龐，正是他在武當山與她分別的媳婦。

韋淼無奈問道：「跑來這裡做什麼，不是讓妳回南詔嗎？」

她白眼道：「回個錘子喲，麼得男人陪，老娘大晚上一個人睡不著覺嘛。」

韋淼沒好氣道：「找個去！」

她嫵媚笑道：「我要真帶個龜兒子到你跟前，還不得給你一拳砸爛腦殼嘛。」

在南詔堪稱無敵手的韋淼只有拿她沒轍，這輩子都是，知道她這次來是絕對不會走了，他認命，領著媳婦走入院子。

這位出生於號稱十萬蠻夷大山之中的生苗女子，好奇地打量四周：「那小俊哥兒也太小氣了些，這宅子可值不了幾個錢。」

韋淼道：「是借住，人家沒說送給咱們。」

她撇撇嘴：「這瓜娃子！」

韋淼壓低嗓音道：「那人聽得見妳說話。」

她趕忙變換臉色，好像那位年輕藩王就在小院之中，嬌滴滴道：「這院子賊好了。」

韋淼忍住笑意。

最後，這對老夫老妻就那麼肩靠肩坐在臺階上。

雖然韋淼從不覺得自己與她是什麼神仙眷侶，可這麼多年一起行走江湖，遇見的女俠仙子不計其數，他卻根本沒有記住任何一名女子。

她把腦袋斜靠在韋淼肩膀上，閉上眼睛：「對不起，沒辦法給你生個娃。」

韋淼伸出一隻手心粗糙的手掌，撫摩她臉頰的動作溫柔，幫她擦拭淚水，這個從未說過一句動聽情話的憨樸男人，輕聲道：「十個韋淼都配不上妳，媳婦，真的。」

◆

夜幕降臨。

晝夜交替之際，一道道聲響如滾雷驟然響起於北涼關外天地間，不知為何，卻只有年輕藩王可以聽見看見，其餘所有武道宗師，境界高如鄧太阿也沒有察覺到半點異象。

趙長陵出現在拒北城城頭之上，仰頭大笑道：「諸位，此時不落人間，更待何時！」

天上有一位仙人高聲附和道：「我大楚即中原！」

脫去破舊道袍換上那一襲襦衫的讀書人冷哼道：「李密！什麼大楚，西楚才對！」

一道氣勢恢弘的虹光直墜人間，落在拒北城城頭之上，來勢洶洶，偏偏悄無聲息。

另外一位仙人高聲道：「我煌煌中原，豈能陸沉於草原鐵蹄之下？」

又有仙人在九天之上豪邁大笑：「三十萬鐵騎，鎮守我中原西北門戶，二十年死戰不退，親眼目睹，幸甚幸甚！」

還有仙人緊隨其後走出天門，伸了個懶腰：「我大奉王朝當年不濟事，現在就看你們北涼鐵騎的能耐了。」

一名身披玄甲的魁梧仙人低頭俯瞰人間：「喲，草原蠻子擺出好大的陣仗，仗著人多勢眾就了不起啊。」

一位位仙人，一道道虹光接連撞入拒北城各處。

數十位於不同朝代飛升的謫仙人，今夜一同化為北涼氣數。

天上謫仙人，如雨落人間。

腰間懸佩涼刀的年輕藩王站在枇杷樹下，趙長陵渙散不定的身形突然出現在他對面。

徐鳳年欲言又止。

老人伸出手，雖然無法觸及徐鳳年身軀，卻像是拍了一下年輕藩王的腦袋：「有聚有散，緣來緣去，不用傷心。」

徐鳳年抬臂抱拳，嘴唇抿起，一言不發。

老人遺憾道：「只可惜無法幫你更多了。」

徐鳳年保持腰杆筆直的抱拳姿勢，如一棵西北黃沙中最常見的胡楊木，生而不死有千年，死而不倒再千年，倒而不朽又千年！

老人嗓音飄忽不定，變得含糊不清，瞥了一眼年輕藩王腰間那柄新涼刀，滿臉欣慰道：「好刀！」

徐鳳年嘴唇顫抖。

老人笑道：「大將軍讓我捎話給你，說他徐驍這輩子最大的成就，娶了你娘不去算，便是把北涼交給你，不過他覺得很對不住你，讓你受委屈了。」

徐鳳年搖頭。

老人輕聲道：「小年，王妃說以前總勸你別輕易與人衝突，能忍則忍，希望能夠像個溫文爾雅的讀書人，可如果以後有人惹你生氣了，那就不打白不打，往死裡打。」

說到這裡，老人顯然也有些無奈神色。

在以往印象中，王妃不是這樣的女子啊。

年輕人淚流滿面，輕輕點頭。

身形稀薄至極的老人閉上眼睛，貌似側耳聆聽狀，譏諷道：「咦？好像聽到了我徐家鐵騎對手的馬蹄聲，而且聲勢不小啊。」

老人睜開眼睛，如同自己風華正茂時那般詢問徐驍，笑問道：「怎麼辦？」

新涼王徐鳳年鬆開拳頭，伸手按住刀柄，朗聲笑道：「咋辦？簡單得很，幹他娘的！沙場之上，最後只會剩下我徐家鐵騎的馬蹄聲！」

老人最後閉上眼睛，在神魂消散之前，這位春秋謀士好似在緬懷沉醉往昔的崢嶸歲月，又像是在想像未來的太平盛世，輕輕說道：「小年啊，這就對嘍。」

第五章　拒北城大軍壓境　大宗師連袂衝陣

祥符三年，秋。

陰氣漸重，露凝為白。

中原涼意，又以西北邊陲最重。

暮色中，拒北城外，浩浩蕩蕩四十萬草原騎軍結營紮寨，綿延不絕，戰馬嘶鳴，彙聚如雷。

不斷有數十騎、數百騎的小股騎軍出陣游弋，快速靠近拒北城，然後在弓弩射程的邊緣地帶，抬頭觀望，以馬鞭戰刀向城頭指指點點，氣焰囂張。

僅僅拒北城北城頭，造價昂貴被歷代兵家譽為國之重器的大床弩，便多達四十餘張，射程之遠，威力之巨，絕對超乎草原想像，春秋兵甲葉白夔在西壘壁戰場上便曾由衷感慨：「九牛大弩，一箭摧山，三百大步，可殺宗師！」

但是不知為何，面對那些位於普通弓弩射程之外的北莽騎軍，北涼城頭床子弩始終紋絲不動，沒有絲毫憑此兵家頭等利器率先建功揚威的跡象。

北莽其實早已領教過虎頭城床子弩的威力，但是那一撥負責攻城的草原大悉剔，當時南院大王董卓攻打虎頭城不計傷亡，使得別部主力傷亡慘重，元氣大傷，如今幾乎都還在草原轄境默默舔舐傷口，沒有參與此次南征。

第一次涼莽大戰中率軍攻入幽州葫蘆口的大將軍楊元贊，戰死殉國，若非北涼要用這名南朝老帥的頭顱換取虎頭城劉寄奴的屍體，恐怕楊元贊的屍體就只能繼續作為葫蘆口某座京觀的累累白骨之一。至於攻破臥弓、鶺鸞兩城的功勳副將種檀，在密雲一役落敗被擒，如今還被囚禁在拒北城內。

董卓在北方主攻懷陽關，並未跟隨大軍南下拒北城，所以北莽大軍對北涼的印象，依舊停留在「鐵騎」二字之上，這自然要歸功於用計大破虎頭城的董卓。哪怕董卓在辭去南院大王一職後，多次在南朝廟堂提醒同僚，昔年西北邊陲第一鎮的虎頭城，已是極為不易攻打，涼州關外那座傾盡北涼徐家二十年家底打造的雄偉新城，絕非短期能夠攻破。草原騎軍南下之路，如馬躍天塹，要做好折損十數杆大旆的最壞打算。

只可惜一來董卓已經丟了南院大王的顯赫官身，說話分量輕了許多，二來在第一場涼莽大戰裡董卓刻意保留實力，為那位老婦人大肆消耗草原悉剔勢力，在南北兩京的口碑便越發糟糕。最後則是兩座廟堂的官場之上，都覺得董胖子故意誇大其詞，將攻打北涼新城說得難如登天，無非想要為已經拿下一座虎頭城大功在手的自己彰顯軍功，依舊希冀著有朝一日能夠統攬大權，再一次騎在所有大將軍持節令的脖子上發號施令。

不斷有草原權貴在城外打馬疾馳，跋扈叫囂道：「爺爺在此！北涼那姓徐的無膽小兒，可敢出城一戰！」

有些膂力驚人的草原武將更是挽弓如滿月，縱馬前奔，弓弦緊繃，一聲砰然作響後，箭矢朝拒北城城門激射而去，迅猛釘入城門，箭羽顫抖不止。

這些享譽草原的神射手在撥馬返回之時，贏得北莽大營前方呼嘯震天的歡呼聲。

原來落在騎軍身後的一架架投石車，不斷沿著大營縫隙路徑向南方推進，總計九百架之多，加上寶瓶州持節令王勇將在天亮之前護送至戰場的一千四百架，那麼光是投石車就有兩千三百架，而且巨石儲備之豐，號稱掏空了南朝龍腰州境內兩座對峙山峰。

相傳北莽皇帝陛下與太平令親自抽出時間前往那處，那位身披龍袍口含天憲的老婦人，親自敕封兩山為鎮國山神，承諾未來攻破拒北城，草原最終一統中原之際，兩位暫時失去根基的山神便可分別入主東西兩嶽。

攻城器械中，除了南朝軍器監精心打造的這些投石車，不惜窮其國力來打這一場大仗的北莽，還在不計其數的輜重裡，配有與拒北城等高的樓車百餘棟。由於樓車原本是針對虎頭城而造，在更為雄偉高聳的拒北城建成之後，不得不臨時加高，為此緊急僱用了近萬青壯役夫匠人，連夜開工，以免貽誤戰機被皇帝陛下遷怒。

因為工程浩大，南朝朝廷給予軍器監的壓力更是巨大，使得軍器監從上到下的官員都顯得瘦骨嶙峋。但在添置拋石車與加高樓車兩事之上，傳聞軍器監官員僅靠這筆額外收入，便人人賺得盆滿缽滿，被某位鬱鬱不得志的洪嘉遺民作詩譏諷，其中有一句「瘦骨嶙峋錢囊鼓，兩袖原來不清風」廣為流傳，專門以此諷刺軍器監官員中飽私囊，大發國難財。

北莽南朝軍器監下設兵甲、弓弩和登城三署，樓車等攻城器械皆隸屬於登城署，署官沒料到此事會如此沸沸揚揚傳遍朝堂內外，提心吊膽，差一點就要主動辭官謝罪，不料一向寬待南朝遺民士族的皇帝陛下竟然一紙令下，將那名出身南朝丁字小族的讀書人抓捕，以妖言惑眾之罪斬立決。

真正讓署官如釋重負的，還是軍器監主官的一場私下談心，說皇帝陛下親眼見識過我監打造之物，認為並無紕漏，材質上佳，頗為優良，既然如此，便已是大功於草原，些許夜草橫財，無傷大雅。

除此之外，本就模仿中原大舉開闢驛路的南朝，僅是龍腰州一州之地，就在半年之內又建造了橫縱三條驛路用以運輸糧草輜重。

龍腰州以北諸州，雖不如龍腰這般不惜竭澤而漁地耗盡國庫財力，也都增辟出一條直達龍腰的驛路，北方肥美草原上動輒數十萬計的牛羊，跟隨草原兒郎的戰馬鐵蹄一同南下。

這一切，無疑都是為了那場拒北城攻守戰做鋪墊。與此同時，幾乎整座南朝的全部資源都向與涼州關外邊境接壤的龍腰州傾斜，董卓能夠輕而易舉獲得大量草原青壯圍困懷陽關，亦是歸功於此。

第一場北莽大戰之前拓跋菩薩清肅草原北庭勢力，出現大批失去悉剔庇護的流徙罪民，只得前往戰場之上憑藉軍功恢復身分。當時因為楊元贊部南征主力出人意料地全軍覆滅，導致攻破虎頭城的北莽中軍也隨之功虧一簣，這才給了北涼邊軍一些喘息機會。

相信這一次，北莽絕不會輕易退兵，哪怕流州戰場黃宋濮都已戰死，落得與楊元贊同樣的淒慘下場，成為北莽官身最高的北莽戰死武將，噩耗傳遍南朝，廟堂一片哀鴻遍野，北莽皇帝陛下仍是毫不猶豫，讓太子殿下耶律洪才行監國之職，率領大軍南下拒北城，她則親自坐鎮西京安撫人心。

這場大戰，北莽志在必得！

大概是北涼拒北城的悄無聲息，更加助長了草原武將的桀驁，加上御駕親征的太子殿下並未下令約束麾下猛將，率領精銳扈騎出營游弋，彷彿成了南朝邊軍大將和草原北庭悉剔的不成文規矩，好像不去拒北城城頭那邊走一遭就是懦夫行徑。

開始有人別說那些沉默而猙獰的大型床子弩，連尋常守城步弓也視若無物，以身涉險縱馬向前，只恨無法策馬躍上城頭。有些出身北庭高門的年輕武將身披金銀甲冑，在夕陽映照之下光彩奪目。

對這些年紀輕輕就從怯薛衛轉任一軍百夫長甚至千夫長的草原權貴青年而言，打小就聽膩了那支自立門戶的離陽邊軍，耳朵都起了老繭子，他們甚至腹誹極多，覺得皇帝陛下在南朝所器重之人，除了董胖子還算有些能耐，黃宋濮、楊元贊、柳珪這幾個老頭子，實在是不值一提。若非陛下當年迎接洪嘉北奔那些跑到草原避難求生的喪家犬，莫名其妙訂立下了南人治理南人的盟約，黃宋濮這些徒有虛名的老傢伙哪裡當得上大將軍？

有兩騎出營後沒有直奔拒北城，而是沿著大營周邊緩緩騎行。

這兩騎俱是年輕人，披掛甲冑懸佩戰刀也是普通，但是其中一騎腰間所繫的那條鮮卑扣玉帶，讓兩人暢行無阻，這位年輕人正是北莽王帳成員耶律東床。

北莽鮮卑扣也分高低，按照玉帶之上鑲嵌寶石的數目而定，耶律、慕容兩姓子弟大多可以鑲嵌兩、三顆，然後以軍功大小遞增。慕容寶鼎這等身居高位手握兵權的皇親國戚，或是三朝顧命大臣耶律虹材，即耶律東床的爺爺，能夠鑲嵌八顆。

耶律東床的鮮卑扣上原本只有六顆，被敕封為鎮國將軍兼領西京兵部侍郎後，節制包括君子館、瓦築在內四座軍鎮之一，便增添了一顆碩大貓眼石。他原本應該留在西京廟堂，或是身在四座軍鎮之一的姑塞州邊關，但是這次破例隨軍來到拒北城，與身旁那名年輕騎士都是以中路監軍身分，位高權不重，錦上添花而已。

耶律東床身材矮小，肌膚黝黑，卻充滿好似草原野狼的彪悍氣息，轉頭對身邊並駕齊驅的年輕男子笑道：「拓跋氣韻，大功在前，你我二人卻只能乾瞪眼，憋屈不憋屈？」

另外一名年輕人正是北莽軍神拓跋菩薩嫡長子的拓跋氣韻，他是草原四大捺缽中居首的春捺缽，比夏捺缽種檀、秋捺缽端孛爾紇紇以及冬捺缽王京崇三人，都要更加背景深厚。

原本種檀最被看好，不但親歷過第一場涼莽大戰，而且手上已經握有幽州臥弓、鶴鸞兩城的不俗戰功，只要成功招徠西域爛陀山的佛門勢力，那麼在南朝平步青雲便是板上釘釘的事情，加上家族底蘊深厚，父親種神通更是北莽十四位大將軍之一，種檀甚至有望成為下一位無藩王之名卻有藩王之實的大將董卓，在未來的中原版圖之上，一姓兩藩王，並非奢望。

現在種檀在西域不知所終，生死不知，春捺缽拓跋氣韻就又少了一位天然勁敵。

拓跋氣韻平淡道：「以你我父輩家族的身分，只要打下拒北城，就算我們在馬背上從頭到尾都在打盹，何愁沒有軍功自己跑到囊中？」

耶律東床皺眉道：「聽春捺缽的口氣，覺得打下拒北城還有變數？」

拓跋氣韻猶豫了一下，藉著夕陽西下的餘暉，轉頭側望那座高大雄城：「逼得北涼主力下馬作戰，未必全是好事。」

耶律東床哈哈大笑：「你們這些讀書人，學問多了，有一點不好，就喜歡怕這怕那，可仗總是要打的嘛。」

拓跋氣韻一笑置之：「中原名士喜歡手談對弈，其中有金角銀邊草肚皮一說，先前那場三線大戰，北涼只是幽州葫蘆口大勝，讓董卓中路大軍遺憾北撤，就是明證。」

耶律東床手腕扭動，輕輕揮舞馬鞭：「如今我們老嫗山又是大敗，連前去增援的南朝邊軍五萬精騎，都被人包了餃子，難道說要重蹈覆轍？」

拓跋氣韻搖頭道：「恰恰相反，我們更該南下攻打拒北城。這其實是太平令有意為之，要以南朝西京換取拒北城。那些從中原逃難到草原的春秋遺民，經過二十年紮根生長之後，漸漸站穩腳跟，已經隱約有尾大不掉之勢。

其實皇帝陛下不是對此沒有顧慮，整座南朝四大州，文官勢力盤根交錯，連一向排外的隴關豪閥都不得不放低身架與之聯姻，方能以固其位，足可見那些中原士族的影響之大。長此以往，南朝遺民恐怕就會由刀變劍，雖仍有一鋒傷人，但一鋒則要一不小心就會傷己。」

耶律東床咧嘴一笑，如野狼齜牙，格外陰森瘮人：「既然如此，只要北涼有魄力動用清源一帶的涼州野戰主力，趕赴流州，不妨讓他們勢如破竹攻入南朝腹地便是。反正死的都是些與春秋遺民千絲萬縷牽扯不清的兵馬，就當幫咱們草原剔除一些隱患，錯殺便錯殺，不錯放即可，到頭來西京廟堂變得一乾二淨，等於北涼騎軍幫咱們皇帝陛下當了次劊子手，還能夠保證涼州關外的廣袤戰場少去些變數，兩全其美。太平令真狠啊。」

拓跋氣韻低聲感慨道：「這種手腕，可能是跟中原人學的吧。」

耶律東床撇了撇嘴：「以後等到咱們入主中原，我定要讓那些士子文人吃足苦頭，教他們斯文掃地！」

那位春捺缽沒有答話，只是瞥了眼那座拒北城雄偉而沉默的輪廓，就像屹立在草原鐵騎洪水之前的中流砥柱，它悄然凝聚了中原八百年渾厚氣數。

◆

北莽西京宮城之內，一位身形傴僂的老婦人走在圍牆之下，細碎緩慢的腳步，剛好踩在夕陽餘暉與濃郁陰影的界線上。

老婦人身邊默默跟著那位棋劍樂府的太平令——一朝帝師，一位志不在一座西北拒北城而是中原太安城的老人。

老人突然說道：「陛下為何不肯讓耶律東床留在姑塞州，抵擋流州騎軍？冬捺缽王京崇從離陽兩遼邊線拉回來一萬邊騎，在老嫗山大敗之前足夠與郁鸞刀的幽州騎軍周旋，可如今就難免有些力所未逮了。雖說南朝破碎並不影響大局，可終究陛下的面子上，有些過不去。那些老一輩洪嘉遺民，哪怕退出了官場，可不乏聰明人，也許會因此心生戒備。」

沒有讓人攙扶的老婦人蹣跚前行，冷漠道：「聽李密弼說那王篤安分守己了二十年，最近也不知是迴光返照還是為子孫謀，竟然與好些大人物偷偷來往。不怕一萬就怕萬一，小小王京崇，就讓他為國捐軀好了，反正大不了朕到時候賜下十幾條鮮卑扣，給王篤老兒一個天大美謚又何妨？

王篤此類苟活至今的老一輩春秋遺民，比起年青一輩的遺少，實在屬於老而不死是為賊，當年朕已經十分注意他們對南朝官場的潛移默化，不料仍是無法阻擋他們的滲透。朕當初好意收留他們，給他們吊命的一碗飯，結果他們就留給朕這麼個爛攤子！」

老婦人語氣漸重，疾言厲色道：「我草原鐵騎南征北戰數百年，自大奉起便所向披靡，靠的正是一心殺敵，若有私欲，也是在戰後瓜分戰果之時，何曾如幽州葫蘆口和流州老嫗山這般，戰前便各自算計，私心蒙蔽？若非隴關豪閥還出了個完顏銀江，朕這次藉著流州騎軍幫南朝刮骨去膿，肯定連包括完顏家族在內，這些世世代代生長在草原之上的隴關蛀蟲，誰也不放過！該死！該殺！」

太平令輕輕嘆息一聲。

心情激盪的老婦人緩緩收斂情緒，瞇眼望向腳下那條明暗鮮明的界線，如兩國邊界，又如陰陽之隔。

老婦人緩緩道：「有個好爺爺幫忙出謀劃策的耶律東床也好，我那個信奉人不為己天誅地滅的弟弟慕容寶鼎也罷，甚至連同大將軍種神通在內，皆是狼子野心，看似城府深厚，其實在朕眼中，都不如董卓聰明，唯有這個滿嘴抹油的董胖子最是拿得起、放得下。

天險懷陽關誰都不願意打，軍功不大，而且就算打下來，也就只有褚祿山一顆腦袋上得了檯面，到時候肯定要傷筋動骨，最少死傷十幾萬。如此一來，就算朕答應按照軍功敕封為王侯，麾下沒了兵馬，一般人也坐不穩那位置。

所以先前要慕容寶鼎去打懷陽關，這位橘子州持節令就跟死了爹娘差不多，獅子大開口跟朕白白要了那麼多柔然鐵騎還覺得不夠，就想著出工不出力。什麼大局，他明明知道輕重，卻就是不願去管，可恨至極！」

老婦人冷笑道：「只要董卓拿得下懷陽關，哪怕他無法參與攻打拒北城，到時候朕都會還給他一個南院大王，由他領軍進入北涼關內。」

太平令皺眉道：「那就是被離陽封王就藩於西蜀的陳芝豹了，放虎歸山，實則是天大的遺禍。」

老婦人低沉笑道：「遺禍？朕自己都沒有幾天可以活了，還管得著耶律、慕容兩姓的白眼狼是死是活？」

太平令默然不語。

老婦人安慰道：「先生，只要草原鐵騎的馬蹄踩到太安城，踩入廣陵道，踩到中原最南方的土地上，青史之上，都忘不了你與朕二人，至於最後龍椅是誰來坐，是姓耶律，還是姓慕容，或是姓董，又如何？」

太平令苦笑道：「若能夠一統天下，那麼少死些人，總歸是好事。」

老婦人哈哈大笑，大袖一揮：「那你可就得熬著多活些年了！」

北莽帝師駐足原地，身影蕭索。

老婦人獨自負手前行，餘暉逐漸消失在她的腳下。

陰暗之中，老婦人喃喃自語：「明年遼東錦州你老家那邊的大雪，也許我瞧不見了。你說，當年如果我沒有返回家鄉，而是留在你身邊，現在有沒有……子孫滿堂？」

◆

天將亮未亮，拒北城藩邸，後堂宅院，一棟屋內燭光煌煌。

一柄涼刀擱在桌上，一位年輕人開始默默穿起那件藩王蟒袍。

屋外，有位年輕女子身穿縞素，捧著紫檀劍匣，神情堅毅，安靜等候他出門。

同在藩邸內，一宿沒睡的薛宋官緩緩坐起身，穿上靴子，抱起那架古琴，輕輕推開房門。

武當山老真人俞興瑞，剛好在小院內打好那套創自小師弟洪洗象的拳法，神清氣爽，負劍離開院子。

一位白衣白髮白眉的老人坐在石凳上，桌上劍匣大開，老人一手持劍，兩根手指一寸寸崩碎劍身，輕輕丟入嘴中，如嚼黃豆。

老人隨手丟掉僅剩劍柄，瞥了眼空蕩蕩的劍匣，緩緩起身，笑了笑。百年劍氣滿腹間，是該一吐為快了。

一棟小院的石階上，身為吳家劍塚當代劍冠的年輕劍客，蹲在那裡，猛然起身，轉頭望了眼背有一柄古劍素王的劍侍翠花，後者破天荒睜開眼眸，對他嫣然一笑。

有一棟小院，武帝城師兄弟二人，同時走出房門。

玉樹臨風的王仙芝大徒弟摘下腰間一柄涼刀，高高拋給另外一人，而後者也會心一笑，將昨天送到手上的兩柄名劍蜀道、扶乩，一柄丟給了師兄。

兩人一人懸佩涼刀、一人懸佩名劍，動作如出一轍，最終各自懸佩刀劍，大踏步並肩走出院子。

一位白布綁腿的中年男人在出門後，轉身向站在門口的苗女媳婦揮了揮手，她笑著朝他伸出大拇指。

同一棟雅靜小院，年邁儒士在屋內放下手中那本聖賢書，正衣襟而起。坐在一旁的年老劍客舉杯喝了一半杯中酒，然後倒酒在那柄出鞘長劍之上。

屋外，魁梧老人抱刀而立，閉目凝神，等候兩位老友。

拒北城的議事堂之前，那座木牌坊之下，有人斜提鐵槍，身邊站著東越劍池的宗主。

拒北城內一處，紫衣女子蹲下身，將裙擺繫了一個小結。

拒北城南城頭，相貌平平的中年劍客盤腿而坐，橫劍在膝，眺望遠方，似乎在等待日出東海。

這座城頭不遠處站著一位白衣人，正在仰頭痛快喝酒，身邊那位朱袍女子神情安詳。

年輕藩王穿好那襲蟒袍之後，佩好涼刀，在即將打開屋門的時候，稍稍停頓，然後猛然拉開。

◆

北莽大軍攻城在即，只等天亮。

有一騎突兀衝出，這名北莽萬夫長策馬來到距離城牆不足百步處，倡狂大笑道：「狗屁的北涼鐵騎甲天下！到現在還沒有一人膽敢出城一戰？」

日出東海，霞光萬丈。

天地之間，西北塞外，陽光恰似一線潮水，由東向西緩緩推進，帶來無限光明。

拒北城城頭之上的一杆徐字王旗，城外北莽大營中央地帶的一杆大旆，幾乎同時被陽光映照。

北莽大旆之下，北莽太子殿下騎乘一匹汗血寶馬，身披絢爛金甲，正在向南方城頭眺望，志得意滿，滿臉笑容。

而城頭那杆王旗之下，築有一座高出城頭走馬道丈餘的擂鼓臺，一名身穿縞素的年輕女子拾級而上，站在一架牛皮大鼓之前。

只見她摘下背後劍匣，重重砸在地面上，然後上前一步，似乎猶豫了一下，終於深呼吸一口氣，拿起那根鼓槌，緊緊握住。

那些經歷過春秋戰事的拒北城老將、老卒，看到這一幕後，都不可抑制地激動起來。

也許如今的北涼邊軍，雄甲天下的北涼鐵騎，真正的中堅力量已屬於李陌藩、李彥超、寧峨眉這些正值壯年的赫赫武將，甚至不需要多久，兵權還會轉交到郁鸞刀、曹嵬、寇江淮、謝西陲這些更年輕的武將手裡。這就像一個人的生老病死，不容抗拒。

可在那些北涼老人心中，尤其是親身經歷過春秋定鼎之戰西壘壁戰役的老卒，對於那架大鼓、那襲白衣縞素，最是記憶猶新。對於這座雄踞西北邊關國門的嶄新城池而言，僅次於掛匾的重要事情，並非大將軍藩邸正式建成，而是在外人看來相當匪夷所思的築臺架鼓！

這架大鼓來自清涼山庫藏，徐家已經珍藏多年，就連鼓槌也一併歷史悠久。大鼓製成於西壘壁戰事之中，在人屠徐驍封王就藩西北之後，便跟隨徐家軍一同進入北涼。

自古兵家便有聞鼓聲而進鳴金聲則退一說，也是擊鼓鳴金的來由。按照大秦時代的陰陽家闡述，春生、夏長、秋收、冬藏是天理循環，鼓以木制，寓意氣機生發，故而擂鼓上陣，而秋屬金，當收斂，在兵事上便用來象徵收兵撤退。

中原聽說西北徐家在退出中原去往邊陲後，北涼蠻子便有了個「西壘壁後，徐家不聞金聲只擂鼓」的傳統，離陽朝野那邊大多將信將疑，天底下的軍伍，不管何等雄壯精銳，哪能真正做到只戰不退，想來肯定是誇大其詞的說法。

鼓還是那架牛皮大鼓，女子卻並非當年的女子了，可劍匣依舊，白衣縞素依舊，傾城傾國更是依舊。

女子轉頭望向走馬道，那個修長背影正緩緩走向城頭中段位置，走向懸掛匾額的那處城門上方。

他身穿來自陵州金縷織造局的藩王蟒袍，在陽光照耀下，那件黑金蟒袍熠熠生輝。似乎是感應到女子的目光，年輕人轉頭回望，對她笑了笑。

原本有些忐忑不安的絕色女子頓時心境安寧。心安處即吾鄉，她從不曾對他說過，只要視線所及能夠望見他的身影，她便心安。

她低頭瞥了眼腳邊的那只紫檀劍匣，然後緩緩抬頭，眼神堅毅起來。

她雙手持鼓槌，準備擂鼓。

她如今要像當年那名姓吳的女子劍仙一樣，一鼓作氣，為北涼為西北，為他壯聲勢。

城頭之下，那名北莽萬夫長在叫囂著北涼無人膽敢一戰後，笑聲更重，身體微微後傾，抬頭望向拒北城的城頭。

這名草原魁梧男子意態驕橫，顧盼自雄，當真是視城頭錚錚鐵甲如無物。

只不過當他看到那一襲離陽藩王蟒袍出現在城門正上方的位置後，便情不自禁地勒緊了馬韁，坐直身軀，一隻手下意識按住莽刀刀柄。

他沒有見好就收立即撥馬離去，而是就這麼正大光明地抬頭，望向那位傳說中的離陽異姓王。這位背後有四十萬草原騎軍作為靠山的龍腰州萬夫長，雖然心中隱約有些驚慌，可天生對權勢的狂熱追求壓下了那股恐懼。

他無比清楚，今日兩軍對壘，自己這番言辭，註定已經傳遍拒北城內外，很快還會傳遍草原兩京和北涼關內，甚至傳入皇帝陛下的耳朵，以及傳入太安城那位離陽年輕君王的耳中。哪怕尚未上陣殺敵，這已是滔天軍功，必然直達天聽，誰都無法遮掩。若是能夠再與那位年紀輕輕的新涼王說上幾句話，更能幫助自己揚名兩朝。

所以他平緩了一下思緒，故意撥馬一圈，用馬鞭指向城頭，明知故問地竭力喊道：「你就是徐鳳年？」

只可惜那個年輕人的視線投在了北莽大營，好像在尋找什麼，根本就沒有搭理這位三言兩語便將首功收入囊中的萬夫長。

自討沒趣的北莽萬夫長正要繼續挑釁一番，沒料到隨著那杆大旆之下金甲騎士的大手一揮，北莽大軍響起一聲聲號角聲，攻城戰事就這麼拉開序幕。

黑壓壓的北莽步卒率先開始緩緩向前推移，如蝗蟲過境，由北向南。

從拒北城的城頭北望，密密麻麻的蝗群之中，兩千三百架大小不一的投石車，在南朝軍器監官員的忙碌督促下，最終在各處落地生根，列陣成弧，以拒北城作為弧心。

北莽投石車分為六種，既有需要拽手多達兩百餘人的巨型投石車，也有二、三十名膂力出眾的拽手便能成功驅使的小型拋石車。相較北莽投石車第一次大規模現世的虎頭城之戰，這一次攻打拒北城，不但投石車總數更加驚世駭俗，且大型投石車占據多數。這自然意味著拒北城需要承受更加恐怖的一場場「天女散花」，那場「瓢潑大雨」，只能是直到北莽用盡兩座山峰的巨石儲備才甘休。

蝗群之中，同樣夾雜有南朝軍器監特製的床子弩。不同於中原大多作為守城利器的那種床弩，天然擁有騎軍優勢的北莽，床弩作用很簡單，只需要將一支支粗如鐵槍的箭矢釘射入城牆之中，便於攻城步卒攀緣蟻附。

被北莽邊軍譽為千金之卒的敢死士，類似南朝頭等精銳的步跋卒，就會躲在攻城步卒之中。他們不透過目標明顯的架設雲梯或是高聳樓車攻上城頭，而是放棄盾牌，僅披輕質皮甲，嘴銜一柄戰刀，憑藉那些插入城牆的箭矢，矯健身形如山野猿猴，迅速攀登晃蕩而上，作為出其不意的一股股奇兵，對守城方進行襲擾。

北莽大軍壓境，除了那杆最為鮮明惹眼的皇室大旆，一杆杆草原帥旗也迎風招展，獵獵作響。

北莽太子殿下突然皺了皺眉，因為他胯下那匹神駿大馬一側，突然出現了一名身材敦實的木訥漢子，並未披掛鐵甲也未懸佩戰刀，腰間僅僅繫掛有一只布囊。

這位御駕親征的太子殿下微微彎腰，頗有中原名流的禮賢下士之風，和顏悅色笑問道：「鄧宗師，為何這麼快就現身，難不成北涼還有人能夠一路殺到此地不成？」

囊中藏有一支斷矛矛頭的男子默不作聲。

短短三、四年時間，北莽武道宗師七零八落，一副江湖氣數將盡的慘澹光景。以無上神通降伏一頭年幼麒麟的道德宗宗主，已經飛升離開人世，提兵山第五貉死在新涼王手上，棋劍樂府的洪敬岩死於龍眼兒平原，銅人師祖不知所終，公主墳小念頭和鐵騎兒等一大撥宗師皆死在北涼關內，北莽魔道第一人洛陽和呼延大觀早已隱世不出，傳聞身在中原江湖之中，冷眼旁觀。如今的北莽高手，可謂屈指可數，除了拓跋菩薩依然屹立不倒，種家二當家種涼投軍，便只有這位姓鄧的男子能夠撐起大局了。

所以他被北莽朱魍領袖李密弼安排在太子殿下身邊，以防不測。畢竟這位金甲鮮亮的年輕人，是北莽四十萬大軍名義上的主帥。

隱藏在暗處的斷矛鄧茂之所以出現，理由很簡單。

他知道那位昔年讓整個草原俯首低頭的白衣魔頭到了，而且即將進入戰場！

對於那位曾經一人一騎鑿穿北莽南朝北庭兩地的女子，鄧茂比誰都清楚她的修為深淺。

◆

北莽萬夫長知道自己不管如何都應當後撤了，身後大軍馬上就要對拒北城展開一輪齊射，用以掩護攻城步卒的迅猛推進。

可就在此時，剛要撥馬轉身的魁梧武將感到身邊拂過一陣清風，駭然轉頭，發現胯下戰馬一側不知何時站著那名身穿蟒袍的年輕人。敵我雙方一人面向城頭、一人背向城頭，那個名動天下的年輕人安靜地望向草原大軍。

如何都想不到這位堂堂藩王竟會親身涉險出城，肝膽欲碎的北莽萬夫長呆若木雞，顫聲道：「你怎麼出城了？徐鳳年你怎麼敢……」

不等這位萬夫長說完話，胯下戰馬像是被大山壓倒，不堪重負地四腿折斷，馬腹砰然觸地。年輕藩王隨手一揮，那名萬夫長身軀不由自主地向他傾斜滑去，最終頭顱被年輕藩王攥在手心，輕輕向前一丟，驟然間七竅流血的騎將屍體就被丟出去數十丈外，當場斃命。

拒北城城頭之上，女子擂鼓。

這大概是北涼第一次向這方天地放聲。

循著鼓聲，當徐鳳年出現在城外後，一道道身形如同一顆顆流星，紛紛墜落在拒北城外的地面之上，與年輕藩王同處一線，向北而立。

位於年輕藩王左側，是一位由西蜀趕赴北涼的中年劍客，是武評四大宗師之一——鄧太阿。

他雙手負後，腰間懸雙劍，大風拂面，讓這位因為相貌平平而常年行走江湖，卻從未被人識破身分的桃花劍神，終於流露出一種天下劍道唯我獨尊的劍仙風采。

年輕藩王右側，是一襲白衣，正是擁有北莽公主墳大念頭和離陽逐鹿山教主雙重身分的魔頭洛陽。

她沒有轉頭望向徐鳳年，而是目視前方淡然道：「你失約了。」

年輕藩王微笑不語。

徐偃兵手持鐵槍重重落在鄧太阿左側，輕聲道：「不承想今生還有機會與桃花劍神並肩作戰。」

鄧太阿簡明扼要地回答道：「我亦是幸甚。」

一襲紫衣飄然落地，輕輕跺腳，裙擺打結處輕輕鬆開。

軒轅青鋒笑意釋然，如天真無邪的世俗女子，當年那場大雪坪變故之後，這位驚才絕豔的女子第一次如此輕鬆。

此戰之後，你我再無相欠，那就再無相見好了。

朱袍徐嬰落在白衣洛陽身側，轉頭嫣然一笑，滿臉歡喜，看著她與他。

白衣白髮的隋斜谷落地後，抬起那條獨臂，雙指撚動雪白長眉，這位吃掉世間無數名劍的老人依舊不曾佩劍，只是輕輕吐出一口氣。

杯酒滿日月，吐氣摧五嶽。

目盲女琴師薛宋官抱琴而立，腦袋微斜，併攏雙指輕輕按在琴弦之上，一觸即發。

叩指問長生，叩指斷長生。

吳家劍塚當代劍冠吳六鼎望向前方的北莽大軍，嘖嘖笑道：「比起咱們吳家老祖宗當年遇上的陣仗，可要大了不少，以後定要跟溫不勝好好吹噓一番，走過這一遭後，小爺我也算是見過大風大浪了。」

一直閉目示人的劍侍翠花轉頭睜眼望向城頭，看了一眼那位擂鼓如雷的白衣女子，收回視線後，小聲說道：「我是不是醜了些，脾氣也差了些？」

吳六鼎愣了愣，咧嘴笑道：「翠花！自從吃過了妳的酸菜，妳便是我吳六鼎此生第一等的良配佳人！必須的！」

不遠處背負一柄桃木劍的武當大真人俞興瑞聞言哈哈大笑：「你這小子，倒有幾分貧道那位小師弟的風采。」

另一邊，刀法宗師毛舒朗、年邁儒士程白霜與南疆龍宮首席客卿嵇六安，三人並肩而立。

毛舒朗閉目養神，手心抵住腰間刀柄。

嵇六安瞇眼望向北方，看著如同滔滔洪水湧來的北莽大軍，泰然自若。

與儒聖境界只差一步之隔的程白霜一手負後，一手抬起撚鬚，望向天空，喃喃自語道：「先生，誰言我輩書生無膽氣？」

最左方，南詔第一人韋淼雙臂環胸，身邊是東越劍池宗主柴青山。

韋淼用蹩腳的中原官腔問道：「柴宗主，聽說東越劍池風景很不錯？」

柴青山點頭笑道：「不比你們十萬大山險峻幽遠，卻也獨具特色，韋先生以後若有機會去我東越劍池做客，我定當拿出那三罈子自釀杏花酒待客！」

最右側，于新郎和師弟樓荒各自腰懸刀劍，佩劍分別是躋身世間十大名劍之列的蜀道、扶乩，佩刀則只是尋常的北涼戰刀。

樓荒一本正經說道：「你別忘了約定。」

于新郎一笑置之。

◆

西北關外，一線之上。

十八人。

北莽大軍之中，春捺缽拓跋氣韻和皇親國戚耶律東床面面相覷，後者終於開口道：「這也行？北涼算不算垂死掙扎？」

拓跋氣韻轉頭望向南方，答非所問地緩緩說道：「太子殿下身邊的斷矛鄧茂，加上你二叔種涼，還有橘子州持節令慕容寶鼎，這才三位武道宗師，就算朱魍李密弼還留有後手，似乎仍然略顯捉襟見肘啊。」

耶律東床扯了扯嘴角：「如此蕩氣迴腸的宗師大戰，你爹難道會缺席？」

拓跋氣韻眼神中有些遺憾，搖頭嘆氣道：「我爹不曾說過要親自來此，也許當真要錯過了。」

耶律東床撇了撇嘴，輕輕揮動馬鞭，懶洋洋道：「那就真是人生最大憾事嘍。」

就在此時，兩騎之間的空地上，憑空出現一道魁梧身形，雙臂及膝，隱約間有金色光芒迅速流轉全身，如一尾尾金色龍蟒浮現雲霧之中。

來者面無表情道：「你們兩人立即向後撤去十里。」

貴為北莽春捺缽的拓跋氣韻二話不說便撥馬向北方奔去。

哪怕是桀驁不馴如耶律東床，在聽到這個男人不容置喙的言語後，也毫不猶豫地跟隨拓跋氣韻一起臨陣退縮。

當這個身影出現在北莽軍中之際，守護在北莽太子身邊的鄧茂，與大將軍種神通並駕齊驅的魔頭種涼，以及位於大軍前線的持節令慕容寶鼎，三位北莽最頂尖的高手，都不約而同地心神一顫。

此人站在原地，不動如山，他雖身處平地，氣勢巍峨卻如天下山脈祖龍之崑崙。

拒北城之上，一聲鼓響最重。

一襲蟒袍大袖飄搖的年輕藩王隨之重重默念一聲——殺！

其餘十七位中原宗師，心有靈犀地同時默念一聲「殺」字。

北莽中路結陣雄厚的步軍向前穩步推進的同時，左右兩翼各有一支五千人的精騎突出，馬蹄如雷動。

兩支精於騎射的騎軍配合中路步射，負責向拒北城城頭進行密集攢射，用以阻滯壓制城頭的弓弩，讓攻城步軍快速推進至城下。

十八宗師一線潮，分別位於左右最外邊的樓荒、于新郎和韋淼、柴青山，四位中原武道宗師兵分兩路，各自坦然向前掠去，擋在騎軍衝鋒路線之上。

北莽大軍迅猛推進的路線之上，因為那十八人出城拒敵，原本要晚於步射箭雨和投石車之後的床弩，一支支凌厲破空而去的巨大箭矢，竟先行出現在戰場之上，彷彿一位位出自陸地劍仙的傾力一劍，向那十數位攔阻去路的宗師激射而去。

前掠最為快速的吳家當代劍冠視野之中，兩粒黑點瞬息便至，他大笑道：「若論馭劍之術，誰能與我吳家劍塚一較高低？」

談笑之間，年輕劍冠側身繼續向前，伸出雙臂，五指如鉤，兩支原本幾乎同時刺向他雙肩的床弩箭矢被他一前一後虛握。粗如槍矛的箭矢帶著巨大的慣性，與年輕劍冠五指間的濃郁氣機劇烈摩擦，迸射出一陣陣匪夷所思的電光石火。

吳六鼎身形被等人長度的兩支箭矢向後拖曳出十數步，雙腳在地面上滑出飛揚塵土，終於變虛握為實握，雙手五指各自攥緊一支強弩之末的箭矢，一擰，身形旋轉一圈，怒喝一句「還給你們」，以不輸於先前的速度丟擲出手中兩支「長劍」，破空而去，一口氣釘穿兩列之上的六、七名持盾步卒，屍體串成糖葫蘆一般。

年輕劍冠猶不甘休，雙腳一前一後站定，雙指併攏，向後一扯：「劍塚養氣第七勢，大雁渡歸！」

那兩支破陣殺敵的凶狠箭矢瞬間倒拔而出，返掠回年輕劍冠身前。位於吳六鼎身邊的劍侍翠花抽出古劍素王，輕描淡寫向前隨意劈下，將一支勢大力沉的箭矢劈成兩半，斷箭從她雙肩肩頭不足一尺外向身後徒勞飛去，頹然滑落在二十丈外的地面之上。

重新與劍冠並肩而立的女子劍侍皺眉輕聲道：「出招便出招，臨敵出聲是劍塚孕養意氣之大忌，最傷換氣。」

年輕劍冠輕喝一聲：「走你！」

在將兩支箭矢再次丟擲向前之後，轉頭對她笑臉燦爛道：「總覺得悶頭打架，顯不出高手風範嘛。」

劍侍翠花無奈地一笑，緩步向前，又是抬手揮劍，將從右首邊掠向城頭的一支巨大箭矢砍成兩截。

一支床弩箭矢向大雪坪紫衣迎面而來，她腳尖一點，身姿曼妙地輕輕躍起，落地之際，剛好踩在那支箭矢中間。

箭矢尾端猛然下墜觸及地面，箭頭翹起，繼續向南方艱難滑去，直至徹底停下。

軒轅青鋒就這麼站在箭矢之上，稍稍偏移視線，只見那襲蟒袍之前，有意擋在年輕藩王身前的一襲猩紅朱袍如蝶肆意飛旋，所過之處，一支支氣勢如虹的箭矢如同以卵擊石，瞬間崩碎，化作齏粉。

一支箭矢並未能夠精準射向吃劍老祖宗，而是堪堪擦肩而過，只不過百無聊賴的隋斜谷仍是主動伸出獨臂，手心抵住那支箭矢，老人手臂紋絲不動，後者卻寸寸折斷。

有數十支漏網的床弩箭矢穿過宗師間隙，僥倖向城頭射去。

不知不覺位於所有宗師之後的目盲女琴師，突然站定，將古琴擱置在身前，在當世指玄造詣能夠躋身前三的女子氣機駕馭之下，古琴懸空而停。

閉目琴師聽著天地間的風聲，拇指輕輕抹動琴弦，落指於琴弦的速度，越來越快，每次琴弦輕顫，並無琴聲響起，但在薛宋官四周卻必然會有一支箭矢無緣無故地當空炸裂。

在床弩勁射之後，北莽中路大軍中便響起一陣令人窒息的砰然巨響，一片黑壓壓的大雨隨即起於大地之上。

站在那支箭矢之上的徽山紫衣輕輕揚起下巴，視線追隨著那片黑雲壓頂越來越近的滂沱箭雨。

就在此時，連同軒轅青鋒在內眾人耳畔，響起目盲女琴師薛宋官的獨有沙啞嗓音：「諸位不用理會頭頂之事。」

然後又有年邁儒士程白霜微笑出聲道：「就讓老夫來助薛姑娘一臂之力。」

這位在武當山小蓮花峰證道儒聖的舊南唐讀書人閉上眼睛，聽著身後傳來的清越琴聲喃喃道：「眾器之中，琴德最佳，因此自古以來，士無故不撤琴。不承想程某不撫琴，已二十年矣。」

薛宋官面對那片鋪天蓋地朝拒北城潑灑而去的箭雨，深呼吸一口氣，頭一次雙手按住琴弦，當她竭力撥弦之時，恰好程白霜高聲道：「大音希聲！至樂無樂！」

數萬支去勢洶洶的北莽箭矢，在拒北城外的高空，應南唐儒聖之聲，應西蜀琴師之弦，凝滯不前。

薛宋官尾指彎曲，鉤住一根琴弦，猛然扯斷。

那一撥驟然懸停在城外空中的箭矢隨之全部碎裂，筆直下墜。

面無表情的薛宋官嘴角滲出一絲猩紅。

如今天人感應極其深刻的程白霜轉頭望去，始終眼眸緊閉的目盲女琴師輕輕搖頭，向年邁儒士示意自己並無大礙。

雖然這些北涼和離陽的武道宗師就擋在大軍前方，但北莽中路步陣依舊按照既定方略穩步向前，尤其是前方持盾步卒，幾乎算是人人視死如歸，心存必死之志。

不足百步而已，北莽重甲步卒已經能夠清晰看到那些登頂武道的風流人物，看得到那位身穿離陽藩王蟒袍的年輕涼王，看得到他身旁的那襲鮮豔朱袍，以及年輕藩王不遠處的白衣洛陽，還有從頭到尾都尚未出手的中年劍客，以及稍稍靠後位置的持槍男子。

這撥人位置相對居中，左右又有數人緩緩向前。

吳家劍塚當代劍冠肩扛一支床弩箭矢，雙手懶散搭在箭身之上，他身旁劍侍翠花手持素王，劍氣滿袖。

另一側，毛舒朗終於緩緩抽出鞘中刀，刀名「大拙」，嵇六安橫劍在身前，手指輕輕一彈劍身，聲音清越如雛鳳長鳴。

位於年輕藩王後方的數十步距離，則是徽山軒轅青鋒、吃劍隋斜谷和武當俞興瑞三位宗師。

◆

從北莽中路步陣兩翼突出的那兩支騎軍，都遭受到了一場事先絕對無法想像的阻截，荒誕而慘烈。

于新郎和樓荒，柴青山和韋淼，皆是兩人各自攔阻五千北莽精騎。

沙場騎軍撞陣與江湖高手交鋒，有異曲同工之妙，那就是講究一氣呵成。那麼沙場騎軍對上江湖宗師，且雙方皆不願退，又會是何種情景？

彼時彼地，曾有西蜀劍皇一人仗劍，在宮城大門外硬撼徐家鐵騎，最終仍是被鐵騎踩踏為肉泥。

此時此地，亦有四人行此舉做此事。

柴青山與韋淼根本不用言語交流，便選擇了一前一後，若是前者需要換氣之時，便大膽後撤，後方宗師順勢向前，補上位置。

一位東越劍池當代宗主，離陽王朝東南第一人，一位是南詔武林群龍之首，當之無愧的西南第一高手。

柴青山一襲青衫，三尺劍，罡氣如虹。

一劍遞出，若是豎劍，便是北莽騎軍被帶馬劈成兩半，若是橫劍，則是或人或馬被攔腰斬斷！

韋淼手無寸鐵，僅有一雙拳頭，是當世僅有的幾位拳法宗師之一，威勢猶在武帝城女子拳法大家林鴉之上！

當柴青山一氣將盡之時，身體微微後傾，輕踩腳步，倒滑而去，絲毫不顯頹勢狼狽。

只見蓄勢待發的韋淼一步前掠，剛好與需要換上一口新氣的劍道宗師錯身而過，一拳砸在一匹北莽戰馬的頭顱之上，砸得那匹高頭大馬當場下跪。

騎卒身體前撲，拚死劈出一刀，韋淼抬起雙臂向外橫抹出去，騎卒和戰馬兩具屍體各自向兩側橫飛出去，又砸中左右兩側的北莽騎軍。

當後排一騎朝韋淼當頭撞來之時，韋淼彎腰側身，以一記肩頭貼山而靠的凶猛姿態撞在馬頸之處，撞得那一騎人仰馬翻，然後韋淼雙手扯住馬蹄高高揚起的戰馬，高高舉起，旋轉一圈後，迅猛丟擲出去，又砸得四周騎軍陣形大亂。

連殺六十餘精騎後，韋淼腳尖一點，向後掠去。

緊接著便是柴青山一劍趕至，盡顯東越劍池山高水長劍氣遠之悠悠意境。與韋淼堪稱天衣無縫的嚴密配合之下，兩位原本素未謀面的宗師，決不讓北莽騎軍向前突進半步！

那一邊，昔年自稱天下第二一甲子的王仙芝兩位得意弟子，武帝城于新郎與樓荒，所作所為，竟比柴青山和韋淼更為激進！

若說後者聯手是硬生生擋住了北莽五千騎的衝鋒，那麼這兩位簡直就是自負到了不可理喻的地步。于新郎與樓荒一左一右，暫時都未抽出涼刀，分別以蜀道、扶乩兩柄劍中重器，呈現出勢如破竹的開山之姿態，越戰越勇，不斷向前衝殺而去。

樓荒手中之名劍蜀道，劍道軌跡扭轉不定，無跡可尋，每一次橫抹斜挑直取往還，皆凶狠凌厲，霸道無匹，無論是北莽戰馬還是披甲騎卒，一劍之下，只有分屍而亡的下場。

而劍道造詣與劍術修為都深得王仙芝青睞的于新郎，雖然因為這位武聖首徒自身不喜爭名奪利，故而在中原江湖上一直名聲不顯，甚至不如同門林鴉那般名動大江南北，但是于新郎的修為，完全毋庸置疑，無論是年輕藩王徐鳳年，還是頂替曹長卿新近躋身武評四大宗師之一的呼延大觀，都認為于新郎的真正實力，是當世最接近鄧太阿的劍道人物。

若說將來誰最有希望與李淳罡、鄧太阿兩位新老劍神在劍道高山之上比肩而立，無疑是以于新郎希望最大，而非同樣根骨卓絕且捨棄舊有劍道選擇破而後立的龍虎山齊仙俠。這個好像對誰都言笑晏晏彬彬有禮的溫潤君子，武道前途之廣大深遠，不可估量。

于新郎的出劍，絕大多數都輕鬆寫意，如同市井百姓看熱鬧的那種指指點點，真正達到了隨心所欲的天然境界。

但是每一次看似漫不經心的「指點」，都會讓一名騎卒墜馬而亡，屍體渾身上下不見絲毫長劍造成的傷痕。

只不過比起招式大開大合的樓荒，閒庭信步的于新郎鑿陣速度顯然要慢上一籌。

前方樓荒轉過身，隨手一劍挑起一名北莽騎卒的頭顱，對後邊的于新郎笑道：「比你多殺十六騎了，如何？」

氣定神閒的于新郎笑咪咪道：「細水流長。」

樓荒冷哼一聲，轉身繼續殺敵。

在師弟樓荒轉身背對自己後，于新郎猶有閒情逸致踮起腳尖望向韋淼、柴青山那處戰場，看到兩位江湖前輩的一前一後相互呼應後，暗自點頭。

自己這邊跟樓荒如此蠻橫向前，也非意氣用事，他們這些個出身於武帝城的傢伙，在師父督促之下，幾乎每人自幼都勤於打潮一事，故而在「一口氣」上的氣機頗為雄渾厚重。這就占據了先天優勢，在氣機與境界相當的武道人物相差不大的前提之下，他于新郎與樓荒、林鴉、宮半闕等人，也許對手已經換了三口氣，他們只需換兩口即可。

于新郎低頭望向手中那柄出自聽潮閣武庫的扶乩，沒來由有些傷感。一柄絕代名劍折於沙場，是否有些生不逢時？

于新郎突然大笑出聲，收劍入鞘，同時涼刀出鞘，身形猛然間拔地而起，在衝殺而至的北莽鐵騎馬背之上來去自如，挑起一顆顆死不瞑目的頭顱，一向內斂的于新郎破天荒豪邁大笑道：「樓荒，換刀如何？沙場之上，以涼刀取人頭顱，與咱們年少時在城頭打碎大潮，可謂當世兩大同等快事！」

前方樓荒冷笑道：「等我蜀道劍斷再說！」

于新郎打趣道：「粗漢子不解風情，難怪找不著娘兒們暖被窩！」

樓荒沒有理會這位師兄的調侃，只是出劍更為凶悍果決。

◆

戰場中央地帶，不知為何蟒袍藩王、桃花劍神和白衣洛陽三人同時站定，向北遠眺，三者不僅僅是靜等北莽步卒接近，好像是都在暗中尋覓真正的敵手。

年輕藩王最終望向遙遠處北莽那杆扎眼至極的大旆，輕聲道：「那我就先行一步了？」

白衣洛陽不置可否。

桃花劍神鄧太阿拇指推劍出鞘寸餘，平淡道：「我先幫你找出拓跋菩薩。」

在那襲藩王蟒袍即將一閃而逝之際，洛陽終於開口緩緩說道：「拓跋菩薩出手之後，你不用擔心後背，只管開陣向前。」

徐鳳年點了點頭，身形憑空消逝不見。

下一刻，年輕藩王出現在北莽步軍大陣的頭頂上空，一腳踩在一顆剛剛被巨型投石車拋出的大石之上。

重達數百斤的大石先是剎那間凝滯不動，然後以更快速度砸回地面，不但砸爛了那架投石車，然後那顆如同天雷滾動的巨石一路滑滾出去，數十位拽手被當場碾壓得血肉模糊。

白衣洛陽閉上眼睛，輕輕嗅了嗅。

八百年前，大秦逐鹿天下的戰場是那般血腥，八百年後沙場廝殺也是這般如出一轍的味道，她呢喃道：「大秦洛陽在此。」

鄧太阿終於找到重重疊疊、無數鐵甲之後的那名目標，身軀稍稍傾斜，然後按住劍柄的拇指，便是輕輕一彈。

不曾追隨這位桃花劍神離開吳家劍塚的太阿劍，終於在今日出鞘，得以酣暢淋漓地露出絕世風姿。

這一飛劍，去勢太快、劍氣太長、劍意太多，以至於鄧太阿腰間劍鞘與飛劍之間的兩里地之間，拉伸出一條纖細而璀璨的驚人白虹！

彷彿世間有一劍，劍身長兩里！

不甘落後的年輕劍冠吳六鼎嘿嘿笑道：「翠花，身為劍侍，站在我身後便是，且看我如何開陣！」

就在吳六鼎手腕一抖，就要以床弩箭矢做大劍開陣之時，眼角餘光瞥見一襲紫衣以一種無敵之姿瘋狂撞入北莽步陣，那團紫虹四周，飛濺起無數支離破碎的鐵盾和殘肢斷臂，如同綻放出無數猩紅鮮花。吳六鼎忍不住嘀咕道：「這個瘋婆娘！」

◆

那杆大旆之下，北莽太子殿下傳令下去，命持節令慕容寶鼎和種涼各率兩千私騎前去馳援那兩支被阻騎軍，務必要取回那四名膽敢螳臂當車的中原宗師大好頭顱，每顆腦袋可以北涼邊軍從三品武將首級計軍功！然後在大旆之前，故意騰出一片方圓一里的廣闊空地，明擺著是絲毫不懼那些中原宗師的破陣向前。

北莽太子殿下如此大膽行事，但無論是老成持重的西河州持節令赫連威武，還是城府深沉的寶瓶州持節令王勇，都不曾有半點異議，就連全權負責太子安危的斷矛鄧茂都無動於衷。

所有人都老神在在等待那名年輕藩王的現身。

好整以暇的北莽監國太子轉頭，對身旁那位在棋劍樂府詞牌名以「姑寒」二字奪魁的太子妃笑問道：「你說那姓徐的敢來嗎？」

她臉色冷清：「當然。」

北莽太子滿臉不以為然：「來了才好，正巧讓這位北涼王明白一個道理，世上靈丹妙藥千萬種，唯獨沒有後悔藥可吃。」

她不再說話，輕輕嘆息。

在嫁入帝王家之前，她遍觀中原詩書，好像英雄總是死於梟雄。

只不過她瞥了眼身邊這位終於手握大權的枕邊人，滿腹冷笑。想你人屠徐驍梟雄一世，身為嫡長子的徐鳳年，最終卻要死在這種草包之手，未免也太可憐了些。

赫連武威這位北莽持節令眼神晦暗複雜，老人想到自己也是昨夜才知曉的那番隱蔽謀劃之後，嘆了口氣。舉世為敵，不過如此了。

停馬於北莽太子一側不遠處的老人收斂思緒，望向眼前那片空地，感慨萬分，希望那個年輕人來此壯烈而戰，又不希望他就此憋屈而死。

可那個一人開陣連破兩千甲的年輕藩王，終於還是來了啊。

北莽中路攻城大軍又分三路，兩條縫隙寬達六十餘步，以供騎軍馳騁傳令或是增援，也便於軍器監後續攻城器械通行。

三路大軍，分別以萬餘步卒集結為一座方陣，以一杆高四仞的北莽帥旗作為主心骨。若是北莽皇帝親征，按律大纛高達六仞，這處戰場上，北莽太子以監國身分擔任統帥，那杆大旆亦是高達六仞。其餘如慕容寶鼎、赫連武威、種神通這些權柄顯赫的持節令大將軍，作為草原一等一的封疆大吏，大軍帥旗可用五仞。接下來實權萬夫長和各大甲字軍鎮主將，則用四仞高的帥旗，旗幟上是繡以主將姓氏還是兵馬營號，北庭南朝兩京對此從不限制。

雖然最前排三座萬人步陣都遭受到數位中原宗師的阻截，但是大體上保持陣形繼續向前推進。每一座步陣，都有持大盾披重甲的精銳士卒作為開路先鋒，這撥人並不攜帶兵器。

草原騎軍弓馬嫻熟，騎射冠絕天下，早在大奉王朝就已經傳遍中原。馬背之上尚且如此，在陣中下馬持強弓步射，更是不容小覷。

不過三座步軍大陣中弓手不多，各自僅有千餘人，主力還是那五千多攻城步卒，人人披掛輕質皮甲，手持輕巧圓盾，腰佩一柄莽刀，跟隨一架架雲梯快速向前推進。

畢竟在北莽既定方略中，三萬人身後那條橫貫戰場的大型弧線上，足足有兩千四百架投石車的拋射，加上兩翼騎軍源源不斷對拒北城城頭進行騎射壓制，以及三座大陣之後那清一色強弩步卒，整整六千人，負責驅動床子弩、大黃弩和猿臂弩，這些弩種曾經都在中原戰場上大放異彩。

在那場浩浩蕩蕩的洪嘉北奔中，昔年分別有家族子弟在東越、南唐兩國將作監擔任主官的家族，便因為向北莽進獻制弩工藝，被龍顏大悅的北莽女帝直接提拔為南朝乙字高門，迅速在眾多春秋遺民家族中脫穎而出。

除此之外，三座方陣皆配備有十數棟樓車，每棟樓車都能夠藏有弓手步卒三百餘人，如同一座可以移動的巍峨蟻巢。其外罩以巨大的特製牛皮，火油難侵，便是北涼城頭那些威力遠勝南朝的恐怖床子弩，也不易直接摧破樓車。

一旦靠近城頭，樓內弓手便能直接與守城士卒對射，同時架設橫向雲梯，如同一座懸空渡橋，配合城下士卒密密麻麻的蟻附攻城，和精銳敢死士憑藉釘入城牆床弩箭矢的攀緣而上，一正兩奇，加上投石車、大弩陣以及兩翼騎軍的騎射，可謂防不勝防。

只不過因那十八人的橫空出世，使得戰場竟然不是發生在那座西北邊陲雄城的北城牆。

年輕藩王一人當先鑿開陣形，深入北莽大軍腹地。身後白衣洛陽緊隨其後，她雖然沒有出手殺人，但讓那位新涼王沒了後顧之憂，放開了手腳，最終造就了徐鳳年一人破甲兩千的壯舉。他以兩袖青蛇雜以一式劍氣滾龍壁，罡氣如遊龍，向北莽大軍一線直撞而去，大有萬軍叢中我來取上將首級的氣魄。

相較徐鳳年驚天地、泣鬼神的強勢出手，緩緩前行的桃花劍神鄧太阿顯得安靜許多。太阿劍出鞘之後，游弋不定，倏忽間璀璨現身，剎那間一隱而沒，宛如雷霆大作的雲霧之中，有蛟龍偶露猙獰，張鬚怒視。

在這位桃花劍神之前，先有徐鳳年、洛陽一前一後長驅直入，又有徽山紫衣和朱袍徐嬰先後闖入步陣，使得鄧太阿身前的北莽步陣早已凌亂不堪，而且幾乎無人膽敢主動挑釁這位早早就與拓跋菩薩打成平手的中原武評大宗師。

當初李淳罡生前萬里借劍給鄧太阿，那一戰，雖說不曾明確分出勝負，但在北莽江湖宗師眼中，鄧太阿就是不輸拓跋菩薩的存在。況且純粹就殺傷力而言，鄧太阿是當之無愧的人間第一人，當時就有人傳言，與許世上依舊有人能夠境界高出鄧太阿，但只要是生死之戰，世上便絕對無人能夠勝過鄧太阿，至多是雙方皆死的結局。如今鄧太阿東海訪仙歸來，一向不曾佩劍遊歷江湖的桃花劍神，又太陽打西邊出來地懸佩長劍了，如此一來，誰敢在這位劍客面前造次？

鄧太阿沒有刻意斬殺北莽步卒，步伐不快，穩步向前，身邊兩側遠處的步卒向南而去，鄧太阿也視而不見，他更多是在憑藉太阿劍尋覓拓跋菩薩的蹤跡。形勢與當初從北向南數千里追殺謝觀應有些相似，只不過比起謝觀應的幾乎毫無還手之力，那位無論境界、體魄還是戰力都已是位於人間巔峰的北莽軍神，顯然並非如此，只是所謀甚大故意避戰而已。

鄧太阿不急不躁，偶爾環顧四周，心意所至處，即是那抹劍氣長虹綻放處。

在鄧太阿所在的那座北莽步陣，紅紫兩抹顏色如入無人之境，肆意殺戮。

朱袍徐嬰身形靈動，喜好在北莽士卒頭頂飛掠，絲毫不介意成為箭靶子。

每當面對大陣數百弓手的一輪輪攢射，依稀只見一襲猩紅袍子在箭雨之中穿梭自如，輕巧飛旋，煞是好看。每次都以滾動雙袖裹挾六、七支箭矢，隨著身軀旋轉，立即還以顏色。箭矢激射而返，她也從不在乎準頭，只當像是一場蝶繞花叢的嬉戲。

箭矢來來往往，竟連她的衣角都不曾劃破，倒是有不下七十名北莽弓手被她以箭矢當場貫穿頭顱或是胸膛，至於被殃及的步卒，更是多達兩百餘人。徐嬰氣機雖然不以雄厚見長，卻尤為綿長，每次落腳處，要麼是拔高身形，接連踩在數支箭上，輾轉騰挪，如履平地，要麼就是稍稍下墜，蜻蜓點水落在北莽步卒的頭頂，那一腳踩下，如頑劣稚童賭氣踩爛橘子，輕而易舉便踩爛北莽蠻子的頭顱。

一個方陣步卒眼見那抹猩紅向他掠來，只能閉眼胡亂劈出一刀，根本不奢望能夠砍中位行蹤鬼魅的女子，下一刻，他突然意識到不管如何使勁，高高舉起的戰刀都劈不下去了。

這名士卒四周的北莽蠻子如見洪水猛獸，嘩啦啦迅猛散開，只留下這只暫時略顯茫然的可憐蟲。

他睜眼後，驚駭地發現自己那柄戰刀的刀尖之上，站著那一襲朱袍，女子的繡花鞋就踩在刀尖之上，紋絲不動，俯瞰著他。

她輕輕一點，那柄戰刀刀柄瞬間捅入主人的胸口，透體而出，她則借勢後仰，堪堪躲過數支向她面目射來的箭矢。

原本頭朝地面的朱袍徐嬰在墜地之前，揮動雙袖，雙腳飄落在地面，尚未踩踏出些許塵土，便一衝向前，抬手從袖管中露出一截白皙如藕的手臂，一掌按在一名北莽甲士的額頭上。後者如斷線風箏倒飛出去十數步，身後三名步卒被巨大的衝勁撞得胸口粉碎，同樣倒斃當場。

徐嬰這次沒有躲避一支平射而來的疾速箭矢，那張歡喜相臉龐露出笑意，只見她伸出一根手指，輕輕抵住箭尖，箭矢速度不減分毫，卻沒有如願射入這名女子的脖子。

徐嬰身形快如奔雷地一路倒掠而去，一直等到那支箭矢自己勁道泄盡為止，她才身形站定，翻動手腕，輕輕握住那支本該墜向地面的箭矢。

她展顏一笑，舉目望向那名射出此箭的弓手，雖然那名北莽士卒裝束與普通弓手無異，但是明顯在武道一途上已經登堂入室。

正與朱袍徐嬰對視的古怪弓手神情冷漠，原本他伸手繞至肩後從箭囊抽出一支羽箭，大概是發現強弓步射對於一位宗師而言仍是太過不痛不癢，便收回手，抽出腰間戰刀。

當他做出這個舉動後，四周同樣有十數名弓手棄弓抽刀。

徐嬰笑咪咪伸出一根手指，慢悠悠地朝那名士卒勾了勾。

此人屬於南朝邊軍的百戰銳士，無論騎戰弓射還是步戰，都極為精湛，是被北莽視為千金之卒的驍勇之輩。這種悍卒哪怕在草原北庭投軍入伍，依附那些權貴大悉剔，也絕對會被任何一名千夫長視為珍寶。

他們一般都是十人一隊，潛伏在攻城步卒之中，伺機而動，不僅僅熟稔捉對廝殺，更擅長小規模結陣對敵。這種平時分散在各軍，只在戰時歸屬主帥統轄的南朝隱祕邊卒，人數要遠遠少於針對中原雄城大鎮的那兩萬步跋卒，不足四千人而已，所以一直被西京廟堂大佬們沾沾自喜地讚譽為南朝邊關的怯薛軍。

這種號稱戰力足可媲美涼州白馬遊弩手的南朝悍卒，此時在每座萬人步陣隱藏百餘人，故而僅有一名百夫長，很不湊巧，被朱袍徐嬰挑釁的那一位，恰好就是那位百夫長。

這名百夫長死死盯住那襲猩紅袍子，他稍稍猶豫便下定決心，舉起左臂握緊拳頭，然後以拳擊右掌數次。在他擺出這個手勢之後，除了那十餘名扈從士卒，其餘九隊隱藏在步陣各處的南朝銳士，也都很快得到緊急諜報，迅速向此地集聚，試圖圍剿徐嬰。

察覺到異樣跡象的徐嬰躍躍欲試，耐著性子安靜等待。

◆

如果說朱袍徐嬰更像是孩子心性似的玩耍，根本就沒有什麼蕪雜心思，那麼軒轅青鋒的殺心之重、殺氣之盛，恐怕整個拒北城外廣袤戰場，就只有那位連破兩千鐵甲的年輕藩王能夠勝出一籌！

大雪坪軒轅青鋒橫衝直撞，簡直就是跋扈至極。

不同於徐嬰漫無目的地「四處逛蕩」，只需要大致保持向前即可，這位大雪坪江湖盟主一開始選擇的目標極其明確——體型龐大的樓車！

明擺著是誰在她的視野之中最為礙眼，那她就拆了誰！

偌大一個浩浩蕩蕩的離陽王朝，最不講理的女子，名副其實。

第一棟樓車被這襲紫衣一撞而斷，如同腰斬。

穿過那棟樓車之後，軒轅青鋒身形轉折，直撲第二棟。

當時她撕開牛皮後，鑽入其中，不斷有屍體四散飛出，最終當她出現在視野開闊的頂層望樓之上，車內三百士卒無一存活。

她有意無意遠眺了一眼北莽大軍腹地的戰況，然後一腳重重踩踏而下，在她掠出樓車的同時，腳下那棟出自南朝軍器監之手的堅固樓車，轟然倒塌。

第三棟樓車運氣好些，被軒轅青鋒一掌拍在那張巨幅牛皮上，那股滂沱氣機，竟震盪得整座樓車搖搖欲墜。一襲紫衣再入望樓，六、七名北莽士卒根本來不及出手，就被軒轅青鋒驟然間綻放出來的沛然氣機，衝擊得撞爛圍欄，尚未墜地就已在空中七竅流血而亡。

軒轅青鋒回望一眼拒北城擂鼓臺，看見那抹雪白之色，有些怔怔出神。腳下這棟樓車在先前那股氣機餘韻牽扯下，依然搖搖晃晃，不過就在此時，來自側面樓車瞭望臺上的數支箭矢打斷了這位徽山紫衣的思緒。

她皺緊眉頭，根本沒有轉頭，只是隨意一揮袖，箭矢便沿著來時軌跡倒飛回去，速度快至肉眼不可見的四支羽箭，瞬間刺透四名弓手的胸口。

殺人之後，軒轅青鋒顯然猶不解恨，隱藏在裙擺下的腳踝輕擰，整座樓車澈底傾斜倒向右側那棟。軒轅青鋒不再去管兩棟轟然相撞在一起的悲慘樓車，因為她發現北莽方面終於按捺不住，除了兩支氣勢雄壯、兵甲鮮明的精騎分別馳援左右兩翼，各自殺向于新郎、樓荒和韋淼、柴青山這四位中原宗師外，在大軍腹部中央，動靜也不小，而且截殺對象就包含她軒轅青鋒在內。

除了一支支人數都在千人左右的騎軍，在離開原先大營駐地之後，沿著兩條步陣廊道縫隙向南方策馬衝鋒外，還有一撥撥不披甲冑僅佩刀負弩的黑衣人物蠢蠢而動。這些人行動隱蔽，並不出現在寬闊的兩條「廊道」上，而是在步陣狹窄縫隙中低頭彎腰快速推進。

更有來自原本位於北莽大軍後方的人物，稱手兵器五花八門，裝束也大不相同，並無攜帶任何北莽邊軍制式器械，應該是傾巢出動然後被北莽朝廷收攏在南征大軍裡的北莽江湖高手。

這些年在北莽江湖呼風喚雨的宗師，下場都頗為淒涼，尤其是那次大規模入境襲殺北涼邊軍主將，折損厲害。道德宗、棋劍樂府、提兵山、公主墳，四大宗門都可謂傷筋動骨。尤其是公主墳和提兵山，若非北莽依舊扶持，擱在與朝廷關係相對疏遠的離陽江湖，失去了定海神針和中堅實力，早就被除名了，不是被聞到腥味的其他江湖勢力聯手瓜分殆盡，就是被莫名其妙的仇家落井下石。

棋劍樂府也不好受，詞牌名「更漏子」的洪敬岩戰死，詞牌名「山漸青」的黃寶妝，或者說白衣洛陽脫離棋劍樂府，樂府府主也與那撥偷偷進入北涼關內的北莽宗師一起淪為客死他鄉。若非太平令和詞牌名為「寒姑」的太子妃勉強支撐檯面，棋劍樂府這座根深蒂固的宗門也許就要像軒轅青鋒腳下的樓車一樣，稍稍用力一踩，兩百年辛苦積攢下來的底蘊，就會轉瞬間樹倒猢猻散。

軒轅青鋒看著那根腳迥異的三群人，很奇怪地只顧著埋頭南下，倒是對於陷陣極深的年輕藩王和白衣洛陽選擇視而不見，這讓徽山紫衣沒來由感到不痛快，越發面色森寒。

她繼續搗爛一棟棟樓車，然後在眼角餘光瞥見一支千人騎軍南下臨近之際，橫掠而去。為首一名騎將被軒轅青鋒一巴掌拍在頭盔上，整個人在橫飛出去的途中屍體砰然碎裂。無形中鳩占鵲巢的軒轅青鋒，傲然站立在那匹依舊撒腿狂奔的戰馬背脊之上，她居高臨下與那些騎卒相對而視。

這支騎軍正是橘子州持節令耗費無數心血打造出來的精銳，即大名鼎鼎的冬雷鐵騎，也是將北涼關外左騎軍拽入泥潭的罪魁禍首。

軒轅青鋒不知道誰是左騎軍第一副帥陸大遠，不知道什麼名動南朝的冬雷精騎，她甚至只是低頭瞥了眼那些微微錯愕的冬雷騎卒，便抬高視線，望向一隊人數不過七、八十的小規模騎軍。其中有相貌堂堂的白衣劍客，有在馬背上衣袂飄飄的彩衣女子，有閉目養神身體跟隨馬背緩緩起伏的年邁老者，無一例外，都是養氣有成的江湖中人。

暫時群龍無首的冬雷鐵騎沒有軍心大亂，最靠近軒轅青鋒的那名騎將凶狠抬起鐵槍，刺向這襲紫衣的腹部。

軒轅青鋒沒有與這支千人騎軍過多糾纏，腳尖一點，身形拔高些許，剛好躲過那根鐵槍，然後落在槍身之上，下滑而去。不等那名騎將做出應對，她猛然抬頭，以腳背踹在那人的臉上，騎將整顆頭顱就那麼迸射出去。

這慘絕人寰的一幕可謂觸目驚心，只不過軒轅青鋒點到即止，任由這支遭受羞辱的冬雷騎軍繼續向南，身形高高飄蕩而起，瀟灑落在冬雷騎軍和那支小隊江湖高手之間的空地上。軒轅青鋒悠然前行，那身形步伐，說不清、道不明地寫意風流，如一位丹青國手筆下的水墨長卷。

◆

在軒轅青鋒大殺四方之後，始終沒有如何大動作的徐偃兵突然對鄧太阿的背影說道：「防止拓跋菩薩趁火打劫一事，恐怕就要交付先生了。」

鄧太阿沒有轉身，灑然笑道：「鄧某必不讓徐兄失望。」

徐偃兵斜提那杆聽潮閣珍藏多年的精鐵大槍「割鮮」，面對桃花劍神的千金一諾，這位北涼半步武聖並無任何感激言語，只是抱拳離去。

徐偃兵轉身大步走向一直沒有動靜的吃劍老祖宗，沉聲道：「策應王爺返城一事，勞煩隋老前輩。」

隋斜谷斜瞥了一眼這位昔年槍仙王繡的師弟，對於徐偃兵的請求，不置可否。

徐偃兵也沒有強人所難，前去支援吳家劍塚那對年紀輕輕的劍冠劍侍。

武當大真人俞興瑞已經動身去增援毛舒朗、嵇六安兩位南疆宗師，吳六鼎和劍侍翠花仍是只有他們兩人面對一整座萬人步陣，雖然尚未陷入必死之地，但已是陷入重重鐵甲的包圍之中。尤其是不知為何那名劍術卓絕的女子劍侍，哪怕眼睜睜看著劍塚當代劍冠多次氣息衰竭，險象環生，她的那柄素王劍始終不曾出鞘殺敵，似乎不願主動幫助吳六鼎分擔壓力。

年輕劍冠當真是初生牛犢不怕虎，只顧埋頭鑿陣，一往無前，一副老子恨不得直接殺到北莽太子大纛之下的架勢。

相比之下，天下屈指可數的刀法宗師毛舒朗與龍宮客卿嵇六安就更為穩重，甚至還能夠極大牽制住整座攻城方陣的推進速度。當代武當掌教李玉斧的師父俞興瑞，之所以選擇支援毛舒朗、嵇六安，也在情理之中。

一來能夠更大限度阻滯北莽攻城步伐，二來那名年輕劍冠太過冒失激進，俞興瑞想攔都攔不住，也不好去攔，終究吳家劍塚枯劍士那些不近人情的條條框框，俞興瑞早有耳聞，即便作為慈祥長者和武林前輩，就算心存惻隱，可真要老人出手，卻是十分棘手，怕就怕解圍不成，還會畫蛇添足幫了倒忙。

大陣之中，吳家劍塚的年輕劍冠視線被汗水模糊，他手持兩柄隨手奪來的戰刀，剛剛擊退百餘名北莽甲士的密集刀陣，對於吳六鼎這種境界的劍客來說，自己手中持有何種兵器，都已經無關緊要。他趁機大口喘氣，甩了甩腦袋，抬起袖子胡亂擦了擦汗水，望著前方，咧嘴一笑。

所謂的高手之爭在一氣之爭，自然是武道至理，只不過那是雙方旗鼓相當的情形之下，容不得毫釐之差，只能錙銖必較。但是到沙場廝殺就沒有這般講究了，就像不管北莽步卒、弓手的交替攻勢如何銜接緊密，終究沒辦法做到讓年輕劍冠連喘息換氣的機會都沒有，但這同樣不意味著吳六鼎就水到渠成地一躍成為傳說中的沙場萬人敵。

一名武道宗師，氣機深淺多寡，終歸有定數，除去陸地神仙不說，即便是能夠與天地共鳴的天象境高手，氣機也不是當真取之不盡用之不竭，每一次換氣，只是一次重新蓄勢而已，體內氣機損耗的速度，絕對會遠遠超過補充速度。

尤其是比較王仙芝、拓跋菩薩或是早先徽山老祖軒轅大磐之流的純粹武夫，劍士無論偏重劍意還是劍術，不管有沒有躋身一品境界，體魄難免不如前者那麼牢固，故而歷數五百年江湖，進階最快之人，往往都是那些天賦異稟的不世出天才劍客，前有春秋劍甲李淳罡，如今又有太白劍宗的謫仙人陳天元。反觀王仙芝、軒轅大磐等人，雖然最終成就都很高，戰力更是堪稱恐怖，但武道攀登的速度明顯更為滯緩。

自古便有沙場之上從無萬人敵的說法，為何獨獨北涼徐龍象有望打破先例？

當然不是徐龍象的境界有多高，而只在於他的天生金剛境。戰場中，容得一位面對千軍萬馬的武道宗師換氣再換氣，但是隨著體內蘊含氣機越來越少，只要大軍兵力足夠，自然而然就能耗死那名氣機枯竭的宗師。

這個粗淺道理，天賦之高根骨之好皆冠絕吳家劍塚的年輕人，當然懂，但他仍是執意要獨自向前破陣。

吳六鼎彎下腰，背對著那位一同闖蕩江湖的女子劍侍，重重吐出一口濁氣，神色有些傷感地輕聲說道：「翠花，我想這輩子都比不上那個姓徐的傢伙了，他估計都一路殺到北莽大纛了吧，我這才到哪兒啊，差了十萬八千里。」

劍侍翠花「嗯」了一聲，沒有任何安慰言語。

吳六鼎嘆了口氣：「真是氣人，記得那次在襄陽城外的蘆葦蕩，我一隻手就能撂翻七、八十個北涼世子殿下吧？」

劍侍翠花嘴角翹起，眼神溫柔：「應該是的。」

吳六鼎默然無言，握緊雙刀。

突然，年輕劍冠察覺到一隻手掌輕輕按在自己腦袋上。

男人的頭，女子的腰，怎麼能摸呢？只不過吳六鼎不在意。

給任何人印象都是安靜平和不惹眼的女子劍侍，揉了揉吳六鼎的腦袋，睜眼望向遠方，柔聲道：「雖然我一直很奇怪你為何偏偏要跟那位年輕藩王較勁，但不管如何，既然你願意認輸了……」

吳六鼎眼神堅毅，使勁搖頭道：「不認輸！」

劍侍翠花收回手，抬起手臂，握住背後所負素王的劍柄：「其實有件事，我一直瞞著你沒說。」

吳六鼎猛然轉頭，滿臉悲苦道：「翠花，別說別說，萬一妳跟我說妳偷偷喜歡姓徐的，我上哪哭去？」

女子劍侍狠狠瞪了他一眼，緩緩拔出那柄素王劍，與他擦肩而過之後，輕輕撂下一句：「我大概已經是陸地劍仙了。」

吳六鼎瞠目結舌。

◆

大陣之外，徐偃兵並沒有急於破陣，面對那座結陣推進的厚實步陣，徐偃兵做出一個誰都沒有料到的舉動——作為槍仙王繡的師弟，這位在離陽江湖始終少有被提及的武道宗師，猛然將手中鐵槍插入大地。

徐偃兵向前踏出一步，身後右側便是那杆鐵槍。

似乎這個男人是想告訴那座萬人步陣，我北涼徐偃兵在此，北莽便無人能過長槍。

◆

十八位出城宗師最後方，是那位來自西蜀的目盲女琴師薛宋官。

但恰恰是這位看似距離戰場最遠的年輕女子，承受的壓力最為沉重。

北莽一撥撥潑灑向拒北城的箭雨，都被她和躋身大天象境界的程白霜聯手阻攔下來，甚至連兩千多架投石車的攻城大石，那些其中最巨者，幾乎無一例外，都被這位僅僅是指玄境的女琴師一一當空粉碎。

那種上百拽手駕馭的大型投石車，拋擲出來的巨石，聲如震雷，無堅不摧，入地可深陷七尺，竟然就被這麼一位看上去腰肢纖細、身軀嬌柔的女子，如春風化雨般悄無聲息澆滅了那股氣焰。

薛宋官已經改為盤腿而坐，那架古琴就擱在雙腿之上。

四根琴弦已斷。

第一根琴弦是被她勾斷，之後三根，分別是擘斷、猱斷、拂斷。

目盲女琴師低頭，雙手十指輕微顫抖。

琴身之上，落有點點滴滴的猩紅鮮血。

她知道自己的付出，是值得的。雖然她是殺手出身，不諳兵家戰事，但是在攻城步卒趕到城下之前，北莽每多拋射出一撥原本是幫助步卒用以壓制城頭的箭雨，就等於讓拒北城的北涼邊軍少死一些人。

薛宋官緩緩抬起頭，有些疑惑地「望向」不知何時來到自己身邊的年邁儒士，她知道他姓程名白霜，是舊南唐的讀書人，也是南疆的武道宗師。

老人神色和藹道：「薛姑娘，妳還年輕，不用這般拚命。先前妳出手委實太快，且老夫擔心打亂妳的氣機，竟無從下手去攔阻妳，接下來就換由老夫來出力，換姑娘妳在一旁查漏補缺，如何？」

目盲女琴師輕輕搖頭，異常堅定。

老人對此並不覺得奇怪，一邊揮袖以浩然氣砸碎頭頂一顆顆巨石，一邊仍然和顏悅色勸說道：「薛姑娘，老夫年長妳兩輩，那就容老夫倚老賣老，說些個大道理。老夫不知妳為何會出現在此地，不知是為誰，但既然老夫與妳這小閨女並肩作戰了，就沒有女子先死的道理。此事不合理，也不合禮，對不對？」

女子婉約一笑，似乎是想起了蘇酥身邊那位同樣喜歡講道理的老夫子。

有些讀書人，好像無論年長年少，都有些天真可愛。

她還記得，得早年蘇酥與趙老夫子爭執，蘇酥一氣之下口無遮攔，質問老人為何當年沒有殉國，不承想老夫子理直氣壯答覆蘇酥，讀書人本就該在廟堂上為君王運籌帷幄，那種鞠躬盡瘁才是天經地義，沙場廝殺，從來是武夫職責，死也死得其所。若說我趙定秀一介書生，怕死於沙場，又有何過錯？蘇酥頓時齜牙咧嘴，無言以對，趙老夫子雙手負後優哉游哉離去，只是老人背影有些蕭索罷了。

程白霜笑呵呵打趣道：「薛姑娘，如妳這般內秀的稀罕女子，怎能不嫁人？豈不是要讓世間某位男子少了那份天大幸運！老夫我啊，也就是年紀大了，若是年輕個三、四十歲，定要作佳詩寫名篇美文贈送於你，窈窕淑女，君子好逑嘛。」

薛宋官赧顏。

程白霜收斂神色：「接下來，就讓只能算半個讀書人的老傢伙，多出些氣力，薛姑娘，如何？」

薛宋官不知如何回答。

年邁儒士程白霜深呼吸一口氣。

儒家先賢有言，雖千萬人，吾往矣。

正合此景！

第六章　北莽軍布陣待客　徐鳳年大戰拓跋

驟然間，天地起異象！

一道粗如山峰的光柱從天而降，澈底覆蓋住北莽大纛之前那片方圓一里的大地。

那就像一條從九天之上垂落傾瀉人間的雪白瀑布！

那一刻，拓跋菩薩終於現身，就站在距離鄧太阿那柄飛劍不過數丈的地方，這位北莽軍神眼神冰冷地望向桃花劍神：「我之所以來此，不過是誘餌罷了，其實根本就不需要我出手截殺徐鳳年，自有天道鎮壓。」

鄧太阿的面容顯得肅穆凝重，遠眺那道從天上持續不斷衝擊大地的光柱，蘊含著一股人間絕對不存在的無上威嚴，鄧太阿陷入沉思。

拓跋菩薩冷笑道：「鄧太阿，要不然你我藉此機會，分出勝負生死？」

鄧太阿緩緩收回視線，終於開始正視拓跋菩薩，卻是搖頭，譏諷笑道：「輪不到我。」

拓跋菩薩隨即轉頭望去。

塵土飛揚的北莽大纛之前，隱隱約約，從遠處望去，光柱與地面之間，好像出現了一條黑線。

天道鎮壓之下，有人直腰而起！

先前那一襲離陽藩王蟒袍鑿開大軍陣形，長驅直入，直奔四十萬北莽大軍的腹地，北莽太子耶律洪才始終停馬於大纛之下，沒有後退半步。

這位名義上的未來草原君主，非但沒有流露出絲毫畏懼神色，反而眼神熾熱，就像一年一度的草原秋狩，親眼看著一頭凶悍無匹的猛獸，一步步落入精心布置的陷阱，越是垂死掙扎，越能讓參與狩獵的騎士生出征服的快感。

碌碌無為多年的太子殿下，雖然在北庭始終被草原勳貴和大悉剔視為傀儡，認為不過是中人之資，毫無雄才大略可言，甚至被許多怒其不爭的皇室宗親視為玷汙了耶律這個尊貴姓氏。可不能否認，繼承了先帝七、八分相貌的年輕人，身披先帝生前每次御駕親征必然披掛的那具耀眼鎧甲，此時身處戰場之上，確實如父輩一般，彷彿一尊金甲戰神。

耶律洪才右手握住一柄鑲嵌數顆價值連城寶石的精緻匕首，刀鞘輕輕敲擊左手手心，舉目眺望，竭力壓抑心中的激盪，以至於整張稜角分明的臉龐略顯僵硬。

這位忍辱負重多年的草原天潢貴胄不斷輕輕呼吸，生怕自己露出些許蛛絲馬跡，便會讓那位在天下彗星般崛起的武評大宗師「懸崖勒馬」，導致功虧一簣。

耶律洪才下意識瞇起眼，心情複雜。若說那位北涼王能夠冠以「年輕」二字，就像離陽那位「家中原」的趙家皇帝，一位年輕藩王，一位年輕皇帝，確實都是當之無愧的年輕，因為他們都差了好幾年才到而立之年。可他耶律洪才不一樣，他早已過了中原讀書人所謂成家立業的歲數，三十有五了！

按照南朝遺民的說法，中原有句俗語叫人生七十古來稀，他清楚自己武學天賦平平，別說拓跋菩薩、洪敬岩和劍氣近黃青這些屈指可數的頂尖宗師，就連種檀、慕容鳳首以及拓跋春隼這些同齡人都遠遠不如，故而此生必定無緣躋身二品小宗師，自然無法享受到那種淬鍊體魄後的延年益壽。

如此說來，半輩子就這麼沒了。除了在那位皇帝陛下授意下娶了那名身世顯赫的女子，與那位無論床上床下都無趣至極的女子，成了執手偕老之人。記得當時十之八九的北庭權貴年輕子弟，都在等著看他這位太子殿下的笑話，等著他的枕邊人公然豢養面首，而那位在棋劍樂府贏得二字詞牌名的太子妃，倒還算安分守己，始終深居簡出，既不曾學那些生性豪放的貴族女子與雄鷹一般的草原男兒曖昧不清，也沒有去南朝西京那邊勾搭一些春秋遺民出身的士族俊彥。除此之外，似乎他耶律洪才就再也沒有一樁拿得出手的事蹟。

堂堂一國儲君，草原百萬鐵騎的未來共主，活到這個份上，何其悲哀，何其可憐？

耶律洪才情不自禁地臉色猙獰起來，五指攥緊刀鞘，青筋暴漲。

終於，那位年紀輕輕的離陽異姓王沒有讓他這位太子殿下失望，殺出了一條血路，身形站定，手持涼刀。雖然身陷數十萬大軍包圍之中，年輕藩王依舊神情自若，手姿卓然，大抵這便是世人所謂的那種玉樹臨風了。

耶律洪才發現自己心中的嫉妒是如此濃烈，就像秋末廣袤草原上的枯草，隨手丟下一支火摺子便是熊熊燃燒的光景，一望無垠。即便他明知站在一里地外的年輕人是將死之人，是必死之人，也壓抑不住這份心緒。這位北莽太子殿下沒來由想喝那種久聞其名的北涼綠蟻酒了，真想當著這位離陽天之驕子的面，肆意痛飲一番。

眾目睽睽之下，甲冑鮮明的耶律洪才一夾馬腹，充滿靈性的汗血寶馬輕輕向前踩出幾步，人與馬離開那杆大纛遮蔽出來的陰影。

這位北莽太子哈哈笑道：「好一個萬人敵北涼王！若非你我是在戰場相逢，我定要與你把臂言歡，我耶律洪才會拿出草原最好的馬奶酒，與你徐鳳年不醉不休！」

北莽太子身後是鐵甲重重的數萬怯薛軍，距離耶律洪才最近的那兩千精銳侍衛扈騎，清晰聽到這番措辭後，大多面露異色，顯然沒有料到這位名聲不佳的太子殿下能夠如此氣勢雄壯，所以望向那具金甲背影的視線，都收斂了幾分原先人人連掩飾都不屑的小覷輕視。

畢竟草原怯薛軍比起離陽王朝那支被歷代趙室君主譽為「天子重甲」的御林軍更為地位超然，其成員皆是甲、乙兩字大族出身，當然這也與南朝膏腴華族相對稀少而北庭大姓眾多有關。在南朝遺民紮堆的西京廟堂裡，只要是北莽欽定品譜前列的甲、乙兩族子弟，別說嫡系，就是稍有才識的旁支成員，往往就能夠穩居一席之地，亦是不乏丙、丁出身的人氏擔任西京要員。

反觀北庭，無論是中樞朝堂議政，還是王帳的畫灰議事，幾乎完全看不到甲、乙之外的面孔。與北莽太子姓名諧音的三朝顧命老臣耶律虹材，之所以在女帝篡位登基後依然在一場場腥風血雨中屹立不倒，究其根本，就在於這位每次畫灰議事不是在瞇眼打盹就是在神遊萬里的糟老頭子，掌握了將近半數怯薛軍的人心。

當初號稱外戚第一人的慕容寶鼎，本該順勢執掌糧草重地和戰馬來源的寶瓶州，最後卻只能灰溜溜去往十三州中最下等行列的橘子州，無疑是耶律虹材與一大撥「老怯薛」的暗中發力。

董卓得以在南朝迅速脫穎而出，最終同時手握軍政大權，早年那場救國之功當然是不可或缺的，可是迎娶那名姓耶律的女子，更是關鍵所在。皇帝陛下格外器重董卓，不斷破格提升此人，何嘗不是希望一定程度上以此舒緩慕容、耶律兩大姓氏的激烈衝突。

要知道草原四百年來，雄才輩出，一直便是「得怯薛軍者得草原」！

舊北院大王徐淮南生前最大的功勞，便是在內憂外患的動盪之中，傾力輔佐當今女帝陛下打破了這項鐵律，幫助這位名不正、言不順的女子在尚未掌握半數怯薛軍的前提下，不但成功坐上那張龍椅，還出人意料地坐穩了龍椅！

面對北莽太子殿下的豪言壯語，站在空地邊緣之上的北涼年輕藩王無動於衷，既沒有說些英雄惺惺相惜的言語，也沒有趁勢一鼓作氣前衝，始終與耶律洪才相距一里地。

明明已經連破兩千北莽鐵甲，卻在無人阻攔之時，選擇了按兵不動，這讓年輕藩王身後的北莽步軍和北莽太子身後的怯薛軍都感到莫名其妙，難道是總算到了強弩之末的地步了？

耶律洪才沒有繼續策馬向前，只是提起那柄北莽開國皇帝傳承下來的匕首，指向自己的脖子，大聲笑問道：「徐鳳年！我這顆項上頭顱，可有本事取走？」

當今天下，有幾人能夠當面詢問一位武評大宗師，能否在近乎咫尺的距離外，取走自己的頭顱！

故而那位膽大包天的北莽太子四周兵馬，無論步軍還是騎軍，聽聞此言後，頓時熱血沸騰，恨不得奮然殺向那名氣焰囂張的北涼王。

只可惜那位新涼王仍是不為所動，像是有了怯戰退縮之意。

高坐馬背之上的耶律洪才嘴角勾起，眼神玩味。

這座方圓一里的空地，在井然有序的北莽大軍中，突兀而扎眼，尤其偏偏位於北莽大纛之前，就是瞎子也知道暗藏玄機，相信以徐鳳年的梟雄心性和宗師修為，只要不是失心瘋或是極端自負，就絕對不會輕易涉險，耶律洪才也不覺得三言兩語的激將法，就能夠成功引誘作為北涼三十萬鐵騎主心骨的徐鳳年主動走入圈套。

只不過有些事，有些人不得不做。很簡單，耶律洪才心知肚明，為何自己能夠突然監國？為何能夠一夜之間手握四十萬大軍的兵權，揮師南下直撲拒北城？難道是那位皇帝陛下冷血了一輩子，突然菩薩心腸大發慈悲了，終於決定要將草原交到自己手上，要以一座拒北城的戰功，為她僅剩的親生骨肉鋪路？當然不是！

她從不講究什麼虎毒不食子，恰恰相反，她之所以將自己扶上南征主帥的座位，只是把自己當作天底下最大的誘餌罷了，要用四十萬大軍的兵臨城下來逼迫姓徐的年輕人主動出城，同時還會讓那位徐驍的嫡長子覺得有希望擒賊先擒王！

所以他作為太子殿下兼南征主帥，到最後身邊就只有一個鄧茂貼身護駕！拓跋菩薩、慕容寶鼎、種神通、種涼、李密弼等，這些草原上所剩不多的武道宗師，他耶律洪才只能驅使他們去攻城，卻絕對沒辦法讓他們待在自己身邊擺出鐵桶陣。否則如何做得稱職的誘餌？

退一萬步說，耶律洪才可不覺得死了自己，北莽四十萬大軍就會兵敗如山倒。相信以那位皇帝陛下的手腕和太平令的布局，拒北城外就算死了十個耶律洪才，攻城都會照舊不誤。

不過話說回來，他與皇帝陛下的母子情誼，淡薄歸淡薄，總算還剩下一些，比如好歹讓他在昨夜事先知曉了那番驚世駭俗的謀劃，比如他也覺得自己穩操勝券。

這一刻，耶律洪才懶得去看那位保持謹慎的年輕藩王，而是抬頭遠望拒北城，嘖嘖稱奇。事先沒有料到會出現如此多的中原宗師趕赴涼州關外戰場，否則此刻草原大軍早已開始蟻附登城了吧。

但這也是好事，天大的好事！將近二十位中原頂尖的武道宗師，陸續戰死在一座西北拒北城外，慘死在自己麾下鐵騎碾壓之下，這種前無古人、後無來者的功績，都將記在他耶律洪才的頭上。

西蜀劍皇死於徐家鐵騎的馬蹄下，雖死猶榮！春秋戰事都結束了二十來年，中原朝野上下依然對此津津樂道，既說西蜀劍皇之壯烈，且說徐家鐵騎之殘忍。試想徐驍率軍縱橫中原二十餘年，打了無數場蕩氣迴腸的戰事，為何平定西蜀那般順暢，被市井巷弄提及的次數，卻能夠直追西壘壁之戰和景河之役？顯而易見，正是西蜀劍皇憑藉一人之力的雪中送炭啊。

當下包括北涼王徐鳳年在內，拒北城外的戰場上，足有十八人之多！

十八位名動中原的武道宗師！

耶律洪才收回視線，緩緩抽出匕首，陽光照射下，出鞘的那截匕首，熠熠生輝。

這位北莽太子殿下低頭望去，眯眼凝視著光滑如鏡的刀身，突然生出一個念頭。

此役過後，應該在這把匕首上篆刻四字——天命所歸！

徐鳳年望向那片空地，不知為何，有幾分如釋重負的神色。

他不怕這個陷阱出現在此處，只怕安置在懷陽關附近，怕誘餌不是這位心比天高的北莽太子，而是那位面對董卓大軍的北涼都護褚祿山！

徐鳳年握緊手中涼刀，剎那間一閃而逝。

鄧茂早已從囊中拿出那支長不過三尺的斷矛，在年輕藩王身形消失的同時，一步跨出數丈，不是筆直向前，而是落在靠左的側面。

下一刻，鄧茂倒滑出去七、八步，持矛手臂的整隻袖管，都迸射出猩紅鮮血。

涼刀與斷矛撞擊之下，蕩起一陣肉眼可見的氣機漣漪，如豎起的鏡面。巨大衝擊之下，鄧茂身後附近的大纛不僅獵獵作響，連堅韌至極的旗杆都向後彎曲出一個驚人弧度。

耶律洪才如果不是身前有鄧茂擋住絕大部分氣機，再加上二字詞牌名奪魁的寒姑不知何時下馬橫劍於前，恐怕這位體魄尋常的太子殿下就要當場死於非命了。

眼神堅毅的鄧茂凝視前方。年輕藩王被擊退後，恰好站在空地邊緣的那條弧線上。相比鄧茂肌肉綳裂、滿臂鮮血，徐鳳年只是輕輕抖腕揮刀，隨手卸去殘餘勁力，顯然要更為遊刃有餘。

遠處那襲白衣高聲提醒道：「要小心鄧茂棄矛之時。」

徐鳳年皺了皺眉頭。

被揭穿老底的鄧茂沒有惱羞成怒，只是咧嘴一笑，不以為意。

對於第一次交手的斷矛鄧茂，徐鳳年沒有過多關注，不是自負，而是自信。

鄧茂與洪敬岩的武道修為比較接近，甚至還要低於龍眼兒平原的洪敬岩，畢竟那位棋劍樂府更漏子當時有所感悟，即將突破門檻跨入天人境界，只不過徐鳳年沒有給洪敬岩穩固境界的機會而已，否則北莽必然會多出一位陸地天人。

徐鳳年沒來由想起「陸地神仙」四字，心情有些沉重，他看似隨意打量四周的同時，心思急轉。

天下江湖迎來千年不遇的大年份，這已經是世人公認的事實，而離陽的氣象遠勝北莽，就連北莽女帝都曾在廟堂上公然挑明過。無論是一品金剛、指玄、天象三境武夫的人數，在黃龍士將春秋八國殘餘氣數轉入江湖之後，好似揠苗助長的離陽武林，便開始遠遠超過北莽，哪怕是陸地神仙，離陽一樣明顯多於北莽。

北莽即便加上之前飛升的麒麟宗大真人袁青山，即便將從未表露出實力的棋劍樂府太平令視為陸地神仙，即使如此，二十年北莽江湖，陸地神仙的人數，依舊屈指可數，如今更是只有拓跋菩薩和呼延大觀兩人而已。

但是離陽江湖卻好似鬱鬱蔥蔥，大木參天。其中已經不在人世之人，有王仙芝、洪洗象、李淳罡、曹長卿、黃三甲，有連袂飛升的龍虎山父子真人、修孤隱的趙黃巢、兩禪寺龍樹僧人、徽山軒轅敬城、在江湖上驚鴻一瞥的高樹露和劉松濤等等，更不要說還有那位隱居在上陰學宮的儒家初代聖人。

再加上仍然在世的這撥人，徐鳳年、桃花劍神鄧太阿、陳芝豹、太安城那位與國同齡的宦官、白衣僧人李當心，還有觀音宗澹臺平靜。何況徐偃兵、顧劍棠、軒轅青鋒和吳見、程白霜等人，距離陸地神仙境界，也只有一線之隔。

雖說這與北莽江湖不曾獲得春秋氣運有關，但是雙方一品頂尖宗師如此懸殊，仍顯得太過不合情理。

尤其是陸地神仙的人數差距，幾乎差了一雙手，更顯得古怪至極。

按照徐鳳年和武當年輕掌教李玉斧的推演，北莽江湖，絕不至於如此毫無生氣，二十年之中，至少也應當多出四到六位的陸地神仙。其中儒釋道各占一人，純粹武人將會出現一到兩位陸地神仙，某人成功躋身陸地劍仙的可能性最大。

但是哪怕徐鳳年與拓跋菩薩在西域轉戰千里，或是在流州關外斬殺象徵北莽國祚氣運的黑龍，依舊沒有橫空出世的陸地神仙出手阻攔，這就像是北莽有人在刻意壓制江湖氣數。可不管如何，北莽本該在這二十年裡大放光彩的那三、四位陸地神仙，或者說本該屬於這一小撮人的氣數，到底去了哪裡？

徐鳳年並非不知道，北莽是在以太子殿下耶律洪才作為誘餌，誘使自己去做取上將首級的壯舉。事實上徐鳳年對於斬殺耶律洪才，興趣不大。一旦老婦人病死或是暴斃，那麼耶律洪才的存在，非但不會改變北莽群龍無首的混亂格局，反而會加劇內亂，最少他的出現，成為耶律虹材、耶律東床這對爺孫身前的攔路石。

耶律姓氏想要重獲祖輩榮光，就需要先進行一場內訌，才有資格統一宗室勢力，去跟代表藩鎮割據的大將董卓、外戚領袖慕容寶鼎和其他各個草原大悉剔勢力進行廝殺。何況耶律洪才在之前還通過那位享譽草原的郡主，率先向清涼山進行了祕密試探，所以徐鳳年再次面對耶律洪才的挑釁，依舊不動聲色。

徐鳳年確定自己腳邊必然就是陷阱，所以方才向前突進，徐鳳年沒有筆直向前，而是沿著一條弧線去往斷矛鄧茂阻攔的地點。而這個陷阱的危險程度，與那位北莽太子殿下的受器重程度有著直接關係，這也需要徐鳳年去權衡。

歸根結底，徐鳳年真正想殺的是拓跋菩薩。

如今的拓跋菩薩，擁有那種近乎王仙芝武道巔峰高度的「人間無敵」，這意味著什麼？意味著除非是兩位武評大宗師聯手，才能勉強阻擋拓跋菩薩想殺之人。

為何當時徐鳳年沒有去敦煌城，又為何呼延大觀阻止他趕赴北莽？很簡單，只是因為拓跋菩薩。

現在擺在徐鳳年眼前的局面，有兩件事必須要做成。

拒北城不能失守！

拓跋菩薩即便不被擊殺，也絕對不可以繼續擁有那份境界！

至於耶律洪才之流，根本不值一提。

若說率領那些中原宗師一起千里奔襲，暗殺北莽老婦人，且不說那些宗師是否願意，事實上也絕不可行。

一方面，當時棋劍樂府府主、公主墳小念頭和鐵木迭兒一大撥北莽宗師滲入幽州邊境，卻慘遭截殺，最終全軍覆滅，就是個最佳例子。以當今拓跋菩薩的無瑕天人境界，十八人齊聚的渾厚氣勢，宛如黑夜中的屋內燭火，北莽大可以守株待兔，派遣十數支萬人規模的精銳輕騎伺機而動，以拓跋菩薩領銜的一大撥武道宗師作為阻截先鋒，到時候恐怕連西京都走不到，便只有徐鳳年和鄧太阿兩人能夠退走。

更重要的是，另一方面，北莽四十萬大軍壓境，拒北城一丟，北涼鐵騎就幾乎成了無根之木、無源之水。北涼失去了最後的關外大門，不只是北涼三州，整個中原的西北邊關都陷入門戶大開的險峻形勢。

徐鳳年和那些宗師的千里襲殺，哪怕穿過拓跋菩薩和北莽鐵騎的重重包圍，又如何去精準找出選擇決意隱藏身分的北莽老婦人？要知道她不但不是陸地神仙，連一品境界武夫都不是，使得徐鳳年無法憑藉武人氣機來判斷方位。

而絕對不能失守的拒北城這邊，年輕藩王徐鳳年屬於退無可退。

徐鳳年不能退，其餘十七位宗師，不願退，才為徐鳳年和拒北城艱辛贏得當下的格局。

武帝城于新郎、樓荒，南詔韋淼，東越劍池柴青山，拚死阻滯北莽兩翼騎軍對拒北城城頭的騎射。

吳家劍塚吳六鼎和劍侍翠花，以及兩人身後的徐偃兵，南疆毛舒朗和龍宮嵇六安，加上增援兩人的武當真人俞興瑞，這兩撥人死守陣地，是為了最大限度推延北莽攻城步軍趕到拒北城城下的步伐。

後方的程白霜與薛宋官，兩人則是竭力攔阻北莽弓弩方陣和兩千多架投石車對拒北城的攻勢。

北莽不缺戰馬，不缺騎軍，號稱騎射甲天下，只缺擅長攻城的步軍！

徐鳳年和白衣洛陽身後的那些中原宗師，其實都是在做一件事：用命去換取北莽步軍的最大損耗。

顯然，北莽也意識到這一點，所以很快就調動了慕容寶鼎和種涼的私騎，調動了一支支精騎和朱魍死士，以及果斷傾巢出動的北莽江湖勢力。

用我們整個北莽的江湖，來換你們十數人的江湖。若是北莽江湖仍是不夠看，那就再加上我草原鐵騎！

許多北莽將士都認出了那一襲白衣的身分，人人心情複雜，畢竟這位被譽為北莽魔道第一人的宗師，在推崇武力的北莽朝野上下，都樂意將其視為桀驁不馴的英雄人物。

只是呼延大觀始終不曾露面，這位大魔頭更是以中原宗師的身分，選擇站在了敵方陣營，這讓附近的北莽騎軍感到有些無奈，卻也沒有急於向凶名赫赫的洛陽拔刀相向。

徐鳳年臨陣「猶豫不決」，沒有當機立斷擊殺北莽太子，讓鄧茂心中感到有些惋惜。

鄧茂很想開口對那個年輕人說一句：「徐鳳年，你本可以死得更加壯烈一些的。」

在鄧茂眼中，這種與武評大宗師以及北涼王雙重身分不符的謹小慎微，不過是贏得在人世多活片刻光陰的機會而已，或者說，讓李密弼多付出一份代價而已。

◆

洛陽始終安安靜靜站在徐鳳年身後兩百步之外。

她的視野中，突然出現一名面部覆甲的年輕騎士，從耶律洪才身後的怯薛軍中一起突陣而出，越過那杆大纛和北莽太子殿下之後，放緩馬蹄，居高臨下，俯瞰年輕藩王徐鳳年。

他抬起手臂，緩緩摘掉面甲，平淡無奇的相貌，卻擁有一雙詭譎奇特的金色眼眸。

徐鳳年的眼角餘光中，隨著這名年輕騎士的突兀掠陣，圓形空地開始潮水般後撤，最終又有七、八位北莽騎卒水落石出，停馬於原地。

原在弧線之上的徐鳳年，瞬間落於一座更大的圓形空地之中。

眼眸流動金黃色彩的年輕騎士沙啞開口：「姓徐的，終於又見面了。」

徐鳳年笑問道：「一截柳，慕容鳳首？」

年輕騎士扯了扯嘴角，獰笑道：「好眼光！」

曾經在中原腹地，這位綽號「一截柳」的天才劍客，與朱魍頭目老蛾，以及北莽皇親國戚慕容龍水，一起追殺過呵呵姑娘。

其餘兩人都成功逃離，唯獨慕容鳳首被當時還是世子殿下的徐鳳年攔腰斬斷，照理說已經死得不能再死才對。

這位傳言是慕容寶鼎私生子的年輕騎士，死死盯住年輕藩王：「你們離陽太安城有一座大陣，專門用來對付陸地神仙，我們大莽，是建立在馬背上的王朝，既然如此，相信你徐鳳年此時此刻，也意識到在你躋身陸地神仙境界之後，北莽為了針對你，不得不造就了這座看似不起眼的祕密大陣。不過我很奇怪，你為什麼還不跑，等死嗎？」

徐鳳年轉頭望向洛陽，後者沒有任何猶豫，身形倒掠而去。

一截柳慕容鳳首身體微微前傾，斜瞥了一眼那位曾經震動草原的魔頭魁首，眼神中充滿惋惜，不過很快就釋然。留下這位坐鎮中原西北邊關的年輕藩王，成功拔掉這顆該死的釘子，也算沒有浪費這等天大的手筆。

剎那之間，一截柳的身影消失於馬背。

與此同時，根本沒有任何異樣氣機波動的那些騎士，如同天人附體，人人身上炫目的雪白光亮，透出人體七竅和身軀披掛的鐵甲。

下一刻，只見徐鳳年橫涼刀在身前，死而復生的北莽一截柳慕容鳳首竟是一手負後，一手五指抓住了這位年輕藩王的戰刀！

初次相逢至多不過指玄境界的慕容鳳首，在這一刻流露出來的實力，絕對不輸給一位陸地神仙！

以徐鳳年和慕容鳳首兩人作為圓心，十二名渾身上下綻放出白色流光的北莽騎士，已經放棄戰馬，站在一個大圓的弧線之上，其中一人正好站在太子耶律洪才身前。

十二人，十二位短暫躋身陸地神仙境界的天人。

十二位陸地神仙，同時張開手臂，白光銜接成一個圓圈，如一尾盤踞人間的雪白蛟龍。

慕容鳳首臉色猙獰而得意，抓住那柄涼刀的五指間雷光縈繞，如電龍遊走。

這位北莽年輕人嘴唇微動，吐出兩個字：「死了。」

徐鳳年橫刀一抹，輕鬆斬落慕容鳳首的腦袋，卻無半點鮮血濺射，倒地的屍體，如同一具乾癟皮囊。

然後徐鳳年抬頭望向天空，視野之中，只有刺眼的雪白光景，如同一輪圓月墜入人間！

在大圓之外，慕容鳳首出現在耶律洪才和鄧茂身邊，眼眸恢復正常顏色，全身上下，皮開肉綻，慘不忍睹。

只不過這位年輕人根本無視恐怖傷勢以及與體魄一同破裂的神魂，唯有滿眼快意：「就算這輩子沒了武道前途，老子也值了！」

大日出東海，圓月落人間。

一天之內，涼州關外，不到半個時辰，就接連看到這兩幕奇絕壯觀的景象。

拒北城的城頭，無數北涼守城邊軍只能眼睜睜看著那道粗如山峰的光柱，重重砸在那位年輕藩王的頭頂！

◆

北莽大軍後方，耶律東床和春捺鉢拓跋氣韻並肩站在一棟樓車的瞭望臺上，前者嘖嘖稱奇道：「這就是我們皇帝陛下的撒手鐧？」

拓跋氣韻雙手按在粗糙卻堅固的圍欄上，重重呼出一口氣，一向喜怒不形於色的年輕人猛然抬手拍欄杆，暢快高聲道：「大功告成！」

世人不知，這番大手筆，這位春捺鉢才是真正的布局之人。

耶律東床壓下心中對拓跋氣韻那種不由自主的殺機，滿臉笑意地好奇詢問道：「春捺鉢，能否為我解惑？」

拓跋氣韻稍稍猶豫，大概是親手造就了這般堪稱挽救半國之功的大好局面，哪怕是拓跋氣韻也難免有些飄飄然，眺望那道始終沒有呈現頹勢的雄偉光柱，微笑道：「想必你也知曉先前有數位謫仙人，先後落在南朝邊關各州吧？」

耶律東床點了點頭，眼角餘光悄悄打量著這位同齡人的側臉，那份猶勝中原讀書人的意氣風發，真是讓人羨慕且嫉恨啊。

拓跋氣韻眼中只有遠處那座「天與人」的恢弘戰場，自顧自將那滿腹韜略娓娓道來：「那些不過是錦上添花，事實上就算沒有這幾位被徐鳳年打落人間的天人，以北莽江湖氣數也已足夠積攢出四、五位陸地神仙。我拓跋氣韻在及冠之年，便在棋劍樂府開始向皇帝陛下建言一事……」

說到這裡，拓跋氣韻嘴角翹起，稍作停頓，轉頭看了一眼臉色陰晴不定的耶律東床，笑問道：「你可知為何偌大一個草原，陸地神仙始終不超過三人？為何一人即宗門的呼延大觀會前往中原？為何當初阻截那位魔道第一人的白衣女子，僅僅象徵性派遣出騎軍，卻沒有調動任何真正頂尖的武道宗師？又為何身為國師的麒麟真人明明能夠隨時隨地飛升，卻選擇在第一場涼莽大戰之前毫無徵兆地離開人間？」

一連串的問題，耶律東床一個都回答不出來。

拓跋氣韻哈哈大笑：「堂堂提兵山主人，第五貉死前不過指玄境界，難道不奇怪嗎？若說麒麟宗氣數被袁青山一人奪走，導致其餘道教高手境界始終凝滯不前，尚在情理之中，那麼我英才輩出的棋劍樂府，為何仍是始終捅不破那一層窗紙？

歸根結底，不過是一個淺顯道理，既然中原黃三甲將天下亡國氣運散入江湖，那麼為何我草原不能將江湖氣數融入王朝？江湖宗門武夫為朝廷所用，這不算什麼，江湖氣數為我王朝所用，才算萬無一失！徐家鐵騎馬踏江湖也好，我草原早期收攏江湖門派也罷，皆是手段平淡無奇的謀劃，稱不得斬草除根。」

拓跋氣韻似乎開始意識到自己的失態，很快就收斂笑意，重新恢復古井無波的心境，不再肆無忌憚洩露天機：「你只需要知道為了鎮壓徐鳳年，皇帝陛下付出的代價，不可估量。所以這位北涼王，死得其所！」

耶律東床伸手揉了揉下巴。他不管北涼王死得值不值，只知道身邊這位城府深重的年輕春捺缽，是肯定招徠不得了，總有一天他也要讓拓跋氣韻「死得其所」！

突然之間，拓跋氣韻瞪大眼睛，一臉驚駭失神！

耶律東床順著他的視線望去，頓時心情激盪，既有驚懼也有敬畏，更有身為武人的神往。

不知為何，耶律東床只覺得有幾分不可告人的酣暢淋漓。

世間讀書人，在亂世之中，成得了什麼大事？

◆

那道象徵天道的光柱迅猛壓下，快到了連武評四大宗師之一的年輕藩王，也無法脫離那座天人聯手打造的牢籠，那座不可逾越的雷池。

十二位北莽陸地神仙，連袂登場！

其中有三位被徐鳳年親手從天上打落的謫仙人，在身形神意都即將澈底融入光柱之前，有一位冷笑出聲道：「一介凡夫俗子，也敢忤逆天意！當真以為我們會那般不堪一擊？」

位於年輕藩王身後左右的北莽陸地神仙，氣勢最為雄渾，如同坐鎮天地四方。

這四位天人，不同於那些以凡人身軀承受江湖氣數而短暫躋身陸地神仙的北莽鍊氣士，他們四位來自天上，與拓跋菩薩的那份修為如出一轍，皆是天意饋贈之一，只不過相對更為隱蔽，遠不如拓跋菩薩承受天命那般堂堂皇皇。

站在年輕藩王正對面的那個魁梧身形，開口言語如洪鐘大呂，望向那個被天道傾軋得幾乎已經雙膝跪地的可憐身影，語氣不帶絲毫感情：「徐鳳年，為何還要負隅頑抗？」

這一刻，無論是離陽中原還是北莽草原，幾乎所有人抬頭望去，都能看到那條彷彿是從天上垂落人間的雪白瀑布，只不過在絕大多數世人眼中，更像是一根纖細的魚線。

仙人垂釣，岸上是雲端，水中是人間。

光柱之中，徐鳳年單膝跪地，左手攥緊那柄涼刀，刀尖抵住地面，沒有刺入大地絲毫。

那襲藩王蟒袍沒有絲毫損壞，只是在年輕藩王的身軀顫抖之下，才掀起些許漣漪。

天人感應被隔絕，徐鳳年不只是耳聾、嘴啞、眼瞎，連同神意都喪失殆盡。

天人體魄根本就無法抗拒那份當頭砸落的天道光柱，只是強撐而已，雖然尚未澈底支離破碎，但已經出現搖搖欲墜的跡象。

單膝跪地的徐鳳年低著頭，持刀手臂顫抖不止。

從他七竅之中，加上眉心那處，倒瀉了八條透體而出的氣機，如同八條游弋不定的雪白小蛇。

失去一切感知的徐鳳年只是下意識以刀拄地，右手掌心貼在地面上，只是下意識支撐起身軀，盡量試圖站起身，如同挑起一副擔子，然後繼續負重而行。

徐鳳年身後那位潛入人間的天人冷笑道：「我草原鐵騎破關南下，最終首次統一中原，是既定的大勢所趨，你徐鳳年竟敢想以一人之力攔阻天意，真是不自量力！」

在徐鳳年左首那邊的天人雙臂環胸，大笑道：「我已經看到草原的雄鷹，停在中原書樓的屋簷之上！」

徐鳳年右首邊那位天人微微搖頭，銀色眼眸中流露出一些譏諷和憐憫：「僅以一地之力展現出比大奉一國之力還要可觀的實力，給我草原兒郎造成如此巨大的麻煩，你們北涼倒也算不錯了。」

相較於那些已經不堪重負而消散於光柱中的北莽隱祕鍊氣士，這四位天人和三位謫仙人的身形要更為持久不衰。

好像都對年輕藩王的堅持感到有些不耐煩了，三名謫仙人對視之後，各自點頭，主動散去體魄神魂。

如此一來，本就氣勢洶洶的光柱驟然聲勢暴漲，單膝跪地的年輕藩王肩頭頓時下沉了幾分。

汗流浹背的拓跋氣韻如釋重負，只是這一次再也笑不出來，仍是神情凝重。

一直在打量春捺鉢臉色的耶律東床有些失望。

心想你徐鳳年好歹拚死換掉那些來自天上的陸地神仙也好，若是能夠一鼓作氣宰掉耶律洪才，那就更好了。

一襲紫衣不知何時從遠處拔地而起，撞向那道光柱。

白衣洛陽腳尖一點，抓住軒轅青鋒的肩頭，狠狠將她砸向地面，沉聲道：「別去！以妳的氣數，足夠稱雄江湖，但對上那天道氣運，根本就是以卵擊石，白白送死！」

殺絕那支北莽江湖高手組成的八十餘人的騎軍，再加上鑿穿一支千人騎軍的包圍，軒轅青鋒顯然受傷不輕，落在地面後，吐出一口血水，對洛陽的提醒置若罔聞，體內氣機急速流轉，就要第二次起身。

洛陽迅速落在她身邊，平靜地道：「相信我。」

軒轅青鋒這才放棄對那道光柱的衝擊，語氣冰冷道：「事不過三，接下來別攔著我去殺那位北莽太子！」

洛陽這一次沒有任何攔阻的意思，只是氣笑道：「妳倒是會撿漏。」

不過斷矛鄧茂已經繞過那道光柱，出現在兩名女子身前，恰好攔住徽山紫衣的去路。

◆

拒北城城頭，一聲比起先前鼓聲都要沉重悲壯的鼓響，重重響起！

洛陽也隨之朗聲笑道：「大秦風起！」

光柱之中，那個肩挑天道的年輕人如聞城頭鼓聲，如聽大秦皇后的言語。

有白衣縞素女子在那次重捶大鼓之後，帶著哭腔高喊道：「不許死！」

但是如同道高一尺、魔高一丈，那四名替天行道的四方仙人，也開始先後向前踏出一步，主動融入光柱。

每個身影每次向前踩出那一步，光柱便增添幾分聲勢。

光柱之中，年輕人右手攥緊的涼刀在逐漸崩碎，他嘴唇微動，雖無任何言語傳出光柱，甚至連他自己都聽不到聲音，但是這位年輕藩王，知道自己在說什麼。

當年那個涼州關外風雪夜，一位年邁老人對臨時擔任馬夫的嫡長子詢問：「挑不挑得起那副擔子？」

年輕人當時點了點頭。

此時此刻，徐鳳年緩緩直起腰，一寸一寸站直身軀。

先前那句自言自語，正是：「徐驍，答應過你的事，我一定做到！就算挑不起，也得挑！」

每一次仙人踏出一步，每一次光柱壯大聲勢，年輕人哪怕數次身形搖晃，可到底他還是一直在站起身！

當徐鳳年終於澈底扛起天道、挺直腰杆的一剎那，最後僅剩的那位仙人伸出手臂，他並未消散於天地間，而是握住了一根光芒耀眼的長槍，緩緩前行，向徐鳳年走去。

◆

鄧茂開始前衝，向軒轅青鋒衝去。

洛陽猛然轉身，橫移數丈，雙手交錯格擋在身前，硬生生扛住一道魁梧身形的撞擊。

桃花劍神鄧太阿手持太阿劍，瞬息便至，掠向高空，橫劍抹向那道粗壯光柱。

這一劍，堪稱人間極致！

魁梧男子在一拳擊退白衣洛陽之後，並未追擊，也沒有攔阻鄧太阿的那一劍，冷漠道：「晚了。」

光柱驀然消失。

但是徐鳳年也被那名手持雪白長槍的仙人，一槍捅入胸膛！

年輕藩王並未流血，那杆雪白長槍透體而出後，露出那一截格外刺眼的雪亮光芒。

天地之間，彷彿在這一刻萬籟俱寂。

率先打破沉默的竟然是洛陽，她轉頭怒視那個背影，質問道：「為什麼！」

恍惚之間，好似有兩個白衣洛陽，一個是實實在在的體魄，一個是縹緲虛幻的神魂，兩者不斷重疊和分離。

原來她之前打算以神魂出竅，前者擋下拓跋菩薩的趁火打劫，後者去替徐鳳年擋下那一擊，她也確實這麼做了，只是被徐鳳年攔阻了而已。

腦袋低垂的年輕藩王抬起手臂，握住那杆長槍，嗓音沙啞道：「爺們兒的事，娘兒們別管！」

那名仙人終於身形消散，趨於灰飛煙滅，他望向拓跋菩薩，後者面無表情，只是輕輕點頭，這名仙人這才笑而消逝。

徐鳳年手腕一擰，折斷長槍，緩緩轉身，直視拓跋菩薩。

拓跋菩薩瞥了眼鄧太阿，然後對年輕藩王笑問道：「兩人聯手夠不夠？不夠的話，再加上她們兩人便是，我可以讓鄧茂退下。」
徐鳳年一笑置之，對鄧太阿說道：「帶她們離開這邊。」
鄧太阿皺了皺眉頭，見徐鳳年眼神堅定，桃花劍神只能說道：「你放心便是。」
徐鳳年這才抖了抖袖口，對那位北莽軍神說道：「拓跋菩薩，雖然我不認識你爹娘……」
然後徐鳳年說了第二句話：「但我會打得你爹娘不認識你！」
似乎在聲音尚未消散之前，徐鳳年和拓跋菩薩的身形就已經消失在原地。
兩人這一戰，是千年未有之巔峰。
在徐鳳年和拓跋菩薩兩人身形消失後，斷矛鄧茂頓時有些尷尬，畢竟他身前三人，鄧太阿、洛陽、軒轅青鋒，三位身陷北莽大軍腹地的武道宗師，任何一位都夠他喝上一壺的，尤其是此戰鋒芒畢露的桃花劍神，鄧茂大概喝一缸都不止。
鄧茂從來不以武學天賦著稱於世，倒像是一位勤懇的老農，耕耘著一畝三分地，那份收成，是靠熬出來的。當然，鄧茂所謂的根骨平平，只是相對那些在江湖大年份中大放異彩的「年輕人」而言，例如眼前如同天之驕子的大雪坪缺月樓樓主、祥符十三魁獨占三魁的軒轅青鋒，如今與年輕藩王一起被譽為中原江湖雙璧，她之驚才絕豔，她之福澤深厚，幾乎都不遜色於已經屹立於人間之巔的徐鳳年。
先前徐鳳年開口讓桃花劍神護送兩位女子離開此處戰場，洛陽雖然憂心忡忡，但沒有太多留戀神色，已經果斷準備跟隨鄧太阿撤離。因為她很清楚，以如今徐鳳年和拓跋菩薩兩人的境界修為，當世武人千千萬，卻只有鄧太阿、呼延大觀兩人能夠插手。除了他們，其他人無論是想雪中送炭還是趁火打劫，都無異於癡人說夢，甚至可以說陸地神仙也枉然。她洛陽真想要幫助徐鳳年，就離得越遠越好，否則只會淪為拓跋菩薩用以牽掣徐鳳年的把柄。

唯獨軒轅青鋒視線越過神情凝重的北莽鄧茂，凝望著那杆北莽大纛，蠢蠢欲動，彷彿根本就不在意自己是否會被那場巔峰交手波及。

在這位女子心中，喜歡一個人很重要，喜歡之人喜不喜歡她，則不太重要。

在她眼中，大概永遠都不會只盯住某一個人的背影。她眼中，有大雪坪的鵝毛大雪，有那座江湖的潮起潮落，有海上生明月，還有很多人很多事，很多景象。

鄧茂能夠有今日成就，自然是心性堅韌不拔之輩，故而這位差不多身陷必死之地的北莽宗師，哪怕需要以一己之力對陣三人，仍是毫不畏懼，戰意勃發，不退反進。

鄧茂握緊那支斷矛，衣袂拂動，直面那一襲中原紫衣，沉聲問道：「妳就是大雪坪軒轅青鋒？」

軒轅青鋒收回視線，冷笑道：「難不成還是你失散多年的娘親？」

原本已經將生死置之度外的鄧茂頓時愕然，一時間無言以對。顯然沒想到像軒轅青鋒這般高度的江湖宗師，言辭竟會這般不堪入耳。

不遠處洛陽微微搖頭，嘖嘖道：「她這脾氣真得改改，也太不討喜了。」

不知為何，洛陽對這位囂張跋扈的離陽武林盟主，一直持有微妙的欣賞態度。

桃花劍神聞言報以一笑，難得調侃道：「中原那邊，反而就好這一口，如今高手行走江湖，藏藏掖掖，很不吃香。」

洛陽啞然失笑，記起一事，小聲問道：「那份垂落人間的天道……為何自行消散？是被你斬斷的緣故？」

鄧太阿搖頭道：「我方才一劍其實不曾斬中光柱，至於為何突然消失，是對我的太阿劍避其鋒芒，還是暗藏玄機留有後手，我也不太確定。」

洛陽抬頭望向天空，憤懣道：「死纏爛打，陰魂不散！」

鄧太阿深以為然，轉頭遠眺一眼拒北城城頭，對軒轅青鋒鄭重其事地說道：「北莽大軍即將推進到城下，妳們二人最好回去支援，以免徐鳳年分心，而我得去天上看看。」

軒轅青鋒面無表情道：「既然都到這裡了，豈有轉身離去的道理！你們不用管我，我軒轅青鋒，生死自了！」

鄧太阿一笑置之，隨即輕念一個「起」字，腳踩太阿劍，御劍升空，破開雲層，一人一劍消逝於眾人頭頂的金色雲海之中。

若說徐鳳年的敵人是人間無敵手的拓跋菩薩，已經不適合他鄧太阿橫插一腳，那麼能夠被這位桃花劍神視為生死大敵的對手，也許就只在天上了。

洛陽對徽山紫衣的背影輕輕「喂」了一聲，然後笑咪咪道：「軒轅青鋒，以後我那座逐鹿山就送給妳當嫁妝好了，反正……估摸著妳這輩子也嫁不出去。」

軒轅青鋒沒有轉身，只是明顯雙肩有些僵硬。

白衣洛陽一掠而起，大笑離去，返回拒北城。

◆

不是北莽大軍已經被殺破了膽，只能任由這位昔年的北莽魔道第一人來去自如，而是在洛陽身後的戰場上，早已人仰馬翻，無數北莽士卒瘋狂逃散，無人能夠顧及她的動靜。

原來當時北莽軍神是被新涼王一腳踹了出去，魁梧身形雖說並未倒地，但是依舊倒滑出去數十丈之遠。那條路線之上的北莽百餘披甲騎軍，被拓跋菩薩倒退的身軀瞬間撞得向兩側迸射出去，連人帶馬，騰空而起，又連累兩側眾多無辜騎軍一同橫飛墜馬。

徐鳳年沒有一鼓作氣乘勝追擊，飄然落地後，放刀歸鞘。

塵埃落定後，拓跋菩薩站在原地，雖說被徐鳳年一擊便打退至此，卻毫無狼狽神色。只見這位一直被冠以草原王仙芝頭銜的北莽軍神雙臂如猿，渾身上下縈繞一條條幾乎要凝聚為實質的金黃色氣機，在身軀四周飄蕩流轉，尤其是在旭日照射之下，熠熠生輝，宛如一尊天庭戰神，氣勢之雄壯，舉世無雙。

摧山撼城，千軍辟易！

位於戰場腹地的數萬北莽騎軍，看到這一幕後，先是震驚，然後同時抽出戰刀，高聲嘶吼起來。

拓跋菩薩閉上眼睛，微微仰起下巴，整個人沐浴在陽光之中，似乎沉醉於天地的生機勃勃。

徐鳳年深呼吸一口氣，雙袖隨之鼓蕩，瞬間充盈浩然之氣。

他左腳一步踏出，腳底下發出砰然巨響，出現不斷向四周蔓延開來的龜裂縫隙，好像形成了一張巨大蛛網。

下一刻，徐鳳年的身形就出現在拓跋菩薩身前，高高躍起，右拳拉伸出一個大弧，迅猛砸向拓跋菩薩的額頭。

拓跋菩薩不知為何始終無動於衷，保持原先的姿勢，紋絲不動。

徐鳳年一拳砸下，直接將拓跋菩薩砸得身形下陷，剎那間便消失在眾人視野。

徐鳳年站在這座大坑的邊緣地帶，低頭俯視，皺了皺眉頭。

拓跋菩薩站在坑底，緩緩睜開眼，望向那位方才一拳蘊含雷霆之力的徐鳳年，扯了扯嘴角，充滿譏諷不屑，同時又像在詢問年輕藩王為何如此「彬彬有禮」，為何沒有一開始就使出殺傷力更大的兩袖青蛇。

這般不痛不癢的打擊，是你徐鳳年變得太弱了，還是我拓跋菩薩如今太強了？

徐鳳年眉頭舒展，輕輕擰動手腕，然後猛然握緊雙拳。

這一次徐鳳年的一閃而逝，大概是速度實在太快了，原先站立的位置，竟然炸出一團雲霧。

身穿紫金藩王蟒袍的徐鳳年，前衝身形所過之處，拉伸出一條黑色長虹。

戰場之上沒有人看清楚年輕藩王是如何出手，只能依稀看到渾身金光的拓跋菩薩被黑虹撞擊之後，整個人便再度倒飛出去數十丈。黑虹如影隨形，彷彿籠罩在一條條金黃蛟龍中的拓跋菩薩，身形一次次倒撞出去。

這條直線上，來不及躲避的百餘北莽騎軍當場被人馬皆分屍，若是被撞個正著，更是粉身碎骨的下場。

每次兩位武評大宗師衝撞產生的劇烈聲響，都姍姍來遲，顯得極為滯後。

拳拳到肉，沒有任何華而不實的花哨招式，沒有任何氣勢恢弘的驚世絕學，反倒是如同鄉野村夫間的蠻橫打架，你來我往，直來直去。

只不過純粹因為交手雙方是徐鳳年和拓跋菩薩，那就是以金剛境對金剛境！

以徐鳳年如今的氣機和體魄，幾近於心意所起飛劍所至的速度，但他每次前衝追殺拓跋菩薩，都會看似累贅多餘，實則玄妙至極地踏出一步，這並非道教縮地成寸的神通，而是取自當年太安城看門人柳蒿師的入城式。

當初柳蒿師憑藉此式，在十里外開始入城，起始於尋常稚童便可一步跨出的寸餘距離，最後一步便是長達百丈遠，關鍵在於此期間能夠一次次不斷累積蓄勢，與後來白狐兒臉嚇退拓跋菩薩的一停疊一停，有異曲同工之妙。

白狐兒臉曾言十二停可殺天象境，十六停之下天人體魄也如白紙，十八停之後更是「身前已無陸地神仙」，比起登上武當山挑戰佛門大金剛李當心的顧劍棠那十二刀，更早達到了「先手無敵」的境界。

高手之爭，爭在毫釐。所以這看似拖累速度的一步，才是徐鳳年真正占據先手的精髓。以至於同為四大武評大宗師，像是徐鳳年從頭到尾都在痛打拓跋菩薩，而後者只有招架之功，而無還手之力。

高高在上的神仙打架，螻蟻一般的凡夫俗子，別奢望能夠在一旁端板凳看戲，更別談什麼老神在在地拍手叫好，或是津津有味地指點江山。

從齊玄幀當年在斬魔臺證道飛升，到徐鳳年大戰龍虎山仙人於京城欽天監，無數鮮血淋漓的江湖草莽，都已證明過這一點。

北莽騎軍除了之前抽刀為拓跋菩薩壯聲勢之外，其實已經在一些萬夫長、千夫長的緊急調動下，有意向東西兩側迅速撤離，顧不得什麼既定陣形，以防被兩大宗師放開手腳的搏殺殃及池魚。

只可惜明明遭受過天道鎮壓的年輕藩王，非但沒有氣勢衰竭的跡象，出手依舊驚天地、泣鬼神，而拓跋菩薩又莫名其妙陷入了被動挨打的危險境地，使得附近千餘騎軍間接死於己方軍神之手，不可謂不淒慘。

一名馬頭向西且正在疾馳而去的北莽騎卒，只覺得騰雲駕霧一般拔地而起，旋轉了一圈，原來是被拓跋菩薩的高大背影撞在了馬臀附近，所幸拓跋菩薩只是撞碎了戰馬後半部分身軀，騎卒並未被當場撞死，但是很快就被尾隨掠至的年輕藩王一手握住頭顱，隨手拋出，披掛甲胄的騎卒整個人都被丟向剛剛緩下身形的拓跋菩薩。後者向前伸出一隻手臂，可憐騎卒撞在那股滂沱氣機上，以卵擊石一般砰然崩碎，徐鳳年穿過那團鮮血霧氣，一隻手掌按在拓跋菩薩胸口上。

昔年襄陽城外、蘆葦蕩小路上，北涼世子殿下曾以練刀自悟出的一式，悍然擊退實力遠在自己之上的符將紅甲——那一式，取名「卸甲」！

這是兩大宗師生死之戰，徐鳳年第一次使用「定式」。

照理說，倒退勢頭比之前肯定要更為迅猛的拓跋菩薩，此時此刻，竟然極為反常地一步不退！

那些粗如手臂的一股股金黃色氣機，如一尾尾蛟龍肆意遊走，如天王張目，寶相莊嚴。十八股氣機縈繞四周，恰似十八條蛟龍盤曲纏繞。

在硬扛年輕藩王的一式卸甲之後，金黃蛟龍游弋滾走更為快速，令人眼花繚亂，襯托得本就身材魁梧的拓跋菩薩越發巍峨凜然。

返璞歸真，氣息如常。

這是天象境界武夫或是道教指玄真人才能具備的「氣韻」，世間習武之人莫不夢寐以求。二品小宗師或是一品金剛境界，偶爾拋頭露面行走江湖，往往最為轟動，就在於他們氣血旺盛遠勝尋常武人，就顯得格外鶴立雞群，其實很大程度仍是境界不夠深遠使然，才會讓人望而生畏。

桃花劍神鄧太阿騎驢看遍山河，大官子曹長卿多次孤身北行趕赴太安城，便會只能是真人不露相，而拓跋菩薩是繼武帝城王仙芝之後，又一個特例，陸地神仙裡的特例，這位北莽軍神如今體內氣機強盛到了不得不向外傾瀉的地步。

拓跋菩薩眼神中的譏諷意味濃重，似乎對於年輕藩王的雕蟲小技頗為輕視。

徐鳳年變手掌為雙指併攏作劍。

指劍式。

幽燕山莊外的那座大湖之上，曾有觀音宗女子鍊氣士以指玄境界兩式對付徐鳳年，一式指山，一式指海，分別寓意指山山去填海，指海海去摧山。

拓跋菩薩也感受到胸口處的氣機異動，權衡利弊後，眨眼間便側過身，躲過年輕藩王的指尖所指。

果不其然，在拓跋菩薩堪堪側身躲過那一記指劍後，便有劍氣白虹吐露而出，那抹劍罡之威勢，不亞於陸地劍仙在咫尺之間的傾力一劍。

但是拓跋菩薩很快就流露出些許無奈神色。看似氣勢洶洶的那式開山劍罡，在激射出去短短數丈距離便氣勢驟滅。與此同時，年輕藩王併攏雙指重新變回手掌，手背貼靠拓跋菩薩心口，橫臂一拍。

疊雷！

拓跋菩薩心口如遭雷擊，但是他只不過輕輕吸氣，十八條金黃遊走蛟龍便驟然停止，然後妙不可言地卸去了疊雷威勢。

一觸即發的疊雷，總計六次之多，綿延不絕，層層遞進。

拓跋菩薩吸氣之後呼氣，蛟龍恢復游弋姿態。

人之呼吸，何其尋常，拓跋菩薩輕描淡寫到了極致的一靜一動之間，年輕藩王聲勢恐怖的疊雷在第二次疊加後，就已經被化解得煙消雲散。

徐鳳年縮在大袖之中的左手，握緊拳頭，鬆開五指，亦是一個平淡至極的動作。

拓跋菩薩的腦袋，如同被撞鐘一般，震盪出一個劇烈幅度，然後整個人便橫飛出去。

顧劍棠之方寸雷，被譽為掌間雷池。

拓跋菩薩身形踉蹌橫移，一腳重重踩踏在地面上，強行止住身形。

北莽軍神抬起手臂，用拇指輕輕擦去從鼻子滲出的血跡——金黃色的鮮血！

曾經的天下佛門領袖、與徐鳳年在北莽相逢的兩禪寺龍樹僧人，憑藉無上修為鑄出金剛不敗體魄，體內鮮血昇華為金液。

八百年前那撥孜孜不倦出海訪仙、為帝王追求長生丹藥的大秦方士，在後世市井百姓心目中，其實種種神通，無疑以點石成金最為令人神往。雖說這是俗人短視，但事實上大秦之後的道教丹鼎、符籙等諸多流派分支，對於點石成金，依舊十分推崇，尤其是丹鼎派，當然要更為寓意深遠。

丹鼎派以內外金丹為主，甚至連符籙派都不得不提倡「內鍊金丹，外用符籙」，武當呂祖便是道教內丹學說承前啟後的集大成者，武當大黃庭與龍虎山玉皇樓兩門鍊氣之術，前者更被視為有「一朝開竅，立地飛升」之妙。故而道教的點石成金，與佛門禪宗距離立地成佛只差一步之隔的金身不敗，兩個「金」字，皆寓意深遠。

拓跋菩薩環顧四周，有些好奇那名年紀輕輕的生死大敵，為何沒有選擇繼續壓制自己。是已經察覺到想要一鼓作氣澈底摧破自己的外瀉氣機，是癡人說夢？還是在暗中蓄勢，真正壓箱底的撒手鐗，是類似當初那位白狐兒臉逼退自己的十八停？

無論年輕藩王怎麼想，拓跋菩薩都無所謂。

武道境界、武夫體魄、武學心境，三足鼎立。

一般而言，是外在體魄與內在心境，最終共同撐起境界。

拓跋菩薩對於自己的體魄，原本極為自負，與離陽軒轅大磐這些純粹武人如出一轍。體魄才是真正的立身之本，他在與鄧太阿萬里借劍一戰後，心境趨於圓滿攀至頂峰，只是之後與徐鳳年轉戰西域千里，淪落到命懸一線的境地，龍眼兒平原一戰，又被來歷古怪的白狐兒臉以前無古人、後無來者的「十八停」逼退，可謂雪上加霜。

因此，哪怕如今體魄遠勝當初，境界之高，他更是自信已經勝出其餘三名武評大宗師一籌，雖然是揠苗助長的境界，但談不上什麼隱患，那麼唯一的遺憾，遺憾而非破綻，就只剩下心境了。

心境之微妙，就在於每個層次都有每個層次的小圓滿。二品小宗師亦是能夠達到無垢無瑕的心境，比如徽山軒轅大磐和如今的離陽雪廬槍聖李厚重，被推崇高手當有高手風範的江湖，公認武力極大武德極小，但在同等境界之中，這兩人毋庸置疑都是最接近無敵的存在。

三教中人，能夠躋身一品境界，心性大多向善，卻往往空有境界，戰力卻不如同境之中相對更為「修力不修心」的純粹武人，而心境之難測，則在於始終有意義深遠的高低之別。

稱雄江湖一甲子的王仙芝自稱武評十人，他能夠一人戰九人，而且依舊立於不敗之地，這就是王仙芝站在眾人頭頂的心境，簡直都要讓人覺得這個「蒼天在上」的老匹夫，真該早早飛升，為何要在人間欺負世人。

拓跋菩薩想知道，那個消失的年輕藩王，曾經是如何達到那種心境的，所以他一直沒有還手，想任由徐鳳年施展畢生絕學，以徐鳳年作為一塊世間最好的磨刀石，來砥礪心境。

拓跋菩薩第一次開口說話，聲如雷鳴：「徐鳳年！」

北莽軍神戰意昂然，好似先前不過是讓你徐鳳年熱身而已，是時候輪到我拓跋菩薩還以顏色了。

徐鳳年終於顯露真身，只見一襲紫金蟒袍懸停在高空，低頭回應道：「喊你大爺？」

拓跋菩薩抬頭望去，譏笑道：「堂堂北涼王，就只能逞口舌之快？」

徐鳳年一笑置之，瞇起眼，向南方的拒北城那邊仰頭望去。

來了。

黑雲壓城。

若說世間借劍之強橫無匹，李淳罡第一，那麼徐鳳年就是第二。

那片密密麻麻掠空而至的滂沱劍雨，正是武當山與張家至聖一戰，散落在幽州、河州各地的劍塚藏劍，雖然其間折損無數，但仍是數以千計，還有拂水、養鷹兩房聯手魚龍幫，從北涼、淮南兩道江湖和民間收集而來的普通鐵劍，多達六千餘柄。

那一刻，北莽三座萬人攻城步陣，不約而同地抬頭瞥了一眼，情不自禁地咽了咽唾沫。

將近八千柄飛劍，由東向西而來，然後如鐵騎繞弧，在拒北城南城高空，由南向北而去，迅速掠過這座邊陲雄城。

最終劍尖齊齊指向拒北城外的北莽大軍！

滂沱大雨，雨勢再大，終究沒聽說過有幾人死在雨水裡。

可若是天上下刀子、落飛劍呢？

拓跋菩薩沉聲道：「還敢分心御劍？徐鳳年，你真是找死！」

徐鳳年一手重重按下。

落劍八千！

一袖青蛇，劍罡如青龍出水，直撲地面上的拓跋菩薩。

拓跋菩薩一腳踏地，平地轟雷，身形拔地而起，其中一條金黃蛟龍氣機率先衝向徐鳳年。

徐鳳年十八袖青蛇劍氣，一袖接一袖。

拒北城城下，雖然幾乎所有北莽步卒都高高舉起盾牌，竭力抵擋當頭而落的箭雨，但是裹挾風雷之勢疾速下墜的飛劍，仍是有十之三四一透北莽重盾、再透鐵甲、三透身軀，當場將三千多名北莽步卒釘死在拒北城外。

更有兩千餘相對幸運的北莽蠻子被飛劍斬斷肩膀、刺入大腿，或釘穿腳背，雖然性命無憂，但是戰力受損嚴重，好不容易艱辛推進至城頭下五十步的三座步軍大陣，頓時潰不成軍。

自始至終，拒北城一支箭矢不曾下城頭！

八千劍半數折斷，依然有四千餘柄完好無損，傾斜插入大地之中。

如同一座氣勢森嚴的劍陣，擋在拒北城與北莽大軍之間。

這般耗費無窮氣機的大規模御劍拒敵，在面對拓跋菩薩這種武評大宗師的情形下，必然要付出巨大代價。

先是聲勢浩大的御劍八千，加上十八袖青蛇。

對上蓄勢以待且額外有十八條蛟龍護體的拓跋菩薩。

年輕藩王的十八條劍罡，果然被一尾尾金黃蛟龍紛紛擊碎，雖然徐鳳年的仙人撫頂依舊成功拍在拓跋菩薩的頭頂，但也被後者一拳轟在腹部。

僅是身形搖晃的拓跋菩薩逆流而上，步步登天，一拳接一拳，拳拳擊中徐鳳年格擋在身前的手臂，最後一拳更是直接破開徐鳳年雙臂，砸在臉面之上！

年輕藩王的身體如同白日飛升一般，瞬間消散在一片雲海之中。

拓跋菩薩懸空而立，離地三百丈。

蒼天在上！

第七章 八宗師戰死城外 北莽軍死傷枕藉

北莽左右兩翼各五千騎的兩名主將，幾乎要失心瘋了。他們能夠以騎軍身分參與攻城，撈取這種唾手可得的頭功，雖說戰功註定不大，可勝在輕而易舉，遠遠不用像首撥三萬步卒那麼拚死推進到城牆下，然後豁出性命去蟻附攻城。

作為兩翼騎軍，其實不過就是在馬背上象徵性進行多輪仰射，盡量幫助南朝邊鎮的那幾支精銳步軍壓制城頭箭雨，加上北莽本身就有弓弩陣地和兩千多架投石車作為拋射主力，所以兩支騎軍根本就不用承擔任何責任。

北涼鐵騎早就摸索出一條規律：北莽蠻子的邊軍，是老爺軍或是兒子軍還是孫子軍，只要看他們領軍主將的身分即可。出身北庭的將領駐紮南朝邊關，往往不會差到哪裡去，但也絕對不會太高，故而麾下統轄兵馬，往往是中游偏上的位置，以兒子軍居多。

一是北庭大姓貴胄和大悉剔根本瞧不起西京廟堂，在那幫眼高於頂的草原大人物看來，恐怕除了黃宋濮、董卓、柳珪這些大將軍和持節令，就沒有幾個真正算是當官的人。再則皇帝陛下一直貫徹春秋遺民與隴關貴族共治南朝的策略，並不支援北庭大人物摻和到南朝。

南朝本土將領的話，大抵就按照家族品第的高低來看，以隴關豪閥子弟最為金貴。例如親自趕赴流州老嫗山戰場的完顏銀江，他那支完顏精騎就是南朝邊線上的老爺軍，無論戰力還是裝備，都首屈一指。然後便是隴關係勢力以外的甲乙高門，同樣在南朝軍政根深蒂固，且往往對北涼各支野戰主力騎軍十分熟稔，不容小覷。

這兩支騎軍便是典型的南朝邊關兒子軍，家族祖輩早已暗中托關係走門路，好不容易依附了御駕親征的太子殿下，這才獲得這份近似於躺著撈功勞的待遇。哪裡能想到還沒進入馬弓射程之內，就各自碰到了兩顆鐵釘子，給紮得血肉模糊，心肝都疼！

兩支騎軍，出現將近千騎的巨大傷亡，結果一支箭矢都沒抽出箭囊，到頭來連拒北城的城牆都沒碰著，主將能不心驚膽戰？

拒北城最右側戰場，兩人拒馬。

南詔韋淼與東越劍池柴青山，兩位中原宗師之前素未謀面，自然更無交手切磋的機會，卻配合得堪稱天衣無縫，滴水不漏！

韋淼多以赤手空拳對敵北莽騎軍，出手大開大合，極為乾脆俐落，每次出拳勢大力沉，以至於往往一名衝殺而來的騎卒，會連胳膊帶刀一起被崩斷，北莽騎卒手中的那柄優質彎刀簡直就像紙糊的一般脆弱。

而柴青山向來以劍術精妙、劍氣幽深著稱於世，剛好與韋淼的剛猛拳路相輔相成。這位劍道宗師很快便不去刻意追求氣勢如虹的殺招，多以挑刺兩式殺敵，劍尖所吐之劍芒長不過兩尺，卻已如同手持五尺青鋒，剛好能夠站在地面上精準刺中北莽騎卒心口，抑或輕輕斜挑騎卒脖頸，一柄長劍竟始終不染猩紅。

此時只見韋淼驟然改變先前一招半式便置敵於死地的凶悍拳風，或是以弧形走轉的輕靈之勢，或是以腳不過膝的蹚泥行步，身形快速遊走，擰腰搖身抖甲，每一次以肩頂背靠迎上北莽騎卒的戰馬，憑藉金剛體魄，根本不顧及戰刀劈砍，瞬間就能夠將一匹邊軍戰馬撞得馬蹄離地橫飛出去。

由於韋淼步伐急促，總能夠在數騎之間見縫插針，雖然北莽有意識鋪展開衝鋒陣勢，一下子拉伸出七、八騎甚至十數騎並列的鋒線，試圖打破兩位中原宗師一前一後的穩固格局，盡量不給兩人轉換氣息的機會，可是韋淼隨之改變的快進快退、快打快收，仍是阻擋下了一撥撥的騎軍衝陣。

北莽騎軍雖說已經意識到必須不惜以十騎百騎性命去換對手一口氣，只求慢慢耗死這兩位中原宗師，但在這種險峻形勢下，韋淼每次只去針對坐騎而不針對北莽士卒的出招，開始蘊含有巨大的螺旋暗勁。

這就造就出一幅幅誇張荒誕的畫面：許多北莽戰馬的飛掠方向，簡直就是匪夷所思，有可能向兩側橫飛，有可能倒撞而去，甚至有可能傾斜向上飛起，如此「龐大」的暗器，讓北莽同一列騎軍和後方騎軍皆是防不勝防，極大限度地限制住了北莽騎軍快速推進形成兩座包圍圈的企圖。

即使有一些漏網之魚，想要越過韋淼向兩側繞弧包抄，可柴青山也自然不會刻板死守著你前我後的規矩，作為劍術冠絕離陽東南的一宗之主，當真以為老人的劍氣只有兩尺而已？

死了兩、三百騎，這支北莽騎軍不願退縮，更不敢怯戰。

死了五、六百騎，那名千夫長一咬牙，希望憑藉車輪戰拖死兩名武道高手。

死了足足千餘騎，這名始終沒敢親身陷陣的騎軍主將已經殺紅了眼，知道自己完全沒了退路，便一聲令下讓麾下所有騎軍一律棄刀！只靠往死裡加速前衝，用戰馬衝撞那兩人！

之後整整五百匹瘋狂衝鋒的戰馬，如同自殺於兩位中原宗師之前。墜馬北莽騎卒，只要沒有當場昏厥或是斃命，皆主動起身，抽刀廝殺。

天下精銳，悍不畏死，確實不獨有北涼鐵騎。

第一場涼莽大戰，涼州虎頭城、幽州葫蘆口、到流州青蒼城，北涼邊軍人人奮不顧身，北莽士卒也同樣轟轟烈烈而死！

第二場涼莽大戰，從西域密雲山口，流州那條北方廊道、老嫗山戰場，再到涼州關外左騎軍對陣冬雷精騎和柔然鐵騎，每一處戰場，敵我雙方，俱是殺得蕩氣迴腸！

所以北莽一直堅信，只要打下北涼，就等於已經打下了幅員遼闊的整個中原。

而北涼也始終認為，真不是他們故意看不起什麼中原精銳、什麼兩遼鐵騎，只要是在那種易於騎軍馳騁的廣袤地帶，一旦對上了大規模草原騎軍，離陽軍伍的腦袋再多，也不夠北莽蠻子砍的。

在一場註定會湮滅在歷史塵埃的圍爐夜話中，坦坦翁笑問某位手掌朝柄的至友：「若是惹惱了徐家，乾脆造反，與北莽聯手南下中原，到時候你我咋辦，豈不是成了千古罪人，你碧眼兒位列榜首，我桓溫得榜眼？」

那位當時在離陽朝堂如日中天的首輔大人，神色淡然地給出一個牛頭不對馬嘴的諧趣答覆：「只希望到時候咱們廟堂之上，袞袞諸公別都覺著殉國水太涼、懸梁家無繩。」

桓溫猶在那座廟堂之上，依舊是屹立不倒的坦坦翁，可在今年入秋之後，就已經逐漸淡出朝堂視野，幾乎不怎麼參加小朝會了，老人深居簡出，越發沉默，不願與人言。

如此一來，首輔張巨鹿內心深處，對於藩鎮割據的北涼徐家，到底持有何種看法，便更加不得而知了。

反正隨著江南世族與遼東門閥在離陽廟堂的鬥爭越演越烈，某些兩袖清風卻肩挑道義的讀書人，在太安城站穩腳跟後，便開始發出一些聲音，語不驚人死不休，說那個叫張巨鹿的老國賊，不但專擅朝政，甚至還祕密勾結西北邊軍，故意養虎為患，以便自固地位。

這些人雖然暫時數量不多，但身分往往不俗，被視為空有一身學識抱負，卻只能在永徽年間，被妒賢嫉能的碧眼兒領銜之張廬打壓排擠，如今終於守得雲開見月明，便應當仗義執言，為蒼生社稷說幾句公道話。

一時間讚譽一片，文人風骨，道德宗師，一國棟梁。

這些已經鯉魚跳龍門的讀書人，或是本就生在將相公卿之家的名士，相比絕大多數的普通讀書人，人數不多，但說話的嗓門最大、聽眾最多。

在這個祥符三年入秋之後，太安城廟堂最高處，甚至連跟西北徐家鬥了那麼多年的兵部衙門，其實都沒有刻意隱瞞密雲山口一役的慘烈勝利，加上之後通過兩淮道驛路傳至京城的流州老嫗山捷報，以及陸大遠部涼州左騎軍的全軍覆滅，兩淮道新任經略使韓林和節度使許拱都一字不差地據實稟報給了朝廷。

但依舊奇怪，整座太安城，從庭院深深的高門大戶，到雞鳴犬吠的市井巷弄，從頭到尾都沒有談論此事，大概是因為前者不願意說，後者聽不到。離陽京城的老百姓，至多聽說了北涼徐家在流州那邊打了幾場小勝仗，在涼州關外吃了個大敗仗，然後很快就要被北莽幾十萬大軍圍住了那座拒北城。

沒辦法，也委實怪不得這座習慣了二十年坐看雲起雲落的太安城，它的燃眉之急，是遙領兵部尚書銜的征南大將軍吳重軒，親自統率十萬南疆勁軍，竟然仍是抵擋不住三大藩王向北推進的叛軍。

大柱國顧劍棠的兩遼邊軍，按兵不動。

據說繼承顧廬遺產的兵部侍郎唐鐵霜即將動身出京，率領京畿大半精銳在吳重軒大軍身後布置出第二道防線，只等兩支遼東鐵騎火速南下，相信到時候便能夠轉守為攻，必會一口氣將叛軍趕回廣陵江南岸。什麼白衣兵聖陳芝豹的蜀地步卒，什麼燕剌王趙炳的蠻夷兵馬，什麼光杆一個的靖安王趙珣，不值一提！

對離陽而言，耗時二十年、傾半國之力打造出來的兩遼邊軍，就在離陽趙室臥榻之側的這支世間頭等精銳，彷彿就在太安城眼皮子底下的自家人，才是一國砥柱，才是定海神針。

西北徐家，擁兵自重，怎麼能夠信賴？

北涼道，一個將種門戶多如牛毛、讀書種子鳳毛麟角的蠻橫之地，怎麼有資格與天下首善的太安城，與富甲中原的廣陵道、文風鬱鬱的江南道同席而坐？

◆

拒北城外，大概是史上兵力最為懸殊的那場壯烈戰事，有人死了。

死者是舊南唐儒士程白霜。

這位幾乎成就儒聖境界的年老讀書人，與目盲女琴師薛宋官一起位於戰場最後方的中原宗師，本該最後死才對。

老人力盡氣枯而死。

韋淼、柴青山和樓荒、于新郎分別擋住了五千北莽精騎。

吳家劍塚吳六鼎、劍侍翠花和立槍於身後的徐偃兵，死死擋住了北莽左翼萬人大軍的腳步。

南疆毛舒朗、龍宮嵇六安、武當山俞興瑞三位宗師，已經深陷於右翼萬人步陣和兩支增援精騎的包圍圈，其中還陰險夾雜有近千朱魍死士和北莽江湖高手。

北莽中路步陣，朱袍徐嬰與從大軍腹地抽身返回的洛陽聯手，加上劍氣縱橫的隋斜谷在後方策應，終於勉強牽扯住了那道滾滾南奔的洶湧潮水。

在這期間，雖然洛陽去了一趟北莽那座弓弩陣地大殺一番，但是對於數量多達兩千多架且位於漫長弧線之上的投石車，依舊顯得心有餘而力不足。她若是針對這些攻城利器，單憑徐嬰和隋斜谷兩人阻擋中路步卒，以及源源不斷通過兩條寬闊廊道奔殺而去的一支支騎軍，極有可能就此使得兩人澈底深陷泥濘。

陣容最為史無前例的中路，在徐偃兵和俞興瑞不得不去往左右之後，加上徐鳳年需要與拓跋菩薩對峙，鄧太阿則需要去直面天上仙人，以確保年輕藩王能夠沒有後顧之憂地跟北莽軍神爭生死，否則本就已經「得天獨厚」的拓跋菩薩，又有天人在頭頂不斷「煽風點火」，一旦讓他順利攀至武道巔峰，哪怕拓跋菩薩只有一炷香工夫，躋身五百年來第一人，始終需要分心的徐鳳年也絕無生還的可能，別說斬殺拓跋菩薩，連活著返回拒北城都是奢望！

如此一來，洛陽就不得不應對巧婦難為無米之炊的尷尬境況，不得不束手束腳，否則以她的修為境界，在軒轅青鋒已經纏住鄧茂、慕容寶鼎和種涼又沒有前來阻攔的前提下，不是沒有可能在北莽大軍中如入無人之境，不但可以毀掉半數投石車，而且功成身退。

先前薛宋官以指玄撥弦，雙鬢霜白的年邁儒士以一身浩然氣，共同擋下了一輪又一輪的投石車拋射、一撥又一撥的箭雨攻城。

無論是拋擲而出的巨石，還是如同蝗群的箭矢，最致命之處，不是那種氣勢洶洶的鋪天蓋地，而在於它們的密集而急促。

當時盤膝而坐的薛宋官，擱在雙腿上的那架古琴的點點滴滴猩紅血跡，崩斷的一根根琴弦，目盲女琴師雙手十指的血肉模糊，都在無聲訴說著一個事實：本就不以體魄強健見長的她快到強弩之末的地步了。

所以程白霜便讓薛宋官不要勉強，由他這個老傢伙來挑起那副擔子，用老人的話說，就是絕無讓一位晚輩還是女子的薛姑娘來承擔重任的理由，如她那般的年輕女子，相夫教子，才算人間美事。

年邁儒士不但如此，在察覺到右首邊包括老友嵇六安在內三位宗師陷入險境後，更是當機立斷，出聲讓薛宋官前去幫忙，切不可讓大規模北莽步卒太早抵達拒北城城牆之下。

年輕目盲女琴師猶豫不決，雖然無法親眼看見老人的枯槁模樣，但那份將死之人的風燭殘年，那份遲暮氣息，位列指玄造詣前三的薛宋官，如何會感應不到？

她心知肚明，她這一走，老人必死。

她不忍心。

一老一少雖然短暫相逢，一場各自不問緣由的並肩作戰，但是薛宋官，對這位來自遙遠舊南唐國境的年邁先生，已經視為自家長輩。也許他跟老夫子趙定秀一樣會有些性情古板，一樣有著她很陌生的那種書生意氣，但到底是心善且慈祥的老人。

「薛姑娘，不可耽誤戰事！」

程白霜深呼吸一口氣後，強行咽下一口已經湧上喉嚨的鮮血，在看到女子抱琴起身後，竭力語氣平緩地柔聲笑道：「薛姑娘，曾經有位被貶謫到吾國吾鄉的江南文豪，客死他鄉之前，留下很多流傳不廣的詩文，其中有兩句，老夫一定要轉贈薛宋官：『日啖荔枝三百顆』、『茲遊奇絕冠平生』。薛姑娘，以後有機會一定要去那邊瞧瞧，若說不樂意賞景，可那在北方昂貴如黃金的荔枝，在咱們那邊，一斤也就幾十文錢的事兒……」

說到這裡，程白霜猛然跺腳，勁透地底極深。他抬臂揮出一袖，如書法大家在宣紙上揮毫潑墨，然後好像想起了什麼有趣之事，哈哈大笑幾聲，喘息過後，緩緩說道：「薛姑娘，若是尚未有那意中人，其實以後不妨找位讀書人做白頭偕老之人，雖說平時難免言語泛酸，可最不濟家中無須買醋嘛。」

已是背對老人的薛宋官，沒有轉身，只是使勁點了點頭。

她一掠而去。

程白霜收回視線，盤膝而坐，雙眼緊閉。

這一刻，滿頭霜雪的年邁老人，再也遮掩不住那份油盡燈枯的疲態。

雖然每一次揮袖都會帶來痛徹心扉的氣機動盪，可老人始終意態安詳，喃喃自語：「但覺高歌有鬼神，焉知餓死填溝壑？故而做不得啊……休對故人思故國，且將新火試新茶。卻是做不到啊……」

程白霜感受到頭頂處那場氣勢恢弘的劍雨。

強撐一口氣不墜乾涸丹田的年邁老人，已是有心無力去轉頭睜眼，只能模糊感應到劍雨落在薛宋官那一側的北莽步陣之中，老人滿臉欣慰笑意。

「國家不幸詩家幸，一願後世再無邊塞詩，再無大詩家。二願後世讀書人，人人樂以忘憂，不知老之將至，不知老之將至……」

程白霜最後一次抬起手臂，長袍寬袖，書生風流。

稚子牽衣問，歸來何太遲？

歸來何太遲？

當這一次手臂頹然落下之後，老人嘴唇微動，再也無法抬起手臂。

背對那座中原西北國門的拒北城，面向北莽數十萬大軍，老人默然低頭，寂靜無聲。

在程白霜生前，北莽不曾有一顆巨石、一支床弩箭矢，落入拒北城。

誰說百無一用是書生？

◆

距離這位舊南唐遺民最近的隋斜谷沒有轉頭，輕輕嘆息，原本以他所站之地為圓心，二十丈之內，百餘道粗如碗口的雪白劍氣，交織成網，突然劍氣外擴十丈，劍氣增添六十條，八十多名小心翼翼繞道前衝的持盾步卒頓時斃命，下場比五馬分屍還要淒慘。

在右側北莽步陣之中浴血奮戰的龍宮客卿嵇六安，一劍將一名身披重甲的北莽百夫長劈成兩半，猛然回頭，怒吼道：「老書袋子！」

在這一瞬間，七、八支槍矛攢簇捅來，刀法巨匠毛舒朗大步向前，向前殺出十數步，擋在嵇六安身前一刀橫抹，渾厚罡氣橫掃而去，將那些北莽步卒全部腰斬。

武當大真人俞興瑞輕喝一聲「大膽鼠輩」，手中桃木劍一閃而逝，接連穿透毛舒朗側面三名朱魍死士的脖子，一劍之威勢，仙人飛劍取頭顱。

戰場最左側，于新郎和樓荒兩位武帝城師兄弟，一人制式涼刀、一人名劍蜀道，雙方齊頭並進，因為最後方有徐偃兵幫忙阻擋步陣，這對王仙芝得意的高徒便澈底放心向前鑿陣。

一位半步武聖坐鎮後方，不用顧慮攔阻一事，只管埋頭殺人即可，于新郎、樓荒兩人反而顯得比嵇六安三人更為勢如破竹。

樓荒劍勢至剛，劍招至簡，就像樵夫砍柴，無論北莽騎卒還是戰馬，一劍之下，絕無完整屍體。

于新郎收起即將折斷的涼刀，放回刀鞘，重新拔出那柄早已在鞘中顫鳴不止的扶乩，依舊輕描淡寫指指點點，兔起鶻落，神出鬼沒，不多也不少，一次出劍就是一條性命。雖說殺敵聲勢不如樓荒那麼恐怖，但是連徐偃兵在察覺到此人的微妙氣機變化後，都有些訝異。

不愧是王仙芝首徒，于新郎竟然有了在沙場廝殺中破境的跡象，水到渠成，自然而然，只差一線之隔，就可一腳跨入陸地劍仙的門檻。雖說即使穩固境界後，依舊算不得貨真價實的陸地神仙，但是只要境界升至那個高度，遠不是指玄、天象兩境劍客偶然領悟出一兩式劍仙威力劍術能夠媲美的，大概就會是鄧太阿之後又一人啊。

于新郎一劍點在一名北莽騎卒的眉心處，不去看那具墜馬屍體，躍至馬背之上，望向前方，對前方的樓荒沉聲提醒道：「北莽又有一千精騎正在趕來，還有個藏藏掖掖的頂尖高手。」

樓荒正要說話，于新郎已經大笑掠去：「先讓我會一會他！」

最右側，正當柴青山、韋淼轉換前後位置的關鍵時刻，一道快如驚鴻的身影當頭砸下，勢如奔雷的一拳捶在剛要後撤的柴青山胸口。

雖然這位名動離陽的劍道宗師已經下意識橫劍在前，且以劍鋒對敵，希望以此讓那名不速之客知難而退，不料那一拳仍是毫不猶豫地撞在劍鋒之上！

正值換氣間隙且大戰已久的東越劍池宗主，措手不及之下，竟被自己的長劍劍鋒傷及，所幸韋淼迅速前掠，一手抓住柴青山肩頭往後一扯，一手擋住那名北莽武道宗師的第二拳。

柴青山順勢倒掠十數丈，胸口處被割出一條深可見骨的血槽，鮮血湧出，浸透衣襟。

韋淼左手握住那只拳頭的同時，因為先前右手需要幫助柴青山躲過那道劍鋒，再度出拳便慢了這名北莽高手分毫，可偏偏就是這毫釐之差，就讓那位城府深沉的陰險刺客占據莫大先機。

韋淼被一拳砸在額頭，他轟然跺腳，只退了半步便止住倒退身形，硬是不退一步！足可見這位南詔第一高手的性情剛烈！

韋淼與來者一拳換一拳！

各退三步！

韋淼一拳擊中那人胸口，自己額頭又遭受一拳。

頭顱遭受重創的韋淼雙耳已滲出猩紅血跡。

模糊視線之中，那名身披一具雪亮銀甲的北莽武將猙獰笑道：「拳有韋淼，天下無拳？

殺的就是你！」

趁著那名高大武將說話的間隙，柴青山匆忙強提一口氣，就要為韋淼扳回劣勢，可就在此時，老人聽到背後目盲女琴師喊道：「小心頭頂！」

第二名身形鬼魅的北莽刺客凌空而下，無聲無息，更無絲毫氣機波動，如同孤魂野鬼。

銀甲武將的破綻，顯然是有意為之的障眼法，恐怕這才是兩位北莽武道宗師在環環相扣之後，真正浮出水面的殺招！

柴青山迅速後撤一步。

薛宋官在出聲提醒的同時，手心狠狠抹過琴弦！

可是讓目盲女琴師感到悲憤的一幕出現了：那名刺客全然無視胸口炸裂的重創，好似渾然感受不到絲毫痛楚，他手中那柄極其纖細如柳葉的四尺長劍，無劍罡，無劍光，就那麼對著柴青山的眉心，筆直斬下！

北莽一截柳，真真正正陰魂不散的慕容鳳首！

生死一線，柴青山依舊竭盡全力遞出了那興許會是此生的最後一劍。

直刺那人心口。

這位東越劍池的宗主，只希望這一劍能夠刺透那人心臟。

我柴青山死無妨，能夠多殺一人也好。

原本應該藉此機會讓慕容鳳首斬殺柴青山，再由銀甲武將雙拳捶殺那位氣機動盪紊亂的韋淼，那就是雙雙告捷的絕佳局面！

可是就在此刻，柴青山猛然驚覺，雖然額頭被那柄長劍抹出一條皮開肉綻的溝壑，只需要再加上些許氣力，就能破開自己的頭顱，若是再多一些勁道，將自己分屍也絕非難事，但是那名劍術詭譎至極的刺客，選擇手下留情？

與此同時，正是北莽橘子州持節令慕容寶鼎的銀甲武將，如同被仙人施展了定身術，白白浪費了千載難逢的出拳機會。

柴青山瞪大眼睛，饒是老人這般身經百戰的劍道宗師，都感到眼前畫面太過荒誕不經！眼前這位北莽刺客身體懸空，雙臂頹然下垂，那柄柳葉長劍掉落地面。

一截柳慕容鳳首，被身後某人一隻手攥住脖子，提在空中！

慕容寶鼎不敢動彈，老實得不像話。

哪怕他能夠清清楚楚看到那人的背影。

那一襲紫金蟒袍！

破開雲海重返人間的北涼王——徐鳳年。

年輕藩王五指如鉤，澈底炸爛這位一截柳的體內氣機。

軟綿無骨的慕容鳳首扯動嘴角，笑意陰森。

剎那之間，韋淼想要出拳，柴青山想要出劍，卻都慢上太多太多。

兩位頂尖武道宗師自認即便是處於巔峰狀態，也無法攔下北莽第三名「刺客」的突襲。年輕藩王後背遭受一記無法想像的重擊，稍稍轉移腳步之後，整個人便繞開柴青山，轟然撞向拒北城的高聳城牆。

韋淼與柴青山幾乎同時後撤。

不承想那人根本沒有追殺兩人的念頭，站在原地，望向城牆根那邊，冷笑道：「真是一心求死！」

你徐鳳年沒有乖乖躲在雲海之上，依靠鄧太阿的庇護來澈底平穩氣機，還敢落回戰場來救別人？

慕容寶鼎瞥了眼站在自己身邊的男人，百感交集。

哪怕明知是相同陣營，雙方身分也不算懸殊，可是慕容寶鼎仍是不由自主地如臨大敵，不敢有半點掉以輕心。

慕容寶鼎小聲問道：「一截柳怎麼辦？」

有十八條金黃色蛟龍環繞游弋的魁梧男人沒有說話。

慕容寶鼎眼神陰沉，但也沒有繼續追問。

拒北城的城牆下，在陰涼的陰影中，背對戰場的徐鳳年依舊握住慕容鳳首的脖子。後者緊緊貼在牆面上，整張臉龐血肉模糊，身軀更是用「粉身碎骨」來形容也不為過。

徐鳳年笑問道：「上次攔腰斬斷都沒死，不過這次總該死了吧？」

這名真實身分極為隱蔽且顯赫的北莽一截柳，微微咧開嘴，似乎想要快意大笑，卻笑不出聲來，沙啞含糊道：「我啊？早就生不如死了，有你徐鳳年陪葬，不虧的。」

徐鳳年「哦」了一聲。

慕容鳳首緩緩閉上眼，如釋重負，如獲得最大解脫，斷斷續續道：「放心……我這次是真死了……只不過最後告訴你一個祕密，不用拓跋菩薩幫我報仇，我慕容鳳首……自己就可以，徐鳳年，你信不信？」

徐鳳年擰斷他的脖子，笑道：「你猜？」

徐鳳年隨手丟掉屍體，轉過身，抬頭望向天空。

他知道拓跋菩薩在等什麼。

先前北莽早就謀劃好的天道鎮壓，有兩個作用：先是消磨他的北涼氣數，這是天上仙人最在意的事情，接下來順便才是摧破自己的體魄，為那位北莽軍神再次錦上添花。只因為沒有料到以趙長陵為首的眾多謫仙人落在北涼，為北涼增添那麼多氣數，加上之後鄧太阿手持太阿趕至，凌空一劍斬去，使得那道只願針對自己的光柱不得不提早撤去。

至於半數天道到底在何處，徐鳳年不知道也不在意，不過肯定與這位死絕的一截柳有關係，差不多是慕容鳳首作為引子，誰殺了這位慕容寶鼎的私生子，就要惹來下一道鎮壓。

徐鳳年確信自己就算不主動殺慕容鳳首，這個瘋子也會伸長脖子讓自己砍。說不定慕容鳳首更深一層的身分，會是某位謫仙人，前世要麼是被徐驍滅國的亡國君主，要麼就乾脆追根溯源到了大秦之前，總之就是靠講道理便幾輩子都掰扯不清的陳年舊帳。徐鳳年早就看開了，債多不壓身，但既然沒下輩子了，我就在這輩子把它給解決乾淨！

徐鳳年一步一步走出陰影。

城上城下，只見這位離陽異姓王一把扯掉那件蟒袍！

衣衫如雪。

一如當年白衣出涼州！

這個不再做什麼狗屁離陽藩王的年輕人，沒來由笑臉燦爛，然後抬頭朗聲道：「徐驍嫡長子，徐鳳年在此求死！」

◆

先前北莽軍神、年輕藩王以及桃花劍神和白衣洛陽，四人先後離開北莽大軍腹地，就只剩下執意繼續向前突進的徽山紫衣一人，獨自面對鄧茂與層層疊疊的草原鐵騎。

斷矛鄧茂不得不由衷佩服這名中原女子的氣魄，真是不輸世間任何男子。

一向沉默寡言的鄧茂忍不住開口問道：「軒轅青鋒，何至於此？」

軒轅青鋒破陣至此，本就殺心極重，出手更是當得起「勁如崩弓，發如炸雷」八個字，一路行來，無論是重甲步卒還是精銳騎軍，只要被她沾上，那就必然是死無全屍的下場。她之所以能夠與年輕藩王並稱為「離陽雙璧」，不只是境界奇高而已，軒轅青鋒的底子，無論體魄還是氣機，都十分厚重扎實，她體內氣機既雄渾且綿長。

軒轅青鋒雙手負後，沙場上南風吹拂，這位背對拒北城的大雪坪女主人，青絲和裙擺都向北方飄動，丰姿如神。

鄧茂當年曾跟隨洛陽和耶律東床去往中原逐鹿山，甚至還攔截過離陽押送高樹露南下廣陵道的車隊，跟隨兩人在離陽境內走南闖北，故而對中原江湖並不陌生。他是耶律東床這一脈耶律家族名義上的客卿，有點類似徽山黃放佛和龍宮嵇六安，地位比較超然，但絕不可簡單以依附大樹的藤蔓視之。

相傳，早年鄧茂在草原遇挫沉寂，被北庭權貴尊稱為「老大人」的耶律虹材對其施以援手，尊為座上賓，鄧茂自然感恩。若說與洛陽沒有半點交情，那是自欺欺人，事實上心高氣傲的鄧茂對洛陽相當敬重，其中既夾雜男女之間的愛慕，也有同道中人的欽佩，只不過鄧茂到底志在武道登頂，對那位逐鹿山教主的那份淺淡情愫，一直擱置在內心深處，如一罈埋在地下的陳年老酒，不用取出暢飲，也捨不得，只需偶爾記起，彷彿便能夠聞到那股縈繞鼻尖的酒香了。

此時兩人對峙，只以境界高低而言，與種涼、慕容寶鼎同處一個時代的北莽宗師，鄧茂作為這位徽山紫衣的江湖前輩，反而要比軒轅青鋒低半個境界，只是普通的天象境界，遠遠沒有觸及陸地神仙的門檻。

只不過哪怕自負如軒轅青鋒，依然沒有輕舉妄動，沒有覺得能夠輕鬆越過這位男子摘掉北莽太子的頭顱，就已經可以從側面看出她對鄧茂的忌憚。當然，軒轅青鋒也有積攢氣機恢復巔峰的打算，也並未刻意遮掩這一點。

鄧茂的不阻攔，看似輕敵，實則是一種取捨，軒轅青鋒的氣機的確在穩步攀升，但是先前那股一往無前的氣勢，卻在微微下降。

鄧茂其實不太情願看到這名傳奇女子的夭折，只是看到軒轅青鋒這般姿態，鄧茂知道自己多說無益。

他既然能夠被北莽太平令安置在這一副棋盤的「天元」附近，作為明面上制衡北涼王徐鳳年最重要的一枚棋子，鄧茂來不及對徐鳳年使出的撒手鐧，豈能以常理揣度？

軒轅青鋒雙鬢青絲肆意飄拂，心如止水。

如果說桃花劍神鄧太阿，位於戰場最高處，那麼她便當之無愧地位於拒北城最北之地。

鄧茂最後大聲笑問道：「當真不後悔？」

軒轅青鋒神色淡漠，並無豪言壯語。

軒轅敬城之女，此生從不知悔為何物。

鄧茂一步重重踏出，一襲紫衣沾染上許多血跡的軒轅青鋒幾乎同時向前掠出。

兩人都默契地選擇近身廝殺，在一丈之內分生死！

◆

那杆北莽大纛迎風招展，激盪起一陣陣漣漪，獵獵作響。

身披金色甲胄的北莽太子耶律洪才臉色陰沉，先前那道象徵天道威嚴的宏偉光柱從天而降，就落在這位太子殿下的眼前空地。

耶律洪才完全沒有想到在如此恐怖的鎮壓之下，那名離陽年輕藩王竟然沒有化作齏粉，依舊能夠脫身離去，這簡直無異於搧了這位太子殿下一記大耳光，還不忘撂下一句回見啊。

耶律洪才雖說這十多年來迫於形勢不得不隱忍蟄伏，熬出了相當不淺的城府，可在他幾乎最為志得意滿的人生巔峰，感覺整個中原都已是囊中之物的敏感時刻，新涼王以一己之力扛下天道，使得坐擁四十萬大軍的耶律洪才湧起一股濃重的憤恨，一刀子一刀子銘刻在心。

天下人事，最怕比較，美人名將，權勢財富，皆是如此。

耶律洪才在沒有見到徐鳳年之前，關於這位人屠嫡長子的消息，在最近幾年裡，差不多聽得耳朵磨出了老繭。對於成功擠走陳芝豹最終世襲罔替的徐鳳年，耶律洪才在內心深處，其實報以一種同病相憐且惺惺相惜的複雜感情，這才有了讓化名樊白奴的那位北莽郡主潛入涼州，主動向年輕藩王傳達了自己的善意。

耶律洪才瞥了眼遠處的一騎。她與棋劍樂府的四、五話事人聚集在一起，大概是在商議如何阻截那些中原宗師。耶律洪才望向她的眼神中沒有絲毫溫柔，哪怕她與自己同床共枕了十多年，也不過是維持著面子上的相敬如賓而已。

詞牌名「寒姑」的她突然轉頭望來，耶律洪才瞬間擠出一張和煦笑臉，她朝他點頭，然後轉頭繼續與人議事。

耶律洪才在她收回視線後，臉色迅速冰冷下來。當身後一騎怯薛侍衛悄然拍馬上前來到他身側，耶律洪才這一次浮現的柔和臉色，發自肺腑。

偌大一座草原，這位北莽太子到頭來能夠說些知心話的體己人，竟然只有身邊這一騎了。不同於耶律洪才騎乘的汗血寶馬，那名扈從的坐騎是一匹通體雪白的高頭駿馬，散發出一種類似羊脂美玉的油潤光彩。年輕騎卒頭頂一隻稍大頭盔，蓋住了眉毛，露出大半張極為陰柔俊美的臉龐。

耶律洪才看著他小心翼翼與自己保持距離的模樣，眼中流露出不加掩飾的愛憐，輕聲笑道：「靠近些，無妨的。」

那名年輕騎卒瞇起那雙天然嫵媚的狹長眼眸眺望南方戰場，緩緩道：「馳來北馬多驕氣，歌到南風盡死聲。前半句應景，後半句就不盡然了。」

並不熟稔詩詞更不屑附庸風雅的北莽太子忍不住好奇問道：「作何解？其中可有典故？」

那名頂著怯薛侍衛頭銜的貼身扈從，膽大包天地翻了個白眼，沒好氣道：「就算以後打下了中原，就憑你這點學識，怎麼跟將來那些離陽遺民打交道？」

耶律洪才一陣哈哈大笑，突然放低嗓音說道：「不是有你嘛。」

年輕騎卒撇了撇嘴，望見遠處那一襲扎眼的鮮豔紫衣，嘖嘖道：「一個女人活到她這個份上，也該知足了。」

耶律洪才順著扈從的視線，看到與斷矛鄧茂廝殺的軒轅青鋒，不以為然道：「武功再高又能如何？連同徐鳳年在內，拒北城外整整十八位武道宗師，對上我們草原鐵騎，照樣難逃一死。這位大雪坪武林盟主，最好的結局也不過是死在鄧茂斷矛之下，要麼死在鐵騎衝殺之中，否則在戰場上活下來，只會比死還慘。以她的身分和姿容，一旦淪為階下囚，毀掉修為，別說北庭大悉剔，恐怕連西京廟堂某些老當益壯的大佬都要砸下幾千兩黃金買下她。」

年輕騎卒臉色晦暗，陰晴不定，感慨道：「若是真有那一天，在軒轅青鋒失去武功的那一刻，她其實就已經死了。這就像廟堂上的將相公卿，只要丟了官帽子，就等於被抽掉了脊梁骨。」

耶律洪才根本不相信軒轅青鋒能對自己造成威脅，老神在在道：「世間美人，就像咱們草原上的水草，年年都有，割了一茬明年還有一茬。雖說軒轅青鋒的姿色確實罕見，只不過以後一個草原加上一個中原，用心搜羅，終究還是能找到不少絕世佳人的。

說實話，歷屆最終躋身胭脂評的女子，無一例外都擁有顯赫身分，尋常出身的女子，想要登榜實在難如登天。所以啊，歸根結底，天底下手握權柄的男子，喜歡女子的臉蛋，但更喜歡女子身上的那件衣裳，比如……」

年輕騎卒斜眼瞥向不知何時與兩位持節令碰頭的北莽太子妃，冷笑道：「比如她？」

耶律洪才半開玩笑道：「就她啊，大概只有等以後當上了皇后，才能夠躋身下一屆胭脂評吧。」

然後耶律洪才沉默片刻，轉頭認真道：「你不一樣，和她，和她們都不一樣。」

那名騎卒聞言後沒有轉頭與耶律洪才對視，只是微微仰起腦袋，滿臉傲氣道：「當然！」

離陽東南境的劍州，曾有一句讖語廣為流傳，只是隨著牯牛大崗那場風波的塵埃落定，早已漣漪盡消。

一雌復一雄，雌傾城，雄傾國，雙雙飛入梧桐宮。

◆

北莽中路步軍方陣被兩襲白衣朱袍攔腰斬斷，洛陽與徐嬰左右呼應，每次漏至身後的步卒人數都不超過三百人。

只剩獨臂的吃劍老祖宗站在兩位女子宗師身後，方圓二十丈內，一條條劍氣如虹，流轉不定，擅自闖入者如同自投羅網，當場斃命。

不僅如此，白衣飄飄雪眉飄蕩的隋斜谷雙指撚動一縷長眉，默念道：「起陣對壘。」

被年輕藩王御劍落至拒北城外的剩餘飛劍，其中兩千多柄完好無損的長劍陸續拔地而起，一柄柄長劍騰空長掠，頭尾銜接，依次落在隋斜谷身前，直插地面，以千餘劍為一排，總計兩排，整齊列陣在吃劍老祖宗之前的空地上。

以劍陣結步陣。

隋斜谷閉上眼睛，面帶微笑，喃喃自語道：「中流砥柱，江心突起，滾滾洪水，浩浩長春。」

隋斜谷猛然間深呼吸一口氣，又有將近兩千柄殘破飛劍依次落在老人身後，只是這些長劍沒有插入大地，而是懸空而停，如劍陣結弩陣。

最後，隋斜谷再次猛吸一口氣，驟然間，高大魁梧的老人身軀，向四周綻放出絢爛白芒。

吃下天下名劍無數柄的隋斜谷，將積攢百年的滿腹劍氣都散入兩座大陣，每一柄飛劍都被灌輸一縷凌厲劍氣，霎時間如通靈犀，如獲靈性，無論是步陣豎立劍，還是弩陣橫劍，兩座大陣四千劍，皆是同時顫顫巍巍，哀鳴不止。

老人呢喃道：「李淳罡，你在廣陵江一劍破甲兩千六，我隋斜谷不願輸你……」

曾與春秋劍甲李淳罡互換一臂的老人，含笑而逝。

兩座劍陣，兩氣呵成。

百年意氣，三口吐盡。

◆

北莽軍神和年輕藩王這兩位也許會決定涼莽無數人命運的生死大敵，都有意無意將戰場遠離拒北城。前者恐怕是忌憚徐鳳年尚未被天道消耗殆盡的北涼氣數，一旦擁有拒北城作為依託，可能會反過來壓制拓跋菩薩尚未祭出的撒手鐧。後者更擔心兩人一旦撞入拒北城內廝殺，極有可能導致十八宗師連袂拒敵贏得的慘烈成果，被放開手腳肆意破壞的拓跋菩薩徹底抵消。

徐鳳年在飄然離去之時，對仍需要與數千騎軍對峙的韋淼、柴青山說了一聲「小心」，那位東越劍池當代宗主用眼神示意年輕藩王不用擔心此地戰況。

徐鳳年向兩位將生死置之度外的中原宗師重重抱拳，以示感激。

柴青山一笑置之，胸臆間滿是豪氣。

柴青山眉心開裂，且胸口被北莽一截柳劃開一條深可見骨的血槽，只不過相比看似淒慘卻並未傷及氣機根本的柴青山，南詔韋淼才是真正的身受重創，無論是體魄還是氣機，皆是如此。

韋淼身為當之無愧的西南江湖第一高手，無論體魄境界還是武學造詣或是臨時應敵，都可謂世間武夫第一流人物，只不過先前綽號「半面佛」的慕容寶鼎和朱魍刺客慕容鳳首的聯手偷襲太過陰險狠毒，加上又是乘人之危，韋淼硬扛慕容寶鼎傾力兩拳，尤其是頭顱所挨那一拳，其實已經導致耳膜破裂，腦顱內生出瘀血。

若非徐鳳年在牽制住拓跋菩薩的同時，擺出不惜失去先機也要先殺慕容寶鼎的架勢，迫使蠢蠢欲動的北莽持節令始終不敢出手，這才為韋淼贏得片刻喘息機會，也讓柴青山的氣勢略微恢復，否則憑藉包括橘子州一千冬雷精騎在內的北莽四千騎，加上虎視眈眈的慕容寶鼎，兩位宗師很難扳回局面。

其實如果慕容寶鼎之前有魄力拿自己的性命去賭，選擇果斷對韋淼出手，為拓跋菩薩贏得先手，也許年輕藩王就要在拒北城下陷入困境，甚至不是沒有就此提前結束第二次涼莽大戰的可能。

一來拓跋菩薩不屑開口主動向這位持節令求援，二來野心勃勃志在中原的慕容寶鼎，好不容易在涼州關外獲得一場震動天下的大捷，吃掉陸大遠的左騎軍，戰功之巨，足可媲美第一場涼莽大戰中南院大王董卓攻破虎頭城，慕容寶鼎如何願意以身涉險為他人作嫁衣裳？最後則是在龍眼兒平原那場截殺中，新涼王就在拓跋菩薩的眼皮子底下擊殺洪敬岩，讓慕容寶鼎不得不好好掂量掂量。

慕容寶鼎沒有急於出手，望向韋柴兩位中原武道宗師，用蹩腳的中原官腔好整以暇道：

「沙場上有陸大遠，江湖上有韋淼、柴青山，老天爺苛待我慕容寶鼎四十餘年，總算待我不薄了一次。你們中原有個說法叫山重水複疑無路，柳暗花明又一村。很妙，真是應景。」

在拓跋菩薩和年輕藩王遠離此地後，身披銀甲的慕容寶鼎氣勢猛然攀升，這位在北莽江湖原本只以皮糙肉厚著稱的皇親國戚，在歷屆武評中哪怕登榜，也都名次極低，緣於慕容寶鼎公認擅守不擅攻，與由二品小宗師直入指玄境的魔道巨擘種涼，堪稱北莽武道兩個極端。

但是慕容寶鼎悍然兩拳重傷韋淼，顯然這麼多年一直在藏私，甚至早年與種涼在青蒼城聯手埋伏對付徐鳳年，他依舊從頭到尾刻意隱藏自己的修為。論及一個「忍」字，慕容寶鼎確實深諳其中三昧。

韋淼默不作聲，緩緩吐納。既然這位北莽持節令願意高談闊論，韋淼自然不會主動追求速戰速決。

柴青山斜提三尺劍，神情平淡。

慕容寶鼎嘴裡的那句詩，在中原膾炙人口，只不過這位半桶水的北莽王爺大概不會清楚出處，是大奉王朝末年以邊塞詩奪魁的詩家天子，那篇去國懷鄉的〈貶謫涼州老死詩〉。山重水複，柳暗花明，只以字面而言，從來都是最引人入勝的江南風土。春光明媚，草長鶯飛，風景宜人，如何不令人流連忘返？

反觀這西北塞外，窮山惡水、黃土貧瘠、溝壑縱橫、天高雲低，身處此方天地間，兩隴勁氣撲面而來，直撞胸口，那股子蒼涼凜烈的氣息，彷彿要教外鄉人倒退幾步才肯甘休。

柴青山走至韋淼身旁，微笑道：「拳有韋淼，天下無拳。當之無愧！」

韋淼輕輕咧嘴，並未出聲。

徐鳳年曾經笑言，他一生所見高手宗師不計其數，其中以紅袍蟒服的人貓韓生宣、京城第一劍客祁嘉節、徽山紫衣軒轅青鋒，三人出場最為聲勢奪人，又以李淳罡、劍九黃、韋淼，三人最為不像高手。

柴青山繼續笑道：「既然天下不可無韋淼，中原劍林卻有無數年輕俊彥，死一、兩個老傢伙，總會有數位後起之秀頂替，僅是東越劍池便有我那兩位弟子單餌衣、宋庭鷺，未來註定崛起，所以韋淼，這一仗，我先來。」

柴青山的言下之意，是我先死。

急需休養恢復的韋淼沒有拒絕這位劍道宗師的善意，沉聲道：「我韋淼這輩子說不來大話，只敢保證必不讓柴老哥走得寂寞。」

柴青山猶豫了一下，嘆息道：「韋兄弟，能別死就別死！你與我不同，拒北城還有人正在等你。」

不料身材矮小、腿綁白布的韋淼笑了笑，雙拳緊握，眯起眼柔聲道：「她嫁給我後，這麼多年一起行走江湖，由於我這副皮囊太過平常，也不愛出風頭，遇上事情，是能不打架就絕不出手，而性子跳脫活潑的她又是那般……如花似玉，好像從來也沒有讓她覺得嫁了個長臉面的好人家，總笑話她嫁的漢子不夠英雄氣概，所以今天，作為她的男人，我韋淼要為她做一件事……」

韋淼不再說話。

慕容寶鼎笑意昂然：「兩位，可有遺言要說？日後我慕容寶鼎入主中原，與那中原衣冠濟濟一堂的滿朝文武追憶往昔，也好有一樁談資。」

柴青山橫劍在身前，搖頭朗聲大笑道：「一顆北莽狗頭，不值幾文錢，委實辱沒我新鑄之劍『綠水』！」

慕容寶鼎臉色陰沉，嘖嘖道：「都說天下劍學出兩家，既然吳家劍塚的枯劍有人收拾，那就讓我來領教領教東越劍池的新劍！」

柴青山腳尖一點，身形前掠，一抹璀璨青虹橫掃慕容寶鼎胸口。

「垂死掙扎！不過鼎盛時期的半數氣機，我讓你姓柴的老狗先出一百劍又何妨？」慕容寶鼎嘴角扯起譏諷笑意，沒有躲避，豎起雙臂擋在身前。

劍鋒抹在慕容寶鼎銀色臂甲之上，削鐵如泥，只是破甲後落在這位橘子州持節令袖口上，如精鐵相擊，響起一陣不同尋常的金石聲。

慕容寶鼎皺了皺眉頭，身形後退。他打定主意要一點一點消耗柴青山的氣機，除了自身體魄被譽為純粹武人萬中無一的大金剛境界，號稱不遜色於佛門龍樹僧人和李當心這對兩禪寺師徒的不壞之身，更重要的是他身上這件甲冑，是北莽國庫裡的頭等珍藏。

甲冑鑄造於甘露初期，曾是大奉皇室的祕寶，相傳材質與春秋四大宗師之一的符將紅甲相同。慕容寶鼎輔以這具甲冑，原本自認便是對上那位殺力第一的桃花劍神鄧太阿，也能扛下兩三劍，不料一照面，就被傷勢不輕的柴青山一劍破開臂甲，這讓慕容寶鼎收斂了對中原宗師的小覷心思。

事實上精於刺殺的一截柳慕容鳳首開了個好頭，也開了個壞頭。

慕容鳳首差點柳葉一劍襲殺柴青山，這絕不是柴青山實力不濟，而是他與慕容寶鼎的配合天衣無縫，尤其是柴青山的劍術之高，冠絕中原東南，沒有半點水分。

若說天下拳法宗師，韋淼之外就只剩下武帝城女子林鴉能夠獨當一面。

那麼中原劍林，的確如柴青山所言，一峰接一峰，連綿不絕，景象是何等洋洋大觀！絕不是鄧太阿之外便無劍士，絕不是李淳罡兩袖青蛇之外便無劍招！

既然慕容寶鼎一味托大，柴青山便得勢不饒人，當空一劍劈下，恰如瀑展長霓，慕容寶鼎面前劍氣滿溢，如掛瀑布。

慕容寶鼎深吸一口氣，終於不再希冀著憑藉價值連城的寶甲和金剛體魄單純硬扛，出拳迅猛，快如奔雷，一拳拳擊打在充沛劍氣塑成的「瀑布」之上，「瀑布」砰然作響。

拳碎劍氣，呈現出浮雲散雪之狀。

柴青山不以為意，碎步快速向前，一劍筆直向前遞出。雖然手中三尺長劍「綠水」直刺慕容寶鼎眉心，但是與此同時，兩人之間，綠水劍四周生出不下四十道劍氣，劍氣各自激盪向前，劍意卻一脈相承。

柴青山此劍於而立之年悟自觀泉偶感。舊東越國境內有大奉茶聖點評的天下第三名泉，中道被凸出石岩阻擋，水勢稍滯濺射，數百縷細水長流，紛紛落入泉池。柴青山曾與兩位得意弟子言此劍練至極致，一氣八十劍，金剛化齏粉。

只可惜此時此地，這位劍道宗師只能夠一氣橫生四十劍，但即便如此，劍勢已是十分宏大駭人。

慕容寶鼎怒哼一聲，竟然有了退避之意。魁梧身形暴退的同時，橫臂探出如鉤五指，駕馭氣機抓來連人帶馬一騎，擋在那張滂沱劍氣造就的劍雨長簾之前。

柴青山一劍刺入戰馬頭顱，手腕輕抖，可憐戰馬與騎卒頓時分屍濺射出去。

藉此間隙空當，慕容寶鼎到底是北莽屈指可數的武道宗師，一腳重重踏出，一腳後撤半步，渾身氣勢瞬間攀至頂點。

他料定柴青山必然會繼續前衝，一拳向身前空中揮出，拳罡炸裂，破空而去。

面對慕容寶鼎傾力而為的霸道拳罡，柴青山一人一劍毫無凝滯，繼續飄然前行，只是老人稍稍側過身形，任由那道罡氣炸碎左側肩頭，快如驚鴻的一劍精準刺中慕容寶鼎的胸口。

以傷換傷，以死換死。

慕容寶鼎氣沉丹田，在這一剎那間，竟是自認毫無還手之力，選擇了拚命死守。

體內氣機急速流轉，一張臉龐煥出暗黃色神采，雙腳紮根大地，不動如山。

三尺青鋒，劍氣破甲，勢如破竹。

劍尖抵住慕容寶鼎胸口後，長劍彎曲，霎時如弧月，最後幾近於滿月！

肩頭粉碎、鮮血滿身的柴青山大笑道：「滾！」

身材魁梧健壯的慕容寶鼎被這一劍挑飛，如斷線風箏般砸出去！

重重落地後的慕容寶鼎臉色微白，沒有低頭去望，依舊死死盯住那名年邁劍士，只是伸手抹了一把，手心猩紅。

身陷北莽騎軍重圍的柴青山，不得不出劍斬殺那些蜂擁而至的亡命騎卒。

於是兩人之間，視線阻隔。

慕容寶鼎趁機手掌一拍地面，重新起身站定，心有餘悸——這個老傢伙，有些難纏！

不願再硬碰硬的慕容寶鼎不斷後掠，惱羞成怒道：「撞死他！」

以柴青山為圓心，北莽鐵騎開始急促衝鋒，衝撞而去。

位於最周邊的騎卒則終於有機會展露草原騎軍的騎射功夫，那名肝膽欲裂的貴族萬夫長已經下達死命，無論敵我，只管射殺！

既要攔阻騎軍衝撞又要破開箭雨的柴青山劍如遊龍，身陷死地的時候，老人仍是試圖破開騎陣追殺避戰的橘子州持節令，只是氣機扯動的胸前傷口，鮮血轉為詭異的烏青顏色，只差一線就衝出北莽騎卒用性命堆積出來的包圍圈。

一退再退的慕容寶鼎已經退至那支冬雷精騎的前方，臉色猙獰，狠狠吐了一口血水。若非一截柳的劍上淬有劇毒，說不定還真要被這柴青山追殺至此。倒不是說他就會輸，慕容寶鼎依舊有信心慢慢耗死這老匹夫，只不過必死之人柴青山的命，怎麼能夠跟他慕容寶鼎的命相提並論！

他將更多注意力放在那韋淼身上，若是那傢伙想要撇下必死無疑的柴青山撤回拒北城，以慕容寶鼎的實力，有十足把握將其攔阻下來。

從拒北城城頭向北望去，或是從高坐馬背的冬雷精騎上方向南望去，只見老人所在那座大圓，層層疊疊的北莽騎軍，向圓心處不斷衝殺而去。

柴青山一人一劍，仗劍而立，四周盡是死人，屍骨累累。

慕容寶鼎猛然抬頭。

一聲炸雷驟然響起，然後一道身影從空中落下。

慕容寶鼎只能倉促之下歪過腦袋，雙臂交錯，擋在頭頂。

慕容寶鼎被這一拳砸得半截身軀都陷入地面！

原來是韋淼直接越過北莽騎軍頭頂，找到了慕容寶鼎，根本無所謂退路不退路。

慕容寶鼎雙臂憑藉本能護住頭顱，果然韋淼一手按住前者腦袋，一記膝撞向慕容寶鼎！

慕容寶鼎被一撞向後，身體犁出一條長達數丈的深溝。

塵土飛揚，黃沙之中，韋淼出拳之快，快到讓人只見一片殘影，身穿銀甲的慕容寶鼎一退再退。

韋淼出拳猛起硬落，勁如崩弓，如炸雷！硬開慕容寶鼎中門，連連迸發！

終於韋淼拳勢如懷抱嬰兒，招數名稱不顯凶悍，實則最是凶猛無匹。

老輩江湖拳法宗師早已蓋棺論定，此式練拳打到數萬次，方可見功底，勁至髮絲！

韋淼練拳成癡，從不以天賦出眾而懈怠片刻，自年少起學得此式，日日勤懇不息，入山摧巨木，入水捶江河，也許早已出拳百萬！

一拳如同撞碎大鐘，轟然巨響。

被柴青山一劍挑出之後，占據天時地利人和的慕容寶鼎再次被韋淼一拳砸飛十數丈，數十躲避不及的冬雷精騎被當場撞死！

這位本該在中原江湖大放異彩的南詔武道宗師，在拒北城外的沙場上，在數千北莽騎卒的視線中，打得慕容寶鼎狼狽至極，氣機搖晃！打得慕容寶鼎身上披掛寶甲坑坑窪窪，幾乎徹底損毀！

身形搖搖欲墜的慕容寶鼎怒吼道：「再來！」

韋淼如影隨形，左臂伸出，繞至慕容寶鼎耳畔，手掌貼住太陽穴，看似輕描淡寫一拍，遠比韋淼身材高大的慕容寶鼎便雙腳離地，韋淼右手一拳炸雷一般砸在後者腹部。

原本向後倒飛出去的身軀又被韋淼左手扯回，又是一拳砸在腹部。

那一幕滑稽且慘烈。

慕容寶鼎傾斜橫懸空中的身軀一直不曾落地，就這樣被韋淼一步一步向前踏出，一拳一拳轟在腹部。

韋淼最後一拳，亦是此生最後一拳，重重砸在慕容寶鼎寶甲破碎後血肉模糊的腹部。

慕容寶鼎終於落地，摔出去七、八丈遠，七竅流血。

所謂的不敗之身，哪怕有寶甲護體，依舊成了天大的笑話。

韋淼傲然站在原地，輕輕轉頭回望，看了那座騎軍圓陣一眼，卻無法看到並肩作戰至此的柴青山身形。

稍稍抬高視線，望向那座拒北城，卻註定無法看到那道婀娜身影了。

韋淼的視線逐漸被眼眶流淌出來的血水模糊。

慕容寶鼎倒地之後，試圖掙扎起身，竟是徒勞，不斷嘔血。

他心知肚明，韋淼只差數拳，就可以要了自己的性命。

如果雙方公平捉對廝殺，慕容寶鼎根本就沒有辦法抗衡韋淼。

這一刻，慕容寶鼎對於日後稱霸中原江湖一事，再無半點念頭。

慕容寶鼎接連三次起身都中途放棄，只得頹然躺在地上，臉色蒼白無色，已經完全失去戰力。這位心比天高的北莽持節令，面容苦澀，輕聲咒罵道：「狗日的中原江湖！」

不遠方，韋淼站在原地，無聲無息。

南詔宗師韋淼，全身筋脈寸斷，死而不倒！

既然天下拳有韋淼，豈有我韋淼畏死收拳的狗屁道理！

沒有這樣的道理。

她看著呢。

◆

在韋淼壯烈戰死之前，北莽騎軍的包圍圈出現詭譎的靜止，那名老人已經殺得他們膽寒，而且騎卒與戰馬的屍體已經形成一道天然的拒馬樁，已經不利於騎軍馳騁衝殺。

身中數支箭矢的年邁劍士吐出一口漆黑血水，單膝跪地，以手中長劍拄地，才支撐住身形不墜。

柴青山絕不願意雙膝跪地而死，也不願倒地而亡，最終盤腿而坐，橫劍在膝。

既然劍名綠水，那麼劍身自然綠意盎然，一如中原江南的春光，陽光照耀下的劍光漣漪，恰似東越劍池被春風吹皺的池水。

柴青山用袖口輕輕擦去劍身之上的漆黑血水。

老人臨死之際，顫聲微笑道：「我東越劍池，開宗立派五百年，仗劍看江湖……山高水深劍氣長！我柴青山……不曾讓三尺劍蒙羞！」

繼程白霜、隋斜谷兩位中原宗師之後，柴青山慷慨戰死，韋淼尾隨其後，默然赴死。

◆

武帝城于新郎手持名劍扶乩，直接殺向增援而至的一千種家精騎，一劍落去。這一劍截然不同於之前的蜻蜓點水殺人即止，正大輝煌，劍氣之盛，遮天蔽日，以至於從不願誇讚誰的王仙芝曾經私下對綠袍兒小丫頭笑言，東海武夫數萬人，唯有于新郎一枝獨秀！足可見王仙芝對于新郎的期望之高。

四十餘種家精騎直接被這股淩厲劍氣絞爛，血肉四濺，場面血腥至極。

其中一名本該死在劍氣之下的披甲騎卒突然倒掠而去，次次都精準踩在戰馬頭顱之上，兔起鶻落，如履平地，瞬間就和勢不可當的于新郎拉出一大段距離，最終落在兩匹繼續前衝的戰馬縫隙之中。

他隨意抬起手臂，從那名種家子弟手中奪過一杆精鐵長槍，面帶微笑，抬頭望向那位如附骨之疽迅猛殺至的年輕劍客。這名身披普通騎卒甲冑的中年人一槍捅出，槍出如大蛟躍水，直刺中原劍客心口。

春秋四大宗師之一的槍仙王繡便曾留下《大臂譜》傳世，明言「槍紮一線，直直而去，一線之上，鬼神退散」！

于新郎踩踏在種家騎軍的戰馬頭顱上，都使得腳下戰馬前腿折斷，揚起一陣漫天塵土，徹底打亂了這支騎軍的陣形。他面對那名中年騎卒氣勢如虹的一槍，身形猛然下墜幾分，低頭彎腰，堪堪躲過鋒芒無匹的槍尖，一劍遞出，同樣筆直而去。

這位潛伏在種家私騎中的騎卒，正是號稱北莽魔道第二人的種涼，面對于新郎避重就輕的直來一劍，仍是泰然自若，毫不猶豫地抽槍而退。

種涼沒有選擇正面硬撼這位王仙芝首徒，而是採取守勢，攔拿圈轉，圈不過一鬥寬度，守得無比章法森嚴，故而哪怕面對于新郎的接連數劍，僅是劍氣就將從種涼兩側前衝的騎卒當場絞殺，可種涼依舊退得從容不迫，盡顯蔚然槍法大家風采。

雖然于新郎劍術通玄，隱約有了幾分陸地劍仙的神韻，可謂咄咄逼人，可一旦境界到了種涼這個高度的對手，選擇近乎無賴的澈底退讓，于新郎也很難抓住破綻一擊得手。何況種涼在北莽江湖原本公認精通百家之長，熔鑄一爐，最終以指玄境成就一身不輸天象境的殺力，但是到最後，沒有金剛體魄的種涼便沒有繼續一味追求殺傷力，以此躋身天象境界，而是在槍術上另闢蹊徑，只取守勢而不取攻招，力爭拒敵於槍尖之外。

要知道種家除了是北莽顯赫的將種門戶，更是天字號獨一份的槍法世家。種家子弟，家風勇悍，無論男女老幼，皆技擊嫻熟，尤擅大槍。幼齡時期便要手持白蠟杆練習槍術，槍法小成之後，以做到「潑水不進」四字為入門，即以家族十騎在三十步外繞圈而奔，持槍之人面對激射而至的箭矢，必須全部撥開那一百箭；之後大雨時分，揮動長槍，以衣衫不濕分毫，方為槍術大成之境。

故而北莽大將軍種神通麾下的長槍鐵騎，僅以單騎戰力而言，無論是董卓私騎還是慕容寶鼎的冬雷精騎，或是更次一等的柔然鐵騎，比之都要遜色很多。只可惜種家整整二十年，也只培養出不足兩千鐵騎，受限於數量，無法在戰場上獨自產生絕對優勢。北莽女帝當年在親眼見過種家鐵騎的演武之後，感嘆「種家兒郎，手持鐵槍，策馬疾馳，當真如我草原雄鷹飛掠於平地」！

一向以離經叛道名動草原的種家二當家種涼，選擇槍術作為自身武學的「落葉歸根」處，以此彌補自己的武道短處，是意料之外，卻也在情理之中。

于新郎深深望了眼一退再退的種涼，突然收起扶乩。

種涼隨之停下身形，哈哈大笑道：「終於想起要回援樓荒了？別急，先問我手中鐵槍答應不答應！」

種涼一手持槍，氣機死死咬住于新郎，第一次真正有了廝殺意味，然後抬起手臂做出一個手勢，源源不斷向前奔殺的兩翼種家騎軍頓時自行攔腰而斷，停馬不前的精騎在種涼身後一字排開。與此同時，不斷有原本殿後的北莽騎士翻身落馬，不下三百人，紛紛從騎陣間隙當中向前衝出，既有朱魍精銳死士，也有北莽江湖高手，更有夾雜其中的種家豢養多年的供奉客卿，無一例外，連同種涼在內，都盯住了斜提長劍扶乩的于新郎。

三百人迅速形成一個巨大的包圍圈，拚死圍住腰佩涼刀手持長劍的于新郎一人。

種涼持槍站在原地，看到三十餘人率先前衝圍殺那名來自離陽東海之濱的劍道天才，他瀟灑笑道：「于新郎，以多欺少，是不得已而為之。我種家兒郎，雖然不懼死戰，只是在戰場之上，畢竟不是身處江湖，還望你見諒啊！」

這處戰場，與慕容寶鼎、慕容鳳首坐鎮的那一處，如出一轍，何其相似！

于新郎出人意料地倒持扶乩，僅以左手雙指併攏作劍，嘴唇微動。

于新郎左袖內劍氣充盈，滿溢而出。

那三十名心懷必死之志的高手不管是撒腿狂奔還是向前高高躍起，幾乎同時，都被毫無徵兆便拔地而起的一股股劍氣刺殺當場。

不只如此，以于新郎為圓心，一道道劍氣驀然起於大地，壯觀如大泉噴湧！

這般異象，才當真是平地起驚雷！

方圓十丈、二十丈、三十丈，皆是沖天而起的浩蕩劍氣。

在那被于新郎有意針對的三十名北莽高手斃命之後，又有躲避不及或者是恰好撞上下一道劍氣的六十餘人，死不瞑目。

除了絕大多數僥倖躲過劍氣的北莽人物，事實上真正能夠硬扛劍氣的頂尖高手，不過寥寥雙手之數。種涼自然最為輕鬆，只是提起長槍然後重重落地，硬生生撞爛那道起於身畔地面的劍氣。

種涼根本不著急，應該著急的本就是于新郎才對。

即將強弩之末的樓荒一人面對三千多騎的持續衝撞，除了死還能如何？大概等到種家先頭騎軍加入戰場，樓荒也就該去見他那位曾經讓江湖俯首一甲子的師父了。種涼只需要在關鍵時刻出手拖住于新郎就行。

若是能夠生擒于新郎，那是最好，他不相信擔負起家族興盛重望的侄子種檀，已經死在密雲山口，多半是被北涼囚禁起來，極有可能就在拒北城內，不但種涼對性情相近的種檀寄予厚望，整個種家都需要種檀活著，否則種家辛苦布局謀劃二十年，就竹籃打水一場空，就算他和兄長種神通日後立下不世戰功，沒有繼承人，有何裨益？

種涼希望用于新郎或是誰，來換取種檀的一線生機重返家族。

心情複雜的種涼突然沒來由地環顧四周，似乎在尋覓什麼。

他十分好奇，作為指玄造詣極為出彩的頂尖宗師，他能夠感受到一股龐大到窒息的無形氣勢，卻捕捉不到半點蛛絲馬跡。

他只知道，拓跋菩薩已經將那位年輕藩王拖入了一座真正危機四伏的戰場，凡夫俗子根本觸摸不到，就連他種涼都看不見。

此役過後，北莽攻城步軍傷亡之重必定超乎想像，甚至可能會影響到未來的南征中原。

因為那十八人，恐怕不等他們攻破拒北城，積攢了二十年家底的南朝步軍，就已經早早打沒了，到時候草原騎軍不得不下馬作戰，傷亡只會越來越大。

涼莽雙方心知肚明，拒北城守不守得住，南朝步軍的多寡，至關重要！

這也是十八人死戰不退的根源，同時也是北莽很快就出動那麼多支精銳騎軍的原因，朱魍死士和江湖高手更是不惜傾巢出動。

多殺一名熟悉登城作戰的南朝邊關步卒，北涼拒北城就會多出一絲機會。

心性堅韌不拔的種涼此時也破天荒有些茫然，這場仗，怎麼就需要打到這種堪稱玉石俱焚的慘澹地步？

草原百萬鐵騎，是不是一開始就不該將矛頭對準北涼？

◆

北莽腹地，背對大纛的鄧茂手中那支斷矛，本就長不過兩尺，此時成了越發名副其實的斷矛，只剩下一尺長短的矛頭。

但是軒轅青鋒的一隻袖管也被粉碎，她那條白皙如羊脂美玉的胳膊，被割出一條觸目驚心的傷痕，鮮血流淌不止。

鄧茂始終不曾讓這襲紫衣進入北莽太子身前五十步之內，只不過他手心也已血肉模糊，絕對稱不得穩占上風。

只不過北莽西河州持節令赫連武威、寶瓶州持節令王勇與太子妃三人，都已經來到耶律洪才身側，如臨大敵，確保太子殿下不會被那個瘋魔女子正大光明地斬殺於大纛之下。且不論皇帝陛下對於這個兒子的生死持有何種態度，若是主帥死於大軍保護之下，終歸是前所未見、駭人聽聞的滑稽事情。

兩軍對壘，給萬人敵取走上將首級，本就是只會出現在市井巷弄中那種演義的荒唐下場。赫連武威雖說並不以武道宗師名動草原，素來只以治軍森嚴著稱草原，王勇更是從有未在江湖或是戰陣出手殺敵的傳言，但是從這兩騎分列北莽太子左右來看，必然實力不俗，畢竟棋劍樂府詞牌名為「寒姑」的那名太子妃，傳聞是僅次於宗門內洪敬岩、黃寶妝、銅人師祖以及劍氣近黃青的有數高手，此時她仍是停馬於王勇右手側而已。

哪怕面對這種陣容，大雪坪軒轅青鋒依舊毫無退意！

不可理喻。

轄境寶瓶州、類似離陽廣陵道的持節令王勇輕輕搖頭，這位女子也太過不懂得審時度勢了。

給年輕藩王壓過風頭也就罷了，沒想到這個婆娘還真當自己是軟柿子可以肆意拿捏，耶律洪才打定主意要用她來拉攏一批擁有獨到癖好的草原權貴，陰森笑道：「鄧茂，記得留她性命！」

軒轅青鋒冷冷瞥了眼穩操勝券的北莽太子，嘴角掛起譏諷笑意。照理說太子殿下要比世子殿下更加金貴一些，可是離陽也好，北莽也罷，怎的都是這般不入流貨色？

鄧茂沉聲道：「軒轅青鋒，我會留給妳自盡的機會。」

斷矛鄧茂並沒有刻意壓低嗓音，耶律洪才聞言後頓時勃然大怒，只不過出於隱忍陰沉的稟性，倒沒有出聲問責。在這位太子心中，鄧茂與他的恩主耶律東床一樣，都必須死。

軒轅青鋒放聲大笑，好像聽到了天底下最好笑的笑話，收斂笑聲後，問道：「我軒轅青鋒，還需要別人憐憫？」

這一刻，軒轅青鋒雖然看似神情自若，但是她那雙漂亮眼眸之中綻放出的光彩，讓人很難不印象深刻。

偏執、癲狂、狠戾！

鄧太阿、拓跋菩薩，甚至在江湖上屬於一個「輩分」的徐鳳年，或是已經逝去的李淳罡、王仙芝，這些武評大宗師，不論何時何地，都絕對不會有軒轅青鋒這種極端的氣度風範。

這絕不是因為徽山紫衣的女子身分就能夠解釋一切。

因為白衣洛陽、武帝城林鴉、吳家劍塚翠花，都不會這般走火入魔似的陰冷偏激。

軒轅青鋒緩緩抬起那條受傷的胳膊，任由鮮血從指縫間滴落在黃沙地面上，一雙眼眸趨於赤紅。

你鄧茂真當自己是那個姓徐的王八蛋了？

她那條手臂浮現出一縷縷血腥氣濃郁的猩紅氣息，濃稠如實物，與光潔剔透的雪白胳膊形成鮮明對比，那些外瀉氣息縈繞流轉，如一條條猩紅小蛇盤踞吐露舌尖。

若說天底下最不講理的指玄殺天象，世間第一人，當數人貓韓生宣。此時軒轅青鋒手繞紅蛇的詭異氣象，分明與那位昔年離陽首宦的成名絕學如出一轍！

不但如此，相比韓生宣，軒轅青鋒更為心狠手辣，百尺竿頭、更進一步，不惜以精血溫養此物。

這種前無古人、後無來者的瘋狂行徑，無異於在體內豢養蛟龍！以體內竅穴為籠，先以蛇化蛟，再以經脈作為江水，達成大蛟走江化龍的最終目的。

比起不明就裡且不知輕重的其餘北莽眾人，經歷過中原江湖的鄧茂洞悉內情，忍不住感慨道：「真是個瘋子。」

鄧茂低頭看了眼手中斷矛，嘆息一聲，神情古怪，有些遺憾，又有些無奈，抬頭後眼神堅毅，沉聲道：「一路殺到這裡，本就氣勢不足！還敢執迷不悟放手一搏，取死之道！那就別怪我顧不得妳將來淪為草原權貴的玩物。」

軒轅青鋒閉上眼睛，氣息反常地內斂至極。

如同大雪時節，一顆被不斷攥緊夯實的雪球。

鄧茂亦是返璞歸真，一身渾厚氣勢消失不見。

顯而易見，兩人這是要不約而同地選擇一招分生死。

鄧茂身後，王勇嘴角翹起，見到軒轅青鋒竟然自負到以為能夠一招擊殺鄧茂，這位寶瓶州持節令便徹底放下心。

這個離陽江湖的女子盟主，真是不知天高地厚，可惜了那份福運深厚的造化，難道忘了先前洛陽提醒北涼王的那句話了嗎？

王勇與鄧茂算不得至交好友，但曾經有過一場點到即止的切磋，當然王勇肯定不是鄧茂的對手，只不過王勇與那支耶律家族一直有著極為隱蔽的暗中往來，所以對鄧茂很瞭解。

這位劍走偏鋒的北莽宗師，論戰力，也許不如洪敬岩，不如白衣洛陽，甚至可能防禦遜色於慕容寶鼎，殺傷力則不如魔頭種涼，像是空有一身天象境界，卻無拔尖的出彩之處，常人實在很難想像當初洪敬岩頭次登評武榜後，為何有「恥於慕容寶鼎之後，羞於在鄧茂之前」的奇怪評語，但是王勇心知肚明，鄧茂以那支斷矛養氣蓄意二十年，棄矛之時，拚得一生修為不要，能以天象境界殺陸地神仙！

而軒轅青鋒距離陸地神仙只有一線之隔。

鄧茂殺她，恰到好處！

果不其然。

戰場之上，風雲雷動的恢弘氣象之後，兩人對峙而停。

鄧茂的那支斷矛，釘入徽山紫衣的腹部，雖未透體而出，顯然已是致命傷。

鄧茂任由軒轅青鋒五指按在額頭之上，她的指尖同樣深刻釘入鄧茂頭皮！

鄧茂雙手低垂，嘴角滲出血絲，艱難而笑，似乎在詢問「如何」二字。

軒轅青鋒強行咽下那口湧入喉嚨的鮮血，開口反問道：「又如何？」

鄧茂已經無力說話，徽山紫衣還能出聲。

高下立見！

只不過在這處唯有一襲紫衣形單影隻的戰場，距離那杆北莽大纛不過八十餘步，分出了勝負，未必就能夠分出天經地義的生死。

赫連武威沒有任何動靜，可是北莽太子身側有兩騎，已經猛然向前衝出。

一騎是手提鐵槍的寶瓶州持節令王勇，一位是抽出長劍、詞牌名為「寒姑」的北莽太子妃！

兩人都想迅速陣斬軒轅青鋒，以絕後患。

顯而易見，誰都沒有把耶律洪才的「旨意」當回事。

事實上，在看到這幅場景後，北莽太子殿下也沒了留下徽山紫衣性命的心思，這名中原女子，實在太恐怖了！

軒轅青鋒抽出五指，鄧茂頹然倒地，倒在她腳下。

就像中原江湖不計其數的男子，紛紛拜倒在她的裙下。

她閉上眼睛，聽著急促如鼓點的馬蹄聲。

大風吹拂，她衣袖飄蕩，依然丰姿如仙人。

那一刻，軒轅青鋒想起了牯牛大崗的大雨中，某人撐起的油紙傘。

想起了京城下馬嵬驛館，一起望著院子裡堆積起來的雪人，某人帶著莫名的傷感，說著夢想是什麼。

她緩緩向後倒去。

有些累了。

◆

異象驟起！

在這座北莽大軍腹地的某個不起眼戰場，有個嬌小玲瓏的身形，竟然神出鬼沒地破土而出！

她貓腰而奔，快如閃電，幾乎是在一匹匹北莽戰馬的腹下穿行，短短幾個眨眼的工夫，她就趕到軒轅青鋒的側面戰場外，然後一閃而逝。

感受到一股強烈危機的北莽太子妃猛然勒馬停步，她瞪大眼睛，本就落後於寶瓶州持節令的她一臉匪夷所思，視線之中，王勇依舊策馬持槍前衝，勢不可當。

可是他身後馬背上，不知何時蹲了一名少女。

這名權柄顯赫的一州持節令，被一記手刀，洞穿胸口！

少女刺客抽出手刀之後，回望了一眼遍體生寒的北莽太子妃，貌似呵呵一笑後，又一閃而逝。

下一刻，她剛好背起倒向地面的軒轅青鋒。

在短暫的錯愕後，這位太子妃顧不得逾越禮制，臉色猙獰地對四周騎軍憤怒道：「截下刺客！」

沒有誰知道這名少女為何會出現在戰場上，就連北涼那位年輕藩王都不知道。

徐鳳年只知道她答應過自己，絕不去拒北城外的戰場廝殺，答應他一旦戰事不利，就帶著那隻年幼大貓出城，去往竹海滔滔的西蜀。

也沒有誰知道她如何能夠在地底下蟄伏那麼久。

她又為何能夠誤差不大地潛伏在北莽大纛不遠處。

之前在拒北城藩邸內，眾人只知道有個有趣至極也古怪萬分的小姑娘，喜歡有事沒事就倒吊在年輕王爺的書房窗外，或是坐在屋簷上發呆，新涼王也從不約束她，哪怕是議事堂議事，少女也會看似百無聊賴地坐在房梁上。所以她知曉了北莽大軍大致的排兵布陣，默默記在心間，又默默消失在拒北城，不知所終。

她叫賈家嘉，徐鳳年喜歡叫她呵呵姑娘。

她殺過王明寅、柳蒿師。

她還攔截過王仙芝赴涼，一直攔截到了北涼邊境，一次又一次，始終不願退讓。

今天，她又殺了一位北莽持節令。

感受到那個纖弱而溫暖後背的軒轅青鋒小聲道：「別管我。」

埋頭一路向拒北城狂奔而去的少女板起小臉，輕聲道：「別死，妳死了，他會很寂寞的。他說過，世間男女，妳最像他。」

腹部仍舊血流不止的軒轅青鋒啞然失笑，竭力睜開那雙眼眸，望向天空，呢喃道：「這樣嗎？」

在北莽頂尖高手皆各自趕赴戰場的形勢下，尤其是並無被刻意針對、深陷追剿圍困的情況中，原本以這位少女動若狡兔的靈巧身形，哪怕需要穿過半座北莽大軍，只要不戀戰，她依然極有可能安然無恙地返回拒北城。

但是當她需要背負軒轅青鋒一起撤出戰場，並且在撤退途中還要躲避無數箭矢，特別是需要防止背後女子身中流矢後，就險象環生。

所以哪怕中路大軍之中，有洛陽、徐嬰兩人幾乎在第一時間策應她們，少女仍是一個踉蹌幾乎就要摔倒，然後繼續前奔。

原來一支箭矢，直接洞穿了少女的小腿，鮮血浸透，少女渾然不覺。

她最終將軒轅青鋒小心翼翼放在拒北城的牆根，然後再度返回，闖入北莽大軍，依次背回了隋斜谷、程白霜，在目盲女琴師薛宋官的護送下，又背回了韋淼和柴青山。

她背回了四具屍體，又在亂軍叢中，背回了被毛舒朗拚死護衛下的兩具屍體——南疆嵇六安、武當山俞興瑞。

這兩位宗師，背靠背而死。

渾身浴血且斷去一臂的毛舒朗在少女離去之時，大笑道：「這位小姑娘，之後老夫的屍體，妳就不用理睬了！」

◆

這位武帝城首徒在慘絕人寰的沙場上盤腿而坐，幫那位倒在血泊中的師弟取回了那柄名劍蜀道。

于新郎四周數十丈內，無一人存活。

最後一具屍體，是武帝城劍士樓荒。

被北莽一騎撞在胸口的樓荒抱住那柄長劍，死前笑言：「殺人不如你多，還是沒辦法讓你喊一聲師兄了。」

身中種涼一槍，手臂更遭受北莽死士數刀的于新郎擠出笑臉，低頭喊道：「師兄！」

樓荒死時似乎聽到了那個稱呼，輕輕點了點頭。

當那個一瘸一拐的少女來到身邊時，于新郎抬起頭，淚眼朦朧，柔聲道：「麻煩妳了。」

少女搖搖頭，在于新郎留下那柄古劍蜀道懸佩腰間後，她背著屍體返回拒北城那邊。

她與于新郎的右首邊，徐偃兵正在將吳六鼎和劍侍翠花強行拽出戰場，丟向拒北城城牆，然後終於轉身走向那杆插入地面的鐵槍。

背對少女的于新郎抽出那柄才入鞘的蜀道，此時便是雙手持劍，他望向遠處，被一劍斬掉手掌的種涼被家族死士拚命救回，正在向北莽大軍腹地逃竄。

于新郎一人雙劍，緩緩前行。

北莽前軍正中央地帶，一身白衣早已被鮮血染成猩紅的洛陽，說服徐嬰返回拒北城後，最終獨自站在那裡。

一直向前開陣的獨臂毛舒朗，在一鼓作氣連殺七百人後，也死了。死無全屍，死無葬身之地。

城牆下，被賈家嘉背離戰場的一具具屍體，被放入吊籃，得以死後返回拒北城。

拒北城外，當初十八位宗師，程白霜、隋斜谷、韋淼、柴青山、俞興瑞、嵇六安、樓荒、毛舒朗，八人皆已死。

北莽三座萬人步卒，早已全軍覆滅，兩翼萬餘騎軍，傷亡慘重。

朱魍死士與各路江湖高手，戰死不下兩千人。

一支支截殺中原宗師的那些千人精騎，零零散散累計起來，再加上那些號稱草原千金之士的精銳步卒，死亡總數也已達萬人！

兩千多架投石車與那座弓弩大陣，更是徹底成了擺設。

軒轅青鋒坐在地上，背靠城牆，她已經自己拔出了那支斷矛矛頭，用手按住傷口，神色冷漠。

傷及五臟六腑的吳家劍塚劍冠吳六鼎使勁摀住嘴巴，鮮血滲出指縫，他忍不住淚流滿面。

存。

劍侍翠花為了救他，被一刀劈在臉頰上，只是此時她與他對視，她仍是眉眼溫柔。

臉色呈現病態雪白的薛宋官懷抱古琴，十指血肉模糊，古琴琴弦盡斷，體內氣機蕩然無存。

背部被劃出一條深刻血痕的朱袍徐嬰蹲下身，動作輕柔地幫助呵呵姑娘包紮傷口。

滿臉倔強的少女抬起手臂，咬著嘴唇，使勁擦拭眼淚。

她看不到他。

因為她知道，那一處誰都看不到的兩人戰場，是更為慘烈的戰場。

拒北城外，于新郎繼續向前。

徐偃兵和洛陽兩人，則繼續擋住北莽兩座後續步軍大陣的推進。

第八章 徐鳳年重創拓跋 莽女帝病逝床榻

拒北城，準確說來是整座西北邊陲的天空，剎那之間，一處處雲海，無論高低大小遠近，都在同一刻消失。

所有人只要抬頭，就可以看到頭頂有一道廣闊無邊的漣漪，激盪四散。

拒北城內的北涼邊軍，拒北城外的北莽大軍，如同簇擁在湖底的游魚，仰頭望向那一層漣漪陣陣的如鏡湖面。

萬里無雲！

然後彷彿有兩塊巨石砸入湖面，破開湖面，直墜湖底！

兩道身影同時轟然落地。

大地震動！

那抹輝煌的金黃色落在北莽大軍之中。

那道白色身影則落在拒北城城門之前。

兩道剛剛從天而降的身影，幾乎同時對撞而去！

一人從北向南！一人從南向北！

先前虛無縹緲的那份氣數之爭，在天上的方丈天地之中，北莽軍神占盡優勢。

年輕藩王被慕容鳳首蘊含的剩餘天道，削盡了氣數，但最後仍是被徐鳳年悍然破開那方世界，重回人間。

那麼接下來就是再無束縛的人間之戰了！

當兩道長虹在北莽大軍腹部撞擊在一起之時，聲勢之大，以至於附近數百騎瞬間倒飛出去，連人帶馬不等摔落地面，就已直接暴斃。

那抹金黃色魁梧身形直接倒滑出去，一退數百丈！

而那道白虹則是倒撞在拒北城城牆之上，雙肘抵住牆面，絕不讓自己後背撞靠城牆！

雙方皆不換氣，反而以比倒退之勢更為迅猛的速度，再度在先前那條直線上劇烈撞擊。

這一次相撞之地，要稍稍偏向南方一些，因此又有被殃及的數百北莽騎軍，人馬皆飛！

北莽大軍完完全全停下向南推進的腳步，是不敢。

哪怕拒北城外十八位宗師已死將近半數，剩下半數又有半數徹底失去戰力，可當北莽蠻子親眼目睹這幅震撼人心的恐怖場景之後，人人呆滯。

兩道虹光，一次次快過先前的轟然相撞，等到不幸位於那條直線上的北莽大軍貫穿拒北城下到四十萬大軍最後方的那條線上，等到那些人終於來得及向兩側瘋狂逃命四散時，已是整整二十餘次撞擊之後！

在這條直線之上，縱使你是天象境界高手，只要擋住了雙方去路，定然轉瞬即死！

不知有多少北莽步卒騎軍，不知有多少百夫長、千夫長，不知有多少南朝將領北庭權貴，就那麼莫名其妙地死了。

後世曾有武道宗師發自肺腑地感慨：「拒北城外一役，大概只有呂祖與呂祖之戰，才能媲美。既然世間呂祖唯一人，那麼兩人之戰，千年未有！」

接下來那次聲勢更為驚人的碰撞，便是尋常士卒都能夠肉眼可見那道砰然激盪出去的氣機波紋。

這一次，那道金黃身影差點直接退出大軍戰場！

那位北莽軍神身形稍作停頓，然後一步一步向前踏出，怒吼與腳步皆響如雷聲大震：「徐鳳年！我要你全身筋脈盡斷，竅穴盡毀！」

拓跋菩薩顯然已經怒極，一掠向前，直撞拒北城下同時動身的徐鳳年。

這一次，換作徐鳳年整個人都嵌入拒北城的城牆之中。

眾人終於能看清楚拓跋菩薩的魁梧身影，十八條粗如碗口的金色蛟龍環繞身軀急速遊走，他大聲冷笑道：「我看你還能剩下幾斤鮮血，繼續沸騰轉為氣機！」

一襲白衣的徐鳳年落回城下，全身上下纖塵不染，果真沒有半點鮮血痕跡！

拒北城城頭的擂鼓臺之上，那鼓聲不曾停歇片刻。

擂鼓不停的姜泥滿臉淚水，她根本不敢去看徐鳳年。

她突然高聲道：「北涼寒苦參差百萬戶，多少鐵衣裹枯骨！」

來來來，試看誰是陽間人屠！

來來來，試聽誰在敲美人鼓！

背對拒北城，背對城牆下那些僅存的中原宗師，那位早已撕去藩王蟒袍的年輕人赤腳站在城外，聽到城頭的聲音後，沙啞道：「放心，我絕不會輸！」

徐鳳年仰起頭，深呼吸一口氣，怒喊道：「鄧太阿！」

天空遙遠處，傳來笑聲：「我已至天門外，你放手廝殺便是。」

桃花劍神鄧太阿，已步步登天，一人仗劍，來到天門之外！

鄧太阿懸空而停，橫臂且橫劍，笑問道：「試問天上仙人，誰敢來此人間？」

徐鳳年聞言後隨即輕輕吐出一口氣，彷彿要將所有北涼三十萬鐵騎、整整二十年的積鬱之氣，都一起吐出胸腹。

他笑了笑，自言自語道：「那我可就真要來一次人間無敵了！」

只見這一襲白衣，臉上神情快意至極，如釋重負。

容我暫且不管那中原狼煙有幾縷，且不管兩國邊關戰事之勝負，且不管那離陽朝廷有罵聲幾句，且不管你北莽百萬騎大軍又如何，且不管清涼山有名石碑有幾座……

容我徐鳳年只做一回徐鳳年。

徐鳳年哈哈大笑道：「天地人間！且待我徐鳳年伸伸懶腰！」

年輕人果真伸了個大大的懶腰。

一條似有形又似無形的雪白巨蟒驟然現身，只見這如同山巒的龐然大物盤踞於拒北城，出現在年輕人身後。

牠那蟒首探出那座巍峨的拒北城，向北方整座草原，發出一聲驚天動地的咆哮！

大蟒盤踞人間，氣象何其雄偉。

北莽戰場之上，拓跋菩薩怒喝道：「徐鳳年！你竟敢竊取天地氣運，融為己用！」

◆

涼州清涼山，澹臺平靜站在聽潮閣外，看到一名臉色雪白的年輕女子走出聽潮閣。她的容顏堪稱傾國傾城，澹臺平靜看盡人間，好像也只有包括白狐兒臉、陳漁和姜泥在內屈指可數幾人，才能夠與這位少女媲美。只不過這位猶帶幾分稚氣的姑娘，在氣勢上自然遠遠不如那些身世晦澀、經歷坎坷的女子，站在澹臺平靜之前的她，怯怯弱弱，就像一朵在僻靜牆角悄然而生、悄然而死的小花，無人見聞無人欣賞，可一旦遇上，無論男女，便都會心生憐惜。

澹臺平靜環顧四周，在她眼中，清涼山空空蕩蕩，人與物依舊，只是徐家在離陽西北積攢了二十年的那股氣，沒了。

世上男女，氣數人人皆有，只分多寡，至多之人，才能彙聚為氣運。當今離陽皇帝趙篆自然是其中翹楚人物，老首輔張巨鹿曾經也有，如今陳望亦有，大柱國顧劍棠一直有，燕剌王趙炳世子趙鑄有，甚至當年在西域夭折的先帝私生子趙楷，其實也有。天底下的女子中，正在拒北城城頭擂鼓的大楚女帝姜泥，也有；離陽江湖軒轅青鋒，有；爛陀山女子菩薩六珠上師，有。

澹臺平靜眼前之人，卻沒有半點氣數，這絕對是錬氣士眼中的天大異數。或者說此女曾經占據天大氣運，說不定原本應該是北莽皇后甚至是下一位草原女帝的存在，可不知為何，她一身氣運，到頭來都融入了徐家氣運之中，然後被拒北城某人一搬而空。

原本往南趕赴南海宗門的錬氣士宗師，先前不過是路過涼州城，見到此地異象後忍不住一掠而來，凝視著那個滿臉懵懂的少女。

澹臺平靜略作思量，心中了然，柔聲問道：「妳是不是叫呼延觀音？」

少女點了點頭：「大姐姐妳是誰？」

澹臺平靜笑了笑，然後皺眉問道：「是徐鳳年求妳這麼做的？」她趕緊搖頭道：「公子只知道我返回草原部落了，並不曉得我一直留在聽潮閣內，是徐爺爺在去世前，偷偷告訴我那些事的……為了公子，我心甘情願！」

澹臺平靜看著那張絕美臉龐上的堅毅神色，悄悄嘆息，抬起頭小聲道：「心甘情願嗎？」北涼拒北城、西楚神凰城、離陽欽天監、西域爛陀山，再加上這個傻姑娘身上蘊含的北方草原一部分氣運。

永徽、祥符年間，他三次江湖之行，兩次中原一次北莽，三次廟堂之行，兩次太安城一次廣陵道，所走過地，所過之處，皆有所得。

最終獲得的氣運，莫說是藩鎮割據的一地藩王，哪怕當個中原皇帝都綽綽有餘了吧。

你為何仍是不願審時度勢，退後一步，伺機而動？

澹臺平靜伸出手，揉了揉少女的腦袋，道：「妳我一般傻，不過妳比我當年……要更有勇氣，很好。女子最蠢之事，就是跟心愛之人賭氣了。呼延觀音，以後好好活著，妳一定會幸福的。」

呼延觀音迷迷糊糊露出一個笑容，點頭道：「謝謝大姐姐。」

澹臺平靜會心一笑：「大姐姐？我啊，老奶奶才對吧。」

少女茫然，身材高大的女子鍊氣士已經消失不見。

終於從聽潮閣「重見天日」的呼延觀音，在聽潮閣臺基邊緣坐下，揚起小拳頭，揮了揮，像是在為人鼓氣：「這次跟人打架，公子你一定要打贏啊！」

青草明年生，大雁去又回。

◆

徐鳳年踏出一小步，寸餘而已，如此碎步，簡直可以忽略不計。

可是在這一刻，先前與年輕藩王對撞數十次絲毫不讓的北莽軍神，竟開始瞬間橫移出去十數步！

天底下竟然還有當真勢不可當的鋒芒？

沙場上大概就只有大雪龍騎軍，廟堂之上只有當年的離陽張巨鹿了。

如今便是捨棄一切負擔不去想的這個年輕人，哪怕他面對著三十多萬北莽大軍，再加上一個已是天人大長生的北莽軍神！

一身白衣，大袖飄搖，瀟灑前掠。

雪白大蟒跟隨徐鳳年那襲白衣，衝出拒北城！

拓跋菩薩開始後撤，同時不斷在戰場上各地閃現消逝。

雖然滾走沙場卻沒有對北莽大軍造成絲毫撞擊的巨大白蟒高高躍起，如一條掛空白虹，下一刻，大如高樓的碩大頭顱頓時向下凶猛一砸，砸得不知為何身形出現凝滯的拓跋菩薩倒在大地之上。

塵埃四起。

只見徐鳳年一腳踩踏在倒地男人的額頭上，身體前傾，俯視這位北莽軍政的定海神針，笑道：「拓跋菩薩！你一心想要將江湖廟堂兩者都握在手中，那我就讓你，終是……求不得！」

纏繞拓跋菩薩魁梧身軀的十八條黃金蛟龍，瘋狂撞向那頭高高在上的白蟒。

大蟒每一次低頭撕咬，都能夠絞碎或是嚼爛一條粗如碗口的金黃色蛟龍。

那些璀璨金光崩碎的速度極快，如同無主之物，絕大多數都消散於天地之間，只有極少約莫數十抹常人察覺不到的點點光芒，融入了城外沙場和拒北城內的一些人眉心，光彩扶搖不定，有些就此沉寂，有些仍是水土不服一般地彈出眉心，就此漸漸消失。

十八根纖細竹竿，如何能夠支撐起一座山峰傾倒之力？

十餘次過後，始終倒地不起的拓跋菩薩突然嘶吼一聲，以大龍汲水之姿態，將只剩下的七條蛟龍分別吸入七竅，只是仍是有一條長達兩丈的蛟龍被徐鳳年攥在手心，如同蛇被握住七寸，垂死掙扎，頭尾胡亂瘋狂拍打徐鳳年身軀。

被踩中額頭的拓跋菩薩藉此機會倒滑出去三十丈，逃出徐鳳年的控制。後者使勁一擰，蛟龍斷為兩截，絢爛金光四散流溢，然後被盤踞在年輕藩王身旁的白蟒張開大嘴輕輕吸納，便吞入腹中，如同飽餐了一頓。

金色血液流淌了一身的拓跋菩薩站在遠處，氣喘吁吁，眼神陰沉，小心翼翼盯著年輕藩王的動靜。

徐鳳年沒有乘勝追擊，只是站在原地譏諷道：「半數氣運，已經為他人作嫁衣裳，拓跋菩薩，是不是很心痛？」

拓跋菩薩冷笑道：「你又能維持這份巔峰姿態幾時？半炷香？還是一炷香？但絕對只會比我更早崩潰！」

徐鳳年隨意抖了抖袖口，笑咪咪道：「你猜？」

拓跋菩薩深呼吸一口氣，攤開雙手，透過肌膚，脈絡骨骼都呈現出濃郁的金黃色彩，清晰可見。他逐漸恢復心境，抬起頭，沉聲道：「你會後悔的！」

徐鳳年回望拒北城，回望南方。

那些戰死於拒北城外的武道宗師和那些歷年來戰死於我北涼關外的領軍大將，固然可敬，但北涼關外那些每逢大戰苦戰死戰，必奮然挺身而出的普通士卒，才是我們北涼真正的脊梁。

清涼山後山碑林，我不是為徐家博取民望軍心，只是希望所有聽不見鼓聲、看不見狼煙的北涼道百姓，知道在關外戰場，到底有哪些人為他們而死。

我這一生，問心無愧，何來後悔？

當初在武當山，與初代儒家張聖人並肩望人間，老人唏噓道：「我曾率領門生弟子走遍諸國，在上陰學宮苟活至今，便喜歡自詡為八百年來，以我讀書最多，行路最遠。只不過如今是你徐鳳年，走過最遠的路了。」

徐鳳年在那之前，還真沒有想過自己在北涼、離陽、北莽三地，加在一起到底走了多遠的路。

若是來年清涼山有塊墓碑上，刻著「徐鳳年」這個名字，也不會孤單的。左右前後，皆我北涼英烈！

徐鳳年轉過頭，對拓跋菩薩微笑道：「放心，反正肯定把你打得爹娘都不認識。」

拓跋菩薩身形倒掠而去，哈哈大笑道：「來戰便是！」

徐鳳年雙手自然下垂，手心處，各自虛握一顆電光縈繞的紫色天雷。他看著拓跋菩薩的遠遠退去，撇了撇嘴：「怎麼，不但想要拖時間，還要在懷陽關那邊借助董卓的兵馬圍殺我？說實話，你拓跋菩薩比王仙芝差了……」

徐鳳年一閃而逝後只留下一句話在戰場上，餘音不絕：「十萬八千里啊！」

轟隆隆的雷鳴，不斷響起在北莽大軍北方以外的廣袤地帶，連綿不絕。

就在此時，拒北城正北城門大開！

北涼鐵騎突出，直撞北莽步軍大陣！

東、西兩座大門也隨之打開城門，各有五千死士精騎衝殺而出！

約莫半個時辰後，一個魁梧身形如同一顆隕石墜落在北莽大軍腹地，是被人從極遠處丟擲而來。

大坑之中，拓跋菩薩，血肉模糊，生死不知。

◆

人間之上，天門之外。

總計九九八十一位仙人，在以神仙之姿走出天門後，無一例外都淪為四散而落的謫仙人。

桃花劍神，劍術如何？

劍術通天！

之前被十二位仙人——其中天上劍仙便有四位——一起逼退三千丈，卻最終仍是只有人間桃花劍神一人仗劍，重返此地。

鄧太阿一手倒持太阿劍，一手舉起，做雙指輕叩門扉狀，笑問道：「客又至，當如何？」

那座輝煌天門之內，終於沒了動靜。

◆

此時，于新郎已經提著北莽種涼的頭顱返回拒北城。

徐偃兵向北涼邊軍要了一匹戰馬，再次提槍出城。

劍侍翠花留下內傷極重的年輕吳家劍冠，面覆鐵甲，背負古劍素王，為拒北城右翼騎軍開路。

朱袍徐嬰和呵呵姑娘同騎一馬，隱藏在左翼騎軍之中。

轟轟烈烈的拒北城攻守之戰，澈底拉開序幕。

◆

祥符三年，秋末。

那支參與一年一度秋狩圍獵的王帳大軍，非但沒有南下涼州關外，反而火速北上，徑直返回北庭京城。

皇帝陛下在秋狩期間，除了在某晚的畫灰議事上出現過，就再沒有露面，太平令與三朝顧命大臣耶律虹材一路陪同。

夜色中，宮闈重重，一間遠遠稱不上富麗堂皇的小屋內，燭火輕輕搖晃，非但沒有照耀得屋子亮如白晝，反而平添了幾分陰沉昏暗，這大概就是所謂的蟬噪林越靜了。

一位老婦人面容安詳，安安靜靜躺在病榻之上，似乎在緬懷往昔的崢嶸歲月，又像是在追憶曾經風華正茂的青春時光。

床榻畔，身為北莽帝師的太平令坐在一條小板凳上，低頭凝視著那兩頰凸出的蒼老婦人，只見她白髮如霜，一手打造出北莽朱魍的李密弼更是舉止古怪，就那麼坐在屋門檻上。

這一刻，這位讓無數北莽權貴都感到毛骨悚然的影子宰相，才真的像一位遲暮老人，寂寞且孤苦。

「陛下，可曾難受？」太平令言語平緩，聽不出半點忐忑惶恐，也聽不出絲毫感傷悲痛，倒是有幾分不合時宜的罕見溫柔。

老婦人答非所問輕聲道：「你是不是很奇怪為何朕不願接受天人饋贈，不願強撐著苟活四、五年？」

太平令點了點頭，然後很快又搖了搖頭，仍是柔聲道：「都無所謂了。」

老婦人一笑置之，問道：「你覺得我那個心比天高、命比紙薄的傻兒子，率領麾下四十萬大軍，最後能打下那座拒北城嗎？」

太平令謹慎答道：「只要拓跋菩薩勝過徐鳳年，那就是大局已定，別說十幾位中原武道宗師，再多十人，也無濟於事。退一萬步說，即便拓跋菩薩輸了，咱們也未必輸，陛下不用太過憂心戰事。」

老婦人雙手輕輕疊放在腹部，微微扯了扯嘴角：「憂心？朕全然不憂心涼州關外戰事，在將兵權交到耶律洪才手上後，朕就放下了。這孩子當了三十多年委屈太子，讓他意氣風發一次，母子之情，君臣之義，就都算互不虧欠。至於那裡戰火是燒到涼州關內，還是蔓延到南朝境內，朕一個將死之人，憂心什麼，又能憂心什麼？

朕這一生，自認最擅長『寬心』二字。對人的愧疚，不長久，對己的悔恨，也放得下。這一生，前半輩子過得如履薄冰，可好歹後半生過得舒坦愜意，挺好。何況以女子之身穿龍袍坐龍椅，千古第一人，流芳百世也好，遺臭萬年也罷，後世歷朝歷代的青史之上，註定都繞不過朕的名字，此生有何大遺憾？大概沒有了吧。」

老婦人難得這般絮絮叨叨，更難得這般雲淡風輕。

老人「嗯」了一聲。

這位棋劍樂府的太平令，當年憤而離開草原，去往離陽中原隱姓埋名二十年，轉換身分十數個，遊歷大江南北，看盡世間百態，飽覽春秋山河。

世間讀書人千千萬，興許就只有那位禍亂春秋的大魔頭黃三甲，比這位本名早已被人遺忘的北莽帝師，更為「讀萬卷書，行萬里路」了。

老婦人喘了口氣，問道：「趙炳和陳芝豹聯手，能不能一路北上打到太安城外？」

老人點頭道：「肯定能。如果不出意料，兩位叛亂藩王會故意按兵不動，只等咱們跟北涼邊軍這一仗分出勝負，否則太早拿下離陽京城，會擔心咱們退回草原，更怕咱們乾脆捨棄南朝疆域，果斷退至北庭，那麼就又是當初離陽趙室統一中原的尷尬格局。以燕剌王趙炳的性情，絕不會讓自己功虧一簣，到時候徐鳳年就真是下一位徐驍了，北涼還是那個尾大不掉的北涼，不划算。

中原那邊唯一的變數，只在顧劍棠的兩遼邊軍。顧劍棠明裡暗裡，手握三十萬精兵，抓準時機，說不定就成了西壘壁戰役後的徐驍。而且顧劍棠絕不會坐失良機，畢竟離陽已經沒了那位雄才偉略的老皇帝趙禮，如今的天下也不再是當年的天下，當時徐驍劃江而治，不得人心，可顧劍棠一旦成功入主太安城，就將是順應天命，大不相同。」

老人見老婦人的精氣神還算好，便盡量簡明扼要地繼續說道：「中原值此亂世，武將當中，離陽盧升象、許拱寥寥數人，身在風波之外，猶有機會擇木而棲，身處太安城的唐鐵霜之流，多半要下場淒慘一些。至於那些廟堂文臣，短命皇帝趙珣不去多說，趙炳、趙鑄父子二人，無論是誰篡位登基，都願意善待那些讀書種子，唯獨左散騎常侍陳望此人，前途叵測，關鍵就看新皇帝到底是真大度還是假雅量了。」

老婦人自嘲道：「朕捨棄多活四、五年光陰的機會，就要瞧不見那份波瀾壯闊的風光嘍，是不是錯了？」

太平令輕聲道：「若是陛下……」

老婦人好像知道這位帝師要說什麼，豁達笑道：「算了，世間後悔藥，最是寡然無味。朕不稀罕。」

太平令微笑道：「陛下是真豪傑。」

老婦人突然輕輕說了句題外話：「李密弼，那名女子可以不死，但絕不能重見天日。」

坐在門檻上的李密弼愣了愣，以皇帝陛下剛剛能夠聽清楚的聲音說道：「曉得了。」

老婦人似乎又記起一事，問道：「南朝那個喜歡種植梅花的王篤，當真是一枚棋子？」

李密弼稍稍提高嗓音道：「雖然沒有確鑿證據，但我依舊可以斷定王篤是北涼的暗棋。」

老婦人感嘆道：「聽潮閣李義山，委實厲害。」

太平令流露出幾分由衷欽佩的神色，點頭道：「確實。」

李密弼問道：「那位冬捺鉢王京崇，如何處置？」

太平令代勞答道：「他那一萬家族私騎，肯定已經與郁鸞刀部幽州輕騎會合，如今南朝兵力羸弱，就像一棟四面漏風的屋子，除非派遣高手死士暗中偷襲，否則拿他沒轍。不過這趟借刀殺人，多了這位冬捺鉢，無非讓刀子更快一些，無傷大雅。」

李密弼淡然道：「陛下真要他死，我可以親自出馬。」

老婦人笑道：「罷了，南朝那麼大一個地兒，就算朕雙手奉上，就憑北涼那麼點騎軍，也得吃得下才行，由著他們搗亂就是。」

說到這種涉及涼莽戰事走向的軍國大事，老婦人顯然有些疲憊了，也有幾分掩飾不住的心煩意亂，緩緩閉上眼睛。好像是想要一個眼不見、心不煩。

她不希望這一生走到陽間小路盡頭之時，仍是無法擺脫那些勾心鬥角和那些爾虞我詐。

老婦人強提一口氣，語氣猛然堅定起來，她那張乾瘦臉龐上也不復先前閒聊時的隨意神色：「朕只有三件事要交代：董卓必須拿下懷陽關！耶律虹材必須死在朕之前！慕容一族必須留下血脈，無論男女皆可！」

說到最後一句話，老婦人沒來由地哈哈大笑起來，歡暢至極：「多此一舉！那就只有兩件事了啊。」

老婦人今夜頭一次轉頭，望向那位勤勤懇懇為一國朝政鞠躬盡瘁的太平令，笑問道：「你可算學究天人，那你倒是說說看，是人算不如天算，還是天算不如人算？」

太平令心平氣和道：「因時因地而異，且因人而異，人算天算，歸根結底，都沒有定數。」

老婦人收回視線，不置可否，自言自語道：「一筆糊塗帳！」

長久的寂靜無聲，屋內燭火依舊昏黃。

老婦人小聲呢喃道：「天涼了……你們都走吧，我要好好休息了。」

秋高氣爽。

此時不死，更待何時。

太平令輕輕起身，然後彎腰作揖，久久不肯直起腰。

轉身走向屋外的李密弼站在小院臺階上，好似在等待太平令。

太平令關上屋門後，兩位老人並肩而立。

李密弼輕聲唏噓道：「還有太多事情沒有交代清楚啊。」

太平令不予置評。

李密弼突然冷笑道：「留白多了，你這位帝師的權柄就越大，陛下到頭來連顧命大臣都沒有留下名單，確實正合你意。」

關於北莽女帝的身後事，註定要祕不發喪，老婦人在油盡燈枯之際明確拒絕天人「添油」，就明知自己時日不多，也就早早與太平令、李密弼兩人打過招呼，一旦她撐不過拒北城戰役的落幕，那就以偶染秋寒為理由，將北庭京城一切政務交由太平令便宜行事，她早已將掌管大小印綬的相關人員，都換上太平令的心腹。

先前太平令說她是真豪傑，的確是肺腑之言。三朝顧命老臣耶律虹材必定要死，如此一來，若非李密弼還能勉強掣肘這位棋劍樂府的大當家，整座草原就再無人能夠與之叫板，極有可能下一任草原之主的人選，都會操之於手，畢竟皇帝陛下自始至終，根本就沒有提及她屬意誰來繼承帝位。

最後那番言談中，對兒子耶律洪才依舊十分冷淡。「朕之子孫，不肖朕」，這句話，一直在草原廣為流傳，所幸沒有將「肖」字替換為「孝」，否則耶律洪才恐怕就要真的寢食不安了，畢竟庸碌子孫不相似雄傑祖輩，一代不如一代，這能以天意解釋。某種程度上，耶律洪才能夠活到今天，甚至能夠掌握四十萬兵權，何嘗不是歸功於「軟弱太子不肖鐵血皇帝」，否則兩虎相爭，幼虎如何能活？

李密弼的誅心言語，並沒有讓太平令臉上出現絲毫變化。

這位曾經揚言要以黑白買太安的老人，正在心中思量某些棋子的分量。

太子耶律洪才，自然並非當真如世人誤認那般才智平庸，不堪大用，但是私會王篤一事，讓這位太子殿下澈底失去了皇帝陛下的青睞。

草原年紀最輕的大將軍董卓，皇帝陛下一直頗為器重，只是梟雄性情，難以控制。哪怕天底下最好的人，只要當上了皇帝，也有可能做出天底下最壞的事情。天下蒼生，其實也可以劃分為兩種人：皇帝，和所有其他人。

耶律東床，失去了他爺爺耶律虹材的庇護，會不會一蹶不振？

慕容寶鼎，有沒有可能成為整個慕容家族的救命符？

拓跋菩薩，這位忠心耿耿的草原守護神，會不會也曾想過黃袍加身？畢竟皇帝陛下在與不在，對拓跋菩薩而言，是天壤之別。

太平令終於回過神，轉頭笑道：「我、你、徐淮南，好像都輸了。」

如何都沒有料到太平令會有此言的李密弼愣了愣，然後雙手負後，嗤笑道：「各有各的活法，徐淮南心思最深，所以活得最累。你也好不到哪裡去，會下棋的人，往往勝負心就重。唯獨我想得最少，活得最輕鬆。」

太平令輕聲笑道：「你不是想得最少，而是認輸最早。」

面無表情的大諜子既沒有承認，也沒有否認。

太平令嘆了口氣：「接下來就要辛苦你了。」

李密弼沒好氣道：「職責所在，何來辛苦一說。」

太平令伸手拍了拍李密弼的肩膀，笑著打趣道：「也對，你就是那種喜歡躲起來算計人的陰沉性子，樂在其中才對。」

習慣了獨來獨往的北莽影子宰相，顯然不太適應對方表露出來的動作，皺了皺眉頭，只不過心頭一些積鬱，倒是散淡了幾分。

夜色深沉。

屋外兩位草原權柄最巨的老者先後走下臺階，在小院門口分道揚鑣。

太平令走出很遠後，驀然回首，老淚縱橫，碎碎念道：「慕容姑娘，慕容姑娘……」

屋內病榻上，老婦人輕輕抓起身側的一件老舊貂裘，蓋在身上，緩緩睡去。

她的乾枯手指輕輕拂過貂裘，如當年那位人面桃花相映紅的小姑娘。

她在異國他鄉，初次見到那位遼東少年郎，便如沐春風。

第九章 太安城山雨欲來 楚狂奴冒死報信

祥符三年，冬。

中原不安定。原本廣陵江南北均勢，局勢瞬間急轉直下，緣於蜀王陳芝豹與燕剌王世子趙鑄。只是兩人兩騎，沒有任何扈從護送，去往吳重軒大軍帥帳，說服那位領兵部尚書銜的征南大將軍再度倒戈。

叛軍揮師北上，麾下大軍駐紮在京畿南部地帶的盧升象，轉眼之間便陷入危如累卵的困境。

太安城廟堂的黃紫公卿，聽聞這個驚悚噩耗之後，人人亂如熱鍋上的螞蟻。

原本已經因病辭官的坦坦翁不得不重新參與大小朝會，這才人心稍定。

隆冬時節，天寒地凍人心涼。

一輛馬車緩緩駛出桓府，來到只隔著一條街的某座破敗府邸，匾額早已摘去，成了無主之地。

老人提著兩壺酒走下馬車，拾級而上，伸手撕掉貼在大門上的封條。

藏在陰暗處的幾名趙勾諜子，雖然品秩極高，卻皆是識趣地視而不見。

老人將兩壺酒抱在胸口，一隻手十分吃力地推開大門。

老人熟門熟路地繞廊過棟，直接來到那間書房。有些書籍已經搬走，有些書籍還留下，搬走的、留下的，其實都是吃灰塵罷了，無非換個地方而已。

書房內依舊只擱有一張椅子。

遙想當年，朝野上下，除了趙禮、趙惇兩任離陽君王，恐怕就只有他桓溫能夠在此大大咧咧落座，心安理得地鳩占鵲巢。

桓溫繞過那張空蕩蕩的書案，將兩壺酒擱置桌上，用袖子擦去厚重灰塵，這才緩緩落座。若是往年，那位紫髯碧眼兒就會站在窗口位置了。

坦坦翁望向窗口那邊，輕聲道：「碧眼兒，你瞧瞧，你撂挑子一走了事，沒換來你心目中的太平盛世，結果只換來這麼個烏煙瘴氣的狗屁時局，你就不愧疚嗎？你啊，也虧得是早死了，要不然悔也悔死你！」

老人冷哼一聲：「也就是你不在，要不然我真恨不得一巴掌甩在你腦殼上，我可真打，絕不是嚇唬你。」

老人陷入沉默。

廣陵道節度使盧白頡生死不知，倒是經略使王雄貴不知為何竟然被驅逐出境，無論是性命還是名聲都逃過一劫，最終在盧升象派兵護送下，即將返回京城。

在迎回王雄貴入京這件事情上，太安城朝會還有爭執的閒情逸致，原本以王雄貴的張盧繼承人、前任戶部尚書以及現任一道經略使的三重身分，禮部尚書司馬樸華出城迎接，理所當然，只是廣陵道淪陷，導致半壁江山糜爛不堪，王雄貴落魄至極，就算活著回到太安城，以後的日子是何等慘澹光景，可想而知。

禮部衙門在離陽朝廷的地位越來越高，如今僅次於天官殷茂春的吏部，司馬樸華擔心京城風評受損，更怕被王雄貴連累為年輕天子遷怒，自然不樂意親自接手王雄貴這顆燙手芋頭，禮部二把手晉蘭亭更是多次在士林詩會上，公然痛罵王雄貴貽誤朝局，更是絕不會出城迎接，所以就又輪到可憐的右侍郎蔣永樂出馬了。

事實上新近在廟堂崛起的遼東士子集團，對於向來與江南士子親近的經略使大人，打定主意要痛打落水狗，在太安城大肆宣揚王雄貴的不堪重任。若非齊陽龍一錘定音，阻止了越演越烈的討伐風潮，恐怕迎接王雄貴的就不是禮部右侍郎，而是攜帶枷鎖的刑部官吏了。

桓溫見慣了宦海的潮起潮落，對此談不上有多少感觸，只是有些灰心罷了。太平盛世，文臣言語過激，就像永徽年間對人屠徐驍的評點，無傷大雅，那個遠在西北的徐瘸子也懶得計較。

可如今不比當年啊，不可同日而語。

桓溫沒來由想起那個年輕人，碧眼兒的幼子張邊關，那個被說成是京城身分最顯貴卻無品的官宦子弟，被說成連欺男霸女都不敢的窩囊廢，高不成、低不就，年輕人兩頭不靠，所以誰都不愛搭理。

碧眼兒的子女中，反而只有張邊關最討自己喜歡，見到自己也不怕，什麼玩笑也敢開。

桓溫聽說張邊關當年離開張府之後，娶了小戶人家的女子，在市井巷弄過著平平淡淡的小日子，最喜歡做的事情是四處閒逛，看那些鴿群在太安城的天空飛掠，日復一日、年復一年。可惜到最後，這麼一個與世無爭的年輕人也死了。

老人打開一壺酒，仰頭灌了一口，突然有些哀傷。

老人提著那壺酒，起身來到窗口，推窗望向灰濛濛的天空。

晚來天欲雪，能飲一杯無？

一杯哪裡夠！一壺才馬馬虎虎。

老人狠狠喝了口酒，抹了抹嘴角，笑道：「嘿，此等醇酒，你喝不著，饞死你。」

這位歷經三朝始終身居高位屹立不倒的坦坦翁嘆了口氣，小聲道：「差點忘了，你是不愛喝酒的人。」

老人像個孩子一樣一臉憤憤道：「天底下竟然有不愛喝酒的人！豈有此理！」

坦坦翁背靠窗戶，望向那張書案，小口小口喝著酒，很快就喝去大半，有幾分醉眼朦朧。

小酣而未大醉，人生至境。

老人好像看到了一位紫髯碧眼的讀書人，正襟危坐在書案之後，正笑望向自己。

坦坦翁記起當年自己與那傢伙年少時分，一起同窗苦讀聖賢書的光景，緩緩提起酒壺，輕聲笑道：「莫道儒冠誤，讀書不負人。」

那人好似回答：「朝為田舍郎，暮登天子堂。」

坦坦翁便繼續朗誦一句：「滿朝朱紫貴，盡是讀書郎。」

最後兩人一同念道：「天子重英豪！」

坦坦翁哈哈大笑，不敢再看那邊，生怕下一刻便再也看不到那個身影。

老人飲盡壺中最後一口烈酒，將酒壺擱在窗欄之上，踉蹌離開這間書房。

唯有我輩有負聖賢書，自古聖賢書不負我。

書案上，留下一壺無人喝的美酒。

自古聖賢皆寂寞，唯有飲者留其名。

◆

出人意料，王雄貴返回京城之後，皇帝陛下非但沒有龍顏震怒，反而在朝會上對這位廣陵道經略使好言安慰，只是得知那位棠溪劍仙盧白頡生死未知，且不曾依附作亂藩王趙炳後，年輕天子的神色似乎有些觸動。

聽聞這個消息後，不只是皇帝趙篆鬆了口氣，事實上所有江南道出身的朝堂官員都如釋重負。江南四大豪閥，在盧道林、盧白頡先後擔任離陽一部尚書後，盧氏已算是後來者居上，成為江南系官員的執牛耳者，一旦作為檯面上的南黨領袖盧白頡叛出離陽趙室，必然是一場波及離陽中樞的官場災難，恐怕與盧家同氣連枝的江南道三大高門，在內心深處，或多或少都希望盧白頡與其苟活得富貴，還不如自盡殉國來得一乾二淨。退一步說，只要盧白頡沒有任何消息傳出，就絕對是不幸中的萬幸。

事實上，那場春雪樓變故之後，武將的表現，太過讓人失望。

薊州將軍袁庭山，叛變。

春雪樓舊將，原本憑藉平定西楚餘孽一躍成為離陽朝堂新貴的宋笠，堂堂鎮字頭的實權將軍，叛變。

廣陵道豪閥子弟齊神策，上陰學宮的一流俊彥，剛剛嶄露頭角，便也叛變了。

而且據聞三人分領一支騎軍作為先鋒，即將進逼京畿南部的盧升象大軍那條尚未構建嚴密的防線。

鼓舞人心的好消息也不是沒有，兩淮道新任節度使許拱調兵向南，準備著手構成一道南北向的防線，已經先行死死扼守住幾大關隘軍鎮，使得京畿西門戶暫時無憂。

兩位薊州副將韓芳和楊虎臣，各自親率精騎疾馳南下，與新任靖安道節度使馬忠賢南北呼應，讓廣陵江以北的中原腹地不至於動盪不安。

原節度使蔡楠的螟蛉之子蔡柏，在經略使韓林的大力推薦下，升任河州將軍後，火速帶兵趕赴薊州增援許拱，毫無推諉之意。

同樣是手握兵權的地方武將，一方是亂臣賊子，奢望建立扶龍之功，一方是疾風知勁草，板蕩識忠臣。

暫時仍是廣陵道經略使的王雄貴安然返回府邸後，沒有接受夫人的建議，沒有立即沐浴更衣洗去晦氣，而是招來府上兩位管事，分別去邀請早已多年沒有來往的兩人：一位是中書省僅次於當朝首輔齊陽龍的中書侍郎趙右齡，一位是由翰林院升任吏部尚書的殷茂春。

王雄貴的兩位心腹管事都大感意外，要知道不但是主人與那兩位大人之前擺明瞭老死不相往來，事實上永徽儲相殷茂春和趙右齡雖然是親家，但也向來關係淺淡，聯姻之後，更是從無私下來往。

故而兩人離開門可羅雀的府邸後，都覺得要白跑一趟，但是兩人都沒有想到，前後腳就有一人登門拜訪了，而且身分顯赫——元虢！

同樣出自那場「永徽之春」，同樣曾是在張廬熠熠生輝前途似錦的官員，而且元虢在早年才氣之高，甚至還要超出科舉一甲的趙右齡、殷茂春，一直是坦坦翁最為青眼相加的後輩晚生。只不過由於元虢性情太過散淡，學識太高，鋒芒太盛，很快在官場上就被趙殷兩人超過，最後連王雄貴和韓林也將他遠遠拋在後頭。

好不容易在永徽祥符交替之中復出，歷任兩部尚書，但隨即就又因為不合帝心，迅速離開太安城，被貶謫去往兩遼道擔任副節度使，碌碌無為。無論是顧劍棠還是膠東王趙睢，都對元虢不太上心，連兩遼士子都不怎麼待見這位年紀越大越沒有主見的「好好先生」。因此元虢這次入京，沒有掀起半點波瀾，倒是那幫從小就被元虢這位無良前輩騙著喝酒的小輩人物在元虢府邸好好聚了一場。

王雄貴的幼子王遠燃，那個京城最出名的公子哥兒，早年第一次喝花酒，就是給元虢拐帶去的。為了類似這種雞毛蒜皮的破爛事，素來以溫良恭儉讓著稱朝野的原刑部侍郎韓林，就跟元虢這個為老不尊的傢伙澈底絕交過。不過這麼多年下來，王遠燃這撥遊手好閒的紈褲子弟也好，殷茂春嫡長子殷長庚這些志向遠大的年輕人也罷，倒是都跟最沒有長輩架子的元虢很是合得來。

當趙右齡、殷茂春兩位中樞大佬前後來到王雄貴的書房之後，當年張廬最出彩的五名年輕人，除了遠在西北擔任經略使的韓林，就都湊齊了。

四人聚齊落座後，一時間竟是皆無言。

作為東道主，王雄貴舉起茶杯，輕聲笑道：「我以茶代酒，子思以後就有勞各位照拂了。」

「子思」是王遠燃的表字，是坦坦翁所贈，不過在座四人都曉得這中間又有一樁祕事。一開始王雄貴是希冀著他們四人的座師張巨鹿賜字，只不過張首輔向來對這類錦上添花的事情沒有興趣，根本就沒有跟誰開過金口，倒是學識深厚的坦坦翁，歷來都是來者不拒，無論官場同僚還是士林好友，都有求必應。

坦坦翁的官場不倒，大概也正是緣於這種點點滴滴的積累。其實王雄貴當時也就是隨口一提，哪敢奢望首輔大人為自己破例，畢竟當時少年王遠燃在世家子弟裡的口碑如何，他這個當父親的心知肚明，恐怕首輔大人都不樂意拿正眼看待王遠燃。

每年正月拜年，王遠燃跟幾位兄長跟隨王雄貴登上首輔府邸，次次都跟老鼠進了貓窩差不多，絕對不敢多說一個字。怪不得王遠燃膽子小，試想連首輔的幾個兒子見到張巨鹿都如臨大敵，一口大氣都不敢喘，王遠燃哪敢造次。

只是不知為何王遠燃的表字「子思」，的的確確是出自張巨鹿的手筆，只不過是找了個機會轉述桓溫，不願公開而已。

王雄貴當時喜出望外，說是喜極而泣都不誇張。只不過深諳官場規矩的戶部尚書，絲毫不敢對外宣揚，甚至到了夫人、兒子那邊，都始終沒有道破真相。

元虢第一個說話：「這有什麼問題，子思如今浪子回頭，再不似當年那般渾噩度日，是好事，我這個做長輩的，當然沒道理推託。」

然後元虢笑咪咪轉頭望向趙右齡，故意問道：「趙大人，是吧？」

趙右齡瞪了一眼這個這傢伙，但面對王雄貴近乎可憐的眼光，於是點頭笑道：「沒有問題。」

只剩下殷茂春沒有開口了。

永徽之春當中，殷茂春極為出彩，否則也不會被離陽前朝帝師元本溪當作儲相培養，比另外一人宋洞明要器重更多。

執掌過翰林院十多年的殷茂春，也是當今天下最當得起「桃李滿天下」美譽的名臣，某種意義上，殷茂春比暫時比自己官銜稍高、權柄更重的趙右齡後勁更足。

王雄貴見殷茂春沒有說話，也不強求，也不敢強求。

不料殷茂春放下茶杯後，惜字如金道：「好。」

王雄貴突然說道：「恩師當年曾言，書生治國，責無旁貸，書生救國，力所能及，唯獨不可書生亂國。」

元虢「嗯」了一聲：「如果我沒有記錯的話，是說過。」

王雄貴沉默片刻：「當時西楚叛亂被平定，廣陵道那座姜氏廟堂的亂象，你們三人不曾親眼所見，大概不會知道那種讀書人只有在生死關頭，才願意展露出來的人間百態。」

王雄貴自嘲笑道：「我朝平定春秋一統中原後，修編前朝史書，總能看到一些笑話，什麼水太涼井太小，什麼我家徒四壁，無大梁無白綾。我以前不太願意相信，只是這一次，我親眼所見親耳所聽，才不得不信。」

王雄貴站起身，來到窗外便是大雪紛飛的靠窗位置：「春雪樓慶功宴，陳芝豹和趙炳還有納蘭右慈三人連袂而至，氣勢洶洶，樓下就是數千叛軍鐵甲，唯有棠溪先生一人挺身而出，出聲當場質問趙炳。我王雄貴與盧白頡同樣是正二品的封疆大吏，雖怒而不敢言。」

王雄貴轉頭笑問道：「我一直想，如果恩師當時在場，會如何說、如何做？」

殷茂春陷入沉思，趙右齡笑而不語。

元虢撚鬚道：「我估摸著吧，一輩子沒跟人動過手的先生，會破天荒地對趙炳飽以老拳。」

殷茂春破天荒大笑起來，毫無顧忌。

同樣官場修為堪稱大宗師的趙右齡亦是發出會心笑聲。

王雄貴正衣襟，轉身向窗外，鄭重其事地作揖。

元虢嘆息一聲，緩緩起身，同樣正衣襟，作揖。

趙右齡與殷茂春相視一笑，同時起身，作揖。

讀書人之事。

不管天下其他讀書人如何想如何做，我張廬書生，修身！齊家！治國！平天下！

◆

太安城皇城一處邊緣地帶，小院屋門半掩，目盲年輕人與相依為命的侍女，兩人雪夜圍爐煮酒。

名叫杏花的婢女憂心道：「公子，外邊世道好像越來越不太平了，我去買菜的時候，聽說三位叛亂藩王一路打過來，只差沒跟盧侍郎的大軍撞上了，京城米價漲了好多，咱們再不多趕緊囤些，就麻煩了。」

如今以白衣之身笑傲王侯的年輕人柔聲道：「放心，餓不著咱們。不過家有餘糧心不慌，終歸是不錯的。」

她欲言又止，終於還是忍不住小聲問道：「公子，咱們守得住嗎？是不是只要顧大柱國的兩遼邊軍南下馳援，就一定能夠成功平亂？可是連我都知道蜀王陳芝豹用兵很厲害，他幫著燕剌王他們為虎作倀，如何是好啊？」

執掌離陽趙勾的陸詡輕聲說道：「那位白衣兵聖選擇接納吳重軒部大軍，不僅僅是想要速戰速決，也意味著他視線最遠處的風光，不在這座太安城，而是顧劍棠的兩遼邊鎮。」

杏花一臉茫然：「啊？他想什麼呢？」

陸詡玩笑道：「那就只有天曉得了。」

她小心翼翼遞給陸詡一杯熱酒。這幾年朝夕相處，兩人早已心有靈犀，陸詡雖目盲卻自然而然接過酒杯。

在陸詡低頭飲酒時，她感嘆道：「唉，才二十來年太平光景，就又要兵荒馬亂了。」

陸詡嘴角翹起：「咱倆大概能算是運氣好的，恰好剛剛活在這二十年裡頭。永徽前期，和今年祥符三年入夏以後的中原百姓，之前的老人，現在的孩子，都得膽戰心驚活著。」

她展顏一笑：「公子說得是。」

陸詡轉頭「望向」半掩半開的屋門，嘴唇抿起，神色恬靜。

她望向公子的側臉，眼神癡癡。

她沒有任何奢望，只希望自己能夠陪在他身邊，直到看到公子緩緩白頭，而公子卻永遠不會看到她白髮蒼蒼的不堪老態。

陸詡緩緩回過頭，打破這份寧靜：「我今天已經遣散趙勾諜子了，什麼話都能說。」

杏花猶豫道：「公子，你會不會偶爾也感到寂寞？」

目盲年輕人笑著搖頭：「我啊，醯雞處甕，怡然自得。」

杏花吐了吐舌頭：「公子寧靜淡泊，真是厲害。」

他自嘲道：「井蛙說海，夏蟲語冰，才是厲害。」

她聽不太懂，也就沒有說話。

陸詡突然說道：「記得我家鄉有泉水，被大奉朝茶聖譽為天下第九名泉，若是將泉水倒入杯中，水面過杯而不外溢，甚至能夠浮起銅錢。」

杏花瞪大那雙秋水眼眸：「真有這麼神奇？」

陸詡哈哈大笑：「水浮銅錢，肯定是假，不過如醇酒沾杯，倒是真事。如果有機會，以後咱們用那裡的泉水煮酒。」

杏花使勁點頭。

陸詡微微仰起頭，小聲道：「此泉最可人，春風十八回。」

她好奇問道：「公子，是誰作的詩，挺好的。」

陸詡伸出手指，指了指自己，笑臉溫柔。

杏花立即一本正經道：「真是頂好的詩文！」

陸詡指了指她：「妳這馬屁拍得不太好。」

杏花有些赧顏。

陸詡向身邊的女子輕輕攤開一隻手掌。

她如遭雷擊，怯怯柔柔，終於鼓起勇氣伸出她有些冰涼的纖細柔荑，放在他的手心上。

陸詡握緊她的手，說道：「杏花，我是個瞎子，以後妳就幫我看看那些大好河山，妳看見了，我就看見了。」

她哽咽道：「公子別嫌棄我笨。」

陸詡搖頭柔聲道：「夫君不敢。」

屋外大雪紛飛落人間，屋內人心溫暖如春。

◆

祥符四年，初春。

去年末最後的那場鵝毛大雪，尚未消融殆盡。

膠東王趙睢盡起精銳揮師南下，同時河州將軍蔡柏部精騎與楊虎臣、韓芳部騎軍成功合龍，靖安道節度使馬忠賢宣稱麾下聚集十萬精銳，即將向東突進。

這些好消息使得今年的初次朝會，增添了許多連過年都不曾有的喜慶氣息。

退朝後，孫寅在人群中找到範長後，說是最近撿漏了一本殘譜，當真是神功大成，棋力暴漲，絕對能夠在棋盤上要這位十段棋聖好看。

范長後原本與同在翰林院任職的宋恪禮並肩而行，兩人意氣相投，關係莫逆，家道中落的那位宋家雛鳳一向沉默寡言，唯獨與範長後經常秉燭夜談。

范長後聽到孫寅的一番挑釁後，笑著答應下來，相約今晚在孫寅的那棟宅子一較高下。

孫寅反復提醒這位大國手，登門之前切莫忘了順路捎帶停馬坊的柳記羊肉，範長後只得許諾就算人不到，也決不讓羊肉失約，孫寅這才甘休。

上屆科舉狀元郎李吉甫一路小跑，來到狂士孫寅身邊的時候，有些喘氣，被孫寅狠狠白眼後，李吉甫笑臉靦腆。

相貌平平且性情木訥的李吉甫，一直被譏諷為離陽科舉歷屆一甲三名的墊底人物，既無名士風流，也無事功韜略，別說與那位風流卓絕領銜永徽名臣的殷茂春相比，就跟同屆科舉的榜眼高亭樹、探花吳從先比，都遠遠遜色。身世背景，仕途前程，京城清望，皆是如此。

李吉甫整整三年碌碌無為，名聲不顯。如今馬上就要迎來下一場殿試，雖然尚未有結果，可是去年秋的秋闈會元秦觀海，無論風采還是氣度，都已經比李吉甫超出一籌。世家子弟秦觀海在太安城本就聲名鵲起，又有晉蘭亭、高亭樹等人幫忙鼓吹造勢，李吉甫便自然而然淪為綠葉，時不時被拎出來冷嘲熱諷。

李吉甫這個老實人唯一引人注目的地方，大概就是心甘情願做北涼狂士孫寅的跟屁蟲了，有事沒事就去找剛剛轉入禮部當差的孫寅，每次退朝都會跟在孫寅屁股後頭，好像不這樣做就不安心，廟堂文武對此早已見怪不怪。

反觀孫寅，可真是不消停的主，在國子監那場辯論舌戰群儒得以名聲大噪之後，很快丟了官，在一年之中就又從兵部轉入禮部，沒過多久就接連大罵一尚書、二侍郎、三郎中，害得僥倖逃過一劫的那位僅剩郎中，幾乎次次上朝都要被別部大佬追著詢問，諸如「馬郎中，昨日可曾被那一位堵門痛罵？」「今日可能繼續倖免於難？」「馬大人一定要堅持住啊，我可是押你這個月都安然無恙的！下月的俸祿還能否落袋，可就靠你了！」

很快這位馬郎中就莫名其妙成了朝野皆知的出名人物，足可見「禮部小官」孫寅的囂張氣焰。

黃昏中，在孫狂人那座租賃而來的小宅子，對弈雙方，竟然不是自詡棋力通神的孫寅和范長後，而是一個貌不驚人的外鄉士子，在跟早已名動天下的祥符棋聖，在棋盤上捉對廝殺，而且六十餘手後，前者依然不落下風，越是知曉範長後雄渾棋力的知情人，越曉得這份殊為不易。當世棋壇公認被譽為「範子」的範長後，實力已經超越西楚國師李密，極有可能直追黃三甲和曹長卿，勝負在五五之間，所以就有了個「徐渭熊不至京城，一臂之內範無敵」的諧趣說法。

離陽棋待詔幾位國手輸得心服口服，其中著有《桃泉弈譜》的棋壇名宿袁昧更是坦言，範長後先手無敵，是一種誤解，只是因為京師之中，無人能夠真正將棋局拖入中盤而已。

除了孫寅和下棋兩人，屋內還有李吉甫和宋恪禮。孫寅蹲坐在小板凳上，兜著一大碟花生米，君子是觀棋不語，棋力不濟的孫寅則是觀棋胡亂語，所幸那名年輕士子根本就沒有聽從他的建言。

宋恪禮沒有觀戰，在翻閱孫寅不知從何處撿漏得到的一部奉版古籍。無椅子凳子可坐的李吉甫就直接蹲在孫寅身邊，偶爾從碟子裡拈起一粒花生米，細嚼慢嚥，若是拿得快了，就要被孫寅一巴掌狠狠拍掉，李吉甫便只能一臉悻悻然。

八十餘手後，那名年輕士子投子認輸。雖說此人實力已經極為驚世駭俗，但美中不足的是拈子也好，落子也罷，姿態太上不了檯面，與那份瀟灑寫意沒有半顆銅錢的關係。

範長後抬起頭，望向那位低頭凝視棋局的同齡人，溫和問道：「劉兄，敢問你學棋多少年了？」

姓劉的年輕人抬起頭，微笑道：「不足三年，是進京趕考後才會的，下得也不多，幾位好友在去年離開京城後，就沒人願意陪我下棋了。」

範長後苦笑道：「劉兄在棋盤上有如神助，了不起。」

孫寅快意大笑，感覺比自己下贏了範長後還要痛快。這個姓劉的趕考士子，是他連拐帶騙外加強拉，才好不容易給折騰到這棟宅子的，哪怕是這樣，如果不是孫寅的北涼身分，這個傢伙恐怕依舊不會來此借住。

年輕人姓劉名懷，也是北涼人，是去年唯一參加秋闈會試的士子，只不過名次極其靠後，勉強能夠參加殿試，若是按照會試成績，肯定是一個同進士出身而已。只不過劉懷卻算不得籍籍無名，因為有位沒有功名在身的張姓中年儒士，在國子監門口幫劉懷抄過經文。

劉懷在這裡落腳後，深居簡出，潛心學問，而狂士孫寅在北涼道家鄉求學之時，就以「制藝超群」著稱，當時連在國子監擔任左祭酒的姚白峰這等首屈一指的文壇大家都情願為其大力揚名，之後穩坐中書省第一把交椅的坦坦翁桓溫，亦是親自驗證過此事，不得不一邊教訓孫寅要低調做人，一邊又捏著鼻子氣哼哼說「此子科舉奪魁，如探囊取物」。

劉懷在此準備今年春的殿試，自然受益匪淺，而且劉懷雖然性格嚴謹，但是並無傲氣，討教學問，不遺餘力，幾次挑燈夜讀至不解處，必然一一記下，然後只在清晨時分，等到需要參加早朝的孫寅起床開門，才一一詢問。

只不過孫寅雖然有問必答，卻起床氣頗重，依然少不了罵劉懷幾句「勤懇有餘，資質稍顯不足啊」、「連李吉甫那個笨蛋也不如」之類的。若是起床氣不大的時候，倒也會拍拍劉懷肩膀，勉勵幾句：「沒事，文章寫得跟李吉甫半斤八兩，也不算太丟人，畢竟你們不是我孫寅嘛，劉懷李吉甫之流，十年一出，可我孫寅百年難遇啊！」「劉懷老弟啊，讀書人的本事，不在殿試上見功力的，殷茂春中過狀元吧，可他的恩師，咱們張首輔當初殿試才第幾？你再瞧瞧李吉甫這傢伙，不也中過狀元，跟我這個連殿試都沒參加過的人，能比？」

經常在此借住的李吉甫，每到這個時候，總會笑著不說話。

他娘的，要知道李吉甫雖說仕途不順，可他的科舉文章，當真是誰都挑不出半點瑕疵的狀元文！

三年前他的那篇經義文章，某位前輩狀元甘拜下風，在公開場合笑稱：「能不與李吉甫同年殿試，我何其幸也！高榜眼吳探花，何其不幸也！」

也虧得李吉甫竟然從不反駁半句。

劉懷一開始只當那位性情溫良的李兄，只是與祥符元年的狀元李吉甫同名同姓而已，等到得知真相後，不得不私下直言勸說孫寅，最少在自己面前不要那麼笑話李兄。可是孫寅大袖一揮，撂下一句：「被我孫寅痛罵羞辱之人，不計其數，被我孫寅勉強認可之人，寥寥無幾，李吉甫高興還來不及，哪裡會生氣！」

與李吉甫認識後頗為投緣的劉懷一怒之下，差點就要搬出宅子，還是李吉甫竭力阻攔，兩人在門外一番交心言語後，劉懷這才回到宅子，之後半旬時間孫寅終於強忍衝動，不過明顯憋得厲害。

最後是李吉甫在一次孫寅強行把到嘴邊的話語咽回肚子後，撓撓頭笑道：「孫哥，想說我就說吧。你不自在，我其實更不自在。」

孫寅指著李吉甫，望著滿臉無奈的劉懷，得意道：「聽見沒？」

跟孫寅相處久了，學了好些不入流口頭禪的劉懷忍不住嘀咕道：「他娘的沒天理，還他娘的沒王法了！」

故而三人相處，還算融洽。

劉懷也知道，李吉甫是大有真才實學的，最重要的是有一種更為難得的「中正平和」，無傲氣有傲骨，絕非那種「貌似忠良人，實則奸猾心」之徒。

今天劉懷只知道孫寅有棋友到家裡下棋，氣韻不俗的兩位客人到了以後，孫寅也沒有介紹身分，只說如果贏了那傢伙，就帶他和李吉甫去街盡頭的那棟酒樓下館子去，可勁兒大魚大肉，我孫寅俸祿到手，跟那些孔方兄卯上了，不夠的話還能賒帳嘛，孫寅兩個字，還不值他個幾萬兩黃金？

所以劉懷只知道兩人一個姓宋、一個姓範。

這個時候聽到姓范的年輕人稱讚自己「有如神助」，還說「了不起」，劉懷就有些神情古怪：『就我這個無意間才學會下棋的門外漢，你這麼吹捧我，不合適吧？』

敏銳察覺到劉懷的視線，範長後也很無奈啊，他又不是孫寅，沒那臉皮自報名號。

孫寅越發樂得不行，抓起碟子裡最後一把花生米分一半給李吉甫，起身後抖了抖袍子，這才壞笑道：「劉懷，知道這傢伙是誰不？棋壇『范子』，十段棋聖，我朝第一大國手，曹官子第二，大名鼎鼎的翰林院黃門郎，範短先！」

範短先？

竹筒倒豆子，這麼一大通綽號名頭給孫寅喊出來，就連在遠處看書的宋恪禮都忍俊不禁，輕輕搖頭。

範長後伸手扶額。

劉懷不笨，很快醒悟，起身作揖道：「劉懷謝過范先生指點。」

範長後趕緊起身還禮：「切磋而已，不敢指教。」

孫寅白眼，轉頭對李吉甫說道：「瞧見沒，酸儒！還是兩個！」

不等李吉甫說話，孫寅嘆氣道：「加上你，三個！」

只是不等孫寅繼續說話，宋恪禮已經說道：「不勞孫兄褒獎，加我，四個！」

孫寅沒來由冒出一句，直白至極：「宋恪禮，不是我說你，既然你與小國舅嚴池集相熟，算得上是君子之交，又何必在意那些閒言碎語。唉，到頭來便宜了範短先，在你們兩人之間橫插一腳。」

捧書的宋恪禮深呼吸一口氣，不說話。

孫寅仍是不願就此作罷，念念叨叨道：「宋恪禮啊，須知情至濃處便轉淡，好好一對美眷良配，可別因為你一人負氣用事，就白瞎了月老紅線。」

劉懷和李吉甫面面相覷，難不成這裡頭還真有玄機？

大致知道內幕的范長後強忍笑意。

宋恪禮揚起手中那本相當珍稀的奉刻版古書：「小三百兩銀子！別一不小心給火燒了，連三十兩都不值了！」

孫寅趕緊伸出大拇指，嘖嘖稱讚道：「直搗黃龍，用兵如神！我服了！」

宋恪禮冷哼一聲，繼續看書。

劉懷試探性問道：「范先生，能否再下一局？」

範長後笑著點頭：「喊我名字即可。」

兩人坐回凳子，繼續再戰。

百無聊賴的孫寅沒了觀棋興致，只得發呆。

李吉甫對於下棋並無太多興趣，棋力也一般，不過欣賞兩位高手對弈，還是看得津津有味，至於棋品，自然是比孫寅高出十幾層樓。

孫寅自言自語道：「可惜陳少保和嚴池集不在，否則我看得上眼的傢伙，就都在一窩了。」

劉懷下棋極為專注，其實劉懷無論讀書還是做事，都是這般心無旁騖。不知打譜多少次的範長後當然也是如此，可謂落子之時，雷打不動。

宋恪禮聞言若有所思，只有李吉甫笑了笑，只是很高興。

很奇怪，雖然與孫寅相識相交相知不短了，可是兩人之間，從無什麼肺腑言語。孫寅總喜歡怔怔出神想事情，經常神遊物外；李吉甫在孫寅身邊，也很少主動說話，往往就是安安靜靜看看書，想想官場的大小事、衙門裡的高低人。

孫寅自顧自說道：「其實啊，範短先勝負心重，又拿得起放得下，還真適合當官，不適合下棋，先在翰林院國子監、崇文館這些地方逛蕩，不怕慢就怕快。宋雛雞……哦、不對，宋雛鳳呢，倒是貴在勇猛精進，三年當侍郎，五年當尚書，十年當首輔……哦、又不對了，首輔得我孫寅來當，才算名至實歸，宋恪禮你還是乖乖當你的一部尚書吧，大不了到時候我讓你六部尚書隨便挑就是。

劉懷呢，千萬別鑽書堆裡出不來，做教書先生，沒啥大出息，撐死了也就是嗝屁後，給個不上不下的中等諡號，什麼文潔啊、文義啊、文達啊，哪裡是美諡，罵人呢不是……至於李吉甫你啊，湊合著在公門修行熬日子吧，記得沒事就多燒燒香拜拜佛，運氣好撈個正三品的侍郎，或是一州刺史啥的，可要運氣不好的話，唉，就只能跟老子借錢度日了，估計娶個過得去的小媳婦都懸乎……」

李吉甫鄭重其事地用力點頭。

得，看樣子這位狀元郎還當真了。

宋恪禮又是搖頭。

◆

京城夜禁之前，範長後、宋恪禮告辭離去，劉懷當時起身送至門外。

李吉甫晚些離開宅子，劉懷幫忙提著燈籠送到小巷拐角處，這才遞出燈籠。

劉懷分明看到這位狀元郎在漸漸遠去的時候，一手提著燈籠，一手橫臂攔住視線，雙肩微微顫動。

在出門前，孫寅拿起那本被宋恪禮擱在桌上的奉版書籍，隨意丟給正要離開的李吉甫，沒好氣道：「書借你，交情歸交情，得還的！最短三年，最遲五年，老子會掰著指頭算著日子的。你要敢不還，我到時候扛著糞桶去你家門口潑去。信不信由你！別婆婆媽媽的，趕緊滾蛋！」

夜色中，李吉甫漸行漸遠，然後越走越快，大步向前。

事實上這位官場坎坷的狀元郎不知為何，最近一段時間不斷跟同僚借錢，但是始終咬牙不曾向孫寅開口，據說是家裡寄信至京城，急需一筆不小的銀子渡過難關。只不過李吉甫的家裡人，多半是天真地以為光宗耀祖的李吉甫註定已經在京城飛黃騰達，哪裡知道在太安城官場攀升的不容易，若李吉甫不是那個令人眼紅的一甲頭名，而只是個名次較高的進士及第，可能日子都要比現在好過很多，最不濟手頭也會寬裕許多，朋友也更多一些。

退一步說，哪怕是得以外放地方的次等進士，或是得以馬上幸運補缺的同進士，好的，就是牧守一方的父母官了，差的，也是想兩袖清風都難。偏偏是狀元，又偏偏無家世根腳錦上添花，且官場前輩無雪中送炭，李吉甫如何能夠一遇風雲便化龍？早給京城前輩地頭蛇們壓彎了腰才是，所以之前孫寅可能是無心之語那個「熬」字，真是一語中的。

可再難熬，到底是狀元出身，李吉甫未來的仕途，只要沒有太大波折，終究是會越走越順當，不說什麼位極人臣，以離陽王朝歷任皇帝的氣量，還真沒有半道夭折的狀元，最差也都磕磕碰碰當上了從四品官員。

那麼三、五年之後，李吉甫一本奉版書籍的錢，當然掏得出、還得起。

那麼李吉甫現在偷偷將書賣了，哪怕是賤賣，也有兩百來兩銀子，對於李吉甫的那個家族而言，天大的坎，只要有這筆銀子開路，肯定能邁過去。

狂士孫寅，既然能夠在科舉制藝之上冠絕離陽的讀書人，豈是死讀書之輩？當真是不諳世事不通人情？不可能的。

劉懷百感交集地回到宅子，看著那個蹺起二郎腿翻書的孫寅，輕聲道：「哪怕明知多此一舉，我也要替李兄向你說聲謝謝。」

孫寅頭也沒轉，淡然道：「你替他謝我？嘿，小心以後姓李的榆木疙瘩在官場上，不念你的情。」

劉懷坦然道：「我與李兄，本就是君子之交淡如水，雖味不如酒，可酒是解饞，水卻能解渴。我從不希望與李兄之間有任何利益來往，既然如此……」

孫寅打斷劉懷的言語：「錯啦，大錯特錯！你知道為何遍觀歷史，好像歷朝歷代的激烈黨爭，都是真君子輸得一塌塗地，而偽君子卻能捷報連連嗎？」

劉懷正要說話，又被孫寅打斷，這位狂士凝望著那盞油燈，娓娓道來：「你不知道，就算你現在以為自己所知道的，也是錯的。君子喜歡自稱朋而不黨，真君子傻乎乎奉為圭臬，真這麼做了。

要知道，官場登頂途中，最忌諱看似高朋滿座，實則孤立無援。落難之時，尤其是惹來帝王、君主厭煩之時，身旁君子的施以援手，很多時候只會適得其反。為何？因為他們根本不知道，天底下最大的順毛驢是何人。倒是豁得出臉皮的偽君子，和那些在賭桌上有膽子押上全部家當去以小博大的真小人，才有可能幫著化險為夷。

話說回來，你別以為偽君子和真小人就是腹內空空的讀書人，我告訴你，讀書人之品行高潔低劣與否，和他們讀過多少書得到多少功名聲望，有一定關係，卻絕無必然關係。

我問你，宋恪禮的父親祖父，永徽年間享譽海外的『宋家兩夫子』，宋老夫子的字寫得如何？一等一的大宗師，指不定幾百年以後，依舊有無數讀書人臨摹苦練。宋小夫子的文章好不好？當然好得不能再好了，詩詞歌賦無所不精，只說散文，我猜千年以後，評定什麼十大散文家之類的，宋恪禮的那位父親，還是會有一席之地。

可這父子二人，若說晚節不保，最終身敗名裂，只是老首輔張巨鹿不滿他們的文壇霸主地位，是欲加之罪、何患無辭，你劉懷真信？我孫寅不信，或者準確說只信一半。這件事要往深了說，掰碎了說個通透，你得聽我說到天亮才行，因為涉及太多朝政祕事了，離陽科舉走勢，天下文脈興衰，江南輿論風向，吏禮兩部的沉屙，等等等等，估計你得聽得頭大。」

劉懷站在原地，呆若木雞。

孫寅還是蹺著二郎腿，一晃一晃，嘿嘿笑道：「只要你躋身廟堂，真正志同道合之人，肯定不多，對吧？但是你要記住一件事，無論在京為官，還是在地方執政，官場上的椅子，都是有定數的，你一屁股坐下，就肯定有個別人少了。官場結仇遠甚江湖，這句至理名言，是某位大文豪……嗯，就是我孫寅說的。當你位置夠高之後，椅子越來越少，更是如此。

志向遠大的讀書人，如果沒在官場沉浮裡泯滅初心，只會越來越痛苦，因為你想放開手腳施展抱負，就越需要手握權柄，自然需要一大幫同僚下屬一起鞠躬盡瘁，方方面面的利益，你都得一一照應到。

舉個簡單例子，官場對手向你潑髒水，哪怕皇帝沒上心，可半個京城都跟著說你的壞話呢？或是半個士林都在盲從附和呢？更可怕的是到時候連老百姓都會跟著罵你。你怎麼辦？罵回去？你一個飽讀聖賢書的君子，都是黃紫公卿了，當面跟人對罵，斯文掃地，總歸不像話吧？再者，也壞了皇帝心中的印象。你需要怎麼做？你到底要不要朋黨？要不要打造一座張廬，要不要做青黨領袖？

劉懷，你捫心自問便是，我給不了你答案。我只想告訴你，欲要國事暢通、政治清明，必然觸及種種最終阻塞朝野道路的弊端，而弊端來自弊政，也有可能是良政被貪官惡人，更有可能是不做事之官員的冷眼袖手。空談之人，最瀟灑；做事之人，最挨罵；天下熙熙攘攘，無非利來利往。

我最後告訴你一個悲哀的事實。張巨鹿之所以自尋死路，在於他看到了，世家子弟把持朝廷，到底是富貴慣了的，對錢財一事，看得再重，同樣的稟性品行，前者肯定不如從寒門裡頭冒尖的貴子，我不是說所有人皆如此，但必定不在少數。

試問，後者驟然富貴之後，就算他能潔身自好，那麼他所在家族之中，會不會有人索求無度？會不會在地方上仗勢欺人？會不會成為橫行一地的豪族劣紳？百善孝為先，當了官，多少人敢不認無仁義的父母？兄友弟恭，兄長一路助你苦讀成才，他若說我要娶妻納妾，要良田千百畝，你答應不答應？

夫妻兩人相敬如賓，妻族有人為非作歹，東窗事發，你敢不敢任由其頭顱滾地，願不願看到同床共枕的妻子，每日以淚洗面？同鄉寒窗多年，你富貴他無名，他求個小官當當，若他確有才學，無奈命運不濟，你如何應付？若是攜手富貴，子女聯姻，日後他卻貪瀆誤國，來求你網開一面，至交好友滿門上下數十口，有你賜表字的讀書郎，有認你做乾爺爺的黃口小兒，卻皆是命懸一線，你又當如何？」

孫寅終於不再說話，大概是說得口乾舌燥，開始起身翻箱倒櫃找酒喝去了。

劉懷目瞪口呆，汗流浹背。

孫寅總算找到了一壺綠蟻酒，仰頭痛飲，然後瞥了眼劉懷，笑咪咪道：「為富不仁，我倒是不怎麼怕，那些傢伙死就死了，高樓崩塌便塌了，說不定我孫寅還會主動找他們的麻煩。可窮凶極惡四個字，人窮志短又四個字，你怕不怕？我孫寅怕！他張巨鹿更怕！」

劉懷始終沒有挪步，沒有吭聲。

孫寅走到他跟前，在劉懷眼前晃了晃手臂：「咋的，嚇傻了？」

劉懷眼眶通紅，隱約有些淚水。

孫寅把酒壺遞給這個北涼讀書人，打趣道：「別怕啊，喝酒壓壓驚。」

劉懷搖頭苦笑道：「還是不喝了，我沒喝過酒。」

孫寅翻了個白眼，收回手，去門檻坐著，嬉皮笑臉道：「得嘞，那我就有福獨享嘍。」

劉懷默默坐在他身邊。

初春時節，以倒春寒和化雪時，最為凍人骨。

孫寅自顧自說道：「退一萬步說，無親無故之人，無牽無掛，有朝一日終於身居高位，小善之事願不願做，小惡之事怕不怕做？反正這兩種事，我孫寅是既不願做，也不怕做。」

劉懷嘆了口氣。

孫寅喝酒向來牛飲且快速，晃蕩著價格不菲的那小半壺綠蟻酒，唏噓道：「唉，頭疼！心太高，看得太明白，想得太清楚，所以我孫寅比你們這些蠢材更寂寞啊。以後，再也不跟你這個北涼老鄉說這些廢話了，浪費老子的綠蟻酒。」

劉懷輕聲道：「我想好了，我還是要當官。」

孫寅立即笑罵道：「狗日的，你比李吉甫那榆木疙瘩還榆木疙瘩，老子什麼時候沒讓你做官了！你小子要不做官，以後怎麼給我孫寅當那官場幫閒？」

劉懷悶悶道：「可我只為自己當官，為北涼做些事。」

這次輪到孫寅愣在當場。

長久沉默後，孫寅站起身，放下那只酒壺，走向自己那間屋子，好似自言自語道：「看來是真想明白了，那我酒沒白喝，話沒白說。」

劉懷猶豫了一下，提起酒壺，聞了聞，轉頭問道：「我喝了啊？」

背對劉懷的孫寅伸出一隻手，只彎曲大小拇指：「約莫著還剩下三口酒，就當欠我三兩銀子了，看在北涼老鄉的分上，只收你……六兩銀子！」

劉懷問道：「你這是怎麼算的帳？」

孫寅走進屋子，猛然關門後，大聲道：「我孫寅制藝的本事，天下第一！殺熟的本事，天下第二！」

劉懷轉過身，小喝了一口綠蟻酒，打了個激靈。

從此以後，太安城，就又多了個酒鬼。

只不過很多年後，年輕酒鬼沒有變成老酒鬼，而是成了桃李滿天下的……酒仙。

◆

祥符四年，春暖花開。

北涼懷陽關一直向北的龍腰州邊境地帶。

一個貂覆額、腰繫鮮卑玉扣的小女孩，牽著那匹如一團火焰的赤紅小馬駒，在廣袤草原上緩緩而行。她長得粉雕玉琢，大概可以稱之為世間頭等的美人胚子了。

在她身後緊緊跟隨著三位神情古板的侍衛扈從，一名指玄境界，一名金剛境，一位二品小宗師。

在這處註定不會有戰事發生的寧靜草原上，僅是這三人陣容就足以讓人咋舌，要知道如今涼莽大戰正酣，高手宗師早已傾巢出動，過江龍地頭蛇，池塘底下的千年老王八，都一股腦跟隨四十萬大軍去往拒北城那邊了。那麼一個十來歲模樣的孩子能夠擁有這三位扈從，身分之顯赫，可見一斑。

其實不光是三名頂尖高手，三大一小四人的身後，還遠遠吊著的那六、七百披甲精騎，更有潛伏在暗中的數十位精於刺殺的死士，最後有總計六十騎的馬欄子，在四周井然有序地游弋巡視。

他們便是烏鴉欄子，在龍眼兒平原一役之前，曾經是天底下唯一能夠與涼州白馬遊弩手媲美的斥候！是董卓耗費無數心血調教出來的精銳，這六十騎董家馬欄子算是最後的種子了，卻在此時全部用來保證一個小女孩的安全。

可是董家大軍上下，無人膽敢質疑半句。

因為誰都清楚，在大將軍董卓心目中，這個袍澤遺孤的小侄女，比南北兩朝所有郡主加在一起，還要珍貴。

小女孩不愛說話，但毫無驕縱脾性，而且天生讓人心生親近，哪怕是一路護送她漫無目的逛蕩的三名高手扈從，都打心眼裡喜歡這個天真爛漫的閨女。

那名指玄境武道宗師突然轉頭向北望去，視線可及的最遠處，數騎烏鴉欄子正在與一支來歷不明的草原騎軍對峙，很快就有半數董家私騎疾馳而至，迅速將四人圍起來，剩下三百多騎則向北而去。

那支風塵僕僕人人憔悴的騎軍似乎是疲於奔命的緣故，陣形被拉伸得斷斷續續，在那六騎烏鴉欄子的視野中，最少有七百騎，而且根據其中兩騎欄子之前傳回的消息，這支騎軍人數最少在千騎左右。

那名千夫長裝束的為首騎士高高揚起馬鞭，怒喝道：「速速讓開道路！老子正在追殺逃犯，是玉蟾州持節令和呼延大將軍兩人的軍令！擋我者死！」

六騎烏鴉欄子置若罔聞，完全無動於衷，既不向前，也不後撤。

滿腹怒火的北莽千夫長眯起眼，咬牙切齒。如果不是看到那礙眼更礙事的三百多騎正在趕來，他早就帶兵一衝而過了。六騎而已，任你天大本事，也是一個死！

年紀不大的董家騎將停馬後，沉聲問道：「何人？」

北莽千夫長側頭狠狠吐了口唾沫：「老子是玉蟾州軍鎮主將，耶律宣平！還不滾開？耽誤了大事，別說你這毛都沒長齊的娃娃，你家主子都得死！」

董家騎將面無表情道：「我是董大將軍麾下，騎軍千夫長耶律斜軫。不管你是誰，只管衝鋒便是。」

那名千夫長瞬間氣焰全無，彷彿整個人都矮了一截，嘴唇微動，話卻不出半個字。

整座草原十三州，大小悉剔和軍鎮將領不計其數，但是大將軍，二十年間只有十三人，直到那個當過南院大王的董胖子成為第十四人。

同樣是千夫長，同樣是姓耶律，從北而來的那位恨得牙癢癢，瞥了眼那六騎馬欄子，再看看那三百多騎，心中已經確認無疑，還真他娘的是董卓私騎！董大將軍不是在懷陽關跟北涼都護褚祿山死磕嗎，怎麼還有騎軍有閒心在這龍腰州邊境閒逛，最後還跟老子撞上了？

他滿臉苦澀，無奈道：「這位耶律將軍，實不相瞞，末將正在奉命追殺一名從敦煌城逃竄出來的江湖高手。不僅是我，還有其他三支騎軍向南齊頭並進，別說咱們傷亡慘重，就是朱魍諜子死士，這一路上都死了好幾十人。」

董家騎將皺了皺眉頭，稍作思量後說道：「我家小主人就在身後，你們南下，可以在一里地外繞行而過。」

那名千夫長哭喪著臉道：「耶律將軍，咱們這趟南下，真是恨不得把每一寸地皮都給掀起來瞧幾眼，就怕錯過那個高手。如今那人身負重傷，肯定逃不遠，至多在我們身前十里地，我這支騎軍隊伍裡有擅長追捕的人物，如果擔心咱們這些大老粗驚擾了你家貴人，那我就只帶著一百騎跟著你們，咋樣？耶律將軍，你大人有大量，別為難我，行不行？就當我耶律宣平求你了！」

董家騎將猶豫不決。

那名千夫長收起先前略帶諂媚的神色，沉聲道：「我耶律宣平死了兩百二十三名弟兄，他們不能白死！」

董家騎將舉頭望去，在此人身後的大隊騎軍，以七八騎、十數騎的小股騎軍各自紮堆，大多在一名沒有身披鐵甲的騎士率領下，如同拉開一張大網，疏密有致地向南馳騁。

他終於點了點頭，緩緩道：「我可以擅作主張，准許你帶著少量騎軍跟我南下，一百騎。多一人，我殺一人。」

那位玉蟾州軍鎮騎將雖然有些遺憾，但更多還是慶幸不已。

此人也是行事果決之輩，抬臂揮揮手，只留下九十多騎跟隨他筆直南下，其餘騎軍果真在一里之外的兩側地帶，繼續向前疾馳。

在那個貂覆額小女孩身邊，三百騎的包圍圈不知何時稍稍向外擴展了五十步，三名貼身扈從則並排站在女孩身後。

看到這一幕的董家騎軍耶律斜軫眯了眯眼，不動聲色。

在追殺騎軍那支百人隊伍中，三名看似胡亂策馬奔走的騎士，偶爾會下馬仔細觀察草地，還會拔起一棵草放在鼻尖嗅一嗅，沿著那個圓形騎陣的邊緣漸漸向南，最後翻身上馬，三人視線交會後，其中一人對軍鎮騎將搖了搖頭。

耶律宣平表情複雜，不知是失望還是輕鬆，在小心翼翼數次用眼角餘光打量了那個小女孩後，對身邊不遠處的董家騎將抱拳感激道：「不管如何，末將謝過耶律將軍！」

兩名騎將姓氏相同而且官職相當，只不過自稱末將的那位，曉得他與對方沒法子。

耶律斜軫平靜道：「辛苦你們了。」

那支如同草原秋狩的騎軍繼續南下追捕獵物。

在騎軍消失在視野後，策馬來到小女孩身邊的耶律斜軫高坐馬背，他早已伸手按住刀柄，死死盯住南方不遠處的草地。

與此同時，三名武道宗師全部轉身，指玄境界扈從完全擋住小女孩的身影，其餘兩人相隔十數步。

正是陶滿武的小女孩探出一顆小腦袋，輕輕喊道：「你出來吧。」

沒有絲毫動靜。

她提高嗓音，善意提醒道：「你再躲下去也沒用啊。」

終於，草地稍稍鬆動，然後砰然炸裂，一道異常魁梧的身形迅猛撞向陶滿武這邊，兩條粗壯鎖鏈牽引出來的虹光，分別刺向小女孩左右兩名扈從胸口。

小女孩急忙喊道：「不許殺人！」

哪怕再晚上片刻，恐怕那名刺客就要被指玄境界扈從擰斷脖子。

這名扈從已經來到刺客身前，左手五指握住那人脖子，右手握拳，距離刺客的心口只有寸餘。

陶滿武左右兩位扈從，則各自攥緊一條從刺客雙肩透出的鎖鏈，這端鐵鍊盡頭懸有兩柄巨大短刀。

小女孩想要上前，耶律斜軫第一次流露出焦急神色，翻身下馬，蹲下身擋在她身前，眼神堅定卻嗓音溫柔道：「小公主，不可靠近！」

陶滿武「嗯」了一聲，然後對那個老人喊道：「白頭髮爺爺，我叫陶滿武，我不會傷害你的，而且，而且……你馬上就要死了。」

白髮老人雙眼綻放出精光：「小閨女，妳說妳叫什麼？再說一遍！」

陶滿武大聲喊道：「我叫陶滿武！」

然後她說了句連同耶律斜軫在內所有人都聽不懂的話：「我認識那個人！」

老人沙啞低聲笑，沒有半點人之將死的悲愴，只有莫名的快意：「好好好！好一個天無絕人之路！老天爺，就當我姓楚的欠你一次！」

陶滿武扯了扯耶律斜軫的袖口，認真道：「斜軫大哥，我可以跟白頭髮爺爺說幾句話嗎？放心，我知道他不會傷害我，不騙你！」

耶律斜軫是唯一知曉小女孩那份天賦的存在，親暱地摸了摸她的小腦袋：「但是我和三位長輩都要跟在妳身邊，好不好？」

天真無邪的小丫頭使勁點頭，小雞啄米一般，惹人憐愛。

她快步向前，耶律斜軫和兩名扈從緊跟其後。

陶滿武在距離那名魁梧老人和指玄境扈從五、六步外，突然一屁股坐在地上，盤腿而坐，然後抬頭說道：「有什麼事情，老爺爺你說吧，如果我能幫忙，一定幫你！」

哭笑不得的耶律斜軫用眼神示意那名宗師鬆開五指，後者欲言又止，終於還是鬆手收拳，橫移三步，給小主人讓出足夠視野，哪怕知道這名刺客已到了油盡燈枯、氣機乾涸的淒慘地步，那名指玄境高手仍是不敢絲毫掉以輕心。

披頭散髮的老人也跟著小姑娘盤腿而坐，斜眼瞥了一下那名指玄境高手，冷哼道：「換作平時，老子一隻手殺你！」

其實老人原本已經放棄逃出生天的打算，之所以用盡最後的精氣神隱藏此地，無非想要給自己留下一個相對體面的死法而已。

天大地大，竟然能夠偏偏遇到這個叫陶滿武的小丫頭，恐怕只能用天意來解釋了。

老人低頭大口喘息，寬闊胸膛劇烈起伏，氣機稍微平緩之後，望向那個小姑娘緩緩開口道：「小丫頭，我聽那個人說起過妳，但我很奇怪的是妳怎麼認得我？」

陶滿武沒有任何隱瞞，嗓音清脆道：「之前我只知道應該往這邊走，但其實不知道會遇到什麼。也只知道老爺爺你不會傷害我……而且我能看到某些別人看不到的東西……」

小女孩想了想，很快伸出雙手，在空中看似隨意的圈圈畫畫，十分潦草雜亂。

老人嘖嘖稱奇道：「這般天賦異稟，當真是聞所未聞！跟他分別前，我聽他無意中提起過妳，知道北莽有個叫陶滿武的小丫頭……」

陶滿武眨了眨那雙靈氣十足的眼眸，流光溢彩。

她眼眸最深處，藏著些高興，又有些傷感。

老人咳嗽起來，雙手握拳撐在膝蓋上，沉聲道：「我本是公主墳大念頭的……罷了，這些事不多說，總之我在離開北涼前是想著去中原江湖的，卻得到另一個老頭子的密信，說是敦煌城那邊有玄機，希望我能最後做件事，只可惜我只做成了一半……陶滿武，妳記住，盡快讓那個人知道，越快越好！讓他知道他在北邊不只有個女人，更重要的是那個女人，給他生了個孩子！」

陶滿武微微張大嘴巴，顯然有些不知所措。

老人苦笑道：「顧不得妳這丫頭會不會幫忙了，說句良心話，不幫也是情理之中，不管怎麼說，我總算死得安心些。」

說完這句話，老人艱難伸手入袖，這個動作嚇得耶律斜軫和三名扈從都如臨大敵。

不過老人只是拿出一本並不厚的泛黃書籍，輕輕拋給小姑娘，自嘲道：「他送給我的一部刀譜，後來他自己也添加過一些招式，我大致看得懂，可惜全都學不會，小丫頭，送妳了。」

陶滿武雙手接過那部刀譜，捧在懷中，眼眶濕潤。

她知道，老人是真的要走了。

老人伸出大拇指，指了指自己，笑道：「小丫頭，記住嘍。白頭髮老爺爺我啊，叫楚狂奴。是那個人一生當中，見到的第一位絕世高手！」

老人扯了扯嘴角，閉上眼睛，自言自語道：「給那湖水泡過的雞腿，狗日的……竟然還真好吃……」

陶滿武擦了擦眼淚，對著死去的老人大聲許諾道：「我答應你！我一定會跟他說的！」

第十章　四兄弟人人得安　徐鳳年再會裴娘

繼坦坦翁桓溫、理學宗師姚白峰等人之後，劉懷在不惑之年擔任國子監左祭酒，之後三十年，整整三十年，沒有轉任別處館閣衙門，最終死於國子監左祭酒任上。其間這位離陽曆史上最年輕的左祭酒，一次又一次拒絕了離陽新帝的招徠，不去做禮部尚書，不去做翰林院掌院學士。

古稀之年的老人最後一次在國子監授課，不合常理地專門為滿堂北涼讀書人講學。

老人手中拎著一壺綠蟻酒，為那些正襟危坐的衣冠士子開課授業之前，舉起手臂，輕輕搖晃酒壺，笑道：「知道在祥符四年，這壺酒賣多少銀子嗎？你們肯定猜不到，如今這壺酒哪怕已是最上等佳釀的綠蟻，也不過六十文而已。記得在那個祥符四年的初春大晚上，我頭回喝酒，就是咱們北涼道的綠蟻酒，那叫一個貴啊，某人只給我剩下小半壺的三口酒，就收了我足足六兩銀子！當時還真沒覺得好喝，只覺得喉嚨滾燙，如果不是當時身無分文，加上是糊里糊塗賒帳才喝上的酒，早就把那一口綠蟻酒吐了。而這個某人呢，還大言不慚說是看在北涼同鄉的分上，三兩銀子的酒賣我六兩了，你們說這傢伙心黑不心黑？」

在國子監求學的年輕士子們頓時哄堂大笑。

老人微笑道：「的確很黑心對不對？嗯，這個傢伙你們其實不陌生，曾經短暫擔任過咱們國子監右祭酒，所幸很快就捲舖蓋滾蛋了。他姓孫名寅，你們沒猜錯，正是咱們太安城的那位『孫老五』，把尚書省六部衙門除了兵部之外，擔任過五部尚書的孫寅孫大人！」

北涼士子們先是下意識噤若寒蟬，但是很快就又哈哈大笑起來。

若說別的官員，別說什麼位列中樞的正二品尚書大人，就是一部侍郎郎中，也絕不敢如此公然大笑。

可孫老尚書不一樣，用他老人家的話說就是「你們小輩，只要不欺負我氣力不濟，當場揍我，那就都沒事，當面暗中罵我都無妨，我孫寅自從當上大官後，就從不罵比自己官小的人了，為啥？反正看不順眼，就直接讓他滾蛋，還罵他作甚？只有當官比我大的，嗓門比我粗的，我才只能罵一罵，過過乾癮罷了。」

孫寅不是脾氣好，反而脾氣奇差，可偏偏是這麼個傢伙，要麼對他痛恨、畏懼至極，要麼敬佩得五體投地，少有中立之人。

要知道就連皇帝陛下都曾笑言：「孫老兒每次在朝會上指著鼻子跳腳罵人，不管當下朕覺得有理無理，絕不忙著下定論，每次都先裝在耳朵裡，等澈底回過味兒，才決定是回罵他一通，還是賞他幾壺好酒。」

先後輾轉尚書省五座衙門且都當上尚書的孫寅，與前朝重臣坦坦翁，似乎很像，可又很不像。大概當世唯一能夠在罵人一事上穩穩壓過孫寅的傢伙，就只有那位一生之中僅僅入京三次的北涼道老經略使，天底下擔任經略使一職最久的封疆大吏——陳亮錫！

就只有他了，半輩子的經略使，半甲子的左祭酒。

如今離陽朝廷專門用以形容官場上某人的長久不挪窩。

前者是指陳亮錫，後者便是說劉懷。

老人等到眾人恢復平靜，沉聲道：「你們這一輩的北涼讀書人，大概無法想像當年的情景，我至今記憶猶新。在我動身赴京趕考的那年，是永徽末年，入京是祥符元年，我在當時的太安城，就碰到一幫別地士子，衣衫鮮亮，持扇腰玉，風流倜儻。

嗯，你們如今好像也差不多嘛……那會兒，有兩人知道我是北涼人氏後，便陰陽怪氣地一問一答，一個問：『離陽科舉重經義，輕詩賦。按理說，北涼窮書生是占了天大便宜的，為何仍是年年會試顆粒無收？奇了怪哉！』一個便大聲回答：『因為那北涼蠻子莫說經義文章，就連詩賦也作得狗屁不通嘛』！」

老人望向那些年輕的臉龐，大多是憤懣神色，也有風水輪流轉後的坦然和反諷，自然也有些是全然無動於衷置身事外的，老人見多了風風雨雨，都不奇怪。

老人只是淡然說道：「我當時沒能脫口而出那句『我去你娘的奇了怪哉』！不是不敢，只是怕更加坐實了外人眼中我們北涼讀書人的粗鄙印象。你們如今，應該是沒這種機會了。換作你們如此譏諷別地士子還差不多，比如當了很多年過街老鼠的南疆道讀書人。」

老人沒有對南疆道讀書人的命運如何慷慨直言，老人早已明白，公道只在心中，從不在別人嘴上。

劉懷只是重回正題，緩緩說道：「我劉懷自認喝酒第一、授業第二、下棋第三、文章第四、臉皮第五、吵架第六，當官最末。世人笑罵國子監劉老兒居心叵測，是想做那文壇霸主士林宗師，手握一國文柄，最終滿朝黃紫，豈不盡是我劉懷之門生弟子？」

滿堂北涼士子寂靜無聲。

老人哈哈大笑道：「謬矣！」

老人突然間神情堅毅，極具威嚴，不輸那些品秩更高權柄更重的中樞大佬，沉聲而言，皆是老人積攢了大半輩子的肺腑之言。

「我及冠之年入京城，便有個願望，那就是有朝一日若能躋身廟堂，必不讓我劉懷在京求學之困境窘態，在後輩北涼士子身上重蹈覆轍！

劉懷必不讓北涼士子買書買筆之時，所耗銀錢便要更多！

劉懷必不讓北涼士子與人言語之時，因鄉音而惹人白眼！

劉懷必不讓廟堂之上，無北涼士子為國發聲，為民請命！」

這位國子監左祭酒臉色發紅，停頓許久，冷笑道：「如今世人畏我涼黨齊心，罵我涼黨跋扈，尤其恨我涼黨骨頭最硬！」

「涼黨」這個說法，在離陽朝廷上，向來只可意會不可言傳，沒誰敢直接挑明，不承想倒是被視為涼黨中堅大佬之一的劉懷，在今天親自訴之於口！

「在我劉懷心中，有涼黨，老一輩當中，只說跟我差不多歲數的，有的已經走了，有的還在世，例如老首輔陳望、有老尚書省孫寅、有老翰林嚴池集，都是！京城之外，寇江淮、謝西陲、陳亮錫、曹嵬、郁鸞刀、李翰林、陸丞清、皇甫枰、宋岩、常遂、洪新甲、曹小蛟、汪植、洪書文、洪驃等等，他們皆是！」

老人哈哈大笑，自問自答道：「這麼多日後要名垂青史的大人物，皆是我們涼黨成員，你們怕不怕？我自己都怕啊！」

老人挑了挑眉頭，滿臉鄙夷道：「啥？你們說我好像忘了那位？那個很早就躲去江南道隱居的老侍郎老學士？因為他根本就不是個東西嘛！當然了，我罵他不是個東西，已經罵了很多年了。不過你們可能不清楚一件事，這個老東西在晚年也是試圖以北涼人氏自居的，只可惜他晉蘭亭一門心思想要認祖歸宗，可咱們當老祖宗的，根本就不樂意認這個孫子嘛。」

老祭酒之前自稱吵架第六，僅在當官之前，只是聽這些罵人不帶髒字的言語，這個所謂的第六，分量十足啊。

老人驟然高聲道：「離陽兵部，先後三任尚書七侍郎，寇江淮！曹嵬！郁鸞刀！之外七位正三品侍郎，皆出自當年北涼邊軍！

四十年，武將美謚，半出北涼！何其壯哉！

我北涼！何其壯哉！

你們不要忘記，你們今日之衣冠大袖，你們的腰玉琅琅，你們的高談闊論，是祥符初整整四年，北涼鐵騎先後以戰死三十二萬人的代價換來的！是昔年那座北涼王府、如今的經略使府，用那裡的清涼山三十二萬塊有名字的石碑，換來的今天！

別地讀書人如何想，我管不著，也懶得管。但是你們這些出身北涼的讀書人，我劉懷只要在世一天，就希望你們能夠牢記一天！

最後，我最後說一句，你們記住那個人——他姓徐！」

已是極其口無遮攔的老人，到今天最後，都沒有喝一口綠蟻酒，而那僅剩的一句話，也始終沒有說出口。

這句話太過忌諱，也太過沉重。

「無他無中原。」

◆

祥符四年春末，雨潤如酥。

大學士府，一座臨湖小榭，簷下掛落精緻玲瓏。

兩位同齡人並肩而立，一位是年紀輕輕的國舅爺嚴池集，一位是在兵部衙門任職的孔鎮戎，當年是狐朋狗友，如今仍是至交好友。

孔鎮戎沉聲道：「兵部剛得到消息，北莽大軍在拒北城外折損嚴重，但是龍腰州的糧草兵力增援，始終沒有中斷。拒北城打得慘，懷陽關那邊更是慘烈，涼莽這場仗，最少還得拖上兩、三個月。」

嚴池集趴在窗欄上笑道：「咱們京城如今自顧不暇，估計也就你對這些消息上心了。」

孔鎮戎雙臂環胸，咧嘴笑道：「李翰林這傢伙真是了不得，越戰越勇，成了北涼關外碩果僅存的白馬校尉之後，尤其是在去年的老嫗山戰役結束後，他與郁鸞刀、曹嵬以及王京崇三部騎軍，配合寇江淮、謝西陲兩位流州正副將軍，打得北莽包括姑塞州在內的南朝兵馬哭爹喊娘。聽說他們神出鬼沒，完全牽扯住了北莽那僅剩的兩支野戰主力，其中有三次大搖大擺繞過南朝西京城，就跟遛狗似的。這麼一來，整座北莽南朝除了龍腰州向北一線，都給打成了四面漏風的篩子。」

嚴池集下意識揉了揉下巴上的鬍渣，似乎越發扎手了。遙想當年，四人當中，孔武癡長得最老成，最早有了鬍子，而李翰林經常笑話他嚴池集是個小白臉，可惜就是醜了些，比年哥兒差了十萬八千里，所以就算去賣屁股也賣不了幾個銅板。

嚴池集問道：「你說如果我們留在北涼，會怎麼樣？」

孔鎮戎顯然早就想過這種問題，毫不猶豫道：「你如何不好說，要麼在清涼山在宋洞明手底下做個刀筆吏，要麼就是在拒北城當那白衣身分的軍機幕僚郎。可我就不一樣了，最不濟也能跟李翰林一樣，當個白馬校尉！」

嚴池集笑罵道：「德行！也就是他們兩個不在，你才能這麼囂張。早年有他們在場的時候，你孔武癡哪次不是乖乖當個悶葫蘆。」

孔鎮戎翻了個大大的白眼。

當年在北涼道，孔鎮戎除了「武癡」這個綽號之外，在青樓勾欄更是有個鼎鼎有名的綽號——「孔大善人」！因為每次四人結伴喝花酒，唯有這位傻大個特立獨行，絕對不喊什麼貌美如花的花魁清倌兒，開門見山就要跟老鴇來一句「把你們樓裡頭最長時間沒有接客的姑娘喊出來陪酒」。

孔大善人不但每次點名要那些容貌一般、口味刁鑽的女子，每次賞錢絕對不少，而且喊來身邊落座了，他雖然不動手動腳，估計也確實下不去那個手，可也絕不冷落她們。孔鎮戎這種救苦救難的活菩薩，當年名聲響徹北涼道花叢歡場，不比喜好一擲千金的世子殿下名聲遜色多少。以至於孔鎮戎他爹當時都慌了，生怕家裡這棵獨苗將來娶個相貌能夠辟邪的姑娘進家門，到時候豈不是淪為整個北涼道官場的笑談？

所以當年那北涼四害的老爹們，心態各異。老涼王徐驍是心大，根本不在意；老學究嚴杰溪那是心疼自己兒子的名聲，鐵公雞李功德則是心疼白花花的銀子，孔鎮戎他爹最慘，只怕未來兒媳婦是個不能走夜路的閨女，否則板上釘釘能嚇死人啊。

嚴池集感慨道：「李翰林他姐，好像一直沒有成親。」

孔鎮戎沒好氣撇嘴道：「李負真這娘兒們從小眼睛就長在腦門上，對誰都沒好臉色，反正我是最看不慣她的。記得她最喜歡罵我是粗胚，還敢罵年哥兒是色胚，李翰林是她弟弟，李負真倒是沒捨得怎麼罵，而你是咱們當中讀書最多的，挨罵也少些……至於你姐，嗯，比李負真好點。」

嚴池集有些無奈。

徐鳳年、李翰林、嚴池集、孔鎮戎、李負真、嚴東吳。

當年六人，三人在北涼，三人在太安；三人留在家鄉，三人遠赴他鄉。

春雨綿綿，湖面上漣漪陣陣。

孔鎮戎想起一事，緩緩說道：「聽說那個來自幽州胭脂郡的寒士，本該春闈奪魁的，是被某位大人物故意針對，尋了個經不起推敲的由頭給壓了下去，莫說會元，差點連殿試資格都沒了。尤其是這次殿試，他被皇帝陛下欽點為探花郎後，更是被翻出舊帳，京城上下沸沸揚揚。

有人說是擔任此次科舉房師之一的右侍郎晉蘭亭，也有人說是座師司馬樸華從中作梗，有意提拔後來奪得會元頭銜，卻在殿試裡只得了最末等同進士出身的秦觀海，如今連我父親都為其打抱不平，說探花劉懷若非在春闈裡頭給人穿了小鞋，指不定這次就要摘下一甲頭名，加上劉懷本就是北涼道鄉試頭名解元，那可就是我朝科舉前無古人的連中三元了！就我爹那幾棍子打不出半個屁的好脾氣，這些天也是念叨無數次，府上的酒都快不夠喝了。」

離陽科舉，秋闈即地方鄉試，春闈是京師會試，所以有官場「小秋再大春，鯉魚跳龍門」的說法。北涼寒士劉懷其實成名於春闈之前，當時此人在國子監門外抄寫碑文，竟是能夠讓衍聖公府的當代張家聖人為其幫忙抄書，當時數千國子監學子聞訊蜂擁而至，到頭來劉懷竟是最後一個知曉那名中年儒士尊貴至極的身分，此事轟動京城！

只是當時囊中羞澀淪落到借住一處小道觀的劉懷，拒絕了無數達官顯貴的千金買經文，也拒絕了一些人更換住址的邀請，聽說好些京城世族都想招他為婿，也被劉懷一併拒絕了。

當時京城有不少聲音都說此人無非沽名釣譽，待價而沽，一切只在「養望」二字而已。隨著劉懷一舉奪得探花，會試殿試的文章逐漸流傳朝野，這些陰陽怪氣的言語才悄悄消失。

隨著劉懷躍入朝堂視野，太安城好事者才知曉一些內幕。參與秋闈會試的北涼士子其實有五人，但是其餘四人都自己放棄了資格，一同返回家鄉，只將所剩銀錢全部贈給留京的劉懷一人。

孔鎮戎的父親孔大山，當年被離陽朝廷「招安」，選擇離開北涼道，主要還是因為他那個經商多年的兄長兩個女兒，陰差陽錯地都嫁入江南道豪閥。別看孔家男子大多相貌粗糲，女子倒是個個如花似玉。而那兩個江南世族在太安城官場還算吃香，加上他本人與當時的騎軍主帥懷化大將軍鍾洪武政見不合，就來到太安城，只在兵部撈了個不大不小的官銜，才正四品，還是去年末剛升上來的，估計過不了幾年就要被兒子趕上。

孔大山舉家入京後，想來沒少受白眼排擠，不過孔大山雖是地地道道的北涼將種出身，性格卻頗為豁達，否則當年憑藉兒子孔鎮戎和世子殿下的關係，怎麼也不至於淪落到離開北涼的地步。而且孔大山自己是大老粗，卻是北涼中少有對讀書人公然持有欽佩態度的武將，早年別說對李翰林看不上眼，就連對玩世不恭的世子殿下徐鳳年也不冷不熱，只有對讀書種子嚴池集，不苟言笑的孔大山在家裡瞧見了，才會難得熱絡起來。

所以北涼士子劉懷在太安城的境遇，孔大山如何能夠不憤懣滿懷。

原本懶散趴在圍欄上的嚴池集站起身，沉聲道：「春闈的確有些內幕，只不過身為座師的司馬樸華，有意提攜同鄉晚輩秦觀海一事，是真，卻並無打壓劉懷之舉。而作為劉懷房師的禮部左侍郎晉蘭亭，閱卷之時，非但沒有貶低劉懷的文章，反而大為讚賞，考卷之上，可謂滿篇溢美。」

孔鎮戎有些繞不過來了，一頭霧水，禮部尚書侍郎，兩人分別擔任正、副總裁官，難道還能有人與之對抗？

孔鎮戎猛然醒悟，滿臉匪夷所思。

嚴池集點了點頭：「是之前拒絕擔任座師一職的陳少保，對劉懷的文章搖了搖頭，說了幾句褒少貶多的點評。」

孔鎮戎使勁搖頭道：「我不信！陳少保的為人，我雖沒有真正接觸過，但絕對信得過！陳少保絕不是這般人物，更不屑做此小人行徑！沒有必要！」

那位陳少保的朝堂聲望，只需要從孔鎮戎的言語之中，就知道是何等冠絕京城。

嚴池集苦笑道：「一開始我也不信，可這是皇帝陛下親口所說，當時陳少保也在場。」

孔鎮戎呆若木雞，伸手拍了一下額頭：「難怪年哥兒當年說讀書人的事，搞不懂、拎不清！」

嚴池集眼神深邃，輕聲道：「總之，陛下欽點劉懷為探花，且沒有給他狀元榜眼，未嘗不是一種『兩全其美』。」

孔鎮戎嘆了一口氣道：「想不通的事情就不要多想，走不通的路就繞過，這是年哥兒教我的，我覺得很有道理。」

嚴池集笑道：「年哥兒還說啦，遇上打不過的爺爺，咱就先當孫子，以後總有爺爺教訓孫子的一天。」

孔鎮戎咧嘴笑，笑得久久合不攏嘴。

嚴池集沉默許久，等到孔鎮戎終於不笑了，再次趴在欄杆上，輕聲道：「你和李翰林都覺得我讀書最多，只是年哥兒天生聰明，才比我更會講道理，其實不對。我是後來才想明白的，其實當時我們家暗中離開北涼，年哥兒很早就知道了，所以最後一次相聚，他才會獨自跟我說著那番醉話。他說那書上說，天下無不散的宴席。別怕，書上還說了，人生何處不相逢，一桌宴席撤去，總有擺下一桌宴席的機會。」

孔鎮戎無言以對。

想說什麼，說不出口；想喝酒，也無酒可喝。

嚴池集轉過頭，滿臉淚水，望向孔武癡：「我知道，我們四個，再加上我姐和李負真，我們六人，這輩子都不會再有聚在一起的機會了。」

孔鎮戎點了點頭。

嚴池集像個犯錯的孩子一般，抽泣道：「年哥兒他騙我！」

孔鎮戎還是沒有說話，只是緩緩抬起手臂，按在這個年輕人的腦袋上，輕輕揉了揉。

就像當年徐鳳年對待嚴池集一樣。

很多很多年後，不僅祥符年號成了過眼雲煙，連新年號都換了兩個。離陽新帝剛剛登基。

依舊是在這座臨水小榭，依舊是春天的黃昏小雨。

剛剛婉拒新君挽留、卸任門下省左僕射的遲暮老人，在含飴弄孫後，獨自來到這裡。在宦海生涯中是權臣，未來在青史上更是名臣的年邁讀書人，不知為何，默默流淚。白髮蒼蒼的老人神色算不得如何悲愴，就是偏偏止不住眼淚。

被朝野上下譽為坦坦翁第二的老人，也不去擦拭。

就像一個孩子，不小心丟了某樣可愛物件，先是號啕大哭，然後過了幾天，傷心沒那麼重了，可記起來的時候，還是會抽一抽鼻子。

枯腸三碗澆，清風生兩腋。春風拂霜鬢，老翁憶少年。

很多、很多年前，塞外江南的陵州，如今早已無人提及的最後一位北涼王，還是荒誕不經無憂無慮的世子殿下。在那些年裡，經常能夠看到深更半夜，四位少年郎一起醉醺醺走出青樓，滿身脂粉氣。

還沒有投軍關外殺敵，更沒有當上白馬校尉的李翰林，也就是沒有當上征西大將軍的李翰林，那會兒，肯定是滿臉的胭脂唇印。只不過這傢伙最為狡猾，酒量不行，酒品更不行，次次暗中讓花魁清倌兒幫著兌水不說，貌似豪邁喝酒的同時，便偷偷摸摸摔酒出杯，掩飾得天衣無縫，所以他每次打道回府，都還能跟花魁、老鴇們嘻嘻哈哈，絕不耽誤事後再揩油一番，權當收些利息。

而又當了一回大善人的孔武癡，酒量好扛不住酒品好，何況那兩、三位很久沒生意開張便格外感激涕零的姑娘，哪裡肯答應這位身材魁梧的好心年輕人不喝酒？所以他每次還遠遠不如姓李的王八蛋來得清醒。

不過善有善報惡有惡報，孔武癡醉了，李翰林醒著，當然就要後者背著。用世子殿下的話說，就是我背小兩百斤重的孔武癡？到底你李翰林是世子殿下，還是我是啊？而當年仍是被取綽號為「嚴吃雞」的年輕讀書人，早已不怕什麼回家後被父親責罵了，往往是每次走入青樓之前，暗暗給自己鼓氣，今晚這次一定要摸一摸某位小娘子的胸脯，要不然就壯著膽子親個小嘴兒也好，總之怎麼都不能再讓那兄弟三人笑話自己有賊心沒賊膽了！只是每一次離開鶯聲燕語的溫柔鄉，年輕讀書人都會醉得不省人事，告訴自己，沒關係，下下次再嘗試一下，真真正正爺們兒一回！

身材纖弱的少年李翰林，背著身材壯碩的少年孔武癡，步履蹣跚。

而少年世子殿下，背著不重的少年嚴池集，當然輕鬆些。

最早，李翰林不是沒有疑惑，為啥不乾脆讓扈從背著孔武癡、嚴吃雞回馬車啊？

世子殿下說了，咱們才是兄弟啊。

四位少年郎，當時都覺得天底下，好像沒有比這更有道理的事了。

那一刻，老人哽咽道：「年哥兒，你騙人。」

那個人，答應過離陽王朝，或者說答應過天下人，此生都不會再入太安城了。

可就在此時，一隻溫暖手掌，輕柔擱在老人的腦袋上。

有無論過了多少年還是那般熟悉的調侃笑聲響起：「喲、嚴吃雞，哭鼻子啦！是你爹不准你跟我玩耍啊，還是你姐又說我壞話啦？多大事兒，年哥兒我帶你喝花酒去！老規矩，李翰林出錢，孔武癡牽馬！走著！」

老人沒有抬頭，唯恐是夢。

按住嚴池集腦袋的那隻手掌，輕輕抬起，然後輕輕拍下。

那人氣笑道：「嚴吃雞，讀書讀傻了？咱哥仨，可都等著你呢！」

嚴池集緩緩轉身，竭盡全力瞪大眼睛，嘴唇顫抖。

這個位列離陽新朝十二殿閣學士之首的武英殿大學士，這個被譽為「每逢大事，以嚴學士靜氣最多」的很老老人，淚水流過那張乾瘦臉頰上縱橫交錯的溝壑。

他胡亂抹了把臉，又哭又笑，輕聲道：「年哥兒，我很想你。」

他對面那個僅是雙鬢微微霜白的傢伙，露出一個一如當年仍似少年的燦爛笑臉，抬起袖子幫嚴池集擦拭淚花，嘴上說著：「知道啦，知道啦。」

不遠處，有兩人看似竊竊私語，嗓門卻不小。

「瞧瞧，孔武癡，我早就說了，嚴吃雞這傢伙中意咱們年哥兒，當年就是跨不出那一步而已。」

「咦？瞅著還真是啊，以前沒覺著，這次信了！」

「孔武癡，你說嚴吃雞這都一把年紀了，是不是晚了些？」

「唉，嚴吃雞這人大毛病沒有，就是臉皮薄，要換成我，早個六、七十年就跟年哥兒直說了。」

「滾！那會兒你姓孔的，就已經從娘胎裡爬出來啦？」

如今有些耳背卻絕對沒有耳聾的嚴池集頓時大怒，沒有半點讀書人風範了：「李翰林、孔鎮戎！滾一邊涼快去！」

李翰林做抬頭望月狀，孔鎮戎做左右探望模樣，嫻熟至極，爐火純青。

不管如何，嚴池集始終緊緊握住身前那個人的手，不願鬆開。

徐鳳年看著嚴池集，然後轉頭看了看咧嘴笑的李翰林和孔鎮戎，柔聲道：「都還在，都沒變，真好。」

◆

祥符四年。

幽州胭脂郡很出名，名聲之大，連整個中原都有所耳聞，尤其是早年在士子風流的江南道和富甲天下的廣陵道，當然更少不得太安城，最是對胭脂郡感興趣。

因為胭脂郡的婆姨，尤為水靈，應了那句女子真是水做的，豔而不俗，天然嫵媚多情，哪怕是生長在窮鄉僻壤的胭脂郡女子，依然別有風韻。

只不過胭脂郡也有眾多不出名的小鎮，就在其中一座小縣城上，卻住著一位曾經登榜胭脂評的佳人。

裴南葦，本該已經殉情的舊靖安王王妃。

她如今就守著那座不大卻拾掇得乾乾淨淨的小宅子，很少出門，養了一籠雞，然後經常坐在屋簷下，看著那隻趾高氣昂的老母雞，帶著一隻隻玲瓏可愛的小雞崽，滿院子瞎逛蕩，這裡啄啄、那裡點點，久而久之，雖然有些乏味了，卻反而覺得這樣的無趣日子，才是真的過日子。

有名不起眼的年輕女子和風吹即倒的老嫗住得一遠一近，前者偶爾會幫忙往水缸裡倒水，或是送來一些小鎮上註定有錢也買不到的小物件，胭脂啊、水粉啊、釵子啊，零零碎碎，五花八門，裴南葦也都一一收下。

世間女子，無論貧富貴賤，哪有不願自己更漂亮些的。那位滿臉滄桑的老嫗倒是不送東西，只是隔三岔五來家裡串門做客，有一句、沒一句閒聊雞毛蒜皮的事情，說小鎮哪家綢緞鋪有蜀緞賣了，不過老婦人很快就說八成是騙人的，坑那些傻丫頭的私房錢呢。

說小鎮最南邊鐵匠鋪子劉么兒的醜八怪媳婦，竟然勾搭上破鑼巷某個姓張的年輕後生，真難說到底是誰占了便宜。老嫗還說她宅子那邊掉了一只風箏在屋頂，那些孩子也真是調皮搗蛋，上房拿風箏也就罷了，還有個小兔崽子站在屋頂朝院子裡撒尿的，結果給她去孩子家門口好一頓罵。

裴南葦每次都耐心聽著，只不過她大多記不住，聽過就忘了。

終於有一天，有人打破了這份寧靜安詳，是那個叫余地龍的孩子，他一人騎馬不約而至，腰佩戰刀，翻身下馬的姿勢，乾淨利索，屁大的孩子顯得格外老氣橫秋。

她在門口笑咪咪看著，覺得有些好笑。

當余地龍喊出師娘那個稱呼，裴南葦笑得更開心了，沒著急領著孩子跨入小院門檻，問道：「小蟲子，你喊過多少人師娘啊？」

其實這個孩子前幾次都是喊裴姨的，如今換了新鮮的叫法，倒也……沒讓她覺得討厭。

自從那個扶牆而走的典故，好像在一夜之間就傳遍整個清涼山之後，余地龍就對禍從口出這個說法，深刻得不能再深刻了。

不過面對裴南葦，這孩子實在長不起記性，伸出三根手指，咧嘴笑道：「就仨！不過師娘妳，是大師娘！」

裴南葦瞪了一眼，佯怒道：「不會只說半句？」

余地龍一臉驚訝：「啊？就仨？」

裴南葦在這光長個子不長心眼的孩子腦袋上狠狠一敲，氣笑道：「都是跟你師父學的！」

臉龐黝黑得快要跟木炭差不多的余地龍嘿嘿笑著，腳步歡快地跟師娘一起走入院子。

余地龍喜歡把這裡當自己家，所以他上次才會跟師娘商量，以後等他攢夠錢，一定要再蓋一棟屋子。

屋簷下一直擺放有兩條小板凳，她倒是有過買張小竹椅的念頭，後來想想還是作罷，她有另外的打算。

兩人坐下之後，裴南葦打趣道：「小蟲子，你師父那個二徒弟叫什麼來著？師娘給忘了。」

原本懶洋洋的余地龍立即挺直腰杆，有些心虛，小聲道：「她啊，叫王生，呂雲長那傢伙說，那是個土了吧唧的名字。不過我覺得吧，其實還好。」

裴南葦促狹追問道：「那麼如果王生喜歡上你師父，就是不喜歡你，咋辦？」

余地龍張大嘴巴，一臉茫然。

她刨根問底：「嗯？」

余地龍撓撓頭，低頭盯著鞋尖，輕聲道：「我也打不過師父。」

裴南葦捧腹大笑。

余地龍很快抬起頭，一本正經道：「師娘，如果王生她真喜歡師父的話，我就跟師父打一架，不過我可不是為了把王生搶過來！」

這下子裴南葦真有些納悶了：「怎麼說？」

孩子滿臉認真神色，伸出一隻拳頭：「我只是想讓王生知道，妳可以喜歡咱們師父，可是小蟲子也有可能打得過師父。」

裴南葦不置可否，抬頭望向院門口，柔聲道：「小蟲子啊，說你笨，還真笨得可以，說你聰明，也沒錯。」

孩子似乎有些消沉，雙手托起下巴，怔怔出神。

裴南葦揉了揉他的腦袋，安慰道：「可能很快，但也可能是很久很久以後，你才會在某一天明白，當你喜歡一個人，只是那個人不喜歡你，雖然不如兩個人相互喜歡，但比起你連一個喜歡的人都沒有，要幸運很多。」

余地龍皺著臉，可憐兮兮道：「師娘，怎麼聽上去好慘啊。」

裴南葦笑問道：「你覺得師娘是開心還是傷心？」

她加了一句：「如果答對了，師娘就教你怎麼追求王生。」

余地龍小心翼翼道：「傻樂和？」

裴南葦嘴角抽搐。

余地龍以迅雷不及掩耳之勢抱住腦袋：「師娘、師娘！這是師父無意間說漏嘴的！」

裴南葦和顏悅色道：「你答對了。」

余地龍滿臉驚喜。

裴南葦呵呵一笑：「不過小蟲子啊，你還是老老實實一輩子打光棍吧。」

余地龍竟然沒有傷心，只是歪著腦袋，兩根手指捏著下巴，像是在很用心地思考什麼。

這孩子冷不丁坐直身體，然後一巴掌拍在大腿上：「算了，還是等我活著從葫蘆口回來再說！」

裴南葦嚇了一跳：「咋回事？」

余地龍掏出一只錢囊，鄭重其事地交給裴南葦：「師娘，這是我擔任幽州騎軍伍長的兵餉，妳繼續幫我存著。師娘！要是有一天聽說我戰死關外了，記得別為小蟲子傷心啊。」

裴南葦皺眉道：「你要去關外打仗？」

余地龍環顧四周，壓低嗓音道：「師娘！這個不能說，洩露軍機，按北涼律是要被喀嚓一下的！我可是斥候伍長，要以身作則！」

孩子順便做了個抹脖子翻白眼的動作。

裴南葦收起錢囊：「行吧，幫你收著。」

余地龍站起身：「師娘，如果我死了，妳也別跟王生說我喜歡她。」

裴南葦笑問道：「那你活著回來了，師娘就告訴她？」

余地龍趕緊擺手道：「別別別，都別說！」

裴南葦問道：「反正都是要師娘不說，那你提這一茬，圖個啥？」

余地龍頓時懵了，越想越糊塗。

裴南葦起身後，用手指狠狠戳了一下孩子的腦袋：「小蟲子，就憑你這顆糨糊腦袋，以後會是那啥『陸地蛟龍』？」

余地龍訕訕然，大步走下臺階，轉頭擺手道：「師娘，別送了啊！」

裴南葦沒好氣道：「去去去，趕緊的。」

余地龍走出大門之後，裴南葦猛然聽到孩子的驚喜嗓音：「師父？你怎麼來了？仗打完啦？」

裴南葦下意識快步走下臺階，剛要走到院門口，猛然醒悟過來，停下身影，大聲笑罵道：「小王八蛋！」

宅子外頭的孩子哈哈大笑，策馬離去，嚷嚷道：「走嘍！師娘想師父嘍！」

如今時值春夏之交，出身春秋裴閥的女子突然記起一首小詩，內容一字不差，偏偏忘了詩名與作者姓名。

悄悄瞻青壁，悠悠矚翠林。流鶯無一事，聲遠薜蘿陰。

青壁、翠林、流鶯、薜蘿。

想來她之所以記憶深刻，緣於這些可人的江南景物，都是少女時分，與她近在咫尺，越是唾手可得，便越不知珍惜。

在成為離陽王妃之後，囚禁於高牆之內，看膩了婉約詩詞，才逐漸接觸到一些以往不喜歡的邊塞詩，無非是那些詞彙在詩篇中輾轉來回，征人、霜月、羌笛、蘆管、鴻雁。

此時裴南葦環顧四周，黃泥院牆，綠意稀稀，無鳥鳴，已有炎炎暑氣。

高樓閨閣幽怨人？那也得有高樓可棲才行嘛。

裴南葦想到這裡，便當真有些氣憤了，她獨自在這座小縣城柴米油鹽醬醋茶，當然就只能是跟錢有關係。

自從上次跟那名義上是一縣主簿的傢伙去碧山縣縣衙，成功討要來積欠許久的二十兩銀子俸祿，縣令馮瓘不知為何很快就被調走，頂替原主簿「徐奇」位置的楊公壽順勢繼任縣令，縣尉依舊是與新縣令大人同樣出自青鹿洞書院的朱纓，兩人都是赴涼士子。

當時她和他去縣衙那趟，碰到過兩位士子，楊公壽還雇人演了一出英雄救美的拙劣戲，只可惜當時姓徐的一眼就看穿，用他的話說就是我可是紈褲這個行當裡的開山鼻祖，當年北涼不知有多少膏粱子弟都在我屁股後頭吃灰，有樣學樣，畫虎類犬。

裴南葦氣憤的地方在於楊公壽繼任縣令後，碧山縣的主簿位置沒有按例繼續補缺，而是重新掛起了徐奇的名字，可是碧山縣衙那邊給了個「徐奇」既然不去點卯當值，那麼就俸祿減半的說法。據說這還是縣尉朱纓不惜與新任縣老爺據理力爭來的結果，否則以楊縣令的意思，主簿徐奇連一顆銅錢都別想拿到手。

大概是衙門大小胥吏都揣摩到了縣令的心思，尤其是那些男人在衙門當差的婦人，對她這位主簿夫人更是視若仇寇，油米鹽布等物，到她這裡，一律都更貴一些。那名來歷不明的年輕女子原本想要代勞購置，卻被裴南葦拒絕了，裴南葦偏偏就要自己去買，還故意帶上幾顆沉甸甸的銀錠。當然銀子用不上，鋪子那邊也找不開，可當那些婦人眼巴巴瞧著那幾顆銀錠的時候，裴南葦心裡舒坦啊。

那種感覺就像是在說，欺負我男人不在是吧，可我男人能留給自己女人這麼多銀子，他也敢放心，但是你們這些長舌婦人的男人，有這本事嗎？

裴南葦的氣憤，還在於你徒弟余地龍都能掙到這麼多銀子了，你做師父的，也不知道往家裡稍稍寄一些？

她只要一想到要用掉某顆銀錠換成銅錢，就心疼得厲害。

裴南葦眼角餘光瞥見院子裡那隻老母雞，好像帶著幾萬精兵巡視轄境的大將軍，她頓時就氣不打一處來，朝牠們快步走去，使勁踩在地面上，嚇得母雞和小雞們四散而逃。

裴南葦冷哼一聲，雙手叉腰，有些得意。

有個剛好站在院門口的年輕男人，恰巧看到這一幕後，眼神呆滯，神情恍惚。

他望著那個背對自己的婀娜背影，握著一只布袋的手，手心都是汗水。

他如今名叫朱纓，是當年跟隨上陰學宮王祭酒趕赴北涼的數千士子之一。若是當時士子以郁家嫡長孫郁鸞刀最名動天下，其實他如果用上本名，名氣絕不在郁鸞刀之下。

天下理學，南朱北姚！

理學宗師姚白峰已經卸任國子監左祭酒，返回家鄉繼續講學。

而靖安道朱氏子弟，向來不願出仕。「朱纓」的祖父在春秋之中便被譽為「神君」，與學宮大祭酒齊陽龍關係深厚，朱纓父輩這一帶，七人連袂名動士林，被稱為「朱氏七龍」，更是與當年的「江南盧氏，琳琅滿目」並列。

朱纓本名朱英，正是朱家嫡長孫！

哪怕是隱姓埋名，化名為「朱纓」，假託朱氏旁支的庶出子弟，朱纓憑藉自身學識、卓然遠見，依舊在青鹿洞書院鶴立雞群，書院山主黃裳數次請去青鹿洞講學的大儒，都被朱纓逼得下不來臺，狼狽不堪，甚至有年邁碩儒還要當堂向朱纓問道解惑。

只不過朱纓在赴涼士子中名聲不顯，最多有些桀驁清高的口碑，可他那些不曾公開的文章，如年輕藩王當時和裴南葦所說，早已在拂水房案頭擺著，連徐渭熊都被驚動，將其高看為不輸徐北枳、陳亮錫太多的年輕俊彥。

朱纓在拂水房的代號別稱為「雛鳳」，已經與郁鸞刀的「大鸞」並肩！

朱纓，或者說是朱英發現自己嘴唇乾澀，竟然不知如何開口。

與初見她便驚為天人的楊公壽不一樣，朱纓第一次見她時只覺得容顏不俗，但是並無任何旖旎心思，只是有一次在那條雨後的軲轆街上，無意間看到她蹲在街旁，掰碎手中一塊乾餅輕輕餵給一隻滿身泥濘的黃褐小貓，他就再難釋懷。

他知道自己哪怕不是朱氏嫡長孫，可惦念起一名孤苦伶仃的獨居婦人，於理不合，於禮不合。

可他忍不住。

正當他要開口的時候，那名女子已經轉過身，皺眉看著他，問道：「你誰啊？」

朱纓瞬間心如死灰。

一年來，雖然從不曾說過話，可畢竟或近或遠相見次數，十五次還是十六次了？

朱纓臉色蒼白，嘴唇顫抖，說不出一個字。

他想要舉起手中的錢袋子，想要說這是那位徐主簿上月的俸祿，我朱纓身為碧山縣衙同僚，只是來此為夫人送來銀錢。

滿頭霧水的裴南葦不客氣地伸手指著這位呆頭雞：「有毛病？趕緊滾！」

她跑去牆腳抄起一把掃帚，怒目相向，氣勢洶洶。

年輕讀書人，黯然轉身。

裴南葦自然不知道這位年輕人的心路歷程，會只因為她在軲轆街上的那個舉動，便會情不知所起。

不過以裴南葦的性子，就算知道了，也不會在意，恐怕還會重複她之前的無心之語：有毛病啊。

至於很多年後，分明是在北涼官場崛起的朱英，為何最終卻在涼黨如日中天的時候，毅然決然叛出涼黨，以吏部侍郎的身分，以朝野上下譽為「鐵骨錚錚」的名士風骨，硬是多次壓下涼黨後起之秀的官場進階，無人知曉「鐵侍郎」朱英為何如此行事，為何明知自己這般忤逆大勢將會止步於侍郎職位。

最終很快就官至一部侍郎的朱英，放棄了家族聯手數個黨派才換來的機會，放棄了轉入禮部擔任尚書，辭官卻沒有還鄉，而是去往可謂遍地政敵的北涼道，在幽州開宗立派，成為一代理學宗師，聲望不輸給前朝姚白峰。

而朱英一生當中，除了家族聯姻的髮妻之外，只是晚年在幽州胭脂郡納了一妾。那位小妾年輕貌美，正值二八韶華。朱英早已是白髮蒼蒼，此舉也讓朱英頗受中原詬病，被人作詩「一樹梨花壓海棠」大肆譏諷，朱英不以為意，老死在北涼道，朝廷諡號「文貞」。

直到朱英辭官病死於北涼之後，朝堂上諸黨共同抗衡涼黨的格局，仍是沒有扭轉。

曾經在碧山縣壓過朱大家一頭的那位縣令楊公壽，倒是藉著涼黨身分官運亨通，最後當上了兩淮道經略使，與朱英關係一直不錯。

在趕去北涼幽州祭奠好友的時候，楊公壽突然看到那名身披孝衣的年輕婦人，與他們兩人早年在碧山縣鎮上見到的那位女子，好像眉眼相似有四五分。

原本在好友靈堂僅是流露出些許哀色的經略使大人，頓時悲從中來，滿臉淚水。

此時此刻，用掃帚趕跑了不知名「登徒子」的女子，坐在屋簷下。那名老嫗很快就登門拜訪，又開始絮絮叨叨，只不過相比之前的家長里短瑣瑣碎碎，老嫗多說了些道聽塗說來的關外戰事。

說北莽蠻子差不多要撐不下去了，涼州拒北城那邊，從去年秋打到今年夏天，死了不知多少萬蠻子，一旦到了夏天，別說展開攻城，光是堆積如山的屍體就難以處理，更難熬了。

裴南葦聽得心不在焉，有些犯困，打了個哈欠，突然看到那個年輕些的女子走入院子，坐在她們腳邊的泥土臺階上，老嫗驟然間眼神冷厲起來，年輕女子心虛地低下頭。

裴南葦一直被某人說成笨蛋，可能夠當上藩王王妃的豪閥女子，當然不會是真笨，只不過太多事情，懶得去計較而已。

大概是實在太無聊了，裴南葦就用手指戳了戳那名秀氣女子的後背，開口笑問道：「有心事？跟我說說看，說不定我能幫妳哦。」

秀氣女子的腦袋低得更下了。

老嫗趕忙出聲阻攔道：「裴娘子，小楊哪能有什麼心事，她一個小戶人家的女兒家……」

裴南葦微笑道：「行啦，她還小戶人家啊，根腳屬於那座清涼山的女子呢。指不定連那傢伙都聽說過姓名的，要不然沒辦法跟婆婆妳坐在這裡。今天咱們就當是普普通通的街坊鄰居，沒有什麼拂水房啊、養鷹房啊，也沒有什麼藩王啊、清涼山啊，如何？只說些女子間的悄悄話，無傷大雅，反正咱們三個不說出去，誰也不知道。小楊……就先當妳姓楊好了，說吧，喜歡上了誰，裴姐姐和趙婆婆一起給妳謀劃謀劃。」

年輕女死士抬起頭，忐忑不安地望向老婦人，後者嘆了口氣，點頭道：「只此一回，不許有下一次了！」

前者怯生生道：「裴姐姐，我喜歡……」

說到這裡她便說不下去了。

老婦人板著臉冷哼道：「縣令大人楊公壽，繡花枕頭一個，還自稱什麼詩劍仙呢。去年花了二十六兩銀子雇人在王爺和裴姑娘面前，也不嫌丟人現眼！妳是瞎了眼，才會看得上這種世家子弟！」

年輕女子抿起嘴唇，有些幽怨，卻不敢反駁。

裴南葦卻感到有趣了，忍不住幫小姑娘打氣鼓勵道：「這是書上說的才子佳人呀，挺好的。小楊，別給趙婆婆嚇到了，雖說妳們都姓楊，要是在北涼道以外的地方，尤其是在類似江南道這種書香門第比較多的地兒，就有些麻煩了。為什麼呢？

因為大秦之前不嫌一姓之婚，可大秦之後始絕同姓之娶，意思就是說大秦之後，同姓之間不通婚，就成了一條歷代朝廷不管，但是讀書人最愛管的不成文規矩。不過春秋八國沒了之後，連十大豪閥都沒啦，也就不太講究這些。

不過那個姓楊的縣令，估計在中原那邊大小也算個世族，否則也沒資格來咱們北涼，更沒辦法這麼快就當上一縣父母官，所以小楊妳啊，若是家裡長輩不介意的話，最好臨時更改個姓氏……」

從姓氏婚姻一路說到中原世族的門風，再說到庭院深深裡的女子爭寵，最後說到高牆內的各房爭鬥，說到母憑子貴以及對老百姓來說遙不可及的那些誥命夫人。

裴南葦到底是當年高門裴閥精心培養出來的女子，把學問道理講述得深入淺出，不但年輕女子聽得聚精會神，連原本抱著姑且聽之態度的老婦人，都有些聽得入神了。

裴南葦說得意氣風發，年輕女死士聽得兩眼發光，老婦人聽得頻頻點頭。

尤其是裴南葦手把手傳授小姑娘，怎麼去假扮一位家道中落的士族女子，談吐應該如何注意咬字，應當讀哪些詩書，與心儀男子交談時如何欲語還休，年紀懸殊的兩位諜子死士都大開眼界，只覺得原來同樣是做女子，這位名叫裴南葦的女子，才是一等一的大宗師啊。不愧是能讓咱們王爺都「扶牆而走」的天下第一人！

裴南葦說得神采飛揚，正想要說那女子閨房最隱晦的生米熟飯一事，結果後腦勺上就輕輕挨了一記栗暴，從她身後傳來一個溫醇嗓音：「沒妳這麼沒羞沒臊的婦人！妳家男人也太不曉得立家規定家法了！」

一大一小兩位拂水房諜子如遭雷擊，猛然起身，然後迅速退在臺階下，單膝跪地，大氣都不敢喘一下。她們眼睛死死盯住地面，眼神中除了措手不及的驚恐，還有發自肺腑的崇敬和油然而生的炙熱。

十年修得宋玉樹，百年修得徐鳳年，千年修得呂洞玄，何況人生恰好不過百年而已。

裴南葦賭氣地沒有轉頭。

那人在她身邊蹲下身，對院子裡的兩位拂水房精銳柔聲笑道：「起來吧，這些日子有勞兩位了。以後到了這裡別拘謹，還像今天這樣就挺好，才不會死氣沉沉。」

她們兩人站起身，點了點頭。

那人望向面紅耳赤的年輕死士：「楊公壽是吧，放心，我會幫妳牽線搭橋的，回頭先給妳換個士族身分，不過暫時還需要妳留在碧山縣。」

他對老嫗點了點頭，後者心領神會，帶著大福從天降的拂水房晚輩離開院子。

裴南葦還是沒有轉頭：「仗打完了？」

他嘆了口氣：「拒北城守住了，北莽蠻子還算不上傷及根本，剩餘不到二十萬大軍始終退得不亂，所以估計還得再打一場，不過勝勢已經在我們北涼這邊了。我要去趟薊州關外，見一見那位舊東越駙馬爺，順便還有些人也要打聲招呼，別人去我不放心。」

她突然轉過身，一把抱過他，使勁把他抱在懷中。

她紅著眼睛，孩子氣地哭腔道：「我不讓你走！」

一個含糊不清的嗓音從她雄偉胸脯之間傳出：「那妳也別把我……悶死在這裡啊……」

她剎那間滿臉通紅，狠狠一把推開這個得了便宜還賣乖的王八蛋。

徐鳳年被推出去的同時，隨手揮袖一指，彈向遠處。

院牆上，原本蹲在那裡看好戲的呂雲長被那彈指彈中額頭，砰然落地，直接摔在院外小巷中。

少女王生背負劍匣、雙手環胸，看到狼狽不堪的呂雲長站起身，冷笑不已。

在小鎮外偶然遇到師徒三人的余地龍只得一起返回，很是糾結，都不敢多瞧王生一眼。

王生猶豫了一下，沉聲道：「跟我一起去小鎮酒樓，給師父買酒！」

余地龍「哦」了一聲，沒有多想。

呂雲長壞笑道：「你倆去買酒就是了，我在這兒幫師父盯著，以防刺客偷襲。」

背匣且佩劍的王生伸手按住一把劍柄，呂雲長舉起雙手：「得得得，怕了你。」

余地龍一臉茫然。

呂雲長搖搖頭，嘆息道：「余蚯蚓啊，你說你咋就不開竅呢？」

余地龍氣勢渾然一變：「單挑？」

呂雲長有些頭疼，他是真打不過這條蚯蚓啊。

就在此時，只見師父、師娘已經一起走出院門，王生眼眸深處隱藏著一些莫名欣喜。

裴南葦為師徒四人一路送到了小巷拐角處，然後她很快就轉身離去。

四人走在那條軲轆街上，只有原本需要馬上趕往幽州葫蘆口的余地龍牽馬而行。

徐鳳年突然說道：「余地龍，如今武當山有個叫苟有方的孩子，你以後多留心。」

余地龍驚訝道：「啊？為啥啊？」

徐鳳年玩味道：「謝觀應、鄧太阿、張家初代聖人，都算他半個師父，以後可能還要再加上半個武當掌教李玉斧，你說為啥？」

余地龍不鹹不淡地「哦」了一聲，顯然還是沒怎麼在意。

徐鳳年冷哼道：「呂雲長，我提醒你別使壞心眼，記住了沒？」

呂雲長做了個鬼臉，雙手抱住後腦勺：「知道啦。」

徐鳳年笑了笑：「你的對手，也會有的。」

呂雲長頓時雀躍起來：「何方神聖？」

徐鳳年莫名其妙道：「有可能成為天下第三的人物，而且年紀比你小。」

徐鳳年一語成讖。

而天下第三高手的交椅，始終把持在一個用刀女子的手中。

她姓陶。

徐鳳年回望一眼，大聲喊道：「最多再過三、四年，一起去江南。」

小巷中，一直躲在原地沒有離去的裴南葦，嘴角偷偷翹起。

她攤開雙臂，指尖輕輕觸及小巷牆壁，腳步輕快地向小院走去。

因為她覺得，三、四年而已，那時候她還沒有老呢。

◆

廣陵江上，一艘燈火通明的黃龍樓船之上，一對男女並肩站在船頭賞景。

身穿離陽藩王蟒袍的年輕男子輕聲道：「讓妳受委屈了。」

絕美女子輕輕握住他的手，搖了搖頭，笑臉溫柔。

年輕藩王重重拍在欄杆上：「這個宋笠，膽大包天！等本王……」

她突然摀住他的嘴巴。

年輕藩王握住她的手，神色悲哀，轉身凝視著她那張不管怎麼看都看不厭的容顏，擠出一個笑臉：「放心，我趙珣還不至於就此意志消沉！」

離陽三大藩王，燕剌王趙炳、蜀王陳芝豹、靖安王趙珣，三人聯手叛亂，其中以趙炳獲得罵名最多，陳芝豹最受畏懼忌憚，而趙珣最讓人扼腕嘆息。

哪怕朝野皆知趙珣未來將被其餘兩大藩王推上帝位，但是仍然有許多離陽文臣，堅信年輕藩王是在春雪樓變故中被強行囚禁，是被趙陳二人用來蒙蔽世人的可憐傀儡。

太安城其實只猜對了一半，趙珣不願起兵叛亂是真，但要說趙珣沒有篡位登基之心，則是假。

藩王轄境位於中原腰膂之地的靖安王兩代藩王，從趙衡到趙珣，從來都有逐鹿天下的雄心壯志。這一點，兩代北涼王都知道，離陽前朝帝師元本溪知道，曾經在王府擔任幕僚的瞎子陸詡知道，如今的納蘭右慈也知道。

趙珣悔恨自己當初為何不願相信那張紙，那張紙上的字跡，他並不陌生，是那個瞎子身邊婢女的筆跡，要他趙珣在吳重軒平定廣陵道戰事之後，迅速動身返回靖安道轄境。

可是趙珣很想親自帶著身邊這位女子，領略廣陵道景色，也想多與那些必定要在朝堂崛起的武將文臣打好關係。所以才決定在參加過春雪樓那場慶功宴席後，再離開廣陵道不遲，然後便是如今的境地了。

一開始趙珣還認為是因禍得福，因為有人親口告訴他，會幫他趙珣稱帝，趙珣不管是什麼陰謀，都選擇相信，畢竟那個人說這種話，比燕剌王趙炳親口說出，還能讓人信服。

原因很簡單，那個人，叫納蘭右慈。

只是最近這段時日，趙珣過得很憋屈鬱悶，那個曾是春雪樓出身的將軍宋笠——曾是所有在廣陵道的離陽官員中，品秩僅次於節度使盧白頡、經略使王雄貴的副節度使——如今在北線戰功不斷，便越發驕縱跋扈，竟然在前不久登上樓船，笑咪咪開口，厚顏無恥地向自己討要身邊的女人！

趙珣當時氣得渾身顫抖，但最後也沒有說出半句狠話。

宋笠畢竟不敢在樓船上公然搶奪，這位被太安城罵作「三姓家奴」的祥符名將，還不忘在下船之前「好心」地提醒年輕藩王：「以老王妃的歲數，再容顏常駐，又能有幾年風采？還不如贈予我宋笠金屋藏嬌，我他日必有重報！」

很早就世人皆知廣陵道有個姓宋的將軍，不但是廣陵王趙毅的心腹，更被趙毅譽為福將，嗜好收集天下美色。在西楚復國後，離陽朝廷大軍終於攻破西楚京城，宋笠自然更是收穫頗豐，發出「只恨姜氏女帝已死西壘壁」的感慨。

換成趙炳大軍占據這座命運多舛的雄城，宋笠更是以離陽鎮南將軍的顯赫高位，果斷選擇依附燕剌王，宋笠豈能兩手空空？傳言燕剌王趙炳在一次論功行賞的宴席上，當面玩笑詢問了一句「宋將軍，可需要添置宅院養美人」？

深受器重的宋笠只回答了一句話，便讓在場所有男人嘆服：「兩者皆是多多益善！」

燕剌王更是拍手叫好，當場許諾道：「孤此生決不讓宋將軍失望！以後中原歷屆胭脂評出爐當日，必有一位登榜絕色送入宋府！」

再說宋笠不但深受燕剌王趙炳信賴，被大膽授予兵權，宋笠和燕剌王世子殿下趙鑄更是關係莫逆，稱兄道弟。面對宋笠這樣的紅人，空有一個藩王頭銜的趙珣，又能如何應對？

趙珣愁眉不展，眺望江面那些水師樓船星星點點的燈火。

她伸手幫他撫平眉頭。

他笑了笑：「走，回船艙！」

兩人回到形同牢籠的豪奢住處，船艙內有一架造工精美的雕花衣架，衣架上，竟是一件富麗堂皇的正黃龍袍！

納蘭右慈當時登門做客時，這位碩果僅存的春秋謀士身邊便跟著位手捧龍袍的婢女。

這段時日以來，離陽藩王趙珣一次次撫摸龍袍，一次次眼神癡迷，默默數著那一條條金龍。

今夜，他再次來到衣架前，伸手摸著龍袍上的金龍，最後甚至蹲下身，摸著底部那些「海水江涯」。

這個年輕男人突然抬起頭望向她，笑問道：「妳可知道，這件龍袍四正龍、四行龍，分明只看得見八條金龍，數目為何不是九五之尊裡的那個九？」

她想了想：「皇帝本就是真龍天子，穿上龍袍便是九了？」

他起身哈哈大笑，伸手捏了捏她的臉頰，搖頭道：「妳錯嘍，最後一條金龍繡在內襟之上，妳不信去掀開衣襟看看。」

她猶豫了一下，始終不去觸碰那件世間所有男子都夢寐以求的衣服。

趙珣突然取下那件龍袍，讓女子站好，然後竟幫她穿上了那件龍袍！

她從頭到尾都呆滯當場，不知所措。

趙珣一絲不苟地幫女子正了正龍袍衣襟之後，後退幾步，眼眶泛紅，柔聲笑道：「我知道，在靖安道就有很多人罵妳是什麼女藩王，說妳是紅顏禍水，可我不在乎。」

她欲言又止。

趙珣任由淚水流淌：「我知道妳不是她，不是她……我也不在乎妳是誰安插在我身邊的諜子死士，一開始很在乎，如今根本不在乎……為什麼？我喜歡妳啊，我只是喜歡妳啊。哪怕妳現在換了一張容顏，我還是喜歡妳……」

舒羞咬著嘴唇，滲出絲絲縷縷的鮮血。

趙珣突然露出笑臉，彎腰作揖，柔聲道：「夫君見過娘子。」

屋內燭火明亮。

她身穿龍袍，如女子穿嫁衣。

她緩緩施了一個萬福，嗓音婉約道：「陛下。」

◆

一樣是在廣陵江上，一樣是在黃龍樓船中。

身穿便服的燕剌王趙炳坐在繡凳上，正舉杯小酌。

老人雖然沒有身穿藩王蟒袍，也沒有身披鐵甲，卻積威深重。其實在當年參與奪嫡的離陽諸多皇子之中，就以趙炳戰功最為顯赫，是當之無愧的趙姓宗室第一人。

相傳趙炳在離京趕赴藩王駐地的途中，南渡廣陵江之際，揚鞭北望，向身邊的那位謀士笑問道：「廣陵王趙毅、靖安王趙衡、淮南王趙英、膠東王趙睢，這些傢伙加在一起，軍功能有我一半嗎？」

一位俊美非凡的中年人斜靠窗口，側望向滔滔江面，三指持杯輕輕撚動。

在南疆文武心中何等殺伐果斷的燕剌王趙炳重重嘆了口氣，頗為無奈道：「先生，就不能放過那兩個兔崽子？好歹留他們性命，反正以後也折騰不起浪花來了。」

納蘭右慈沒有轉頭，淡然道：「兔崽子？兩位可都是你趙炳的親兒子，你罵自己作甚？」

趙炳頓時無言以對。

納蘭右慈繼續道：「堂堂燕剌王的兩個兒子，故意洩露軍機給太安城，差點讓世子殿下戰死京畿南部戰場，別說是兩個兒子，就是他們的老子敢這麼做，我也得讓人往死裡打。」

趙炳翻了個白眼，甕聲甕氣道：「怕了你。」

納蘭右慈終於轉頭正色道：「你是想要個穩坐龍椅的獨子，還是想要自己穿龍袍沒幾年工夫，就當個二世亡國的破爛開國皇帝？」

趙炳很是頭疼模樣地揮揮手道：「先生說了算！他娘的說道理，我這輩子就能贏過先生一次。」

納蘭右慈展顏笑問道：「那我可就傳令下去，帶兩杯酒給那倆孩子喝去了哦？」

趙炳又立即臉色尷尬起來，低頭不語。

納蘭右慈也不逼著這位藩王立即下決定，重新轉頭望向窗外，好像自言自語道：「終究是虎毒不食子，你要是連這種事情都能毫不猶豫的話，我納蘭右慈也不會輔佐你到今天這一步，當然了，我也活不到現在。」

趙炳放下酒杯，雙手握拳，重重吐出一口濁氣：「就按照先生說的辦！我趙炳就當沒生過這兩個兒子！」

納蘭右慈點了點頭：「你啊，有趙鑄這麼一個好兒子，也該知足了。你看看老靖安王趙衡的兒子，那個做夢都想著做皇帝的趙珣，到頭來連心愛的女子都護不住。你再看看北涼王徐驍的兒子，徐鳳年……」

前半截話挺暖心的，可這後半句話？趙炳忍不住笑罵道：「打住、打住！寒磣人不是？你們讀書人就是一肚子壞水！」

納蘭右慈一笑置之。

趙炳心情好轉幾分，輕聲勸道：「江風大，先生的身子骨又……總之還是別站在視窗吹風了。」

納蘭右慈坐回凳子，給趙炳倒了一杯酒，緩緩說道：「古人最有意思的，就是樣樣樁樁件件，大多都有個疼到心坎兒的故事。可惜啊，胭脂裡名氣最大的紅顏，是貢品，老百姓有錢也買不到。又可惜啊，花雕裡的女兒紅，其實也一點兒不好喝。」

趙炳接過酒杯，喝著那杯據說埋在地底下十多年了的女兒紅，深以為然道：「這酒喝著是不咋的！」

納蘭右慈感慨道：「讀書人的用處，就是把古人所有的『有意思』，喝下去、吃下去，讀下去、寫下去，傳下去。」

趙炳問道：「那像我和徐瘸子這樣的人？」

納蘭右慈笑道：「你們啊，讓讀書人的日子過得不要太舒坦，唯一的用處，就是不讓讀書人忘乎所以到忘本吧。」

趙炳伸手拈起下酒小菜的一片醬牛肉，細嚼慢嚥，沉默許久才點頭道：「有些滋味！」

納蘭右慈直截了當道：「別不懂裝懂，都快三十年了，還是狗改不了吃屎。」

趙炳不以為意，哈哈大笑：「又給先生戳穿嘍！」

遙想當年，兩人初見於離陽京城，當時離陽還只是北方蠻夷的一隅之國，趙炳也只是聲望不高的眾多皇子之一。

那時候在座四人，三人熟識，皇子趙炳、雜號將軍徐驍、寒士李義山、納蘭右慈。

四人當中，反而是豪閥出身的納蘭右慈名聲最盛，趙炳、徐驍都要遠遠不如，至於李義山更是無法相提並論。

那一次相聚，喝高了以後，趙炳便一腳踩在長凳上，盡顯豪氣地大聲笑道：「早知喝酒要撒尿，不知當初就喝尿！」

然後風度翩翩如神仙的納蘭右慈便冷笑道：「早知吃飯要拉屎，不如當初就吃屎？」

趙炳一個坐不穩，轟然倒地。

趙炳只記得當時徐驍朝納蘭右慈伸出大拇指，李義山搖頭不語。

他年他日，今年此時。

四人已經死了二人，所幸活著的兩人，不但活著，還能相對而坐一起喝酒。

趙炳望向這位風采依然奪人眼目的謀士，柔聲道：「先生，趙炳這輩子最大的幸事，便是有先生相隨三十年。」

這位春秋謀士，一生不曾娶妻生子。

不管納蘭右慈初衷為何，燕剌王趙炳心知肚明，若這位納蘭先生有了子嗣，以後的天下，就會有很多變數，就像徐驍有了嫡長子後，便馬上有了那椿京城白衣案。

趙炳興許不會像老皇帝那樣心狠手辣，但絕對會心有芥蒂。

趙炳給納蘭右慈也倒上一杯酒：「盧升象手底下有個叫郭東風的年輕武將，挺棘手啊，連張定遠和顧鷹都接連吃了虧。」

納蘭右慈笑道：「就許你趙炳有大將，不許離陽有良將？」

南疆步軍大將張定遠、顧鷹、原州將軍葉秀峰、鶴州將軍梁越，還有吳重軒麾下唐河、李春郁等人，都是相當拿得出手的將領。加上宋笠、袁庭山和齊神策等一大撥朝廷降將，以及那位白衣兵聖手底下的典雄畜、韋甫誠等人，絕對足夠打下離陽那座太安城了！

反觀年輕小兒趙篆手底下，無非是盧升象、唐鐵霜、許拱、楊虎臣等人，屈指可數。

太安城內其他懂得治軍用兵之人，當然有，而且肯定不少，但未必有他們帶兵的機會了，比如常山郡王趙陽、燕國公高適之、淮陽侯宋道寧。

逐鹿天下，大勢最要緊！

一鼓作氣北渡廣陵江，是大勢，拉攏靖安王趙珣，又是大勢，成功策反吳重軒，還是大勢！

其實在這個過程裡，燕剌王趙炳並沒有消耗多少兵力，可只要是明眼人，就知道天下大勢已經倒向他趙炳。

當然了，真正的大仗、苦仗、死仗還有的打，想要最終奪取天下，尤其是造反，從來沒有什麼一勞永逸的一錘子買賣，甚至在坐上龍椅後，可能還會反反復復十數年。

不過這一切，納蘭右慈都早已給出應對之策，可能無法做到滴水不漏、面面俱到，但趙炳又不當真如外界所傳那般，只是個牽線木偶般的庸碌藩王，他的那個藩王頭銜，只比異姓王徐驍的含金量差而已！

說句難聽的，如果在納蘭先生一手造就的這番大好局面後，趙炳還能輸，他就真去吃屎算了。

趙炳突然壓低嗓音問道：「果真任由陳芝豹率領八萬大軍攻打薊州？」

陳芝豹趕赴中原後，總計六萬西蜀步卒，這次趙炳又給了這位白衣兵聖兩萬精騎，而且是當之無愧的兩萬精銳騎軍。

納蘭右慈平淡道：「天底下，天底下沒有他的容身之處了，連那立錐之地，都沒有。」

趙炳皺眉道：「敢問先生，何以見得？」

納蘭右慈答非所問：「張巨鹿在死前，在離陽廟堂之上，是何種光景？」

趙炳慢慢喝酒，仔細琢磨起來，最後抬頭自嘲道：「想不太明白啊，不過先生既然如此說了，我便如此認為了。」

納蘭右慈嘆了口氣，神色複雜道：「趙炳，天下梟雄何其多，可為何是你最後得天下，不是沒有理由的。」

趙炳咧嘴笑問道：「先生，是在誇我嗎？」

納蘭右慈沒好氣道：「沒酒了。」

趙炳便站起身，小聲道：「早些歇息，大局已定，先生就不要太過勞心費神了，本王還要跟先生一起重返太安城的。」

納蘭右慈點了點頭。

燕剌王走出船艙後，對屋外那五位絕色婢女沉聲道：「照顧好先生！」

五名婢女輕聲領命。

趙炳走出去幾步後，轉頭對一名女子提醒道：「乘履，趕緊進去給先生加件裘子！」

那名婢女嫣然一笑，趕緊離去，去取那件這位藩王前不久才命人送來的名貴貂裘。

當納蘭右慈拎著一壺酒走出屋子的時候，婢女乘履剛好拿來貂裘，披上以後，他與五位婢女一起走到樓船甲板，走到船頭欄杆處。

納蘭右慈一手持壺在身前，一手負後，瞇起眼，喃喃低語：「接下來是陳芝豹，最後就要輪到你了，徐鳳年。」

那位曾經去過北涼拒北城的婢女，柔聲問道：「先生，要不然親自去西北看看？」

納蘭右慈搖頭道：「不用了。」

長久的沉默寂靜，世間唯有江水聲。

他突然將手中酒壺拋入廣陵江，隨後開口道：「去把林紅猿從春雪樓喊過來。」

約莫一個半時辰後，南疆龍宮的林紅猿便來到這艘樓船。

納蘭右慈已經回到船艙，在林紅猿關上門後，伸手示意這名女子坐在對面。

林紅猿正襟危坐。

納蘭右慈笑了笑：「欺騙了自己心愛之人，妳是不是滿懷愧疚？」

林紅猿驀然漲紅了臉，辯解道：「先生，我沒有喜歡……」

納蘭右慈柔聲道：「喜歡不喜歡，的確很快得知，可在喜歡之上的那份感情，未必當下即知，妳還年輕，可能要過很多年才會知道。如果在這期間，妳喜歡上別人，就另當別論了。」

林紅猿手足無措，且心驚膽戰。

當年在武當山腳，在那座酒樓裡，那個無形中把很多人拖下水的陰謀，那場環環相扣的邂逅和刺殺，正是出自這位龍宮宮主的布局，準確說來，是坐在她對面的這位納蘭先生。

既針對年輕藩王，也針對年輕世子。

不在殺人，而在誅心。

納蘭右慈顯得有些疲憊不堪了，嗓音低沉道：「林紅猿，以後如果有機會，去跟那個人說句對不起，既為妳自己，也當是為我納蘭右慈。」

納蘭右慈輕輕重複道：「如果還有機會的話。」

林紅猿茫然離開這艘樓船。

最後納蘭右慈讓五名婢女都走入屋子，柔聲笑道：「皇后是甭想了，畢竟有個張高峽，不過按離陽律後宮可有四位皇妃，妳們當中，有誰不想當皇妃的，向前一步。」

納蘭右慈沒有問誰想做，而是問誰不想，這便是直指人心。

五人皆是向前一步。

幾乎同時。

幾乎。

只有一人腳步稍慢。

納蘭右慈沒有點破什麼，只是笑道：「先生知道了，都下去吧。」

既然四個傻丫頭都不願意當那籠中雀，那麼就是她了。

不過納蘭右慈也知道，不是五人當中最聰慧內秀的她真想做那皇妃，無非是怕自己這個沒有子嗣的先生死了，將來會被某些人肆無忌憚地秋後算帳罷了。

世子趙鑄，和皇帝趙鑄——會是兩個人。

這怪不得趙鑄，這位世子殿下的心性，其實已經足夠厚道純良。

就算是徐鳳年當了皇帝，也是一樣的。

納蘭右慈趴在桌面上，睡眼惺忪，有些替她心疼。

世間男女情事，用情至深後，大概活得久些的那個，往往就要更加痛苦。

納蘭右慈緩緩閉上眼，呢喃喊著一個名字。

義山。

世間豪傑女子，都只恨自己是女兒身，可我納蘭右慈，卻只恨自己是男兒身。

情之一字，不知所起，不知所棲。不知所結，不知所解。不知所逝，不知所終。

不知你所知，我不知所止。

◆

秋風肅殺。

在富饒江南道與貧瘠兩淮道接壤的東北地帶，十數騎停馬於一座山頂。

昔年北涼四牙之一的典雄畜和韋甫誠，身在其中，兩人之間那一騎，是一位當初跟隨他們共同離涼赴蜀的小將。

一名白衣男子，斜提那杆名槍梅子酒。

這位白衣兵聖身邊的那一騎，正是燕剌王世子殿下趙鑄，他抱拳朗聲道：「蜀王殿下，我就不送了！」

陳芝豹只是點了點頭，夾了夾馬腹，一騎當先，沿著山脊道路向北方策馬而去。

典雄畜和韋甫誠緊跟其後，兩人都笑著狠狠拍了拍年輕人肩膀。

那名年輕騎將滿臉淚水，但是從頭到尾，始終都沒有說話。

趙鑄唉聲嘆氣，朝這名年輕騎將擠眉弄眼道：「車野！怎麼感覺我像是個強搶民女的紈褲子弟啊，很作孽的感覺啊。」

名叫車野的年輕人冷哼一聲，很快就又恢復那張刻板生硬的臉龐，不愧是在西蜀道被譽為「小蜀王」的傢伙，盡得陳芝豹真傳啊。

趙鑄對這個傢伙那是相當喜歡的。沒辦法，玉樹臨風、英俊瀟灑不說，帶兵打仗更是凶狠得一塌糊塗，連自己的那幫心腹大將張定遠、顧鷹等人都對此人心服口服，這樣的人才，趙鑄怎能不動心，所以當陳芝豹決定把車野留給自己後，趙鑄差點連去放幾串爆竹慶祝的心都有了。

車野無論是在西蜀道戍守與北涼陵州交界的臘子口，還是之後在廣陵道跟隨陳芝豹衝鋒陷陣，或是之前攻打盧升象部大軍，都展現出驚才絕豔的運兵才華，狠且準，對於戰機把握擁有一種只能用直覺來解釋的天賦。所以趙鑄經常開玩笑說，車野啊，你要是肯叛變蜀王殿下，我就讓你當我趙鑄麾下的頭號大將，一百年不變！

車野留下，跟隨世子殿下停馬在山頂的鶴州將軍梁越，以及原州將軍葉秀峰，兩人都感到十分欣慰。

趙鑄轉頭望向那名身材高挑相貌英氣的年輕女子，嘿嘿笑道：「高峽，我就說吧，一定會帶妳殺入太安城的，到時候妳可千萬別忘了那個誓約啊？」

耳根子通紅的張高峽面無表情道：「等妳進了太安城再說！」

張高峽，正是首輔張巨鹿死後逃亡在外的女兒。

兩位離開武帝城後便一直留在趙鑄身邊的武道宗師，宮半闕和女子拳法宗師林鴉，相視一笑。

長久接觸下來，兩人都對這位燕剌王世子殿下很滿意，既是英雄，且是梟雄。

簡單來說，便是明主！

士不厭學，故能成其聖。明主不厭人，方能成其勢！

趙鑄眼角餘光瞥見那名沉默寡言的騎士，相比三三兩兩靠近的梁越或是林鴉等人，此人顯得尤為格格不入。

姓江。

不過納蘭先生一語道破天機，這個叫江斧丁的江湖中人，實則離陽帝師元本溪之私生子。

趙鑄只知道拳法大家林鴉與他是舊識，而且瞎子都看得出驕傲的女子宗師，對比她年輕了小十歲的江斧丁，有一種異樣情愫，只不過不知為何，雙方明明兩情相悅，卻都不願意捅破那層窗紙。

趙鑄都替他們感到著急，幾次當面幫著說話，都沒啥好下場。有一次直接被惱羞成怒的林鴉一拳「溫柔」地砸在面門上，然後鼻青臉腫了整整半旬時光，那會兒只要他趙鑄在軍中露面，就必然有知根知底的嫡系武將很是「悲痛」地表示：「不承想戰況如此慘烈，世子殿下在前線廝殺得辛苦了！」「末將只恨無法為世子殿下分憂啊，無法在沙場上建功立業，死罪難逃！」

每次被那些大老粗調侃，年輕世子殿下都會呵呵一笑，拉著他們的手就喊老丈人，揚言他回頭就要把洞房給圓了。其中相貌俊美的大將顧鷹家中只有幼子而無女兒，照理說可以逃過一劫，不料世子殿下便語重心長來了那麼一句：「以顧老丈人的容貌氣度，我趙鑄忍一忍，等那孩子四、五年，也不是不可以！」好不容易等於差不多瘀青消除的世子殿下，就又挨了一拳。

正在前線率軍廝殺的顧鷹、張定遠，還有跟隨趙鑄來到此地的梁越、葉秀峰，甚至是曾經吳重軒的麾下大將唐河、李春郁等人，只要是南疆將領出身，對於世子殿下趙鑄，無一例外，都很欣賞。

納蘭右慈曾經對這個年輕人有過蓋棺論定：「冬日溫煦，暖人而不灼人，誰會不喜？」

所以趙鑄雖是燕剌王趙炳的嫡子，可並不是嫡長子，但當年南疆冊立藩王世子，趙炳既沒有選擇他的那位兄長，也不是最被王妃溺愛的幼子。

趙鑄在心中輕輕嘆息。

對於江斧丁，他其實是心有芥蒂的。

因為無論是在江湖還是廟堂，此人都跟那個人有深仇大恨。

可是納蘭先生在江斧丁到來後，私下跟他趙鑄笑言：「你這個世子殿下將來的位置能有多高，江斧丁如今在你麾下地位有多高，便一葉知秋，你不妨自己掂量掂量。」

最後納蘭右慈更是開門見山詢問：「日後你若是在太安城坐北朝南，能否容得下袁庭山、晉蘭亭之流，就在你趙鑄的眼皮子底下平步青雲？」

趙鑄當時沒有給出答案，不知是不願還是不能。

也許是怕自己讓納蘭先生失望。

但也許更怕自己讓自己失望吧。

趙鑄安靜地坐在馬背上，眺望西北。

不只是因為他們南疆的三位宗師，程白霜、毛舒朗、嵇六安，同時站在那一年那一地。

在那裡，曾經有個同齡人，會喊自己「小乞兒」。

山頂之上，林鴉和宮半闕也是如此遠望。

同門師兄弟的于新郎和樓荒都在那裡，雖然大師兄于新郎還活著，樓荒卻已經戰死於拒北城那場關外大戰了。

江斧丁也是如此，他的至交好友、先帝趙惇私生子趙楷，就死在那年輕藩王的手上，而他的父親大半輩子都在與那人的父親作對，兩代恩怨，至今沒有一個乾脆俐落的了斷！

車野自然也不例外，他雖然出身北莽，但卻在那裡的關外，曾經以北涼三十萬鐵騎其中一員的身分，跟隨那位白衣兵聖並肩作戰。

梁越和葉秀峰同樣望向那裡，身為武將，如何能夠不嚮往那種蕩氣迴腸的壯闊沙場！千年以來，騎戰以西北關外，獨具氣概！

趙鑄緩緩收回視線，轉頭大聲問道：「江先生，姑幕許氏的那封家書，差不多已經交到許拱手上了吧？」

江斧丁點了點頭。

趙鑄突然翻身下馬，眾目睽睽之下，蹲下身拔出一根半黃半青的無名小草，一邊咀嚼一邊笑道：「君要臣死，臣不死，是為不忠；父叫子亡，子不亡，則為不孝。現在就看這位節度使大人，是盡忠在前，還是盡孝在先了。」

然後趙鑄齜牙咧嘴道：「楊虎臣和韓芳，這兩個薊州正副將軍，也太不要臉皮了，直接軟禁了對他們以禮相待的馬忠賢、溫太乙，奪取靖安道軍權，一鼓作氣占據了中原腹地，有點頭疼啊。有機會一定要找他們喝酒，把臂言歡！」

趙鑄喜歡跟很多熟人呼朋喚友，更熟悉一些的還會勾肩搭背，從不管對方身分貧賤高低。

趙鑄抬起頭，對所有人笑著說道：「你們在山下等我，最多半個時辰。」

最後，只有張高峽留下，其他人都騎馬下山。

張高峽站在蹲著的年輕世子身邊，柔聲道：「是怕自己以後與他兄弟反目嗎？」

趙鑄撇撇嘴：「那傢伙啊，那麼大度的一個人，才不會跟我斤斤計較，對吧？」

可能是在捫心自問，可能是詢問自己情有獨鍾的張高峽，也有可能是隔著千山萬水，在問那個人。

趙鑄乾脆盤腿而坐，抬起頭，輕聲道：「你要真生氣了，就打我兩拳，保證不還手！哈哈，不過小乞兒我啊，到時候好歹是當皇帝的人了，咱哥倆私下比劃就行嘍。」

張高峽低頭望去，很難想像這麼一個心性堅韌的年輕人，會流露出這種軟弱的姿態。

這一刻，她好像才真正認識這個叫趙鑄的男人。

她蹲下身，輕輕幫他擦去淚水，從不知如何安慰別人的她，只好說道：「我以後都會在你身邊的。」

年輕男人「嗯」了一聲。

第十一章　徐鳳年與女相逢　父與女攜歸北涼

世道不太平。

好在胡笳城是寶瓶州北部重鎮，由於還未被那場如火如荼的戰火殃及，加上擁入許多從南朝北竄直上的高門膏族，反而讓胡笳城呈現出一種病態的繁榮景象。

南朝覆滅在即，北庭以草原遊牧居多，北莽王朝的戶牒制度也就崩毀了大半，有沒有路引已經無關緊要，亂世中，懷揣著真金白銀比什麼都管用。想要進入一座城池尋求庇護，甭管什麼身分，都得老老實實交出一筆不菲的過路費。過路費的多寡，往往又與那座城鎮城牆的高低直接掛鉤。

此時，一名南朝文士模樣的男子夾在人流中緩緩而行，身邊沒有豪僕壯扈護送，那件象牙色的白緞袍子早已蒙塵變灰。路上行人也見怪不怪，南朝無數世族子弟都是這副掉毛鳳凰不如雞的狼狽模樣，在逃亡路途中，甚至許多美妾妙婢都親自雙手奉送給了手握兵權的北庭權貴。這名鬍子拉碴的男子既沒有佩劍也無佩刀，不過若是還有閒心去細細打量，到了一定歲數更為熟稔男女情事的婦人也許就會看出這男子刮掉鬍子，會有一張極為英俊且飽經滄桑的臉孔。

如今北莽上下充斥著一種大難臨頭及時行樂的風氣，藉著南朝世族落難的東風，許多喜好拳養面首的北庭富貴婦人，人人收穫頗豐，不知有多少南朝年輕人成為她們的囊中玩物。就像此時，一駕由兩匹雄壯戰馬牽引的馬車就掀開了簾子，露出一張連中人之姿都算不上的女子面容，眼神游弋，如鷹隼捕捉獵物，一圈下來，選中了兩位結伴而行的文弱書生。隨著她伸手指指點點，車廂內那位粗壯丫鬟很快就去為主子「排憂解難」，喊來八騎扈從中的那位領頭騎士，低聲說了幾句。

那名騎士點頭，策馬狂奔，毫無顧忌地沖散人流，到了那兩名倉皇失措的年輕男子身前。這名魁梧騎士高坐馬背，輕輕旋轉戰刀，嚇得那兩人臉色雪白，等到騎士直言不諱說出自家主子的身分和意圖，然後用刀尖點了點那駕馬車，兩個年輕人稍有猶豫，騎士便冷笑著抽出戰刀，兩根手指摩挲著刀尖。兩人很快就認命，跟隨這名將軍府上的騎士前往那輛馬車。坐入車廂後，既有辱沒家風的難堪，也有賣身求安的如釋重負。

還提著簾子的婦人瞥了他們一眼，嘴角翹起。瘦胳膊細腿的，雖說手臂還未必有她粗，可這畢竟是讀書人的滋味啊。她收回視線，望向那個方才驚鴻一瞥便無法釋懷的修長背影，猶豫是不是再納入一位男寵，不過當下已經略顯擁擠的車廂讓她打消了這個旖旎念頭。

繼續前行的馬車重新超出那人的時候，她想了一下，既然自己暫時沒了那份心思，總覺得也不能便宜了城內那幾位總喜歡跟自己爭風吃醋的娘兒們，萬一此人不小心淪為她們的幕中賓客，那得多彆扭？自己不要的東西，誰也別想得到。

於是她讓健壯婢女捎話給那隊扈從，去宰掉那個前一刻看著挺舒服的男人。

亂世人命賤猶不如太平犬，生死只在有些人的一念之間。身為一名實權將軍正妻的她放下簾子，豎起耳朵等待那種戰刀刺入胸膛或者乾脆剁掉腦袋的愉悅聲音。若只是因為丈夫是寶瓶州的一員萬夫長，她自然尚且不敢如此行事乖張，可當她男人是因為她的家族尊貴姓氏才坐上這個位置，那麼在胡笳城，就沒有幾個人膽敢因為她當街擄搶幾個難民「誤殺」幾個賤民而說三道四了。

只是她等了片刻，還沒有聽到預期的美妙聲音，不由疑惑地掀起簾子。

那名親衛百夫長返回來到窗外，躬身後一臉驚駭道：「夫人，那傢伙突然不見了！」

婦人惱火道：「竟然逃了？那傢伙兩條腿還能快過戰馬的四條腿？」

百夫長的膽戰心驚不是因為婦人的震怒，而是自己的詭譎遭遇，慌張解釋道：「夫人，屬下剛才已經衝到那人身前一刀劈下，可那傢伙就那麼憑空消失了！」

婦人皺眉喃喃道：「白日見鬼了不成？難道是一位深藏不露的武道高手？沒道理啊！咱們北莽江湖高手都在北涼那邊拚得差不多一乾二淨了，就算有漏網之魚，那也要麼是繼續在軍中任職，要麼被南朝大族吸納擔任護衛。」

婦人和她的家族雖然在寶瓶州本土勢力中是佼佼者，卻也不至於狂妄到招惹那些傳說中飛來飛去的奇人異士。涼莽邊境上那幾場雙方高手盡出的巔峰大戰，雖然沒有太多細節流傳，但也讓世人終於明白了一個鮮血淋漓的道理：戰場上一個萬人敵未必能決定一場大型戰役的走向，但是兩個、三個，甚至是十數個武道大宗師的連袂出現，北莽兩三萬鐵騎根本不夠殺，哪怕是二十萬大軍想要推進一步，都會難如登天！可以說與北莽國勢一榮俱榮的婦人臉色陰沉，咒罵了幾句北涼蠻子的冥頑不化，尤其是那個讓北莽吃盡苦頭的北涼王更被她罵得不輕。

當婦人決定息事寧人後，擺擺手示意那位忠心耿耿的百夫長不用追究那人，放下簾子，突然察覺到一陣不合常理的微風拂面。不僅是婦人，車廂內壯碩婢女和兩名羊入虎口的書生都目瞪口呆，婦人這才發現自己身邊坐了一位不速之客。

她胸口劇烈起伏，波濤洶湧，艱難轉頭，看著那個正是先前風塵僕僕卻難掩氣質的古怪男人。坐在繡墩上的婦人不愧是出身豪閥的女子，哪怕雙拳緊握，微微顫抖，臉上仍是擠出嫣然一笑，並且抬手阻止那名女婢回過神後的拚死護駕，微笑道：「這位爺，是劫財還是劫色啊？不管是一種，就衝爺這份讓奴家深深折服的膽識氣魄，便是兩樣都劫，奴家也認命了。」

男人一笑置之，輕聲開口道：「讓申屠夫人失望了，在下只想要胡笳、石碑兩城的地圖，要很詳細的那種。」

婦人嬌媚笑問道：「爺可是北涼諜子？奴家膽子小，萬一給安上串通北涼的罪名，那可是要滅九族的。」

男人的神情似乎有些不耐煩，但語氣還算和善，說道：「我的時間很寶貴，相信申屠夫人的命也很寶貴，在半個時辰內拿不出地圖，我不介意……」

婦人故作小女人姿態地拍了拍胸口，打斷男子的言語，楚楚可憐說道：「奴家怕死了！爺你是頂天立地的英雄好漢，為何要跟一個弱女子過不去？當然，兩份地圖對奴家而言也不是太緊要稀罕的玩意兒，只要爺去了奴家府上……」

下一刻，顧左右而言他的婦人就再也說不出一個字，因為她的頭顱和身軀死死貼在車廂後壁上，如一張薄紙被釘入牆壁，整個人的臉色迅速由紅潤轉為蒼白再轉為鐵青，像一條被扯上岸的魚，命懸一線。

那女婢更是早已昏厥過去，如爛泥癱軟在地，生死不知。剩下兩個好不容易從龍腰州逃亡到胡笳城的年輕人噤若寒蟬，使勁閉嘴，生怕自己呼吸都會惹惱了這尊來歷不明的魔頭。

他們看到那男子有些「心不在焉」的「怔怔出神」，彷彿是在感受什麼，然後有些失望，回神後對那婦人平靜說道：「可能我先前沒有說清楚，我的時間比申屠夫人的性命，其實要寶貴很多。眨一下眼睛，就當夫人答應交出兩幅地圖。我數三下，如果得不到答案，那夫人今天就要被人抬著進入將軍府。」

即將窒息而死的婦人用盡最後的精氣神趕緊眨了一下眼睛。

她到今天才知道，原來有時候一個人眨眼也是如此吃力的事情。

最讓她感到絕望的真相是另外一件事情。她真正的保命符，不是那明面上趾高氣揚的八騎扈從，而是那個高人不露相的老馬夫，實打實的二品小宗師。可車廂內這番變故，那名馬夫從頭到尾都沒有察覺。

期間她有意無意提高嗓音與身邊男人「打情罵俏」，照理說以老人的二品境界早該洞悉發生在身後近在咫尺的事情，可結果是馬車依舊穩穩當當前行。難道這個瞧著年紀應該還不到三十的男人是一品高手？北莽江湖有這麼一號人物嗎？北莽江湖不比蛟龍蟄伏遠離朝廷的離陽江湖，沒有什麼祕密可言。

盤腿而坐的男人沒有任何動作，貴為申屠家族嫡女的婦人便能夠重新恢復呼吸。

男人平靜說道：「申屠夫人，妳的馬夫曾經是二品圓滿境界的武夫，用左手刀，可惜在四十歲左右臟腑受過嚴重創傷，這些年以道德宗名貴藥餌進補，才堪堪維持住二品境界，我有沒有說錯？」

婦人臉色陰晴不定，將他當作了申屠家族潛伏多年的仇敵，對自己家族知根知底，否則如何能一口說破老馬夫的底蘊？

男人略帶譏諷笑意說道：「之所以講這些，是告訴申屠夫人一件事情：如果節外生枝，耽誤了我的時間，讓一座小小的將軍府雞犬不留，真的不難。」

婦人倒抽一口冷氣。

她正襟危坐，卸去全部偽裝，轉頭沉聲問道：「這位公子，當真是只要兩幅地圖？不殺我也不在城內胡亂殺人？」

男子點了點頭，然後閉目養神。

馬車到了將軍府邸外停下，申屠夫人本打算讓老馬夫去取地圖，自己作為人質留在車廂內，可那古怪男子竟然自負到讓她下車，甚至只需要讓僕役送來地圖，都不需要她再度露面。

婦人難免咋舌，讓那本該成為新面首的兩名文弱書生滾蛋，她則沉默著走入府邸，不到一炷香工夫便取回兩軸北莽軍用地圖，畢恭畢敬遞給那名依然坐在車廂內的男子。後者打開地圖，仔細流覽了一遍。

申屠夫人壯著膽子偷偷打量這位男子。他的臉龐有著比北莽北庭男兒更柔和的輪廓，但相較中原江南的男子，又要多些稜角，故而可以稱之為俊美同時卻不給人陰柔的感覺。尤其是他那雙漂亮的丹鳳眸子，細瞇起觀看地圖的時候，尤為勾人心魄。

男子看完地圖，閉上眼睛在腦子裡過了一遍，確定沒有遺漏後，睜眼遞還給婦人，微笑道：「申屠夫人很守信，府上四十餘私軍扈從都沒有隱蔽動作。我現在沒有什麼東西可以感謝夫人的借圖之舉，不過相信以後應該會有表達謝意的機會。」

婦人一陣後怕，幸好離開自己男人書房的時候，決定多一事不如少一事，否則恐怕今日就會是府上很多人的忌日了。

正當她感慨萬分的時候，那男子如同陸地神仙一般驟然消失。

婦人突然笑道：「都說那北涼王不但是天底下數一數二的高手，而且長得十分英俊，我想這位公子哥兒比起那位北涼王，也差不太遠了吧？」

她如果知道此人正是北涼王徐鳳年，一定會活活嚇死。

◆

徐鳳年一開始是在北莽南朝境內去大海撈針，但是很快意識到一點，他和紅薯的孩子當初也許不是選擇直接南下避禍，而是反其道而行之，先北入北庭，再耐心等待並且尋找機會安然赴涼，於是他迅速北上。

可即便孩子真的在北庭，他也不知道這個孩子到底是在大草原上，還是在某座城池中。徐鳳年只能憑藉僅剩的直覺搜尋，極有可能一切都是徒勞，事實上如果他搜完胡笳城、石碑城後，哪怕依然找不到，也必須起程返回。

也許孩子已經不在人世了。

但這種事實上屬於最大可能的「也許」，徐鳳年完全不敢去想、不敢起念。

徐鳳年在胡笳城內漫無目的地走走停停，前一刻他可能還在僻靜的酒樓屋簷下望著街上人流，下一瞬就可能出現在了某條有稚童嬉笑聲傳出的小巷弄裡，然後就又站在某座不起眼的高樓屋頂。

從正午烈日，到日頭開始西斜，再到黃昏來臨，徐鳳年坐在了胡笳城西北角一處貧寒市井的破敗古寺臺階上。

一路行來，期望了成千上萬次，失望了成千上萬次，既便如此，他始終沒有死心。

徐鳳年告訴自己，自己的孩子，一定就在某個地方等自己，等自己這個對不起她們娘倆太多太多的爹。

背後古寺荒廢多年，不顯佛氣，只剩下了陰沉的光線。

寺前有一大片空地。

徐鳳年正要站起身，看到不遠處跑來一群孩子，有三、四歲的，也有七、八歲的，都是北莽最普通的衣飾裝束，他們無憂無慮，手裡大多扯著多半是他們爹娘自製的劣質竹骨紙鳶。

七、八個孩子玩起了鬥風箏。中原江南一帶，不論貧富，稚童也喜好放飛紙鳶，但那都是放風箏，不像眼下這群孩子玩的是鬥風箏，足可見北莽骨子裡流淌著的那種血性。孩子手中的紙鳶皆是長而方的薄板子，從背後勒成瓦狀，繪畫簡陋粗鄙，不拴尾而縛弦，憑藉奔跑和強風放入空中，嗡嗡作響，左衝右突，與其他紙鳶碰撞廝殺，若是纏繞在一起，便要相互割線，落敗者就只能眼睜睜看著紙鳶墜落遠處，再屁顛屁顛去撿回來。

徐鳳年抬頭看著天空中的鬥風箏畫面，怔怔出神。已經有幾只風箏斷線而落，有稚童「哇」一下哭出聲，跑去尋找，那紙鳶不幸高掛枝頭，他便在樹下哭得撕心裂肺。

半個時辰後，到了吃飯的時候，在爹娘的呼喊聲中孩子們陸續散去，鬥風箏勝者如同沙場凱旋的將領，落敗者則灰心喪氣，想著回去從爹娘那邊再偷些絲線。

暮色中，徐鳳年對著一大片空地怔怔出神。

然後一陣細碎的腳步聲打破了寧靜。

遠處，一個矮小瘦弱的身影蹦蹦跳跳而來，手裡拎著一只略有損壞的小紙鳶。跟臺階相距七、八丈，那個邋裡邋遢的孩子停下腳步。原來是個四、五歲的小黑炭丫頭，小臉髒兮兮的，除了紙鳶，還有些不知何處撿來的枯黃菜葉。

多半是個乞兒的她盯著坐在臺階上的攔路虎，流露出稍縱即逝的戒備，但很快就恢復歡快蹦跳的姿勢，從徐鳳年身邊跨上臺階，就要走入古寺。

徐鳳年笑了笑，自己可能是坐在人家的「家門口」了，也難怪她有些不開心。

就在此時，遠處跑來四、五個孩子，為首一個有八、九歲，牽著先前一個在空地上鬥風箏落敗後紙鳶掛枝的孩子，看到徐鳳年身後的小黑炭後，立即就吵吵嚷嚷起來。

徐鳳年身後的孩子已經足夠警惕，幾乎在第一時間就猛然將那只紙鳶丟入了院中，可惜還是落入了那幫孩子的眼中。那幾個孩子嘩啦啦衝上臺階，年紀最大的那個一拳就砸在小女孩的肩頭，冷哼一聲，威脅道：「小偷，滾去把我弟弟的風箏撿起來，然後跪下來求饒！否則我拆爛妳的破家！」

被狠狠捶了一拳的女孩一個踉蹌，差點跌倒，挺起胸膛冷笑道：「誰是小偷？你全家才是小偷！紙鳶落在樹上，我爬上去取回來，也沒見上邊寫你們的名字啊！」

那年長許多的男孩一巴掌搧過去，小女孩歪了歪腦袋躲掉，一抬腳踹中男孩的褲襠，踹得他立馬在地上打滾。這還了得？其餘拉幫結派的孩子二話不說就開始圍毆這個一直很惹人厭的女孩，結果一通糾纏下來，都給她打得不輕，個個鼻青臉腫，還有個手腕都被她用牙齒咬出血跡。當然骨瘦如柴的小女孩更不好受，全身上下挨了不知多少下拳打腳踢，但是最後她還是驕傲地站在破寺門口，既不逃，也不哭，一副大不了繼續跟他們拚命的架勢。

那些孩子到底不如她光腳不怕穿鞋的，嘴上罵著「賤種」、「乞丐」，悻悻然離去，不忘放著各種狠話。

徐鳳年轉頭看著那個小女孩等所有人走遠之後，嘴角滲出血絲的稚嫩臉龐痛苦地抽搐了一下，然後使勁張開嘴，伸出兩根手指，狠狠一拔，把一顆搖搖欲墜的門牙拔下來，小心翼翼握在手心。

她瞥了眼一臉訝然的徐鳳年，翻了個白眼，拍拍屁股，轉身雙腳併攏一下子跳過門檻。

徐鳳年啞然失笑。

徐鳳年站起身，繼續在胡笳城內尋找，尋找一切可以依稀看出那動人女子容顏的孩子，可以是像她的眼睛、像她的鼻梁、像她的嘴唇，不管什麼，只要有一分相像都好。

◆

夜深人靜，徐鳳年一無所獲，站在胡笳城頭，嘆了口氣，就準備前往最後一座城池──石碑城。

不知為何，腦海中浮現出那小黑炭拔掉門牙的表情，徐鳳年情不自禁會心一笑，自問要不然再去看她一眼？

陰森森的寺廟，窗欄破敗不堪的屋子，狹窄的小木板床，歪歪扭扭的小木凳，架著一口小鍋，若是再加上藏在地下的那小袋子糧食，就是她的一切家當了。

可她一個人還是過得很開心。

晚餐是那一小鍋白天從集市上撿來的菜葉亂燉，她覺得很豐盛。

她盤腿坐在離窗口最遠的小木板床上，抬頭癡癡看著星空，腿邊擱有一只縫縫又補補的棉布偶，這就是她在世上唯一可以說話的小夥伴了。

她突然嗅了嗅，「嗖」一下跳下床，「吱呀」一聲推開門，站在原地眯起眼，看到院中一幕奇怪場景——傍晚那個坐在臺階上的傢伙這會兒正蹲在院子裡烤肉！

她沒有上前，就站在門口打量那個傢伙。

徐鳳年架起火堆烤著一隻雞，雖無作料，卻也被他折騰得金燦燦、黃油油，足以讓人食指大動。

小女孩吞咽著口水，但就是咬緊牙關不挪動腳步，等到那傢伙撕下一條雞腿往嘴裡塞時，她還是強忍著。

直到那傢伙吃掉半隻烤雞，她還在天人交戰。等到她看到那人打算對最後一隻肥膩雞腿下手時，她才慢慢走到火堆旁邊，伸出一隻手。意思很明確——我要吃雞腿，你給我。

徐鳳年沒有理睬她，撕咬了口雞腿，滿嘴流油。

小黑炭重重往前踏出一步，又伸了一次手。

徐鳳年斜眼看著她，一口一口咬著雞腿。

女孩眼珠子轉動，透著一股靈氣狡黠，說道：「這是我家！」

徐鳳年含混不清道：「不過是借個地兒，吃完我就走。」

女孩憤怒道：「給我雞腿！」然後急匆匆補充道：「只剩下半隻了！」

徐鳳年瞥了她一眼：「求人不是應該加個『請』字嗎？」

他本來想加一句「你爹娘沒教你嗎」，不過想了想還是作罷，跟一個孤兒說這話，未免太傷人。

黝黑又乾瘦的小女孩朝火堆狠狠吐了一口唾沫，然後走回臺階，一屁股坐下。

徐鳳年丟掉雞骨頭，隨手擦了擦油膩五指，跟她大眼瞪小眼，還不忘落井下石地打了個飽嗝。

倔強的小女孩生著悶氣。涼風習習，雖然她的頭髮骯髒生硬，但是稀疏的瀏海還是被微風拂動，露出高高的額頭，相比她泥汙的臉孔，顯得尤為白皙光潔。

最後還是小女孩率先敗下陣來，返回屋子睡覺去了。

徐鳳年坐在院子裡，如老僧入定，閉目養神。

其間好幾次她都踩在小木凳上透過沒有窗紙的窗戶悄悄偷看，直到深夜她才躡手躡腳爬回小床。

拂曉時分，小女孩輕輕推開房門，結果看到那個討厭的傢伙還賴在她家裡沒走。她也沒敢趕人，乾脆就當他不存在，眼不看、心不煩，拎著那斷線紙鳶自顧自順著一棵老樹爬上去再跳到屋頂，舉起紙鳶高過頭頂，跑來跑去，像一隻不知疲倦的小野貓。

徐鳳年站起身，伸了個懶腰，抬頭望去，那個小黑炭正居高臨下望向自己，眼神冷漠，而且充滿了與她年幼歲數極其不符的審視意味。

徐鳳年和顏悅色問道：「妳爹娘沒了？」

那孩子像是被踩到尾巴的貓，憤然道：「你爹娘才死了！」

徐鳳年有些無奈：「那妳還不出門乞討？早起的鳥兒有蟲吃，否則就不怕餓死？」

小黑妞冷笑道：「要你管！還有，你才是乞兒！我！不是！」

徐鳳年笑道：「不當小乞兒乞討為生，難道妳還能去偷去搶？」

小女孩嗤笑道：「你懂個屁！」

徐鳳年沒有說話。屋頂上那個在底層市井艱難求生的孩子顯然很擅長察言觀色，這是一種近乎本能的敏銳直覺，她可以跟那些比她大上幾歲的孩子拚命，因為她一旦露怯，那就意味著永遠被他們欺負。

去年她的棉布偶就被他們趁她不在家偷走過，她的小鍋也被他們藏起來，還經常被他們往窗戶裡砸石子，但她明顯不敢真的惹怒院子裡這個成年男子。她這種知曉進退的習性，也許是與生俱來的天賦，可更是被孤苦無依的境地一點一點逼出來的。

她願意去偷東西，去撿菜葉，但她就是不願意去大街上當一個擺碗的小乞丐，她自己也不知道為什麼。今年她已經可以去高不過膝蓋的城外小溪小河裡，嘗試著用尖木刺魚，或者在野外用破簸箕扣鳥，挖野菜，她覺得等自己再大一些，肯定還可以做更多的事情。

反正她一個人可以過得很好，可以慢慢等著個子長高，然後再去做那件大事情。

徐鳳年看到那個性情頑劣的小女孩突然坐在屋頂邊緣，把紙鳶放下，兩條小腿一晃一晃，托著腮幫望向南方。

徐鳳年掠至屋頂坐下。過了半個時辰，她才猛然驚醒，轉頭一臉疑惑問道：「喂，你怎麼也爬樹上來了？」

徐鳳年默不作聲。

她挪了挪屁股，像是要離他更遠一些，但事實上她右手輕輕掀起兩片破瓦，握緊一柄小木刀，卻始終不讓徐鳳年看到。

徐鳳年依舊望向遠方，笑問道：「妳在屋頂藏一把小木刀做什麼，難不成還想殺我？」

她臉色唰一下變化，猛然站起身，面朝徐鳳年，雙手握刀。

徐鳳年哭笑不得，自嘲道：「不管妳信不信，我都不是壞人。嗯，準確說來，也許是壞人，但肯定不會對妳有什麼壞心眼。妳自己算一下，有什麼值得我惦記的值錢物件嗎？是木刀？是小破鍋，還是這棟破屋子？」

她看似天真無邪地笑了笑，嘴上說著「對啊對啊」，揮舞了幾下木刀。但徐鳳年不用看，也清晰感受得到她渾身依舊緊繃。

徐鳳年有些納悶，這孩子是不是被這些年流離失所給人欺負得慘了，否則怎麼會如此的「老到世故」？

她嬉笑著重新坐下，又從瓦片下掏出一塊不知從哪裡順手牽羊來的鈍刀片，主動朝徐鳳年晃了晃，彷彿在耀武揚威，說「我有刀哦」。

她見徐鳳年一直沒有轉頭，有些許的放鬆，開始削刀。小木刀還是件半成品，她得繼續「鍊刀」。

徐鳳年發現這個小妮子在入神專注於一件事情後，神情會相當一絲不苟。

他忍不住笑了笑，記起自己小時候的光景，大概某些時候也是像她這樣？

他和她有一句沒一句閒聊著，一問一答，大部分她都不說話。

「妳叫什麼？」

沒有反應。

「有朋友嗎？」

「當然！」

是那隻相依為命的棉布偶。

「多大了？」

「問這個幹嘛？」

「這把小木刀妳自己做的？」

她翻了個白眼，對他的明知故問很是不滿。

「妳這木刀也太四不像了，比莽刀要直，比涼刀要窄，比南唐久負盛名的豪壯大平則要纖薄……」

「喂喂喂，你怎麼像個娘兒們絮絮叨叨的？」

徐鳳年默然。

不過她破天荒第一次主動發問：「南唐豪壯大平是啥刀？」

徐鳳年笑著耐心解釋道：「是一種形似大型戰陣斬馬刀的佩刀，曾經在南唐皇室很是風靡，當世幾種著名戰刀都有過借鑒。」

小黑妞撇了撇嘴，滿臉不屑。

徐鳳年好奇問道：「以妳的身手，對付昨天那些孩子已經足夠了，還需要木刀防身？」

小女孩藏好刀片，把木刀擱放在膝蓋上，越看越歡喜，愛不釋手，哼哼道：「要過生日啦，這是給我自己的禮物。」

徐鳳年打趣道：「小丫頭片子，妳倒是不虧待自己。」

小女孩勃然大怒，扭頭怒視徐鳳年，齜牙咧嘴道：「什麼小丫頭片子！我都是站著撒尿的！」

徐鳳年扶額，無言以對。

小女孩突然說道：「對了，別怪我沒先提醒你啊，我爹可是天底下最厲害的高手和英雄，殺人不眨眼，你敢惹我，我回頭就讓他打死你！我看你不像是壞人，才跟你說這個祕密的！」

徐鳳年笑問道：「妳爹真有這麼厲害？高手？有多高？」

小黑妞整張小臉蛋都充滿了自豪，嘖嘖道：「十層樓那麼高！不對，是一百層樓！你怕不怕？」

徐鳳年愣了一下，哈哈笑道：「我可不信。妳爹要是那麼高的高手，妳還會待在這裡連隻雞腿都吃不上？」

她沉默片刻，接下來一個字一個字從牙縫裡迸出：「不、許、你、說、我、爹！」

徐鳳年轉過頭，望著那張極其嚴肅的稚嫩臉龐，有一剎那的恍惚失神。

她跟他針鋒相對。

徐鳳年笑著認輸，站起身，走到她身邊，想要伸手摸一摸她的小腦袋，但被她躲掉。

徐鳳年柔聲說道：「小丫頭片子，我要走啦，要去一趟石碑城，找一個跟妳差不多大的孩子。她呢，肯定長得跟她娘親一樣好看。」

她老氣橫秋地擺擺手，笑咪咪說道：「去吧、去吧，咱們有緣再聚。千萬記得，下次見面別那麼小氣了啊，要不然小家子氣的，小心找不著媳婦哦。」

徐鳳年生怕嚇到這個小姑娘，便沒有一閃而逝直奔石碑城，而是輕輕跳入院子，推開院門後，等到了巷弄陰暗拐角才驀然消失身影。

不知姓名的黑炭小姑娘可沒有什麼傷春悲秋的情緒，等到徐鳳年離去，反而鬆了口氣，慢悠悠蹲下身，撅起小屁股藏好那把短小木刀，嘴上碎碎念著：「抽刀斷水水更流呀，拔刀砍頭血更流呀……」

把紙鳶留在屋頂上，她順著大樹溜回院子，開始新的一天了。

◆

一個無依無靠的孤兒想要活下去，總不是一件多輕鬆的事情，她先熟門熟路跑去兩條街外的一棟院落，幫一對年邁夫婦收拾屋子和打掃院落，有些吃力地幫他們把水缸裝滿清水。夫婦的兒子兒媳是經常跑遠路的推車小販，每旬返家一次，到時候會結算給她十幾顆銅錢，有些時候甚至還會跟她賒帳。

做完了活計，她就要去滿大街逛蕩了，聽到哪家什麼時候有紅白喜事都會記在心頭，能偷偷蹭一頓是一頓。月初、月中的兩次集市，往往會有大豐收。運氣最好的一次，她在初春的元宵燈市上還撿到過一只鼓囊囊的棉布錢袋子。那是她第一次見到銀子，碎銀子，小小的一粒，還不如她指甲蓋大，可還是讓她高興到今天。

若是在城裡沒有收穫，就得往城外碰運氣，去河裡摸魚、上樹掏鳥窩。記得去年年末，河水結冰，瞧見有人鑿冰釣出許多肥魚來，看上去又輕鬆愜意又一本萬利，只需要蹲在冰面上就行。於是她也去試過一次，差點凍死，還是被一個好心路過的商販救下。那次刻骨銘心的教訓讓孩子知道一個道理，自己的運氣並不好，那就不要奢望老天爺對她有多麼大方。

一個骨瘦如柴的小黑妞，就這麼撒開腳丫子在胡笳城內歡快飛奔。

暮色中回到荒廢古寺，她手裡多了些菜葉和一兜從樹上捕捉下來的知了。今天老天爺開了眼，中午在城東給她偷摸進了一家婚宴，她感覺現在滿嘴都是那小塊豬肉留下的油水滋味，只可惜她扒飯的速度已經很快了，但還是沒等她吃完一整碗就給人拎著丟到門外。

夜色中，徐鳳年站在視窗看到那個小丫頭對著一鍋炸知了，背對著他哼一支小曲兒：「砍下頭顱來盛酒呀，挖出心肝來紅燒呀，抽筋剝皮來清蒸呀，滋味美美的呀，但都不如炸知了的咯嘣脆呀……日子一天一天過，我在一天一天長大呀……」

徐鳳年哭笑不得，只是當他看著小姑娘小心翼翼抓起一隻炸知了放入嘴中，看著她的瘦弱背影，想像著她此時大概是很滿足的神情時，對人對己都算不上心慈手軟的他開始覺得心酸。

人活一世，成年後不論是苦是福，那都怨不得天地父母。可她才這個歲數啊。

徐鳳年嘆了口氣。在石碑城還是一無所獲，照理說他就該立即返回北涼軍，可歸途中鬼使神差想起了這塊小黑炭，又莫名其妙回到了胡笳城這座古寺。

那小丫頭猛然轉過頭，看見了窗外的徐鳳年，愣了愣，接著繼續腮幫一動一動，吃著美味的炸知了。

饕餮清饞都講究一個非時令不食，可窮人家，是不得不非時令而食。若擱在高門豪閥，油炸知了也算一道雖登不上檯面卻也頗為俗中求雅的偏門菜肴。

小姑娘好奇問道：「你沒去石碑城？」

徐鳳年點了點頭。

她猶豫了一下，明明很心疼卻又假裝大度說道：「餓了？吃過飯沒？沒吃過飯，我請你吃一頓？」

徐鳳年笑著說道：「好啊。」

小姑娘顯然很希望這個傢伙回答一句吃過了，但她又不好改口，只好苦兮兮朝徐鳳年招招手。鍋裡還有七隻炸知了，她往自己這邊撥了四隻，眼角餘光瞥了眼那傢伙，又撥還給他一隻。

徐鳳年跟她面對面蹲著，拎起一隻炸知了放入嘴中。寡淡無味不說，還有種沒有調料殺味的土腥氣息。但徐鳳年沒來由想起了自己當初跟老黃走江湖的寒磣光景，不知不覺滿臉浮現笑意。

她自豪問道：「好吃吧？」

徐鳳年點頭道：「好吃。」

她一番天人交戰，拍了拍肚子，故作豪邁道：「我吃飽了，剩下的都給你吃。」

徐鳳年吃掉四隻炸知了後，搖頭笑道：「不用，我比妳能挨餓。」

她歪著腦袋問道：「真不吃？」

徐鳳年「嗯」了一聲，趁著她吃炸知了的時候，環視四周，而小姑娘則藉機打量他。

她拍拍手，問道：「想乘涼不？」

看徐鳳年沒有反對，於是她帶著這個心底不討厭也不害怕的傢伙，一大一小爬樹、爬上屋頂，一起躺著看著星空。

她小聲問道：「你沒有家嗎？」

徐鳳年後腦勺枕著胳膊，笑道：「有啊，而且比妳的家，要大上一些。」

她撇了撇嘴道：「喂喂喂，你別吹牛好不好，我家還小啊，這麼大地兒，全都是我的喲。」

一顆流星在天空劃過。

小姑娘趕緊閉眼許願。

徐鳳年柔聲道：「許願啦？什麼願望？」

小姑娘白眼道：「你爹娘沒告訴過你嗎，願望說出來就不靈了！」

徐鳳年望著那無比絢爛的夏日星空，輕聲道：「告訴妳啊，其實許願不管說不說出口、有沒有跟別人說，都不靈的。」

小姑娘趕緊「呸呸呸」了幾聲，轉頭一臉憤然地瞪著這個烏鴉嘴的傢伙。

徐鳳年歉然一笑：「那是我自己的經驗之談，也許妳不一樣。」

兩人沉默許久。

她突然開口問道：「你騎過馬嗎？」

徐鳳年說道：「當然，很小很小就騎過馬了。怎麼，妳想騎馬？」

她放低聲音，一臉神祕道：「我跟你說個祕密哦。我爹有很多很多馬，我爹有一萬匹馬，不，是十萬匹馬！」

徐鳳年笑著調侃道：「小丫頭片子，知道十萬匹馬有多少嗎？如果讓馬挨著馬奔跑，妳從高處看去，馬背就像大地了。」

她呢喃道：「這樣啊。」

徐鳳年側過身躺著，看著她說道：「妳請我吃了四隻炸知了，我可以答應妳四個願望，比如妳可以說讓我請妳吃一隻雞腿，讓我給妳一兩銀子什麼的，我會盡量滿足妳。怎麼樣，我是不是一個還算不錯的客人？」

小姑娘搖搖頭，一本正經說道：「我娘說過要待人以誠，那炸知了是我送給你吃的，又不是賣給你的。再說了，真賣的話也賣不了一顆銅板。」

徐鳳年伸手捏了捏她的臉頰。

小丫頭沒有拒絕，不過也沒好臉色給徐鳳年，她突然嘆了口氣：「我小時候……」

徐鳳年忍俊不禁打斷她的言語：「妳現在也很小。」

她瞪了眼，繼續說道：「小時候我娘親說過很南邊的南方，每到夏天，會有一種東西叫螢火蟲，飛來飛去，可漂亮了！」

徐鳳年笑道：「對啊，那邊的詩人都喜歡叫牠們宵燭、夜光或者景天之類的。」

她眨巴眨巴眼睛，閃亮閃亮的，好奇問道：「牠們真的會發光嗎？為什麼呢？我問娘親，她不告訴我，說讓我問我爹去，可我爹……不告訴我啊。」

徐鳳年很認真回答道：「那是因為螢火蟲尾巴有光囊，發出黃綠色的螢光。」

徐鳳年笑咪咪補充道：「妳爹真夠小氣的，這也不告訴妳。」

她揚起拳頭，擺出一副「再說我爹壞話我就打你啊」的架勢。

小姑娘嘆了口氣，徐鳳年沒來由也跟著嘆了口氣。

兩人繼續不說話。

徐鳳年蹺起二郎腿，享受這份難得的安寧。

自涼莽開戰以來，這四年中，看不完的戰火硝煙，聽不盡的戰鼓馬蹄，打不完的仗，殺不光的人。

也許將來史書會用「波瀾壯闊」四個字來形容這場戰爭，但作為身處其中的當局者，沒有誰能夠真正喘口氣。

徐鳳年一直覺得自己比徐驍差太多、太多了。領兵打仗是這樣，當爹，更是這樣。

徐驍這個爹，留給他一個世襲罔替的北涼王、三十萬鐵騎，給了他徐鳳年整整二十年時間的年少輕狂。在北涼，他這個世子殿下曾經比當太子還要逍遙，這是所謂的積善之家、必有餘慶。

而輪到他當爹了，自己的孩子又在什麼地方？這是不是積惡之家、必有餘殃？

耳畔傳來輕柔的嗓音：「想家啦？」

徐鳳年感慨道：「是啊。」

小丫頭有樣學樣地模仿徐鳳年蹺起二郎腿，一晃一晃，斷斷續續哼著一支臨時新編的曲子：「螢火蟲啊螢火蟲，乖乖跟著我回家……」反正顛來倒去，就一句歌詞。

不知過了多久，聽不到歌聲的徐鳳年發現小姑娘已經沉沉睡去了。怕她著涼，徐鳳年脫下袍子，動作輕柔，蓋在她身上。

徐鳳年看著天空，一夜到天明。

一宿都縮在溫暖袍子裡的小姑娘打著哈欠醒來，看到那人盤腿而坐，她一時間不知道該說什麼。

徐鳳年轉頭笑問道：「小丫頭片子，妳要不要去我家玩，管吃穿睡哦。」

她一臉不屑道：「不去。」興許是怕這麼乾脆俐落地拒絕別人好意有些傷人，她咧嘴笑道：「不好意思啊，我不能胡亂瞎逛的。」

徐鳳年伸手揉了揉她那小雞窩一般亂糟糟的頭髮：「沒關係，以後我再來找妳玩。」

「下次你來，能帶雞腿不？」

「能。」

「拉勾？」

「行啊。」

大人小孩很鄭重其事地拉勾。

徐鳳年的笑臉不變，但迅速起身望向城門方向。

小黑妞先是順著她的視線望去，然後環視四周，頓時面無血色。

成百上千的黑點直接在屋頂上飛掠跳躍前進，直奔她的這個小家。

徐鳳年輕聲解釋道：「別怕，那些人都是找我來的。我事後肯定幫妳找一個安全的地方，保管隔三岔五就有雞腿吃。」

先前他在南朝幾州境內迅猛游弋，神出鬼沒，北莽哪怕有鍊氣士盯梢，一時半會也抓不到機會調動兵馬來堵截，可北庭腹地的寶瓶州就不一樣了。

看情形，不但朱魍算是傾巢出動了，還加上數支精銳鐵騎疾馳而來。

只是那小女孩卻嘴唇顫抖，顫聲道：「不是的，都是找我的。」

她猛然一推徐鳳年，尖聲喊道：「快逃，你快逃！別管我！」

徐鳳年一臉錯愕，低頭看著不知為何倉皇失措的孩子。她扯住他的袖口，抬頭紅著眼睛哽咽道：「娘親走了，徐叔叔走了，童貫哥哥為了我也斷了一條胳膊，都是我害的……你走，快走啊……」

徐鳳年如遭雷擊。

小女孩鬆開手，手忙腳亂從屋頂另一處瓦片底下抽出一柄狹長木刀，趕緊塞給徐鳳年，抬起手臂胡亂擦拭了一下淚水，擠出笑臉道：「你能跑多遠就跑多遠。如果，我是說如果，你哪一天能找到我爹，就跟他說這是我送給他的禮物。還有，我的名字是徐念涼。還有還有，我的綽號叫『小地瓜』。」

她咧嘴燦爛一笑：「我爹叫徐鳳年，是北涼王哦，很厲害對不對，我沒騙你吧？」

眼看著那些黑點越來越大，她推了一把握著木刀紋絲不動的那個傻瓜，怒道：「還不走？你真的會死的！」

徐鳳年緩緩蹲下身，額頭緊緊貼在她的額頭上。

那一刻，他抱著她，不僅淚流滿面，還嗚咽抽泣起來。

那些抱著必死心態進入胡笳城的朱魍諜子在附近屋頂上紛紛落定，看到這一幕，這一大撥冷血的死士，也有些目瞪口呆。

那個讓整座北莽王朝瑟瑟發抖的北涼王，那個重傷武神拓跋菩薩，使其至今還未痊癒的人間無敵手之人，在哭？

包圍圈一層層累加，越發厚重起來，但人多勢眾的朱魍死士每人都心知肚明，在這個男人面前，他們不過是用幾百條人命去略微拖延時間的小卒子而已。

名叫徐念涼的小女孩眼神堅毅，握緊手裡那把短小木刀。

徐鳳年鬆開她，沒有擦拭自己臉上的淚水，而是伸手幫她擦拭髒兮兮的臉頰。

「對不起。」

兩人異口同聲。

小地瓜的意思是她連累他這個不壞的陌生人了。

她就是不明白為什麼他也要說一聲對不起。

不過想不通就想不通，反正看樣子大小兩個倒楣蛋都要死在這裡啦。

她可不想在那些北蠻子面前哭鼻子，凝視著他的臉龐，嘿嘿笑道：「沒事。放心啊，我不會笑話你的，誰都怕死，你看我剛才也哭了嘛。」

徐鳳年站起身，低下頭，仔細佩好那把按照涼刀形制被孩子一刀一刀雕刻出來的狹長木刀，懸在腰間。

他柔聲道：「我找到妳了，小地瓜。」

城內是朱魍死士。

城外四周各有一支人數都在萬人左右的騎軍。

旭日東昇，東方霞光如潮水一線緩緩推進。

徐鳳年一隻手放在小地瓜腦袋上，眺望遠方，輕輕說道：「小地瓜，爹沒能保護好妳娘親，但肯定會保護好妳。今天，我們一起回家。」

孩子呆呆站在徐鳳年身邊，然後「哇」一下哭出聲。

從她懂事起，這是第一次哭得如此撕心裂肺。

哪怕跟娘親分別離開敦煌城時，她也很懂事地沒有哭出聲；哪怕眼睜睜看著童貫哥哥被人砍掉手臂，她也只是摀著嘴沒敢哭出聲。

她大聲哭喊道：「你沒有保護好娘親，我才不要喊你爹！

我想爺爺了，如果爺爺在的話，我一定讓他打你。

你是天底下最大的壞蛋，把木刀還我，我不送給你了！

我才不要許願快快長大去找你！」

徐鳳年眼神森寒看著那些朱魍死士，聽著傷心孩子的氣話，這位名動天下的北涼王，嘴唇微微顫抖，欲言又止，最終還是沒有說出一個字來。

他一手握拳，另外一隻手的手心抵在狹長木刀的粗糙刀柄上。

這一刻，就算十個位於巔峰時期的拓跋菩薩攔路，就算全天下所有的一品高手都出現在此地與他為敵，就算北莽還能有百萬鐵騎擋在前方——徐鳳年都毫不畏懼！

徐鳳年依然淚流不止，但是笑意越來越多。

小地瓜，我找到妳了。

徐鳳年長呼出一口氣，正要放開手腳大戰一場，突然被她扯了扯袖口。

他蹲下身，滿眼疑惑。

她抽了抽鼻子，抬起小手，幫他擦掉眼淚。

徐鳳年凝視著他的閨女，在他眼中黝黑黝黑，卻比世上所有孩子都要漂亮的小地瓜，微笑道：「妳沒有吹牛哦，妳爹徐鳳年真的是一個有一百層樓那麼高的高手。」

說完這句話後，天地異象驟起。

胡笳城。

除了這座寺廟。

便是一整座胡笳城。

一棟棟高樓撕裂飛升，一堵堵石牆被撕裂向上，一棵棵樹木拔根破土上浮。

夾雜有城內全部的兵器。

幾乎所有死物都升入天空。

然後在這個小屋頂上，他腰佩狹長木刀，小地瓜拎著短小木刀。

這一對父女啊。

◆

幽州邊境的倒馬關，已經不禁商賈通行。

有個叫趙右松的孩子，滿臉喜慶地一路小跑到集市上。他最近一年就喜歡跟夥伴們一起蹲在那堵小矮牆上，看著他們一支支北涼騎軍從此地進進出出。他們私塾那位外鄉教書先生原本最是嚴厲了，雖然年紀不大，可比以前那位洪老先生可要更有學問一些，據新先生自己說他來自中原江南道。

先生總喜歡說那邊的風土人情，說希望他們這些學生能夠去家鄉那邊負笈遊學，說不管是哪裡的讀書種子，都應當讀萬卷書，行萬里路，才算不負此生。但是今天那位嚴肅的村塾先生竟然喝酒了！滿身酒氣，醉醺醺的，整座學堂都聞得到。

今天的先生搖頭晃腦，有趣極了，好幾次都差點摔倒，不過最後跟他們說了一句，「咱們北涼贏了，終於贏了！不但北莽蠻子的南朝盡在我北涼鐵蹄之下，兩位大悉剔主動歸降，哈哈，連那北庭草原也要保不住了！」

趙右松今天跑得撒歡飛快，直接把那些同齡人夥伴們給撇在了後頭老遠。

他一溜煙跑到那堵黃土矮牆上，蹲在一個早就等候在那裡的小姑娘身邊，與她竊竊私語，說著今日私塾裡的大小趣事。

那個小姑娘家裡，跟他家差不多情況，雖然不是一個村子，但是兩人的娘親關係很好，經常相互走門串戶，私塾很多人都笑話他們是定了娃娃親，趙右松每次都會滿臉漲紅，但也不願意否認。

他又不傻，他本來就很喜歡她嘛，她白白胖胖的，那雙眼睛還那麼漂亮，水汪汪的，不喜歡才怪呢。那些笑話他最凶最起勁的，其實一樣是偷偷喜歡她的，只可惜她只喜歡自己！

安安靜靜聽趙右松說完之後，小姑娘低著頭，怯生生道：「我娘要嫁人了，那人剛剛上門提親。」

趙右松一臉驚訝，然後低聲問道：「是不是你們村的那個劉標長？」

小姑娘使勁點頭。

趙右松重重嘆了口氣，然後老氣橫秋地安慰她：「沒事，劉標長雖然比妳娘親小了五、六歲，不過的確是英雄好漢，要不然哪能當上咱們北涼遊弩手的標長！我相信他肯定會對妳娘親好的！」

小姑娘扯了扯他的袖子，在他耳邊偷偷說道：「聽人說你們那位先生，喜歡你娘親呢。」

燈下黑的趙右松這次是真給震驚到了，一屁股坐在地上：「不會吧？」

小姑娘有些委屈道：「可我娘也是這麼說的啊。」

趙右松哭喪著臉：「咱們先生是很好，可我一點都不想他當我後爹啊！」

她疑惑問道：「為啥啊？我娘親就覺得那位姓張的先生很不錯，相貌好、脾氣好，還有學問，上次你娘來我家，我娘還勸你娘答應呢。」

趙右松使勁搖頭：「不行、不行！我娘親不能嫁給他的！」

她皺了皺眉頭，然後噘起嘴，有些生氣道：「你是不是覺得你娘親改嫁了，你這種讀書人就會丟臉？」

其實她啊，是怕他看不上自己，畢竟她的娘親就是改嫁了啊。

她娘親總跟自己說，趙右松那孩子啊，是天底下最金貴的讀書人呢，以後肯定會有大出息的，可不能錯過。

趙右松趕緊擺手道：「不是、不是，我娘親要是真的喜歡上了誰，我巴不得我娘親開開心心，可是我知道我娘不喜歡張先生！」

其實趙右松是說謊了。

他其實根本不知道自己娘親喜歡不喜歡私塾先生，而是這個孩子的心目中，希望自己娘親如果真願意嫁人，就嫁給「那個人」好了。

不過如果娘親真喜歡張先生，他也就只能認命了。

唉，愁啊。

兩個各懷心事的孩子，肩並肩坐在牆頭上，一起望著倒馬關城門口那邊發呆。

突然趙右松眼前一亮，直接跳下牆頭，摔了個狗啃泥也渾不在意，一路狂奔而去，看得小姑娘目瞪口呆，回過神後，她才幫忙拿著他的書袋小心跑下城頭。

趙右松跑向從北往南緩緩而行的那個人，大聲喊道：「徐叔叔！」

那個人等到趙右松跑到跟前之後，才笑問道：「右松，怎麼這次不喊徐哥哥或是徐公子啦？」

趙右松咧嘴一笑，眨眼道：「我娘親教我的，你自己去問她唄？」

那人愣了愣，一笑置之，說了句我去買肉包子，你等會兒。

在他去鋪子買肉包子的時候，趙右松才猛然發現有個小黑炭，不遠不近跟在徐叔叔身後，看到自己後，小黑炭朝自己狠狠瞪了眼，還揚起拳頭嚇唬人。

跟趙右松青梅竹馬的小姑娘來到他身邊，氣喘吁吁，趙右松趕緊接過書袋，對她笑臉歉然。

趙右松突然湊過腦袋在小姑娘耳邊低聲說話。她有些迷糊，但最後還是一路小跑走了。

小黑炭正是徐念涼，而趙右松嘴裡的徐叔叔，便是剛剛從北莽返回幽州的徐鳳年了。

除非是徐鳳年這個爹為了趕路，背著小地瓜一路長掠，否則只要是她自己走路，就要故意跟他拉開十幾步距離，一副「我保證不跟丟，但我也不跟你親近」的架勢。所以進入這座倒馬關後，就又是這般光景了，徐鳳年無可奈何，硬是半點辦法都沒有。

徐鳳年買了四只熱騰騰的大肉包，遞給身邊的趙右松之後，笑問道：「你身邊那位小姑娘呢？」

趙右松嘿嘿笑道：「可能是家裡有事吧。」

徐鳳年笑著搖搖頭，轉身走向那個倔強至極的閨女。後者倒是沒有跑開，接過肉包子後，不等徐鳳年「慢點吃，小心燙著」說完，她就已經一口迅猛咬下，立即給燙得渾身打了個激靈，看得徐鳳年倒抽一口冷氣，沒有廢話半點，只是忍住心疼，趕緊轉身不看。

果不其然，只有等到他轉身，小丫頭才握住大半肉包，吐出舌頭，用小手使勁搧風。

趙右松看得嘴角直抽搐，心想這小黑炭是給餓的，還是有些缺心眼啊？

早就習慣了眼觀六路、耳聽八方的徐念涼，很快就瞪大眼眸，對趙右松怒目相向，朝他再次揚起小拳頭。

徐鳳年伸手摸了摸她的小腦袋：「不許這麼無禮。」

小女孩狠狠撇過頭，歪著腦袋狠狠吹了吹肉包溢出的熱氣和香氣，稍等片刻後，雙手握住包子，一口、兩口、三口，瞬間就給她啃完了。

真漢子！

趙右松翻了個白眼——我惹不起！

徐鳳年又遞過去一只肉包子，然後蹲下身，幫她抹去濺在衣服上的油汁。

趙右松看到這一幕後，有些羨慕，突然又有些心酸，轉過頭，悄悄抹了抹臉。

徐念涼看到那個呆頭鵝莫名其妙的舉動後，翻了個更大的白眼。

徐鳳年雖然沒有轉頭，但明白大致緣由，對自己閨女柔聲道：「小地瓜，不許這樣。」

腰間懸佩有一柄狹長木刀的小黑炭，又一次狠狠轉頭。

徐鳳年嘆了口氣，站起身。

當他轉身後，看到了那個善良溫柔的女子——許清。

她有些喘氣，有些羞澀，也有些期待和歡喜。

她沒有說話，但是那雙乾淨清澈的眼眸，彷彿在說話。

趙右松先是朝大功臣小姑娘眨了眨眼，然後打破沉默局面道：「徐叔叔，我娘剛剛在集市上開了家小布鋪子，去看看唄？」

徐鳳年猶豫不決，轉頭望向小地瓜，剛要打算婉拒，曾經在金縷織造局親手繡過蟒袍的小娘許清，不知為何就直接來到小地瓜身邊，蹲下身一把抱起了小女孩，站起來，然後安靜望向徐鳳年。

徐鳳年看到手忙腳亂卻沒有太過掙扎的小地瓜，感到有些好笑，點了點頭。

趙右松和他的青梅竹馬在前頭帶路。

許清柔聲問道：「小姑娘，妳叫什麼名字呀？」

小黑炭一般的孩子一下子就哭起來：「我叫徐念涼！」

許清輕聲道：「嗯，長得像妳爹。」

小地瓜一邊抹眼淚一邊搖頭道：「我才不像他！我只像我娘！」

徐鳳年有些奇怪小地瓜為何對許清這般親暱。

大概是許清那份發自心底的獨有溫柔，讓這個孤苦無依的孩子感到懷念吧。而這個敏感至極的孩子，對於分辨外人的善意、惡意，有種說不清、道不明的天賦。

那一刻，徐鳳年瞬間便紅了眼，側過頭，輕輕吐出一口氣。

往南走的這一路上，徐鳳年可謂是吃足了苦頭。

若是她有丁點兒聊天興趣的時候。

「姓徐的！你在北涼那邊有幾個女人？」

「我……」

「哦，這麼猶豫，那就是很多了？嘖嘖，厲害、厲害，不愧是北涼王！」

「……」

如果她心情格外不好的時候。

「姓徐的！」

「嗯？」

「信不信我一木刀，把你揍成大豬頭！」

「爹相信啊。」

「妳根本不信！」

劈裡啪啦，就是幾十記木刀，但他不躲。

假如她心情稍稍好轉的時候。

「喂，你說的那座清涼山，有沒有我家兩個那麼大？」

「有，還要再大一些。」

「你騙人！」

又是一頓木刀伺候，不過比她生氣的時候要少一些。

如果是她難得心情不錯的時候。

「喂，徐鳳年，江南是比北涼還要南方的地方？」

「嗯。」

「那你見過大海不？就是很大很大的水。」

「見過啊，不過只見過東海，南海那邊沒去過，以後咱們一起去？」

「我一個人去！」

「那得等妳大一些，否則爹不放心。」

然後徐鳳年就又挨打了。

只有在她心情最好、最好的時候，小地瓜才會騎在她爹的脖子上，把小下巴擱在她爹的腦袋上，一言不發，就是輕輕抽著鼻子，可是也不哭出聲。

偶爾兩人中途歇息，小地瓜也會獨自向北望去，怔怔出神。

那個時候，男人或者站在她身邊，或者坐在她身後，默默無聲，不敢說話。

小地瓜唯一嘴角翹起的時候，是他們歸途中龍腰州邊境地帶，遇上一支向北而去的北涼邊軍，要長驅直入北庭草原的六千徐家鐵騎！

背著她的他停下腳步。

她主動要求騎在他脖子上，張大眼睛，滿臉好奇，使勁望著那支陌生騎軍。

六千邊軍鐵騎同時翻身下馬，在看到那位騎在年輕藩王脖子上的小女孩之後，人人神情激動。

為首騎將正是戰功顯赫的右騎軍主帥李彥超，他率先抱拳高聲道：「我北涼右騎軍！恭迎公主殿下回家！」

六千人，齊齊抱拳高聲道：「北涼右騎軍！恭迎公主殿下回家！」

按照離陽律例，所有藩王之女，只是郡主。

可是北涼鐵騎縱橫天下，無敵二十年！何曾在意過中原朝廷的看法？

在那之後，小地瓜就很少說話了。

一直到進入幽州邊境倒馬關。

到了位於集市角落的那間小布店，興許是許清走得急，連店門也沒關，已經等了好些的客人，生意顯然不錯。涼莽大戰已經落下帷幕，許多邊軍士卒陸陸續續返回關內，人多了，加上軍餉更多，生意自然就好了。

小店內有男有女七、八人，略顯擁擠，不過相信那些男人，多半買布是很其次的。

徐鳳年對許清善解人意道：「妳先忙，不礙事。」

許清把小地瓜放下後，彎腰揉了揉她的小腦袋。許清眉眼彎彎，輕聲道：「小涼，妳能不能自己挑塊布，我回頭幫妳做件好看的衣裳。曬得這麼黑，可不能挑顏色太花的哦。」

小女孩做了個鬼臉，蹦蹦跳跳去挑選布料了，一點都不客氣，突然想起來，對正走向櫃檯的女子說道：「我會讓姓徐的付錢的！」

徐鳳年笑著點頭。

不過許清笑著搖頭道：「這回先送妳，不過下次要，可就要給錢了。」

小地瓜用心想了想，瞥了坐在門檻上的徐鳳年一眼，沒有拒絕。

大概是徐鳳年橫空出世的緣故，男子顧客都很快離開了，倒是那些婦人小娘，越發捨不得離開，期間小娘許清跟小地瓜心有靈犀地對視一眼。

當時小地瓜在去摸那些布料之前，兩隻小手不忘使勁擦了擦袖子。

徐鳳年獨自坐在門檻上，單手撐著下巴，始終看著孩子，神色安詳，眼神溫暖。

好不容易等到所有客人都離去，小地瓜這才嘆了口氣，雙手攤開，對許清滿臉無奈道：「我沒喜歡的呀。」

許清「哦」了一聲，然後走出櫃檯，去布架那邊自顧自挑挑揀揀，最後拿起一幅色彩淡雅的碎花布料，轉身對小女孩笑道：「那我就隨隨便便送妳這塊布了哦？」

小地瓜有些臉紅。

徐鳳年站起身，輕聲道：「銀子夠的。」

小地瓜大手一揮：「行吧！」

許清看了眼門外天色，黃昏時分，望向像是要付錢便離去的徐鳳年柔聲道：「吃了飯再走吧？」

徐鳳年搖了搖頭：「算了。」

小地瓜突然問道：「妳那裡有炸知了不？嘎嘣脆的那種！」

許清搖搖頭。

小書生趙右松拍了拍額頭，原來是位女俠啊！

小地瓜又問：「有米飯不？大碗、大碗的！」

許清輕輕點頭。

小地瓜拍了拍肚子：「吃飽喝足再上路！」

◆

關上店門後，趙右松要先送小姑娘回家，於是許清就牽著小地瓜回家，徐鳳年只能老老實實站在許清另一側。

許清問道：「木刀是妳爹送妳的？」

小地瓜輕輕拍了拍那柄狹長木刀，冷哼道：「不是，我自己做的！」

孩子很快又補充一句：「給我自己做的！才不是送人的！」

到了那個小院子，許清帶著小女孩一起去忙碌晚飯，大概是後者根本就不樂意跟她爹待著的緣故。

徐鳳年就坐在院子裡的小凳子上，抬頭看著天邊的夕陽，目不轉睛。

趙右松很快就跑回家，然後跟徐鳳年一起發呆。

喊他們一大一小吃飯的時候，趙右松發現那個小黑炭好像哭過了，可憐兮兮的。

坐上菜肴豐盛的那張小桌子後，趙右松很快又發現那丫頭大口扒飯，下筷如飛，餓死鬼投胎一般。

徐鳳年也沒有說話，倒是許清時不時讓小閨女吃慢些，不用急。

等小地瓜吃飽，徐鳳年其實才動了沒幾筷子。

不知為何，小女孩好像繃緊的弦突然之間就鬆開了，然後就很明顯精神不濟，幾乎才不情不願地趴在徐鳳年後背上，閉眼睡去，發出微微鼾聲。

許清一下子就捂住嘴，不讓自己吵到那個身世可憐的孩子。

剛才她們一起準備晚飯，雖然名叫徐念涼的言語不多，可是說起那些孩子自以為很有趣的往事，都讓許清感到無比悲傷。

她雖沒有讀過書，可是天底下的道理是相通的，她本就是熬日子熬過來的女子，大抵知道世間男女，長大成人之後，如何受苦、吃苦、挨苦，都沒辦法怨天尤人了，可一個這麼點大的孩子，怎麼能夠說起那些事情，還會覺得有趣，還能說得眉飛色舞？

她看著輕輕走出屋子的大小兩個背影，性子柔弱的她破天荒對他有些怒氣：「你就不能讓孩子在床上睡一覺嗎？」

那一刻，男人猛然停下腳步。

趙右松不知所措，有些害怕。

最後徐鳳年轉身回到屋子，動作輕柔地把小地瓜交給許清。

她把孩子抱去自己的屋子，給孩子蓋上被子後，站在門口輕聲道：「晚上你睡右松那間屋子。」

徐鳳年搖頭道：「不用，我去院子裡。」

她欲言又止，最後只是默默轉身，去坐在床邊。

徐鳳年坐在院子裡，趙右松放低聲音跟他聊了一會兒，就說要去做私塾先生留下的功課了，徐鳳年輕聲道：「好好讀書，以後考取功名，別讓你娘失望。」

孩子使勁點頭，然後躡手躡腳離去。

徐鳳年一言不發。

一直坐到夕陽落盡，坐到明月掛空。

徐鳳年想起了很多自己小時候的事情，有些記憶模糊了，有些記憶依然深刻。

到了北涼清涼山以後，尤其是少年時的往事，就要清晰很多了，只不過那時候，自己的娘親已經不在了，只剩下了徐驍一個人。

徐鳳年從頭到尾，一動不動。

只有等到自己當上了父親，才會明白自己的父親，當年對自己的那些付出，不管已經付出了多少，永遠都不會覺得夠了，永遠只恨太少。

我的小地瓜，爹對不起妳，但爹真的很愛妳。

也許以後，等到她長大以後，會遇上心愛的男子，但他這個當爹的，才會仍是不情不願地把她交出去，希望她幸福一輩子。

希望自己死後，無法再照顧她的時候，她也一定要繼續幸福。

不知何時，許清走出屋子，坐在他身邊。

徐鳳年回過神後立即轉頭，胡亂潦草地擦了一把臉。

許清柔聲道：「睡得不安穩，渾渾噩噩醒過來好幾次，很快又睡過去，有兩次哭著問我你在哪裡，我跟她說你就在院子裡，她才願意繼續睡覺。」

徐鳳年「嗯」了一聲。

許清低下頭：「前面……對不起。」

徐鳳年搖頭道：「別多想，我得感謝妳才是，真的。」

徐鳳年嗓音沙啞道：「我不知道怎麼照顧她……我一直做不好。她只要不說話的時候，我就會很怕……」

許清身體前傾彎腰，雙手托住下巴，望向院門口那邊：「我當年也是這麼過來的，孩子越懂事，當爹娘的就會越覺得對不起他們，就越心裡虧欠。」

徐鳳年安靜聽著。

月光下，她說了很多，一直說到自己眼皮子打架。

徐鳳年轉過頭，看到小地瓜走到屋門檻，看著他們，然後一屁股坐下，對自己揮了揮手。

許清猛然驚醒過來，晃了晃腦袋，順著徐鳳年的視線，發現了小女孩。

許清站起身，走到小地瓜身邊，柔聲問道：「怎麼不睡了？」

小女孩也站起來，咧嘴燦爛笑道：「睡得飽飽的了！」

許清微笑道：「那以後記得來這裡玩。」

小地瓜伸出小拇指：「來，拉勾！」

許清跟她輕輕拉勾。

徐鳳年笑著蹲下身，等孩子趴在自己背上。

小地瓜趴在他後背，在徐鳳年站起後，她轉頭對許清揚起手掌，晃了晃，嘿嘿笑道：「拉勾了哦！」

徐鳳年輕聲提醒道：「抱緊了。」

小地瓜冷哼一聲。

徐鳳年轉頭笑了笑：「走了。」

許清站在門口，點點頭。

兩人身影一閃而逝。

如同一抹長虹向幽州以南掠出近百里後，徐鳳年察覺到小地瓜的異樣，停下身形，擔憂地問道：「怎麼了，哪裡不舒服？」

小地瓜掙扎著離開他的溫暖後背，她站在地上，低著頭不說話。

徐鳳年單膝跪地蹲在她身前，不知道怎麼辦。

她雙手猛然捣住眼睛，好像是不敢看她的爹，抽泣道：「對不起，我想娘親了……對不起……我沒有生你的氣……就算有，也是只有一點點！小地瓜只是怪自己沒用……爹，娘親讓我做的事情，小地瓜很多都沒有做到……」

那一刻，徐鳳年使勁捣住自己的嘴巴，緩緩低下頭。

這個在太安城欽天監外、在北涼拒北城外，始終不曾退縮半步的男人，怕自己的孩子，會覺得她的爹，不是她心目中的英雄。

小地瓜放下手，狠狠止住哭，深呼吸一口氣，突然雙手抱住她爹的脖子，大聲說道：「爹！你不許哭！好男兒流血不流淚！」

她重新騎在他的脖子上，他這一次緩緩南行。

「爹，我爺爺、奶奶是啥樣的？」

「妳爺爺啊，脾氣最好，妳奶奶呢，最好看。」

「那你小時候不聽話，爺爺打你不？」

「哈哈，那他可不捨得。」

「那我以後要是不聽話，你會打我不？」

「我也不捨得。」

「那以後有壞人欺負小地瓜，你咋辦？我是說有很多很多壞人哦，比上次咱們在北邊，還要多！多很多！」

「爹會打得十個拓跋菩薩的爹娘都不認識他們。」

「嗯？這是啥意思啊？」

「等妳長大以後就懂了。」

「可我已經長大了啊！」

「在爹心裡，小地瓜一輩子都長不大的。」

「那如果有女人不喜歡小地瓜，你會不會不要小地瓜？」

「肯定不會啊。因為爹最喜歡小地瓜。」

「唉，當年娘親肯定就是這麼被你騙到手的。」

「……」

「以後我生氣的時候，喊你徐鳳年，爹你生氣不？」

「小地瓜，爹這輩子都不會生妳的氣。」

「你以後說話不算話，咋辦？」

「妳不是有一柄木刀嘛。」

「也對！以後你還能陪我去屋頂不？還有一起去找那種叫螢火蟲的東西不？我們家裡有雞腿不？家裡的被子夠厚不？」

「都行！都有！」

「爹……」

「嗯？」

「你不要死，好不好？」

「……」

「不要裝睡！」

「好嘞。」

「爹。」

「又咋了？」

「嘿，就是喊喊你呀。」

第十二章　小乞兒登基為帝　好兄弟喜逢酒樓

城外，硝煙四起。

城內，亂象橫生。

要知道，這座城，叫作太安城啊！

整整兩百多年以來，從未有外敵大軍攻打過這座離陽京城！

最讓他感到悲哀的是，對方之所以遲遲沒有攻破城池，只是因為想要讓涼莽戰事不至於太早落幕而已！

趙室天子趙篆，獨自坐在那間歷代君主都曾在此讀書識字的勤勉房，門口只站著那位門下省左散騎常侍，陳少保陳望。

年輕皇帝坐在自己少年時求學所坐的位置上，抬頭望向勤勉房師傅開課授業的地方。

沒人知道這位原本志存高遠的年輕君主，內心深處到底是怒火還是悔恨，或是落寞。

很奇怪，這位皇帝陛下，從皇子到登基，都沒有任何不好的名聲，半點都沒有，事實上哪怕他不是先帝長子，他的登基稱帝，依然十分名正言順，顯得是那麼眾望所歸。

而在他坐龍椅之後，明明並無半點不妥之處——他有名士雅量、有明君氣度、有聲望民心——可到最後，一統中原的離陽王朝，老皇帝趙禮、先帝趙惇，傳到趙篆手裡，又葬送在他手裡。

春秋之中，亡了國的皇帝，有些必須死，有些不用死。前者如昔年大楚姜氏皇帝，後者如舊南唐末代君主。

雖說這位年輕皇帝屬於前者，可趙篆其實並不在乎自己的生死。

他只是想在這裡想明白一件事：為什麼到最後自己會輸得無聲無息，好像是驟然倒塌的一座高樓，瞬間分崩離析，甚至讓人根本來不及補救。是雄才偉略的祖父就已經錯了，還是趙室基業在父皇手上變得搖搖欲墜？

背對陳望的皇帝陛下，神色安靜。

陳望突然看到站在廊道盡頭的那位「年輕」宦官。

陳望欲言又止。後者緩緩前行，沿著廊道一直向前，與陳望擦肩而過，繼續前行，最終一個拐角，就那麼消失了。

從頭到尾，無聲無息。

陳望閉上眼睛，滿臉痛苦。

不知何時，皇后娘娘嚴東吳姍姍而來，哪怕是到了這一刻，她依然風姿如舊。

陳望讓出門口，作揖行禮。

嚴東吳點頭還禮後，走入勤勉房，坐在皇帝陛下的身邊，沉默不語。

趙篆轉過頭，笑道：「妳來了啊。」

嚴東吳微笑道：「陪陪你。」

趙篆輕聲道：「朕以為盧升象會如吳重軒、宋笠那般，眼見形勢不妙便投降了之，不料他竟然死戰到了最後，麾下京畿大軍，十去七八！朕以為膠東王趙睢、世子趙翼，會如顧劍棠那般按兵不動，不料父子二人竟然揮師南下，麾下騎軍全軍戰死！朕又以為那位兩淮道節度使許拱，會如盧升象、趙睢那般戰死殉國，不料他在今日讓人交給了朕一封密信。

他在信上大致是這麼說的：『當今天下，邊塞已經沒有徐驍，朝中也無張巨鹿。我許拱實在不願效死盡忠離陽趙室，我兩淮僅剩邊軍精銳，與其在中原版圖同室操戈而亡，不如像北涼邊軍那樣，人人向北背南而死。』」

趙篆竟然輕笑出聲：「這位國之砥柱的邊關大將，密信上的最後一句話，是『陛下若不答應，微臣亦無辦法』。」

嚴東吳眼神冷厲：「禍國賊子！」

趙篆搖頭自嘲道：「不太忠心而已，亂國還算不上，一開始許拱還是打了好些關鍵勝仗的，否則燕剌王他們都要沒臉皮這麼演下去。這封信，許拱不是給朕看的，其實是給趙炳、趙鑄父子看的。咱們這位許大將軍，用心良苦啊。」

嚴東吳咬牙切齒道：「最可恨是陳芝豹！最可恥是顧劍棠！」

趙篆還是搖頭：「陳芝豹的六萬步卒和兩萬精騎，戰力再厲害，這位白衣兵聖用兵再出神入化，也不可能澈底阻斷隔絕兩遼邊軍的南下，這中間既有顧劍棠不願耗盡精銳的關係，也有麾下諸多將領不得不藏私的原因。」

趙篆感嘆道：「不管怎麼說，陳芝豹確實無愧白衣兵聖的美譽，難怪先帝對他那般推崇青睞。」

嚴東吳神情落寞。

趙篆笑道：「朕應該慶幸陳芝豹沒有留在北涼輔佐那個人，否則這個天下不但不屬於朕的了，還會不姓趙啊！」

嚴東吳低下頭，摸著自己的肚子。

趙篆伸手摸了摸她的腦袋，這位年輕天子流著眼淚，嗓音卻無比溫柔道：「好好活下去，和孩子一起好好活著，只求平平安安的，一輩子都不要告訴他爹是誰。」

趙篆好像是在對不存在的人物說道：「你與我趙家數百年香火恩誼，趙篆只求老神仙你帶著她，安然離開太安城。」

不知何處，似在耳畔，又似在天邊，響起一聲嘆息，然後說出一個字：「好。」

◆

這一天，離陽皇帝趙篆手捧玉璽，親自出城請降。

納降之人，不是剛剛稱帝一旬時光的趙珣，甚至不是燕剌王趙炳，而是世子殿下趙鑄！

◆

早年趙鑄與陳芝豹一行人離別之後，張高峽在山頂上最後對趙鑄說的那句話，她果然說到做到了。

很多年後，在那個祥符年號改為陽嘉的冬天，她已經是離陽新朝的皇后。

已經改為太平城的京城內，在那座依舊沒有改名的武英殿，那名身材修長的青衫男子腰佩涼刀，渾身浴血，緩緩走入大殿。

他身後有一襲白衣，她腰佩春雷、繡冬雙刀，幫前者守在大殿門口，殿外是黑壓壓的數千禁衛鐵甲。

已經貴為皇后的她，在那一天仍是仗劍而立，就站在大殿之上，攔在兩個男人之間。

一個是世間身分最尊貴的男人，一個是天下最無敵的男人。

曾是最要好的兄弟。

前者要殺後者，只是沒有成功而已。

後者在步入大殿的那一刻，就將那柄涼刀放入刀鞘，這個動作，充滿了不加掩飾的濃重嘲諷。

他的視線越過女子身形，沒有說話。

身穿龍袍的新帝趙鑄從龍椅上緩緩起身，一步一步走下臺階，擋在張高峽身前，與那個男人面對面對視。

張高峽顫聲怒斥道：「徐鳳年！你難道真要再次天下大亂？你知道北涼和中原要枉死多少將士百姓嗎！」

那一襲青衫根本沒有理睬這位母儀天下的女子，只是安靜地望向那一襲龍袍，問道：「為什麼？」

趙鑄平靜道：「小乞兒想請你喝最好的酒，可是皇帝趙鑄想永無後患，趙室子弟高枕無憂。就這麼簡單。」

那人笑了笑，又問道：「就不能坐下來，喝著酒，好好說？」

趙鑄搖頭道：「這就是現在我趙鑄能穿這件衣服的原因。」

看到那人伸手握住刀柄，趙鑄只是閉上眼睛，紋絲不動，束手待斃。

張高峽剛要向前衝出，卻被趙鑄一把死死攥住手臂。

臉色蒼白的她五指鬆開，長劍頹然墜地。

是啊。

一座京城，數百位高手，整整三萬鐵甲，都不曾攔住他，她張高峽又如何阻擋？

她同樣閉上眼睛，只是雙手都握住了自己男人的手臂。

不知何時，她彷彿察覺到皇帝陛下向後踉蹌了一下，好似被人一拳捶在胸口。

她猛然睜眼，轉頭後只看到趙鑄一臉茫然，卻毫髮無損。

而那個人收起拳頭已經轉身離去，輕聲道：「以後善待北涼，我會在京城以外的地方看著你的，小乞兒。」

那個男人和那位白狐兒臉，一掠而逝。

趙鑄低下頭，哽咽道：「小乞兒錯了，真的錯了……」

除了她，已經無人聽。

江湖從此去，一蓑煙雨任平生。

此生轉身後，也無風雨也無晴。

金戈鐵馬。

寫意風流。

慷慨激昂。

波瀾壯闊。
浩然正氣。
書聲琅琅。
珠簾叮咚。
天下太平。

◆

京城外，兩騎遠行。

一場鵝毛大雪紛紛落人間。

白狐兒臉問道：「不後悔？」

青衫徐鳳年微笑道：「只為北涼問心無愧。」

白狐兒臉滿臉怒意：「可是你讓我很失望！」

徐鳳年臉色溫柔，轉頭笑問道：「那怎麼辦？」

白狐兒臉冷哼一聲，沒有看他，破天荒有些臉紅，用天經地義的語氣說道：「徐要飯的！你做我的媳婦！」

徐鳳年朝她伸出大拇指：「技術活兒！本世子殿下，必須賞！」

白狐兒臉伸了個懶腰，嘴角偷偷翹起，氣呼呼道：「可是我媳婦的媳婦，有點多啊。讓我數數看：姜泥、陸丞燕、王初冬、紅薯、青鳥、裴南葦、呼延觀音……」

她一直數下去，怎麼感覺就沒有個盡頭？

某人抬頭望天道：「咦？好大的一場雪啊！好像跟當年咱們剛遇見的那次，差不多大小。」

她忍住笑意，也跟著抬起頭，輕聲感慨道：「是啊。」

大雪之中。

比起當年的一把繡冬、一把春雷，如今多了一柄涼刀。

雪中的江湖，以他們而起，又以他們而終。

善始且善終。

◆

有座小鎮，大概是太過偏遠的緣故，早年逃過了那場春秋硝煙，這次竟然又逃過了這場中原戰火，從頭到尾都沒有聽到那種演義小說中的鐵騎陣陣、說書先生嘴裡的那種鐵甲錚錚。

隨著太安城那邊的塵埃落定，亂世氣息驟然而去，更加恢弘的盛世氣象驟然而至。

對於這座小鎮而言，最直觀淺顯的景致，便是去那棟兄弟樓喝酒聽書的客人越來越多，最終人滿為患。有些恰好囊中羞澀的客人，便借坡下驢地跟酒樓掌櫃夥計說他們不在乎位置，在門檻喝酒便是，反正也不耽誤聽說書先生說故事。

方圓百里都曉得這棟酒樓的招牌，不是什麼稀罕的醇酒佳釀，也沒有什麼賣酒撩人的動人婦人，而是酒樓裡的那位年邁說書先生，獨坐大堂中央，四面皆酒桌。

老人坐在一條小凳上，身邊擺放一張小桌，桌上一塊驚堂木，擱兩三壺酒、一只大白碗、一碟花生米，僅此而已。

這一天，晌午過後，等到飯桌客人都撤去菜肴盤碟，換上了大小各色的酒壺、酒罈、酒碗。

說書先生從後堂緩緩走出，老人離著那張桌子還隔著二十多步遠，根本就是尚未開口，就已經引來整棟酒樓上下兩樓震天響的喝彩聲。

老人高高舉起雙手緊握的拳頭，向四方致意，酒樓內的大聲喝彩，更是此起彼伏，好一個熱鬧喧沸。

討盡了便宜的說書先生大袖搖擺，高人風範十足地坐在那張小凳上，一番故作模樣地正衣襟而危坐，這才伸手抓起那塊驚堂木，重重一敲桌面，朗聲道：「上回最末，說到了第二場涼莽大戰在即，十八位中原大宗師連袂而至！」

老人又是一拿一放，驚堂木再次猛然敲桌，老人中氣十足地沉聲道：「千秋興亡，軍國大事，最費思量！最費思量！」

就在此時，有聽客扯開嗓門高聲笑問道：「上回最後，你這老頭兒賣了個關子，說那位江湖人稱汴京居士的張飛龍張大俠，向咱們北涼王討教了如何與仙子女俠們打交道的學問，北涼王到底是咋說的啊？咱們都等著呢！大夥兒，你們說是不是啊？」

酒樓上下，幾十桌客人，齊齊轟然應諾，不少將刀劍擱在桌面上的江湖豪客，都開始喝倒彩，許多年輕遊俠兒更是使勁吹口哨。

說書先生顯然早已熟稔此等情景，老神在在地給自己倒了一碗酒，「哧溜」一聲，津津有味。事實上在每回說書的尾聲，賣關子抖、包袱一事，本就是這棟酒樓掌櫃手把手傳授給老人的壓箱底絕學，吊足了聽眾胃口，才能有回頭客嘛。

老人悠悠然放下酒碗後，笑道：「若是你們不提及，老夫還真給忘了這一茬，莫急莫急，容老夫緩緩道來！這人跟人打交道啊，是一門學問，若是初出茅廬的江湖少俠結識那些高高在上的漂亮仙子，就更是大學問嘍。

世間仙子女俠分兩種：一種是大雪坪徽山紫衣、金錯刀莊主童山泉之流，她們終究是鳳毛麟角，屈指可數，恐怕任你走遍大江南北，闖遍了江湖，也還是可遇不可求，老夫就不提如何打交道了；還有一種呢，嗯，當初北涼王正是這般傳授張飛龍張大俠的，北涼王他老前輩是這般說的，諸位可要豎起耳朵聽仔細嘍！這等金玉良言，過了這村就沒那店……」

得，看那老頭子側身拿酒碗的破架勢，熟悉得不能再熟悉了，咱們又該掏錢了。

果不其然，有兩位相貌清秀的酒樓賣酒小娘，就已經在酒桌間隙之中姍姍而來，倒是不求錢，而是端著一塊木板，擱著十幾壺價格不菲的好酒，也不求人購買，誰愛喝酒便自行拿了去。

最開始酒樓玩弄這把戲的時候，沒人願意接招，只是扛不住老說書先生沒人拿酒就死皮賴臉耗著不說書啊！

如今酒樓客人早已見怪不怪，也懶得計較那點碎銀子了。掏腰包唄，還能咋的，反正來這裡的大爺們也不差這點錢，何況今天你拿酒，明兒他破費，後天再換人打腫臉充個胖子，賣酒的買酒的，到底都還算滿意。

不過要說這酒樓老闆也真是夠缺德的，這種軟刀子割肉的損招也想得出來！

好在酒樓也足夠聰明，人心拿捏得很準，這種事，曉得講究一個事不過三，一般只是開頭來一次、結尾來一次，倒是沒惹人厭煩，久而久之，就成了個酒樓不成文的規矩，甚至成了這裡的特色之一。

兩位小娘端著的二十多小壺酒，很快就給客人取走拿光。

說書先生隨即繼續說道：「那位西北王爺對咱們張大俠說了，和那些裝模作樣的假女俠偽仙子過招，其實挺好玩的。按照那位藩王的說法，首先啊，切記切記，你絕不能未戰先降，覺得自己低人一等，就覺得那些仙子女俠是天經地義的高人一等！你要告訴自己，眼前那些女子再美豔動人，再孤傲清冷，她們也是要吃喝拉撒的，也是要去蹲茅坑的！吃了蔥蒜魚肉啊，也是要放臭屁的！」

先是滿堂愕然，然後便是震天響的喝彩。

此言，的確讓人只覺得醍醐灌頂啊。

二樓，圍欄上趴著一個滿臉笑意的男人，左手邊踮腳站著個小丫頭，右邊蹲著個虎頭虎腦的小男孩，兩個孩子腰間都懸佩了一把小木劍。

這個男人正是這棟酒樓的掌櫃，他曾經是這裡的店小二，當了夥計沒幾年，很快就從老掌櫃那裡把整棟酒樓都給盤了過去，這生意做得紅紅火火，蒸蒸日上，據說已經去了州城那邊買宅子養老的前任掌櫃，今年開春僅是拿到手的去年分紅，就有小三百兩銀子！

這位新掌櫃的，這兩年可是這座縣城小鎮的大紅人，厲害著呢，跟許多有秀才功名的讀書老爺們都關係好得很，要不然縣令和主簿這麼大的父母官，能隔三岔五就來這兒喝酒？別的酒樓，請得動這兩尊大菩薩？花錢求都沒轍！

一位秀氣溫婉的婦人輕輕來到男人身邊，牽起女兒的稚嫩小手，等到男人轉頭笑望向自己後，她瞪了他一眼，然後自己忍不住笑起來，略帶埋怨道：「孩子們都聽著呢！」

男人撓撓頭：「也不是啥壞事，聽了就聽了，團團和圓圓也聽不懂的。」

不承想男人腳邊蹲著的小男孩抬起頭，拆臺道：「爹，蹲茅坑有啥聽不懂的？」

小男孩給他娘瞪了一眼，做了個鬼臉，迅速縮回腦袋，繼續乖乖看一樓的熱鬧。

這股天生的伶俐勁兒，肯定隨他爹。

婦人放低聲音笑問道：「這話，能是那位西北王爺親口說的？該不會是你隨口胡謅讓劉老先生騙人的吧？」

男人笑道：「西北那位王爺有沒有說過，我一個小老百姓哪裡知道。不過我那個混江湖的兄弟，當年是真這麼說的。」

婦人無奈道：「聽你念叨了這麼多年，也不見他來咱們這兒做客啊。」

男人眼神清澈，道：「會來的！他混得再好，也會記得我這個兄弟。混得再不好……就更應該來我這裡，不差他吃飯喝酒睡覺的地兒！」

男人突然有些忐忑，小聲道：「媳婦，如果真有那麼一天，到時候可不許嫌棄我兄弟，我這輩子就這一件事……」

婦人有些生氣：「瞎說什麼呢！我是那種人嗎？」

男人笑臉燦爛，笑得瞇起眼：「我就知道！天底下所有的女子，就數我媳婦最好了！」

她沒好氣道：「孩子都在呢，也沒個當爹的樣。」

男人腳邊那個小男人嘆了口氣，搖頭晃腦，學著他爹的那句口頭禪感慨道：「當下很憂鬱啊！」

男人忍不住哈哈大笑，婦人伸手輕輕擰了一下他的手臂：「瞧瞧，都是跟你這個當爹的學的。」

小女孩怯生生說道：「爹，自從劉爺爺喝醉說過一次後，團團最近逮著人就問『襠下』是哪兒？」

這一下，婦人擰肉的手勁可就大了。

男人齜牙咧嘴，轉身彎腰就賞了自己兒子一記栗暴：「都是跟你小年叔叔學的壞！也不曉得學爹的好！」

小男孩抱住腦袋，仰起頭，委屈道：「爹，小年叔叔到底什麼時候來啊，他什麼時候帶著我那個未過門的媳婦啊，我都想媳婦好多次了！」

婦人忍俊不禁，有些想生氣，可如何都生不起來。

自己男人信誓旦旦說過，他跟那個在江湖上闖蕩的好兄弟，當年很早就定了娃娃親，不管以後誰混得更好更壞，這門親事跑不掉。她倒是沒太當真，畢竟知道自己男人雖然對誰都和和氣氣，其實驕傲著呢，可不是誰都能讓他這麼久一直念念叨叨的，哪怕是跟縣令、主簿老爺坐在一張桌子上喝酒，不管喝酒的時候怎麼一見如故，怎麼滴水不漏，回過頭後，自己男人根本就沒把那些戴官帽的人當回事，倒是有幾位在縣衙兵房當差的中年人，自己男人與他們喝酒，更真情真心許多。

所以她反而有些擔心：自己男人那麼心心念念的兄弟，那個她和兩個孩子只知道叫「小年」的男人，肯定不簡單，而兩人分別了這麼多年，就算有朝一日還能再聚，那個人還能像當年兩人最落魄的時候一樣，與自己男人這般珍惜當年那段兄弟情誼嗎？

如果那人混得很好，甚至是混出大出息大名堂了，還能繼續把她的男人當兄弟嗎？如果不能，自己男人那得有多傷心啊。所以她既希望那個人來找自己男人喝酒，稱兄道弟不醉不歸，同時又很怕那個人果真來了這裡，卻只帶給他們劉老先生說書時所謂的物是人非。

男人聽到自己兒子童真童趣的抱怨後，摸了摸孩子的腦袋，咧嘴笑道：「兒子啊，爹跟你保證你將來的媳婦，是這個！」

男人狠狠伸出大拇指。

小男孩將信將疑，嘀咕道：「可別像隔壁街上的小杏子就好，要不然到時候我就帶著木劍離家出走，自個兒闖蕩江湖去了。」

那個最喜歡糾纏自己的小杏子啊，可真不小，胳膊都能有他腿那麼粗！

男人笑了笑：「臭小子，還離家出走！你捨得爹娘？」

小男孩一臉驚訝道：「我中午去小鎮外的河邊闖蕩過江湖，晚上就回家吃飯的呀！」

他妹妹探出腦袋，手指抵住臉頰，朝哥哥做了個鬼臉。

男人和他媳婦相視一笑。

她突然笑問道：「怎麼咱們酒樓不賣那種綠蟻酒了，你這麼會做生意的人，也會跟銀子較勁？」

男人搖頭道：「不賣了，我怕一個忍不住嘴饞，自個兒就喝上了。我啊，等小年下次登門給我帶綠蟻酒喝！」

婦人笑道：「好好好，我先到灶房那邊忙去了，團團、圓圓幫忙看著點。」

男人點頭柔聲道：「辛苦媳婦了，我今兒就偷個懶。」

她笑著離去。

她有些心酸，她有什麼辛苦的，這棟酒樓裡裡外外就數她男人最辛苦，一年到頭都是如此。以前當酒樓夥計就累，如今當了掌櫃的也沒一刻閒著；以前是為了娶她，如今是為了她和倆孩子。

小鎮上很多別家婦人都是恨不得她們憊懶的男人多勞作一些，別那麼遊手好閒成天瞎逛蕩。可到了她這裡，她是恨不得自己男人能夠真的歇息一天，能夠什麼都不想什麼都不做。可他每次都點頭說是，可每天依舊起早摸黑，每天都逢人便笑，事事都不省心、不省力。

嫁給這個男人，她覺得自己這輩子不能嫁得再好了。

樓下的那位說書先生，依舊沒有進正題，說那場蕩氣迴腸的西北關外涼莽大戰，而是已經說到西北藩王在他仍是世子殿下時的一番精彩點評。

說當那紈褲子弟，也是技術活兒，也分三六九等。最末流的，只會帶著惡奴惡狗欺男霸女；稍高一籌的，是鮮衣怒馬，佩劍腰玉手持扇，看上漂亮姑娘，故作玉樹臨風，裝作人模狗樣。

第三等的紈褲子弟，就要開始死記硬背一些風花雪月的詩詞歌賦，最不濟能夠在女子面前，生搬硬套地吟詩作對，不會動不動就跟人說「我老子當什麼官、我爺爺麾下有什麼兵馬」，丟人現眼。而第二等的膏粱子弟，就更為難得了，不但要出口成章，還要著實會一些江湖把式，以及要極為熟稔英雄救美，就算美人沒有落難，也要讓人製造麻煩！別不捨得砸銀子雇人演戲，切記出手退敵之際，那些地痞流氓飛出去的姿態，絕對不能千篇一律，必須是倒飛出去、橫飛出去、側飛出去，樣樣都得有！

至於世間頭等的紈褲，呵呵，那就如同神龍見首不見尾的江湖大宗師，同樣屬於不世出的風流人物了。那些女俠仙子遇上這種人，那就是積了七輩子的德，倒了八輩子的楣！從此深陷不可自拔，往死裡打她們，都趕不走。

說書先生唾沫四濺地說到這裡，竟是被自個兒給感染了，那份意氣風發，彷彿自己就是這種紈褲行當裡的祖師爺了，大口喝了口酒，伸出一根手指，嘖嘖道：「舉個例子，達到這種境界的紈褲，只給女人看到錢，卻絕對不給她們花錢！讓她們瞧見了那金山、銀山，卻偏偏不給她花一顆銅錢，嘿，說不定女子們還要心甘情願倒賠錢呢。」

酒樓無數人心神搖曳。

有人突然大聲道：「世上真有這般憨蠢的女俠仙子？賠了人還他娘的倒貼錢？老子第一個不信！」

說書先生挑了挑眉頭，斜眼瞥去：「老夫不說其他人，只說那句『十年修得宋玉樹，百年修得徐鳳年』，服氣不服氣？且不說那位進入京城禮部衙門當大官的宋家玉樹，就說後者，女子遇上了，還能傲氣？」

那人頓時吃癟啞然，想要反駁卻無從說起。畢竟他是酒樓的常客，聽多了有關那位西北藩王的傳奇故事，欽佩豔羨皆有，當然後者更多，酒樓老人很多說書，這人往往就很容易將自己代入其中，自然不願在某種意義上否定了自己。

二樓，酒樓掌櫃的蹲下身，一把抱過一個孩子，低聲笑道：「團團、圓圓，爹跟你們說實話啊，以前爹走江湖的時候，也是有位女子誠心誠意喊你們爹一聲『公子』的。她雖然不是鼎鼎有名的仙子女俠，不過她可比江湖上所有的女俠仙子都厲害多了，所以也只有你們小年叔叔，才配得上她。那樣的好姑娘，嗯，爹覺得也就比你們娘親稍稍差一些了。團團，你長大以後要是還想著當大俠，有本事就給爹找那麼個姑娘來咱們家當兒媳婦。」

小男孩皺眉一本正經道：「爹，我已經有沒過門的媳婦了，我可不喜歡拈花惹草！娘也說過，好男兒對姑娘，都要一心一意的！」

男人放低嗓音：「道理是這麼個道理，你娘當然沒說錯，可是天底下的好姑娘，一般都愛慕英雄好漢。你想啊，她喜歡你，你卻不喜歡她，那姑娘得多傷心，對不對？」

孩子陷入深思，在未過門的小媳婦和未見面的好姑娘之間，天人交戰。

小女孩氣呼呼道：「爹！我要告訴娘親去，你讓團團喜歡好多個姑娘！」

小男孩翻了個白眼。

男人頓時臉色大變，咳嗽幾聲，對兒子語重心長道：「兒子啊，你長大以後一定要聽你娘的，專心專意只對一個姑娘好！就像爹這樣，知道不？要是敢不聽話，爹就打你屁股，打得你屁股開花！你娘攔都攔不住！」

小男孩重重嘆了口氣。得嘞，沒戲嘍，喜歡自己的好姑娘還沒見著面，就沒啦。

他倒不是不怕自己爹，可溫柔娘親每次板起臉教訓人的時候，他是很怕很怕的。

◆

樓下的說書先生喝過了一口酒，笑咪咪道：「歸根結底，要想拳打女俠腳踢仙子，簡單得很，只要你們啊，長得能有那位西北藩王一半英俊，即可！」

酒樓內頓時噓聲四起。

老人猛然間一拍驚堂木，嚇得猝不及防的酒客們一驚一乍。

「老夫最先曾言，千秋興亡事，最費思量！我等市井巷弄的老百姓，升斗小民而已，既非帝王將相，也非黃紫公卿，不思量便不思量了。可終究有些不幸人啊，卻不得不捨生忘死，擋在那裡，一步退不得！他們也不願退！」

滿堂寂靜。

說書先生將那故事娓娓道來。

說那邊塞兵氣連雲屯，戰場白骨纏草根。

說那劍河風急雪片闊，沙口石凍馬蹄脫。

說了那位南疆龍宮客卿嵇六安身死之時，說那丈夫非無淚，不灑離別間。

說了那武當大真人俞興瑞慷慨戰死之時，身中北莽箭矢十二支。

說那北莽攻城晝夜不息，城外草原大軍密密麻麻如蝗群，牆上蟻附攻城觸目驚心，拒北城內外戰火通明，死戰不休。

說到拒北城那場攻守大戰，從祥符三年初秋，一直持續到祥符四年的入夏。

老人的語氣始終不顯得如何激昂，並未刻意渲染那份慘烈悲壯，只如一位上了年紀的街坊鄰居在訴說著不輕不重的家長里短。

這位說書先生略作停頓，喝了口酒，放下碗後，像是在詢問眾人，又像是在捫心自問：「咱們老百姓啊，不知廟堂高低，不知江湖深淺，不知沙場生死，可到底還是曉得人心冷暖的，對吧？」

老人驟然提高嗓音：「不思量！自難忘！」

看客聽眾們給驚嚇得隨之一震。

然後老人說那北涼鐵騎甲天下，涼刀鋒向所指，勢挾風雷，所向披靡，天下無敵。說那拒北城第二次攻守戰，北莽蠻子狗急跳牆，連半壁江山的南朝西京也幾乎雙手奉送給了流州鐵騎，仍是試圖攻破那座西北邊陲第一雄城。

說那兩禪寺的白衣僧人，在那個時候，李當心一襲雪白袈裟，獨自站在拒北城外。貧僧由南往北去，成佛不成佛，且放下。如來佛佛如來，有將來有未來，究這生如何得來？貧僧李當心，原來已過來如見如來。

說那此役尚未結束，北涼寇江淮、謝西陲、曹嵬、郁鸞刀和昔年北莽冬捺鉢王京崇，五位當世名將就聯手攻破了北莽南朝的中樞西京。

說那薊州將軍楊虎臣、河州將軍蔡柏與薊州副將韓芳三人，三支騎軍毅然合龍，與幽州僅剩騎軍一起由河州邊境北入草原，與流州鐵騎左右夾擊，將那從拒北城撤退的北莽蠻子大軍來一個漂亮至極的甕中捉鱉。

說那一戰過後，重塚、柳芽、茯苓三座軍鎮，皆已城破人戰死。

說那錦鶻鴣周康三次親身上陣，最終死於沙場，副帥李彥超接過虎符，右騎軍最終只剩不足八千騎而已。

懷陽關內的數萬北涼邊軍，戰至最後，竟是不足兩千人，城內城外皆是屍體。入冬之後，鮮血結冰，遙遙望去，懷陽關宛如一座赤紅關隘。北涼王親率一萬大雪龍騎軍直接繞過潰敗的北莽主力大軍，長途奔襲，火速馳援懷陽關，只見那北涼都護褚祿山坐在屍骨累累的城牆走馬道之上，手持涼刀拄地。

說書先生停下言語，低頭慢飲一口烈酒，閉上眼睛，有幾分微醺：「山高月小，水落石出。」

酒樓的街道上，烈日炎炎，有條黃狗趴在地上，牠耷拉著腦袋，吐著舌頭。

太平犬。

樓內老人高高拿起那塊驚堂木，就在眾人都做好了準備聽聞那一聲拍案聲響時，不料老人只是輕輕放下，大笑道：「古來青史誰不見，今見功名勝古人。這方天地，群雄逐鹿，硝煙四起，處處大戰如火如荼，我輩百姓恰逢亂世，何其不幸！我輩百姓能遙聞那邊境大捷，連連報給我中原，又是何其幸運？一生大笑能幾回，斗酒相逢須醉倒！」

老人倒了滿滿一碗酒，舉起後朗聲道：「諸位看官、聽客，可否與老夫我共飲一大碗？喝了這一大碗太平酒！」

一樓之內，無數聲音大笑著豪邁響起話語：「且共飲！」「喝便喝，怕了你這老兒？」

老人哈哈大笑，使勁抹了抹嘴角，重重拍下酒碗：「說過了沙場，容我老調重彈，回頭再說一說那沙場上的江湖……女子！

有位天下第一卻不知姓名的刺客姑娘，手刃了北莽寶瓶州持節令！

咱們的武林盟主，大雪坪徽山紫衣差一點，只差一點，便在百萬大軍叢中取了北莽太子的首級！

有位目盲女琴師，世間指玄第三人！

那位逐鹿山教主，白衣洛陽，在第二次拒北城守城中，最後關頭，她一人便守住了整座東牆！

某位朱袍女子，在北莽大軍之中瀟灑穿梭，如入無人之境！吳家劍塚的女子劍侍，背負一柄名劍素王，次次身先士卒，被北涼王笑稱為當是我涼州白馬女校尉！」

老人歡暢大笑，高聲問道：「誰說我中原女子，只會躲在閨閣塗胭脂？誰說女子命賤不如草？」

酒樓內女子並不少，零零散散怎麼都有二、三十人，聽到這裡，竟是比男兒還豪氣了，幾乎人人都舉杯舉碗痛飲，甚至還有幾位氣概非凡的女子，直接拎起酒壺就喝！

滿堂喝彩。

趴在二樓的酒樓掌櫃也忍不住拍掌叫好，大聲道：「今日女俠喝酒，一律不收錢！」

如此一來，更是大聲叫好。

有個魁梧漢子仰起腦袋望向二樓，捏著嗓子尖聲問道：「掌櫃的，那我今兒先當一回娘兒們，中不中？」

酒樓掌櫃愣了愣，爽快笑道：「就衝你這份不要臉的本事，像我兄弟！放開了喝，不收你銀子，我就當請你喝了！」

他趕緊大聲道：「其他人就甭想了啊！我這拖家帶口的，可不容易！」

在這個男人身邊蹲著的他兒子猛然起身，一手按住木劍的劍柄，急急忙忙大聲道：「對！我爹總說我以後出門行走江湖的盤纏，都在酒錢裡頭呢！可不能人人都白喝酒！」

笑聲不斷。

說書先生找機會給掌櫃圓場，馬上轉移話題，一拍驚堂木，故意問道：「可有人聽說一句話？天不生你李淳罡，劍道萬古如長夜！」

酒樓內果然重新被吸引視線，事實上這句話在江湖上的確有所傳聞，但流傳不算太廣，畢竟新的江湖，是祥符十四魁我獨占三魁的軒轅青鋒領銜的那座嶄新江湖。

十大宗門也好，四方聖人十大散人也罷，加上每年都有層出不窮的仙子、公子，而且之前數年一直戰亂不斷，對於這句有關春秋老劍神的名言，尤其是這座小鎮附近的酒客，實在是有些生疏，若非這位酒樓說書先生多次順帶提及過，恐怕早已無人知曉內幕，畢竟包括李淳罡、王繡在內的春秋四大高手，隔著好幾個輩分的那一代老江湖，真的很遙遠了。

說書先生笑問道：「這位劍道老神仙曾經萬里借劍給過新劍神鄧太阿，那麼老夫就要忍不住問了，若是天不生你鄧太阿！咱們這人間又當如何？」

這個問題有點高，有點遠，所有讓人有點懵。

事實上有關這位桃花劍神在拒北城關外戰場，到底做了什麼驚世駭俗的舉措，中原江湖這邊一直沒有怎麼聽說，彷彿那趟前無古人、後無來者的關外宗師大戰，身為武評四大宗師之一的鄧太阿，表現反而最是籍籍無名。

就在所有人都被吊起胃口的時候，老人笑咪咪緩緩拿起驚堂木，只是不等老人拍案，就有人笑罵道：「狗日的劉老夫子又存心坑人不是？稍等！別他娘的來啥『欲知後事如何，且聽下回分解』！老子今天就要聽到答案，只要你現在肯說，我郭春鷹就買你們酒樓最貴的酒，十罈！」

「豪氣！」

「真英雄！」

「兒孫滿堂，必須的！」

「咱要是個娘兒們，早就給郭好漢暖被窩了！」

身材高大的郭春鷹站在原地，雙臂環胸，看似豪氣干雲，其實正在心裡偷著樂呢，琢磨著只有十罈是不是喊少了？

他是當地出了名的遊俠兒，的確仗劍走過江湖，見識過好些大俠仙子，當然了，都是遠遠看見過而已，屬於他一眼就能認出他們，他們瞪大眼睛也不認識他郭春鷹。

郭春鷹最值得自負的一件事，那就是早個四、五年，去過劍州的徽山大雪坪，回來之後，逢人便說那座缺月樓是如何高聳入雲，那位徽山紫衣是如何一夜觀雪悟長生，好似他當時就蹲在那位女子盟主身後。

真相則是郭春鷹徽山是去過了，但是跟絕大多數江湖人如出一轍，都是止步於牯牛大崗以下，那座名動天下的缺月樓，倒是還真能夠遠眺而得。

就在此時，酒樓掌櫃的大聲道：「十五罈，郭英雄，有沒有這份英雄氣概啊？」

郭春鷹好不容易壓下翹起的嘴角，故意冷笑道：「十五罈算什麼？二十罈！你們酒樓隨便挑二十桌客人，每桌一罈！」

原本蹲在階梯上的一個店夥計立即高聲道：「得嘞！二十罈上好的江南花雕！」

劉老夫子頓時有些犯愁，當下、襠下都很是憂鬱啊！他哪裡知道沒了桃花劍神鄧太阿人間會咋樣，在老人看來，還不是該咋樣就咋樣？還能咋樣嘛！

他的初衷是隨便拋出個有嚼頭的包袱，等到酒客散去，大可跟掌櫃的討教答案，要知道他每日的說書內容，可都是酒樓掌櫃事先給出的詳細脈絡，他不過是在細處雕琢潤色而已。

就在年邁說書先生偷偷望向二樓，希望掌櫃能夠把他從坑裡刨出來的關鍵時刻，酒樓外頭的青石板街道上，傳來一陣急促如夏日暴雨的清脆馬蹄聲。

聽著像是在酒樓外停馬了？

這馬匹，在他們這山清水秀卻也見識短的地方，那可絕對是稀罕物，小鎮方圓百里，恐怕就只有那座半荒廢的小驛站才瞧得見，而且那三、兩匹也瞧著老劣乾瘦，除此之外連鎮上縣衙都沒有。

只有前些年大仗最緊張的時候，聽說鄰近那座大縣城外頭才有一股騎軍經過，十數騎而已，是後來才知道那是昔年燕剌王麾下的斥候偵騎，瞧見過那十數騎的傢伙，據說與人說話的時候，嗓門都要大幾分，腰杆子挺得比山上竹子還直。

很快就有店夥計小跑出酒樓，頓時瞪大眼睛，滿臉匪夷所思，還真有那種騎得上馬的豪客來咱們酒樓喝酒啦？

店夥計數了數，剛好一隻手，總計五騎。

那五人翻身落馬後，也沒拴馬的意思，就直奔他們酒樓大門走來。

然後店夥計咽了咽口水，說不出話來了。

不敢說。

因為那撥客人，個個都是神仙一般的人物啊。

居中一人，一襲青衫而已，脖子上騎著一個漂亮女孩。

他笑臉燦爛，抬頭望著那塊「兄弟樓」的金字匾額，自言自語道：「這字……可真難看，小地瓜，比妳爹差遠了，對不對？」

小女孩把尖尖的下巴擱在男人的腦袋上，緩緩道：「兄！弟！樓！唉，這酒樓的名字可真不好聽。」

男人笑道：「好聽得很！所以字寫得這麼鬼畫符，我就忍了！」

男人左邊，是一位腰佩雙刀的白衣女子……男人？總之雌雄莫辨，俊美非凡。

男人右邊，是一位背負紫色長匣的女人。店小二沒見過啥世面，只是覺得自己雖說沒見過江湖上的女俠仙子，可眼前這兩位，肯定比所有江湖仙子、女俠加在一起，還要好看！

男人身後，跟著一位臉色微微冰冷的青衣女子，總算沒有長得那麼漂亮到嚇人，可這也是相對而言。

酒樓夥計鼓起膽氣，顫聲問道：「幾位客官，這是來咱們兄弟樓喝酒？」

男人微笑問道：「難道不賣酒，只能吃飯喝茶？」

酒樓夥計尷尬道：「不會、不會。」

男人揮手笑道：「不用管我們，小哥你忙你的。」

酒樓夥計如釋重負，又很是失落，再顧不得什麼，低頭小跑回酒樓。

這一行人跨入酒樓門檻後，酒樓大堂很快就寂靜一片。

為首青衫男子環顧四周，然後抬起頭，望著那個呆若木雞的酒樓掌櫃，嘴角翹起，高聲喊道：「姓溫的店小二！」

這一行人的出現，本身就是最大的奇怪光景，所以當這個英俊風流的男人喊話略顯古怪，就沒有人計較了。

不但是一樓大堂三十張酒桌客人，就連二樓十數張酒桌客人也都紛紛起身，站在欄杆俯視這撥瞎子也看得出的……貴客。

原本一直懶洋洋趴在圍欄上的酒樓掌櫃，不知何時已挺直腰杆，不知為何眼眶有些泛紅，聽到樓下大門口那個男人的喊話後，嗓音沙啞道：「在。」

男人身邊的那對孩子，都仰起腦袋，又奇怪為什麼他們爹會這麼「不好客」了。

那人又大笑問道：「有無美酒？」

二樓的酒樓掌櫃深呼吸一口氣：「有！」

那人接著問道：「有無好肉？」

二樓，那個已經離開江湖很久的瘸腿男人，扯開嗓子回答：「有！」

那人略作停頓，問道：「有無木劍？」

曾經狗刨走過江湖，也曾經在京城贏得過「溫不勝」這個偌大名號的男人，咧嘴笑道：「沒了！」

樓下男人「哦」了一聲，高聲道：「那有無……兄弟？」

早已不是什麼木劍遊俠兒的酒樓掌櫃，這個落魄離開那座江湖，然後在家鄉娶妻生子的溫華，抬起那條還沒有折斷的胳膊，擋在自己眼前，好像是不希望所有客人看到他的模樣，用帶著壓抑的哭腔，笑道：「還有，一直有的！」

小女孩擔憂地喊道：「爹？」

男人胡亂一抹臉頰，放下胳膊後，開心笑道：「沒事、沒事，爹是高興的……你們那個小年叔叔，來咱們家了……走走走，跟爹一起下樓！」

他牽起女兒的手，兒子則輕輕扯住他另外那只袖管，三人一起快步下樓。

酒樓門口，被男人暱稱為小地瓜的小女孩，伸手幫她爹輕輕抹去臉上的「酒水」，嘆氣道：「爹，真不是我說你啊，雖然你說過大丈夫的這玩意兒，不是那啥眼淚，得稱為『酒水』才對，可你當著這麼多人的面，也太丟臉了吧？」

男人默不作聲，只是望向那個帶著倆孩子朝他們走來的傢伙，看著他的一瘸一拐。

雖然早就知道，可是當他真的看到這一幕後，不由低下頭，輕輕呼出一口氣。

等到那傢伙走近之後，他抬起頭，笑問道：「姓溫的，腿瘸了？咋整的？大街上調戲良家，給拾掇的？」

「小事，都不算事兒！」

「嘖嘖，你不是說有兄弟嗎？也不管你，我看那傢伙真不咋的。」

「可是我的兄弟，當過天下第一，用過我的劍招，打得拓跋菩薩抱頭鼠竄！你有這樣的兄弟嗎？姓徐的，全天下你能給我找出一個來？半個都算你本事！」

「這倒是真沒法子找得到了……可見我運氣不如你，我的兄弟不如你的兄弟嘛。」

「喲，姓徐的，臉皮跟當年沒啥兩樣啊。」

「可是你不一樣了。」

在姓徐的說出這句話後，溫華欲言又止，最終只是翻了個白眼，把兩個躲在自己身後的孩子先後輕輕拽在身前，又先後拍了拍兩顆小腦袋：「兒子叫溫良，女兒叫溫秀，小名團團圓圓，喜慶得很！團團、圓圓，喊徐叔叔，不喊也沒關係。」

兩個孩子明顯都有些好奇和害怕，還真……不喊了。

好像這就有些尷尬了啊。

溫華撓撓頭，這給鬧的。

徐鳳年伸出手指，指了指坐在自己脖子上的閨女：「我女兒，徐念涼，綽號小地瓜，喜歡瘋玩，所以曬得有些黑。對了、小地瓜，喊溫大俠。」

皮膚微黑的小地瓜比起當初的那塊小黑炭，其實已經白了許多，她快速在自己爹耳邊竊竊私語，疑惑問道：「爹，不是應該喊溫叔叔嗎？怎麼要我喊溫大俠啊？」

徐鳳年小聲解釋道：「那傢伙最好面子，喊溫大俠比喊溫叔叔更管用，等下咱們能不能白吃白喝，就靠閨女妳了。」

全部聽在耳朵裡的溫華嘀嘀咕咕罵了一句娘，不再理睬這個姓徐的王八蛋，抬起頭，笑道：「小地瓜？長得真俊，肯定隨妳娘親，得虧全部像妳娘，要是隨妳爹一點半點的，以後可就真要懸乎了。」

小地瓜沒聽她爹的，笑著喊道：「溫叔叔！」

溫華聽到後笑得合不攏嘴，連忙點頭道：「乖！真乖！」

徐鳳年無奈道：「對了，我身邊這兩位呢……你就喊嫂子吧，記住嘍，不分大小的啊，喊錯了，自己收場！我可是天大地大媳婦最大，只會幫著揍你。」

溫華先罵了一句滾蛋，然後望向她們，一本正經道：「弟媳婦們好啊！在下姓溫名華，曾經綽號太多，且不去提，如今不幸正是姓徐的兄長，的確是有些家門不幸，哈哈，以後我這個不成材的小弟，就麻煩兩位弟媳婦多照顧了。別看不上他，就算真看不上，也行，勉強將就著過日子得了，既然不小心嫁了，就只好嫁雞隨雞、嫁狗隨狗了嘛。」

徐鳳年剛放下小地瓜，聽到這鬼話連篇後，忍不住了啊，作勢要抬腳踹人。

溫華心有靈犀地同樣抬腿，只不過顯然這個男人在那一刻，忘記了自己瘸腿了，頓時就要踉蹌跌倒。

徐鳳年迅速踏出兩步，扶住他的肩膀後，輕聲道：「姓溫的，對不住了。」

溫華不以為意，嫌棄道：「滾滾滾，這話老子不愛聽，還想不想喝酒了？」

不等徐鳳年說什麼，溫華轉身大聲道：「今兒我這酒樓，所有人喝的酒，都算我請客！」只是很快溫華就被徐鳳年挽臂摀住嘴巴，哈哈笑道：「諸位英雄、好漢、女俠，別當真別當真！咱們姓溫的說酒話呢，天底下哪有到了酒樓喝酒不需要掏銀子的道理！根本沒有這樣的道理嘛！」

等到徐鳳年鬆開手臂後，溫華就跟著厚顏無恥道：「喝高了，哈哈，喝高了。」惹了眾怒的溫華識趣地亡羊補牢：「不過今兒酒樓的酒水，一律八折！」

這還差不多。

然後溫華給說書先生使了個眼色，示意他繼續說書，隨便說便是。

最後溫華領著徐鳳年一行人走上二樓，好說歹說才跟一桌客人要了張桌子，代價就是酒樓贈送給他們十罈花雕。

一張桌子四條長凳，溫華和徐鳳年面對面各占一條凳子，溫華倆孩子坐了一條，姜泥和白狐兒臉破天荒坐在一條凳子上，小地瓜擠在中間。

叫溫良的小男孩時不時偷瞄那個綽號小地瓜的傢伙，只是他每看一次，她就立馬回瞪一眼，還不忘揚起一次拳頭。

然後一個故意把腰間木劍輕輕放到桌上，後者就把狹長小木刀重重放在桌上。

針鋒相對。

樓下大堂中央的老先生又開始說書，只要暫且撇下桃花劍神鄧太阿那一茬，老人就十分熟稔路數了，再次漸入佳境，滔滔不絕。

又兩碗酒喝下肚子後，可就真有些喝高了，有些舌頭打結，也說了些不當講的話語，只不過在這遠離是非的小鎮，也無人當真深思，更無人上心罷了。

老人說：「我以桃花賒春風，試問神仙給不給？我以綠蟻買中原，敢問帝王賣不賣？」

之後有人詢問那位西北藩王到底去哪了，都聽說是戰死在了北伐草原途中，也有說是病死在去往京城的路上，但也有人說是解甲歸隱了。

老人伸出一根手指，搖了搖，感慨唏噓道：「死了，自然是死了。你們想啊，一次次大戰，光是跟拓跋菩薩，就在西域、龍眼兒平原和拒北城，接連打了三場，更別提那些層出不窮的天上神仙了，之後更要馬不停蹄率領麾下鐵騎北上攻打草原……唉，咱們這位年紀輕輕的異姓藩王，積攢了太重的傷勢，委實是積重難返哪，惜哉惜哉！天妒英才，一語中的啊！」

二樓，徐鳳年差點一口酒噴出來，瞪眼道：「這也是你教的？」

溫華沒好氣道：「劉老夫子自己瞎編的，我聽著挺舒坦。」

很快樓下就又說道：「功名只向馬上取，脫鞍暫入酒家壚。好一個『脫鞍暫入酒家壚』啊！那位北涼王若是還在世，又若是能來這棟酒樓，老夫雖是一個破落書生，卻也願意對他作揖致禮，長揖不起！」

徐鳳年笑咪咪道：「聽著挺舒坦。」

溫華齜牙咧嘴：「老子回頭就扣他工錢！」

這個時候溫華媳婦小跑上樓，看到這一桌人後，她有些羞赧，一時間咬著嘴唇不知如何開口。

徐鳳年趕緊站起身，沉聲道：「徐鳳年見過嫂子！」

不但是徐鳳年，就連姜泥和白狐兒臉兩人都站起身，小地瓜更是清脆喊道：「嬸嬸好！我叫小地瓜，哦、不對，我叫徐念涼，懷念的念，北涼的涼！」

她連忙對徐鳳年施了個萬福，然後對那兩個能夠讓世間所有女人都自慚形穢的弟媳婦微笑致意，最後對可愛的小地瓜笑著柔聲道：「小地瓜，妳好。」

小地瓜報以一個大大的燦爛笑臉。

徐鳳年輕聲道：「嫂子請坐。」

她歉然道：「我就不坐了，這就去後廚那邊給你們哥倆炒些下酒菜，手藝不好，別見怪。」

她雙手攥緊衣角，哪怕自己男人的這個兄弟和顏悅色，比想像中要好相處太多，但她顯然還是十分緊張，猶豫了下，看了眼轉頭對自己笑的男人，還是鼓足勇氣對徐鳳年說道：「自從認識溫華起，他就一直念叨你，他真的……這輩子除了他的親哥哥，就只把你當兄弟了……對不起，我先下樓了。」

不等溫華和徐鳳年說話挽留什麼，她就已經轉身下樓去了。

徐鳳年說道：「姓溫的，你能找到這樣的媳婦，是這個！」

他伸出大拇指。

溫華挺起胸膛，滿臉理所當然道：「我是誰？」

徐鳳年「嘿」了一聲，伸出兩根手指：「可惜我啊，還是比你強一些，現在就有……」

不等徐鳳年得意揚揚說出「兩個」這兩個字眼，就只聽姜泥冷哼一聲，白狐兒臉更是冷冷斜瞥一眼。

酒桌上只剩下剛才客人留下的小半壺酒，很快就給兩人分完，徐鳳年咳嗽一聲，挑眉道：「姓溫的，酒呢！」

白狐兒臉站起身，冷笑道：「我去拿，記得等下好好喝，慢慢喝。」

徐鳳年正襟危坐，如同慷慨赴死，使勁點頭。

姜泥也站起身：「我去後廚幫忙。」

小地瓜乖巧伶俐地附和道：「我也去！」

溫華揉了揉女兒的腦袋：「圓圓，幫忙帶路。」

小女孩臉皮薄，好不容易壯膽子想要喊一聲「徐叔叔」或是「小年叔叔」，沒想到那個傢伙對她做了個鬼臉後，到嘴邊的稱呼一下子就給嚇沒了，趕緊跑。

小男孩溫良是最後動身，跑出去幾步後，轉身喊道：「小年叔叔！」

徐鳳年點頭笑道：「這次來得急，忘了帶見面禮，叔叔下次一定補上！」

小男孩使勁點頭，剛轉身跑出去幾步，又轉頭喊道：「小年叔叔，我爹說喊你老丈人也是可以的！」

徐鳳年這下子是真一口酒噴出來了，估計就差沒有一口老血了。

真他娘的是百感交集啊。

溫華一隻手捧腹大笑。

喝完各自碗中最後的酒，兩人都沒有再開口。

樓下說書先生也說到了尾聲。

「縱有千種風情，縱有萬般豪情，與誰說？有誰聽？

世間人，縱是不捨，終有離別。

世間事，縱有遺憾，且放心間。」

徐鳳年點了點頭，轉頭問道：「溫華，你這說書先生哪裡請來的，說得真好。」

溫華笑道：「當年這位老夫子是偶然路過這棟酒樓，我那會兒還只是個店小二，不過聽著老先生說話那股子酸勁，很像當年的你，就勸說老掌櫃，給留下來了。就想著讓他說一說你的江湖故事……」

溫華舉起碗，發現沒酒了，也沒放下：「聽著、聽著，就越發想著將來有一天啊，一定要讓老劉在咱哥倆都在的時候，我請他坐下來，然後請你請他喝一杯酒。」

徐鳳年也舉起空碗，跟溫華碰了一下：「應該的。」

白狐兒臉拎來三壺酒，不算好，更不貴，但滋味夠烈，僅此而已。

溫華在她把兩壺酒放在酒桌後，一拍額頭：「酒樓雖然不賣你們北涼的綠蟻酒，可我還藏著好幾罈的啊。」

徐鳳年笑道：「急什麼，先喝著。」

溫華點頭道：「是這個理兒，咱哥倆總算到了可以放開肚子喝酒吃肉的好時候了，不用擔心有了這頓沒下頓，是該多喝些。」

白狐兒臉沒有落座，拎著那壺酒走向圍欄，遠遠背對這兩人。

溫華輕聲問道：「過得還好？」

徐鳳年想了想：「還行。」

溫華笑道：「我過得比你好些，所以今天這頓酒，我請。」

徐鳳年白眼道：「何以見得？」

溫華伸出拇指，指了指自己背後：「我有倆孩子，你只有一個！」

徐鳳年本想說比一比媳婦的數量，突然想到腰佩繡冬、春雷的白狐兒臉，她就在那裡站著呢，只得咬牙切齒道：「算你狠！」

當說書先生不再說書說故事，酒樓上下的酒客不再續杯添酒，也就很快散去了。

在喝完兩壺劣而烈的燒酒後，溫華起身去拿那些珍藏已久的綠蟻酒，還把那位年邁先生拉到二樓，徐鳳年也起身敬了老人一大碗綠蟻酒，當時老人忙不迭起身，雖然對方讓他隨意，老人還是盡力喝了小半碗。

老人只知道那個不算太年輕的男人，是酒樓掌櫃的兄弟，大概是叫「小年」來著，倒是跟北涼王徐鳳年都有個「年」字來著。

老人喝過那一碗果真燙口燒腸子的綠蟻酒後，就搖搖晃晃告辭下樓去了，覺得今天喝了這麼多酒，意思也到了，尤其最後承受了那個陌生男人的敬酒，覺得有些……挺值得驕傲的，至於到底為何，老人醉了七八分，不去深思，也深思不得了。

這一天，徐鳳年終於又喝醉了。

在他走完第一趟離陽江湖後，然後回到涼州，回到那座清涼山，很奇怪，在那之後，好像就真的再沒有喝醉過酒。

兩撥女人、孩子們，就坐在二樓遠處的酒桌上，從頭到尾，都不去打擾那喝酒聊天的兩個男人。

徐鳳年醉著說他找了個四面環山的地方，帶著她們隱居。

說他們都認識的李東西，和一個叫吳南北的小和尚去了江南道，小和尚說要建造一座寺廟，因為等有了廟，就有了香客，有了香客就有了香火錢，有了香火錢，就算他成不了佛燒不出舍利子，也能有錢給東西買胭脂水粉了。

說他弟弟徐龍象也找著了滿意的媳婦，那個叫慕容龍水的女子為了黃蠻兒，愣是從兩百斤的胖子，變成了百來斤重的女人。

說他一定要找到那個叫陳芝豹的傢伙，不相信這個狗屁白衣兵聖真的死了，一定要當面問一個為什麼。

說他本來想要介紹溫華跟一個叫趙鑄的傢伙認識認識，只可惜那個王八蛋太小氣，連請人喝酒都不樂意，還是算了。

說一個曾經名字是趙篆的傢伙，跟他的媳婦在北涼道陵州安家樂業了，當了個私塾先生，挺好的。

說前任武當掌教李玉斧走得不應該，不值當，哪怕那個年輕道士是為了天下蒼生。

說你溫華是沒能瞧見那萬千謫仙人如雨落人間的盛況，太可惜了。

說他不知道以後自己的徒弟余地龍，能不能真的成為陸地蛟龍，成為人間那最後一位陸地神仙。

說他徐家如今改成了北涼道經略使府邸，不能帶你溫華去那邊擺闊了。

……

夜幕中，徐鳳年醉得趴在酒桌上，溫華也是一模一樣，已是醉得不省人事。

徐鳳年說著不知是醉話還是夢話：「小二，上酒！」

溫華還是一般無二，呢喃道：「唉！客官，酒來啦——」

——雪中悍刀行第三部（七）江湖酒一觴　完

高寶書版集團
gobooks.com.tw

DN 264
雪中悍刀行第三部（七）江湖酒一觴

作　　者　烽火戲諸侯
責任編輯　高如玫
封面設計　陳芳芳工作室
內頁排版　賴姵均
企　　劃　方慧娟

發 行 人　朱凱蕾
出　　版　英屬維京群島商高寶國際有限公司台灣分公司
　　　　　Global Group Holdings, Ltd.
地　　址　台北市內湖區洲子街88號3樓
網　　址　gobooks.com.tw
電　　話　(02) 27992788
電　　郵　readers@gobooks.com.tw（讀者服務部）
傳　　真　出版部　(02) 27990909　行銷部 (02) 27993088
郵政劃撥　19394552
戶　　名　英屬維京群島商高寶國際有限公司台灣分公司
發　　行　英屬維京群島商高寶國際有限公司台灣分公司
初版日期　2021年 7 月

原書名：雪中悍刀行（20）江湖酒一觴
本作品中文繁體版通過文化部核准，核准字號文化部部版臺陸字第109077號。

國家圖書館出版品預行編目(CIP)資料

雪中悍刀行第三部（七）江湖酒一觴/烽火戲諸侯著. -- 初版. -- 臺北市：高寶國際出版；高寶國際發行, 2021.07
　面；　公分. --（戲非戲；DN264）

ISBN 978-986-506-135-7（平裝）

857.7　　　　110007270

GOBOOKS
& SITAK
GROUP©